BASTEI LÜBBE

Über die Autorin

Connie Mason ist eine amerikanische Bestsellerautorin, die schon früh ihre Leidenschaft fürs Lesen entdeckte. Ihren großen Traum, selbst einen Roman zu schreiben, hat sie sich 1984 erfüllt. Seitdem hat sie bereits über 30 historische Romane geschrieben. Sie wurde im Jahre 1990 zur Erzählerin des Jahres der Zeitschrift *Romantic Times* gewählt. Connie Mason lebt mit ihrem Mann Jerry in Clermont, Florida. Sie hat drei Kinder und neun Enkel. In ihrer Freizeit liest sie, tanzt, spielt Bridge und angelt mit ihrem Mann. Mehr Informationen zu ihr finden Sie im Internet unter http://www.conniemason.com.

CONNIE MASON

Ein unwiderstehlicher Rebell

ROMAN

Ins Deutsche übertragen von
Joachim Honnef

BASTEI
LÜBBE

BASTEI LÜBBE TASCHENBUCH
Band 18 635

1. Auflage: August 2002

Vollständige Taschenbuchausgabe

Bastei Lübbe Taschenbücher
ist ein Imprint der
Verlagsgruppe Lübbe

Deutsche Erstveröffentlichung
Titel der amerikanischen Originalausgabe:
The Outlaws: Sam

Titelillustrationen: Aime / Agentur Thomas Schlück GmbH
Einbandgestaltung: Beate Stefer
Satz: Heinrich Fanslau, EDV & Kommunikation, Düsseldorf
Druck und Verarbeitung: AIT, Trondheim, Norwegen
Printed in Norway
ISBN 3-404-18635-4

1

Denison, Texas, 1868

Sam Gentry öffnete langsam und blinzelnd die Augen. Sein Kopf schmerzte, und er hatte einen üblen Geschmack im Mund. Er wusste, dass er zweifellos den Großvater aller Kater hatte. Noch deprimierender war die Tatsache, dass er sich im Gefängnis befand und keine Ahnung hatte, wie er dort hineingekommen war.

Hatte ihn das Aufgebot geschnappt? Hatte der Sheriff von Denison, Texas, sein Bild auf diesem verfluchten Steckbrief gesehen, der aller Welt verkündete, dass die Gentry-Brüder Banditen waren? Als Letztes erinnerte er sich, dass er am Pokertisch in einem Saloon gesessen hatte, dessen Name ihm nicht mehr einfiel, und sein letztes Geld auf ein Gewinnerblatt gesetzt hatte. Der Pot war beträchtlich gewesen, und er hatte allen am Tisch Runden spendiert. Er kramte in seiner Erinnerung nach mehr Informationen, fand jedoch keine und unterdrückte ein Stöhnen. Was, zum Teufel, war geschehen?

»Endlich bist du aufgewacht. Ich hatte mir schon Sorgen gemacht.«

Beim Klang der rauen Stimme stachen Schmerzen durch Sams Kopf. Langsam drehte er ihn. Seine trüben Augen erfassten mit einiger Mühe einen Mann, der ihm vage vertraut vorkam. Er hockte auf dem Boden und lehnte mit dem Rücken an der Wand. Der Mann war viel älter als Sam. Sein rötliches Haar war von grauen Strähnen durchzogen, und seine lederartige Haut ließ darauf schließen, dass er die meiste Zeit seines Lebens im Freien verbracht hatte.

»Kenne ich dich?« Sam erkannte seine eigene Stimme nicht, so heiser und krächzend klang sie.

Der Mann lachte glucksend. »Na klar, Sohn. Ich bin Rusty Ramsey von der B&G-Ranch. An wie viel von der vergangenen Nacht erinnerst du dich?«

»An verdammt wenig.«

»Du bist ein höllisch guter Kämpfer, Sam.«

»Du kennst meinen Namen?«

»Du hast ihn gestern Nacht erwähnt. In Texas fragt niemand nach dem Nachnamen. Das ist ungesund, wenn du verstehst, was ich meine.«

Sam verstand genau, was er meinte.

»Du hast gestern Nacht 'ne Menge Geld am Pokertisch gewonnen und jedem 'ne Runde spendiert. Ich nehme an, du hast dir gesagt, dass du noch ein paar Drinks mehr brauchst, weil du eine Glückssträhne hattest.«

»An so viel kann ich mich erinnern. Aber das erklärt nicht, warum ich mich fühle, als wäre ich von einem Heuwagen überfahren worden. Warum hast du mich als guten Kämpfer bezeichnet?«

»Der Kampf ist der Grund, weshalb wir beide im Knast stecken. Ich nehme an, Sheriff Hale wird bald auftauchen, um uns freizulassen.«

Sam setzte sich langsam auf. Sehr langsam. »Erzähl mir von dem Kampf, Rusty. Ich kann nicht glauben, dass ich irgendetwas getan habe, um in einer Zelle zu landen. Ich habe versucht, nicht ins Gefängnis zu kommen, seit ich vor ein paar Wochen Dodge verlassen habe.«

»Du kommst also von Kansas«, stellte Rusty fest. »Dein

Akzent kam mir gleich bekannt vor. Ich nehme an, du kannst dich nicht erinnern, dass die Jungs von der Cramer-Ranch einen Kampf mit mir angefangen haben, oder?«

Sam schüttelte den Kopf und bereute es sofort, weil das starke Schmerzen hervorrief.

»Sie stänkerten über die bevorstehende Heirat ihres Bosses mit der Besitzerin der B&G. Sagten, ich sei zu alt, um als Vormann weiterzumachen und müsste mir einen Job suchen, wenn Taylor Cramer die B&G übernimmt. Es machte mich sauer, als alt bezeichnet zu werden.« Er rieb sich übers Kinn. »Vermutlich war es blöde von mir, mich mit zwei Mann anzulegen, die viel jünger waren als ich, aber sie machten mich wütend. Ich habe dich nicht um deine Hilfe gebeten, aber ich wusste es zu schätzen, als du dich in den Kampf warfst.«

»Kein Wunder, dass ich mich zerschlagen fühle. Normalerweise kann ich bei einem Kampf was aushalten, aber normalerweise kämpfe ich ja auch nicht, wenn ich besoffen bin. »Haben wir gewonnen?«

Rusty grinste. »Jedenfalls haben wir nicht verloren. Der Sheriff griff ein, bevor jemand ernsthaft zu Schaden kam.«

»Sind die Jungs von der Cramer Ranch noch im Gefängnis?«

»Nein. Sheriff Hale erfuhr, dass ich angefangen hatte, und ließ die Cramer-Cowboys laufen. Mach dir keine Sorgen, wir sind bald hier raus. Ich muss zur Ranch zurück. Lady Boss ist auf mich angewiesen.«

Sam verspürte Erleichterung. Er würde freikommen, also hatte der Sheriff den Steckbrief offenbar nicht gesehen. »Die B&G gehört einer Frau?«

»So ist es. Ihr Onkel starb vor ein paar Monaten und vermachte sie ihr. Ein Jammer. Sie wurde nicht für die Rancharbeit geboren und kennt nicht die Bohne davon. Aber ich schaukele den Laden für sie. Sie lernt schnell und hat keine Angst vor harter Arbeit.«

Das Quietschen von Türangeln schickte neue Schmerzen hinter Sams Augen. Er blinzelte, und bemerkte die große, stämmige Gestalt des Sheriffs.

»Seid ihr Jungs bereit, zu verschwinden?«

Rusty stemmte sich auf die Füße. »Das nehme ich an, Sheriff.«

Der Sheriff schloss die Zellentür auf und öffnete sie. »Ihr könnt gehen. Sie sollten es besser wissen, als eine Schlägerei anzufangen, Rusty. Und Sie ebenfalls, junger Freund.« Er fixierte Sam mit strengem Blick. »Sie sind ein Fremder in der Stadt, nicht wahr?« Sam nickte. »Wenn Sie hier bleiben wollen, sollten Sie wissen, dass ich keinen Krawall in der Öffentlichkeit dulde. Denison ist eine friedliche Stadt, und ich werde dafür sorgen, dass sie das bleibt.«

»Sam wird Ihnen keine Probleme mehr machen, Sheriff«, versprach Rusty.

Sam erhob sich schwankend, begierig darauf, aus dem Gefängnis zu kommen. Er folgte Rusty ins Freie und blinzelte in den Sonnenschein.

»Du siehst schrecklich aus«, bemerkte Rusty.

»Du hast vermutlich auch schon besser ausgehen.«

»Was wirst du jetzt machen? Hast du geschäftlich in der Stadt zu tun?«

Sam rieb sich über die Bartstoppeln. »Ich reite nur durch.«

Rusty klopfte ihm auf den Rücken. »Ich mag dich, mein Junge. Wenn du Arbeit suchst, kann ich dir einen Job auf der B&G anbieten. Wir können noch ein, zwei Arbeiter brauchen.«

»Was ist mit deinem Boss? Wird sie da nicht ein Wörtchen mitzureden haben?«

»Das Heuern und Feuern überlässt sie mir. Sie hat genug damit zu tun, sich um ihren Sohn zu kümmern. Der kleine Andy ist ein wildes Kerlchen.«

Sam erwog ernsthaft, Rustys Angebot anzunehmen. Er hatte die Rancharbeit stets der Farmarbeit vorgezogen, und eine Ranch war ein guter Ort, um sich eine Weile zu verstecken. Und er bezweifelte, dass die von ihm so gefürchteten Steckbriefe schon so weit im Süden verbreitet waren. Denison war eine kleine Stadt; er fühlte sich hier ziemlich sicher.

»Vielleicht nehme ich dein Angebot an, Rusty. Ich brauche einen Job und einen Ort, an dem ich mich für eine Weile bedeckt halten kann. Jedenfalls, bis der Boss diesen Cramer heiratet und uns rausschmeißt.«

»Er wird nicht alle Arbeiter feuern, nur mich und ein paar andere. Ich und Cramer hatten vor einiger Zeit Krach. Das war, bevor Hob Bigelow, Laceys Onkel, das Zeitliche segnete. Komm, Sam, vergiss diesen Bastard. Lass uns unsere Gäule aus dem Mietstall holen und zur Ranch rausreiten. Ich stelle dich der Chefin vor und arbeite dich ein. Weißt du etwas über Rancharbeit?«

»Ein wenig. Meine Leute waren Farmer, aber ich kann reiten und mit einem Lasso umgehen.«

»Das wird reichen.«

Sam und Rusty ritten aus der Stadt. Sam war froh, Denison hinter sich zu lassen. Er hatte Städte gemieden, seit er vor ein paar Wochen das Aufgebot abgeschüttelt hatte, doch Proviant und Geld waren ihm knapp geworden. So hatte er in Denison Station gemacht, um eine Pokerpartie zu finden. Er war stets ein guter Pokerspieler gewesen, nicht so gut wie Jess, doch besser als Rafe, sein anderer Bruder. Er hatte sein letztes Geld auf einen Straight gesetzt und gewonnen, doch nur der Himmel wusste, was er mit dem gewonnenen Geld gemacht hatte. Nach seinem Brummschädel zu schließen, hatte er wohl alles für Schnaps ausgegeben.

Sam brauchte jetzt etwas zu trinken. Er hatte bereits das Gefühl, sein Kopf müsste jeden Augenblick zerspringen, und der Ritt machte es noch schlimmer. Ein starker Kaffee würde ihm jetzt gut tun. Sams Gedanken schweiften zurück nach Kansas, zu dem Tag, an dem er und seine Brüder fälschlich des Bankraubs beschuldigt worden waren. Sie hatten nicht mal die Zeit gehabt, um zu überlegen, ob Flucht eine gute Idee war, denn ein Aufgebot hitzköpfiger Männer war hinter ihnen her gewesen und hatte sie aufhängen wollen.

In den vergangenen paar Wochen hatte sich Sam oftmals gefragt, ob sie ihre Unschuld hätten beweisen können, wenn sie nicht geflüchtet wären. Er bezweifelte ernsthaft, dass die Männer des Sheriffs sie lange genug am Leben gelassen hätten, um sie vor einen Richter und eine Jury zu bringen. Im Krieg waren die Gentry-Brüder Sympathisanten des Südens gewesen, und das in einem Yankee-Staat. Das hatten die Bürger sie niemals vergessen lassen. Nach dem Krieg hatten sie nicht mal Jesse, einem engagierten Arzt, erlaubt, seinen Beruf auszuüben. Sie hatten seine Praxis gemieden und boykottiert, und er war gezwungen gewesen, sie aufzugeben.

Rafe hatte sich hart bemüht, die Farm in Schuss zu bringen, doch die letzte Dürrezeit hatte zu ihrem Bankrott geführt. Und bei dem Versuch, einen Bankkredit zu bekommen, hatten durch eine falsche Anschuldigung all die Schwierigkeiten mit dem Gesetz angefangen.

»Ich wette, du hast Hunger«, sagte Rusty und versammelte sein Pferd neben Sam.

»Nein, aber ich kann was zu trinken brauchen«, antwortete Sam. »Du hast nicht zufällig eine Flasche dabei?«

»Ich bin kein Säufer. Ich hoffe, du bist auch keiner, denn der Boss mag keine Trinker, die bei ihr arbeiten.«

»Normalerweise betrinke ich mich nicht, wenn ich mir auch gern hin und wieder einen Schluck genehmige. Gestern Nacht war eine Ausnahme. Ich hatte in letzter Zeit ... ein bisschen Pech. Vermutlich habe ich mich davon unterkriegen lassen und deshalb ein bisschen zu viel gebechert. Es wird nicht wieder passieren. Aber im Augenblick würde ein Drink meinen Magen beruhigen.«

»Die Ranch ist gleich da vorne. Eine Tasse von Lukes Kaffee und einige von seinen heißen Pfannkuchen sollten dich aufmöbeln.«

Sam beschattete seine Augen vor den grellen Sonnenstrahlen und spähte zur Ranch. Geduckt und weitläufig stand sie auf einer kleinen Erhebung, umgeben von zahlreichen Nebengebäuden und knorrigen Bäumen. In der Ferne konnte er Rinder auf der Weide sehen, und auf dem Hof und der Pferdekoppel herrschte rege Betriebsamkeit.

»Sieht wie eine blühende Ranch aus«, meinte Sam.

»Der erste Eindruck kann trügerisch sein«, entgegnete Rusty. »Miss Lacey hat alle Mühe, um mit der Ranch über die Runden zu kommen. Ein paar Jahre Steuerschulden sind in Kürze fällig, und sie hat kein Geld, um sie zu bezahlen. Ich schwöre, dass sie Taylor Cramer nur wegen seines Geldes heiratet. Sie und der kleine Andy können nirgendwo sonst hin.«

Lacey!

Der Name weckte eine Fülle schmerzlicher Erinnerungen, die Sam zu vergessen versucht hatte. Nicht einmal seine Brüder wussten von Lacey, und so sollte es auch bleiben. Er konnte es kaum ertragen, auch nur an sie zu denken. Doch diese Lacey konnte nicht dieselbe Lacey sein, die ihn kaltblütig verraten hatte. Die Frau, die ihn in den sicheren Tod geschickt hatte. Aber er hatte sie ausgetrickst und war entkommen. Er schüttelte den Kopf, um die quälenden Gedanken zu verbannen. Soweit er wusste – obwohl er sich nicht bemüht hatte, es in Erfahrung zu bringen –, lebte Lacey immer noch in Pennsylvania.

»Ich nehme an, dein Boss ist eine Witwe.«

»So ist es. Ihr Mann fiel im Krieg. Dann starb ihr Vater. Nach dem Krieg kamen sie und ihr Sohn her, um bei Hob Bigelow zu leben, dem Bruder ihrer Mutter.«

»Hob Bigelow muss ein lausiger Geschäftsmann gewesen sein«, meinte Sam nachdenklich, und dachte bereits nicht mehr an Lacey Peters.

»Hob tat sein Bestes, doch er verlor einen Batzen Geld, weil er während des Krieges die Sache der Rebellen unterstützte. Hat seine Verluste nie wieder wettgemacht. Er starb viel eher, als er dachte, und hinterließ Miss Lacey einen Haufen unbezahlter Rechnungen, von deren Existenz sie keine Ahnung gehabt hatte, einschließlich fünf Jahre Steuerschulden.«

»Und du meinst, sie heiratet Taylor Cramer wegen seines Geldes?«

»Ich kann mir keinen anderen Grund vorstellen. Dieser Mann wollte schon vor Hobs Tod die Ranch in die Hand bekommen, doch Hob wollte nicht verkaufen. Er misstraute Cramer, und das tue ich ebenfalls.«

»Vielleicht liebt sie Cramer.«

Rusty stieß ein bellendes Lachen aus. »Ha! Das ist unwahrscheinlich. Ich wäre der Erste, der zugibt, dass ihr Junge einen Pa braucht, aber bestimmt nicht diesen Mann. Er mag den kleinen Andy nicht mal.«

Sie ritten durch das Tor. Rusty wies ihm den Weg zur Pferdekoppel. »Du bist nicht in der Verfassung, um Miss Lacey heute kennen zu lernen.« Er zügelte sein Pferd und saß ab. »Lass deinen Gaul hier, einer der Arbeiter wird sich darum kümmern. Ich bringe dich zuerst zur Küche, und dort kannst du Lukes Kaffee probieren. Wenn du das überlebst, kannst du alles überstehen. Dann solltest du dich waschen, dir eine leere Liege im Mannschaftsquartier suchen und deinen Kater ausschlafen. Das Mannschaftsquartier findest du dort drüben.« Er zeigte auf ein flaches, lang gestrecktes Gebäude bei der Küchenhütte.

»Ich nehme an, ich sehe ziemlich vergammelt aus. Möchte nicht die Chefin erschrecken.«

Sam schulterte seine Satteltaschen und machte sich auf den Weg zum Küchengebäude. »Kommst du mit?«

»Nicht sofort. Ich will erst die Cowboys überprüfen. Möchte nicht, dass sie sich um ihre Pflichten drücken. Wir sehen uns dann später.«

Der Koch war nicht im Küchenbau, und so nahm sich Sam einen Becher und bediente sich mit dem Kaffee, der auf der Herdplatte warm gehalten wurde. Der Kaffee war stark und schwarz. Und er trank ihn in langen Schlucken. Er brannte zu seinem Magen herab, aber er half, ihn zu beruhigen. Bei dem Gedanken an Essen wurde ihm fast übel, und so ging er gleich zum Mannschaftsquartier. Bei der Wasserpumpe machte er Halt und zog sein Hemd aus. Dann bückte er sich und pumpte sich kaltes Wasser über den schmerzenden Kopf.

Lacey trat aus der Hintertür, beschattete die Augen vor der grellen Sonne und ging mit forschen Schritten zum Hühnerstall, um Eier zu sammeln. Unter ihren Stiefeln und dem Saum des Rockes wallte Staub auf. *Wir brauchen Regen*, dachte sie, als ihr Blick über das braune Präriegras schweifte. Sie machte sich bei dieser Trockenperiode große

Sorge um die Rinder, doch zum Glück verlief über das Land der B&G ein kleiner Wasserlauf, der wegen der unterirdischen Quelle, aus der er gespeist wurde, selten austrocknete. Andere Rancher hatten in dieser Hinsicht nicht so viel Glück.

Lacey hatte den Hühnerstall fast erreicht, als sie einen Mann bemerkte, der sich an der Pumpe wusch. Er stand mit dem Rücken zu ihr, doch sie hätte geschworen, dass es keiner der Rancharbeiter war. Er bot einen prächtigen Anblick, ganz anders als die anderen Cowboys. Schmale Hüften, breite Schultern. Als er sich duckte, um den Kopf unter den Wasserstrahl zu halten, verweilte ihr Blick auf dem Spiel seiner Muskeln.

Auch wenn sie sein Gesicht nicht sehen konnte, kam ihr etwas an dem Mann vertraut vor. Zu vertraut. Ein Schauer lief ihr über den Rücken, als Erinnerungen auf sie einstürmten. Ihre Gedanken waren so schmerzlich, dass sie unwillkürlich aufstöhnte. Dann wurde ihr bewusst, dass sie auf das Hinterteil des Mannes starrte, und sie blickte hastig fort. Was würde er denken, wenn er sie dabei ertappte, wie sie ihn beobachtete?

Sie setzte den Weg zum Hühnerstall fort und versuchte, die unpassenden Gedanken und Erinnerungen zu verbannen, doch so ganz gelang ihr das nicht. Sie musste immer noch an den Mann denken, den sie einst geliebt hatte. Der dunkelhaarige Fremde erinnert sie an ihn, an den Krieg, und wie ihr Leben sich dadurch verändert hatte. Ein Rebell war in ihr Leben getreten und hatte sie ein wenig klüger, älter und mit verletzten Gefühlen zurückgelassen. Aber sie hatte Andy, und sie bereute keinen Moment der Erfahrung.

2

Sam schlief den ganzen Tag und die Nacht hindurch. Am folgenden Morgen stellte Rusty ihm Luke, den Koch der B&G, und die zehn Cowboys vor, die auf der Ranch arbeiteten. Die meisten waren junge Männer von siebzehn bis knapp dreißig. Sam passte irgendwie in die Mitte.

Nach einem zufrieden stellenden Frühstück nahm Rusty Sam mit, damit er Miss Lacey kennen lernte.

»Zu dieser Tageszeit ist sie für gewöhnlich in ihrem Büro und überprüft die Bücher. Bestimmt hat sie nichts dagegen, dass ich dich eingestellt habe, denn dafür bin ich zuständig, aber du musst sie trotzdem kennen lernen.«

Sam straffte die Schultern. »Sehen wir uns also deine Miss Lacey an. Wie sieht dieses Musterexemplar übrigens aus?«

»Wie ein Engel. Groß und blond, mit ungewöhnlich grün-goldenen Augen und einem Lächeln, das die Welt erhellen könnte. Die Jungs würden alles für sie tun, aber sie halten nicht viel von ihrem zukünftigen Mann.«

Sam schwieg nachdenklich. Groß und blond mit grün-goldenen Augen würde er die Lacey beschreiben, in die er während des höllischen Sezessionskrieges verliebt gewesen war. Aber diese Lacey war eine Yankee und lebte seines Wissens immer noch in Pennsylvania.

Rita, die Haushälterin, ließ sie durch die Hintertür in die Küche. Sie lächelte Rusty an. »Die Señora ist in ihrem Büro. Sie kennen den Weg.«

Als sie durch die Küche, das Wohnzimmer und durch den Flur gingen, registrierte Sam, dass alles im Haus sauber, ordentlich und gut gepflegt aussah. Die Möbel waren zweckbetont, nicht schick, doch offenbar strapazierfähig gebaut. Auf den gebohnerten Holzböden lagen Läufer und Brücken, und die Vorhänge waren aufgezogen, um durch die offenen Fenster die Brise hereinzulassen.

»Dies ist Miss Laceys Büro«, sagte Rusty und blieb vor einer geschlossenen Tür stehen.

Er klopfte leicht an, und einen Moment später forderte ihn eine weibliche Stimme zum Eintreten auf. Rusty öffnete die Tür und betrat das Büro. Sam folgte ihm dichtauf.

»Guten Tag, Miss Lacey«, grüßte Rusty. »Ich habe einen neuen Arbeiter eingestellt und dachte mir, Sie möchten ihn kennen lernen. Sag Miss Lacey guten Tag, Sam.«

Sam trat vor und sah sich plötzlich in seinen schlimmsten Albtraum versetzt. Miss Lacy war Lacey Peters! Die Frau, die er hasste – wozu er allen Grund hatte! Die Frau, die schreckliche Erinnerungen wachrief. Da war sie, seine Nemesis, sein Albtraum, und sie sah noch schöner aus als damals. Nach all diesen Jahren hatte ihm das Schicksal einen verheerenden Schlag versetzt.

Lacey starrte Sam Gentry an, als sei er ein Geist, der aus der Vergangenheit zurückgekehrt war, um sie zu quälen. Sie erbleichte, und ihre Hände zitterten, als sie sich an der Schreibtischkante festklammerte. Sam Gentry! Lebend! Nicht tot und all diese Jahre begraben, wie sie hatte glauben müssen! Er stand vor ihr und wirkte noch größer als damals. Er war ein wenig älter, doch er sah noch besser aus, als sie ihn in Erinnerung hatte. Sie konnte es nicht glauben. Er lebte! Und er starrte sie mit mehr Verachtung an, als sie verdiente.

Warum hatte er nach dem Krieg keinen Kontakt mit ihr aufgenommen? Sie konnte sich den Grund vorstellen, aber er irrte sich. Sie hatte nichts mit der Entscheidung ihres Vaters, ihn bei den Yankees gegen ihren Bruder auszutauschen, zu tun gehabt.

»Alles In Ordnung, Miss Lacey?«, fragte Rusty. »Sie sehen auf einmal regelrecht krank aus.«

Lacey hörte Rustys Stimme wie aus weiter Ferne. Es war ihr klar, dass sie eine Antwort geben musste, doch sie brachte keinen Ton heraus. Ihr Gesicht war weiß wie ein Laken, aber sie hatte soeben den größten Schock ihres Lebens erlitten. Sie rang um Fassung, schluckte hart und sagte: »Ich bin mit jedem einverstanden, den Sie einstellen, Rusty, Sie sind hier der Fachmann. Aber wenn es Ihnen nichts ausmacht, möchte ich mit Sam ein paar Worte unter vier Augen sprechen.«

Wenn Rusty Laceys Bitte ungewöhnlich fand, so zeigte er das nicht. »Klar, Miss Lacey. Triff mich am Korral, wenn du hier fertig bist, Sam.«

Sam und Lacey starrte einander weiterhin lange an, als Rusty das Büro verlassen hatte. Lacey brach dann das lastende Schweigen. »Du hast mich all diese Jahre denken lassen, du wärst tot! Warum?«

Sam suchte nach Worten und fand sie schließlich. »Du weißt verdammt gut, warum! Hast du dir eingebildet, ich käme zu dir zurück, nachdem du mich verraten hast?«

»Ich hatte nichts damit zu tun.«

Bitterkeit färbte seine Worte. »Erzähl das jemandem, der dir das glaubt.«

»Ich habe Captain Wiltshire angefleht, mir zu sagen, was mit dir geschehen ist. Er sagte nur, dass du zu einem Schiff gebracht worden und nach Norden ins Gefängnis transportiert worden bist. Ich schrieb nach Washington, doch dort hatte man keine Akten, dass du einer ihrer Gefangenen bist. Man sagte mir, du seist vermutlich vor deiner Ankunft im Gefängnis gestorben, angesichts der Zustände auf den Gefangenenschiffen. Ich wollte nicht glauben, das du tot bist, aber alles, was man mir sagte, wies darauf hin.«

»Captain Wiltshire!«, zischte Sam. »War das nicht dieser blonde Yankee, der zu mir kam, nachdem du mich verraten hattest? Hast du mit ihm angebändelt, nachdem er mich wegschaffen ließ?« Er lachte bitter. »Du hast doch nicht im Ernst geglaubt, er würde mich für deinen Bruder austauschen, nicht wahr?«

Laceys Gesicht nahm einen schmerzlichen Ausdruck an. »Ich wusste es damals nicht, aber mein Bruder war bereits bei Andersonville gefallen. Captain Wiltshire hat es irgendwie versäumt, uns das zu sagen.«

Seine Stimme klang beißend. »So war dein Verrat also vergebens. Nun, du hättest dir keine Sorgen zu machen brauchen. Ich bin nie bis zum Gefängnis gekommen. Es stimmt, dass mich eine Yankee-Patrouille bis zum Gefangenenschiff eskortierte, doch sie geriet in eine Falle der Rebellen, und ich wurde befreit. Ich überlebte den Rest des Krieges ohne einen Kratzer.«

»Warum hast du mir nicht gesagt, dass du lebst? Ich bin deine Frau. Ich hatte ein Recht, es zu erfahren.«

»Du hattest keine Rechte. Die hast du an dem Tag verloren, an dem mich die Yankees abgeholt haben.«

»Warum bist du hier? Wie hast du mich gefunden?«

»Ich bin durch Zufall hier. Ich hatte keine Ahnung, dass ich dich hier antreffen würde. Tatsache ist, dass ich nie auch nur an dich gedacht habe. Es ist, als ob du nie existiert hättest.«

Lacey wirkte schwer betroffen, doch sie erholte sich sofort wieder. »Hast du unsere Ehe beendet? Dir eine andere Frau genommen?«

»Ich sah keinen Grund, um mich scheiden zu lassen, weil ich nicht wieder heiraten wollte ... nie wieder. Du hast mich gelehrt, dass man Frauen nicht vertrauen kann. Ich war jung und dumm, als ich dich kennen lernte. Der Krieg, die Bedrohung durch plötzlichen Tod bewirkt Seltsames bei den Menschen. Wir hätten niemals heiraten sollen. Im Laufe der Zeit schaffte ich es, zu vergessen, dass ich eine Frau gehabt habe. Ich hörte, dass du bald heiratest, und so nehme ich an, dass ich nicht der Einzige bin, der unsere Ehe vergessen hat.«

Lacey Kinn bebte, doch sie zügelte ihren Zorn. »Ich hielt dich für tot. Sechs Jahre lang habe ich auf deine Rückkehr gewartet. Was hätte ich sonst denken sollen?«

»Netter Versuch, Lacey, aber er wird nicht klappen. Wie viele Geliebte hast du seit dem Tag unserer Trennung gehabt? Ich hörte, du hast einen Sohn.«

»Lass Andy aus dem Spiel. Er hat mit dir und mir nichts zu tun.«

»Wer ist der Vater des Jungen? Ist es Wiltshire? Warum wollte er dich nicht heiraten? Oh, stimmt ja, du warst bereits verheiratet. Wessen Name trägt der Junge?«

»Mama, Mama! Rita hat Zuckerplätzchen gemacht. Kann ich eines haben?«

Der Junge, der in den Raum platzte, war das Abbild von Lacey, von den blonden Löckchen bis zur kecken Nase. Nur seine Augen waren anders. Sie waren blau und blickten arglos. Sam wusste sofort, dass es nicht sein Junge war, denn die Gentry-Männer hatten alle dunkle Haare und Augen. Offensichtlich war der Junge das Kind des blonden Captain Wiltshire, genau wie er geargwöhnt hatte.

Sam beobachtete leidenschaftslos, wie Lacey die Arme ausbreitete, und Andy sich hineinwarf.

»Darf ich, Mama? Ich verspreche auch, am Mittag den Teller leer zu essen.«

»Natürlich, Andy. Lauf jetzt. Sag Rita, dass du ein Plätzchen haben darfst, aber nur eins.«

Andy strahlte sie an. Dann bemerkte er Sam. »Sie sind neu hier, nicht wahr, Mister?«

Der Junge war so sympathisch, dass Sam sein Lächeln nicht unterdrücken konnte. »Ich habe soeben angeheuert. Mein Name ist Sam. Und wie heißt du?«

»Andy.«

»Und wie noch? Du hast doch einen Nachnamen, nicht wahr?«

»Sam …« Die Warnung kam von Lacey und wurde prompt ignoriert.

»Andy Gentry«, sagte der Junge. »Mein Papa ist tot. Er starb im Krieg. Mama sagt, er war ein Held.«

Sam starrte Lacey grimmig an. »So, das hat sie gesagt. Wie alt bist du?«

Andy streckte die Brust raus. »Fünf. Fast ein Mann, Manns genug, um mich um Mama zu kümmern, jedenfalls.«

»Lauf jetzt, Liebling«, sagte Lacey. »Mr. … äh … Sam und ich müssen miteinander reden.«

»Bis dann, Sam!«, rief Andy über die Schulter, als er aus der Tür flitzte.

»Du hast ihm meinen Nachnamen gegeben!«, zischte Sam. »Er ist das Abbild von Wiltshire. Warum trägt dein Bastard meinen Namen?«

»Ich schulde dir keine Erklärungen«, entgegnete Lacey heftig. »Was willst du bezüglich unserer Ehe unternehmen? Wirst du die Scheidung einreichen oder soll ich das tun?«

Die eigensinnige Ader in Sam sprach, bevor sein vernünftigeres Ich über die Antwort nachdachte. »Ich werde verdammt nichts tun.«

Der Zorn weckte in ihm den Wunsch, Lacey zu kränken. Wenn es ihre Hochzeitspläne beeinträchtigte, dann nur zu. Sollte sie leiden, wie er gelitten hatte. Er hatte sie geheiratet, weil er sie geliebt hatte. Sie hatte ihn nach einer Schlacht auf einem mit Leichen übersäten Schlachtfeld in Pennsylvania gefunden. Er war am Bein verletzt gewesen, und sie hatte ihn mitgenommen, gesund gepflegt und vor den Yankees versteckt.

Sie hatten sich verliebt ... oder vielmehr er hatte sich verliebt. Ihr Vater hatte sie eines Nachts beim Sex erwischt und den Prediger zum Bett geschleppt, um sie trauen zu lassen. Sam war fast genesen, als er von den Yankees geholt worden war. Tom Peters, Laceys Vater, hatte ihn glauben gemacht, dass Lacey ihn verraten hatte, und Sam hatte keinen Grund gehabt, daran zu zweifeln. Man hatte ihm erzählt, sie hätte so gehandelt, um ihren Bruder zu retten. Captain Wiltshire hatte sie informiert, dass Ron Peters in einem Gefängnis des Südens gefangen gehalten wurde und sterbenskrank war. Sam war überzeugt gewesen, dass Lacey ihn, Sam, im Tausch für ihren Bruder angeboten hatte.

Lacey wurde bleich. »Was hast du gesagt?«

»Du wirst nicht so leicht aus dieser Ehe herauskommen. Weiß dein Zukünftiger, dass sein Sohn ein uneheliches Kind ist? Hast du ihm etwas von deiner Vorgeschichte erzählt?«

»Hol dich der Teufel!«, zischte Lacey. »Taylor Cramer weiß, dass ich eine Witwe bin. Andys Geburt war in jeder Hinsicht legal.«

»Aber du bist keine Witwe, oder? Und Andy ist nicht mein Sohn.« Er legte eine Pause ein, plötzlich entsetzt über das, was Lacey getan hatte. »Wie konntest du es wagen, deinem Sohn meinen Nachnamen zu geben!«

»Welche Wahl hatte ich denn? Ich war deine Frau, trug deinen Namen.«

»Frau, ha! Weißt du, wie verraten ich mich gefühlt habe, als mich die Yankees abholten? Hast du eine Ahnung, welchen Qualen du mich ausgesetzt hast? Ich habe dich geliebt, verdammt! Es macht mich krank, daran zu denken, wie jung und blöde ich damals war.«

»Ich war nicht einmal dort, als Captain Wiltshire dich holte. Ich hatte nichts damit zu tun. Weißt du, wie ich mich gefühlt habe, als du heute lebend und wohlauf hier aufgetaucht bist? Meine erste Reaktion war Schock. Dann packte mich der Zorn, weil du mich all die Jahre in dem Glauben gelassen hast, dass du tot ist.«

»Du warst tot für mich; warum sollte ich nicht auch für dich gestorben sein?«

Leichte Schuldgefühle stiegen in Sam auf, doch er schob sie beiseite. Was Lacey ihm angetan hatte, war unverzeihlich. Er sollte keine Reue empfinden, weil er sich nicht gemeldet hatte. Ihre Trauer hatte offenbar nicht lange gewährt. Ihr Sohn Andy war der Beweis, dass sie nicht gewartet hatte, um sich einen Liebhaber zu nehmen.

»Gewiss hast du nicht vor, zu bleiben«, sagte Lacey. »Ich werde in ein paar Wochen heiraten.«

Sam lächelte sie spöttisch an. »Das bezweifle ich.«

»Sam, bitte. Wenn ich dir jemals etwas bedeutet habe …«

Er kniff die dunklen Augen zu Schlitzen zusammen, und seine Miene verhärtete sich. »Der junge Mann, der dich geliebt hat, existiert nicht mehr. Tut mir Leid, Lacey, es wird keine Hochzeit geben. Willst du es Cramer sagen oder soll ich das tun?«

Lacey schluckte eine scharfe Erwiderung hinunter. Diesen Sam hatte sie nicht gekannt und keine Ahnung gehabt, wozu er fähig war. Der Sam, den sie einst geliebt hatte, war freundlich und liebevoll und süß gewesen. Dieser Sam war hart und kalt und gefühllos. Warum musste er von den Toten zurückkehren?

»Ich werde es ihm sagen, wenn es mir passt. Aber er wird sich das nicht bieten lassen. Er will mich heiraten, und ... und ... ich will ihn heiraten.«

Dunkle, glitzernde Augen forschten in ihrem Gesicht. »Das klingt nicht gerade überzeugend. Dies sollte interessant werden. Jetzt bist du eine Weile an der Reihe zu leiden.«

Sam weiß nicht, was leiden ist, dachte Lacey. Es war verheerend für sie gewesen, zu erfahren, dass ihr Vater Sam verraten hatte. Als niemand ihr hatte sagen können, was mit Sam geschehen war, und sie angenommen hatte, er wäre in einem Gefangenenlager gestorben, hatte sie sich gefühlt, als sei ihr Leben zu Ende. Das Wissen, dass Sam in den Tod gegangen war und geglaubte hatte, sie hätte ihn verraten, hatte sie fast umgebracht. Dann hatte sie erfahren, dass sie schwanger war, und ihr Sohn hatte ihr einen Grund gegeben, weiterzuleben.

Jetzt war Sam wieder in ihr Leben getreten, aber es war nicht der Sam, den sie geliebt hatte. Sie wusste intuitiv, dass dieser rachsüchtige Mann ihre Erklärungen nicht anhören würde, und so gab sie ihm keine. Sie wollte, dass er fortging, bevor schmerzvolle Erinnerungen all die Dinge ihn ihr wachriefen, die sie an Sam Gentry geliebt hatte.

»Ich kann dich feuern«, sagte Lacey. »Ich brauche dich nicht hier arbeiten zu lassen. Mir gehört die B&G, und ich kann heuern und feuern, wen ich will.«

»Du kannst mich nicht feuern, Lacey. Ich bin dein Ehemann. Dir mag die B&G gehören, aber du gehörst mir. Darf ich annehmen, dass du noch unsere Heiratsurkunde hast?«

»Du darfst annehmen, was du willst.«

»Natürlich hast du sie noch. Es ist die einzige Möglichkeit, wie du beweisen kannst, dass Andy ein eheliches Kind ist, auch wenn ich nicht der Vater des Kindes bin.«

Lacey zögerte. Jetzt wäre es ein guter Zeitpunkt, Sam zu sagen, dass Andy sein Sohn war, aber eine innere Stimme riet ihr davon ab, diese Information preiszugeben. Sie hatte keine Ahnung, ob Sam positiv auf seinen Sohn reagieren würde. Wenn Sam ihr glaubte, versuchte er vielleicht, ihr Andy wegzunehmen, aber sie bezweifelte ernsthaft, dass er ihr glauben würde.

Lacey entschied sich für eine vernünftige Annäherung. »Es wäre das Beste für uns beide, wenn du gehen würdest und wir uns gütlich scheiden lassen.«

Sam dachte über Laceys Bitte nach und lehnte sie kurzerhand ab. Er wollte keine Scheidung, aber nicht weil er sich Lacey immer noch gefühlsmäßig verbunden fühlte. Ganz und gar nicht. Er empfand nichts als Verachtung für sie.

»Bedaure, Lacey. Ich gehe nicht. Ich werde eine Weile hier bleiben.« Er wandte sich zur Tür. »Wir sehen uns beim Abendessen.«

»Was?« Sie starrte ihn entgeistert an.

Sein Tonfall war spöttisch. »Ich finde, es wird Zeit, dass ich meinen Sohn kennen lerne, meinst du nicht auch?«

»Zum Teufel mit dir, Sam Gentry! Wenn du Andy Schaden zufügst, werde ich dir das niemals verzeihen.«

Sam schloss die Tür und lehnte sich dagegen. Nach all diesen Jahren hatte ihn das Wiedersehen mit Lacey aufgewühlt. Sie hatte sich von dem unschuldigen jungen Mädchen in eine schöne, voll entwickelte Frau verwandelt. Durch die Geburt von Andy war ihre Figur noch vorteilhafter geworden; üppige Kurven erfüllten, was ihre jugendliche, unentwickelte Figur versprochen hatte. Ihr blondes Haar war nicht dunkler geworden, sondern hatte die Farbe von reifem Weizen behalten, und ihre Augen waren so haselnussbraun, wie er sie in Erinnerung hatte. Er konnte gut verstehen, warum er sich damals in sie verliebt hatte.

Sam verließ das Haus und machte sich auf den Weg zum Korral. Rusty wartete auf ihn.

Rusty musterte Sam aus schmalen Augen. »Du und Miss Lacey, ihr müsst aber 'ne Menge miteinander zu reden gehabt haben. Habe noch nie erlebt, dass sie so lange mit neuen Arbeitern gesprochen hat. Bleibst du nun oder nicht?«

»Ich bleibe.«

Diese kurze Antwort schien Rustys Neugier zu wecken. »Worüber hast du denn mit Miss Lacey gesprochen?«

»Über dies und das. Was hast du heute für mich zu tun, Rusty?«

Rusty erkannte, dass er nichts mehr von Sam erfahren würde. »Behalte deine Geheimnisse für dich, Sam. Wir können dich auf der Nordweide gebrauchen ... Die Herde muss auf ein Gebiet mit besserem Gras getrieben werden. Wenn diese Dürre nicht bald aufhört, werden unsere Kühe umfallen wie die Fliegen. Sattle dein Pferd und triff mich am Zaun. Ich bringe dich selbst dort raus.«

Während Sam sattelte, spähte Andy neugierig auf die Koppel, entdeckte Sam und eilte zu ihm.

»Hat Rusty dich angeheuert?«

Sam warf einen flüchtigen Blick zu dem Jungen. »Ja. Ich reite jetzt nur Nordweide.«

»Es wird dir hier gefallen. Alle mögen Mama und Rusty. Von wo kommst du, Sam?«

Der Junge war von der freundlichen Art, das musste Sam ihm lassen. »Oben von Kansas.«

»Ich und Ma kamen mit Onkel Hob hierhin, nachdem Großvater starb. Wir wohnten in Pennsylvania. Habe ich dir erzählt, dass mein Daddy im Krieg gefallen ist?«

»Ja. Ich hörte, dass du bald einen neuen Daddy bekommst.«

Sam brach fast in Gelächter aus, als er Andys Miene sah.

»Der fiese alte Cramer wird niemals mein Daddy sein«, sagte Andy mit einer Heftigkeit, die Sam sofort ernüchterte. »Er war nicht mal im Krieg. Er mag mich nicht, und ich kann ihn auch nicht leiden.«

»Hat du das deiner Mutter gesagt?«

Andy nickte bedrückt. »Sie sagte, ich bilde mir das nur ein. Sie meint, wir brauchen den fiesen alten Cramer, um die Ranch zu retten.« In seinem jungen Gesicht zuckte es, als wollte er heulen. »Die Ranch kann mir gestohlen bleiben. Ich will nicht, dass Mama diesen blöden Mann heiratet.«

Ein ungewolltes Gefühl des Mitleids stieg in Sam auf. Er musste zugeben, dass der Kleine ein nettes Kerlchen war. Für die Umstände seiner Geburt konnte Andy ja nichts. Er war unschuldig an den Missetaten seiner Mutter. Sams Mitleid ging jedoch nicht so weit, dass er Andy als seinen Sohn akzeptierte, ungeachtet der Tatsache, dass der Junge den Namen Gentry trug.

Sam stieg auf sein Pferd. »Ich muss jetzt reiten, Andy. Wir sprechen später darüber, wenn du möchtest.«

Andy strahlte zu ihm auf. »Jawohl, Sir! Rusty lässt auch mit sich sprechen, aber er ist immer so beschäftigt. Bis später dann.«

An diesem Tag arbeitete sich Sam müde. Er konnte sich nicht erinnern, jemals so bis zur Erschöpfung gearbeitet zu haben. Die Arbeit auf einer Farm war hart, doch Rancharbeit war kein Kinderspiel. Er hatte einige der Cowboys kennen gelernt und fand sie alle sympathisch. Als sie sich versammelten, um das Mittagessen zu verzehren, das Luke ihnen gebracht hatte, hörte Sam den Unterhaltungen zu und gelangte zu dem Schluss, dass die meisten der Cowboys Taylor Cramer nicht ausstehen konnten. Während er sich an der Wasserpumpe wusch, rief er sich Bruchstücke der Unterhaltung in Erinnerung.

»Miss Lacey ist zu gut für Cramer«, hatte ein junger Cowboy namens Bart gesagt.

Ein anderer namens Lefty hatte seine Meinung hinzugefügt: »Ich habe nicht vor, hier zu bleiben, wenn sie Cramer geheiratet hat.«

Zustimmendes Gemurmel folgte. Sam entschied sich, herauszufinden, was die Cowboys gegen Cramer hatten.

»Warum seid ihr alle gegen Cramer?«, fragte er gedehnt und scheinbar gleichgültig.

»Zum einen kann er Andy nicht leiden«, erklärte Lefty.

»Da hast du Recht, Lefty«, stimmte der junge Bart zu. »Andy ist einem manchmal im Weg, aber er ist ein freundlicher kleiner Kerl. Mir machen seine Fragen nichts aus. Cramer scheint sich über den Jungen zu ärgern. Ich kann nicht begreifen, warum Miss Lacey das nicht bemerkt.«

»Wir alle wissen, warum«, warf Lefty ein. »Er ist reich und Miss Lacey braucht Geld, um die Ranch zu retten. Ich glaube, Cramer hat auch einige private Pläne. Er hat die Ranch schon lange haben wollen.«

»Warum nimmt die Chefin keinen Kredit auf?«, fragte Sam.

»Sie ist eine Frau. Banken verleihen an Frauen kein Geld«, meinte Lefty.

Sam hatte aus dieser Unterhaltung mehr erfahren, als er gewollt hatte. Es sollte ihm gleichgültig sein, was mit Lacey geschah oder was in ihrem Leben vorging, doch die Klagen der Cowboys über Cramer zu hören, brachte ihn auf die Palme und machte ihn sehr neugierig auf den Mann, den Lacey heiraten wollte.

Sam wusch sich an der Wasserpumpe zu Ende und sah Rusty nahen. »Ich bringe dich zum Küchenbau, Sam«, kündigte Rusty an. »Luke serviert heute seinen Spezialeintopf.«

»Ich esse heute im großen Haus zu Abend«, antwortete Sam.

Rusty starrte ihn an. »Was? Habe ich das richtig gehört, Sohn? Hast du gesagt, du isst mit Miss Lacey und Andy?«

»So ist es, Rusty.«

Rusty schob seinen Hut zurück und kratzte sich am Kopf. »Was geht da vor, Sam? Das passt nicht zu Miss Lacey. Bist du sicher, dass sie dich zum Abendessen eingeladen hat?«

»Ganz sicher. Ich gehe dorthin, sobald ich mich umgezogen habe.«

Rusty grinste. »Nun, das ist ja sagenhaft! Miss Lacey muss dich ins Herz geschlossen haben. Ich habe bei ihr kein Interesse an einem Mann erlebt, seit sie hergekommen ist, um bei Hob Bigelow zu leben.«

»Sie muss aber genug Interesse an Taylor Cramer gehabt haben, um bereit sein, ihn zu heiraten.«

Rusty zog seinen Hut wieder in die Stirn. »Nun, da bin ich mir nicht so sicher. Denk im Haus an deine Manieren. Miss Lacey ist eine Lady.«

Sam verdrehte die Augen. Er kannte Lacey besser als

jeder andere. Sie war eine Lady, das stimmte. Eine Lady ohne Herz.

Lacey ging unruhig auf und ab und verharrte immer wieder, um aus dem Fenster zu blicken. Sam würde doch nicht wirklich kommen, oder? Es kostete Nerven, sich selbst zum Abendessen einzuladen, aber dieser neue Sam hatte Nerven im Überfluss. Was würden Rusty und die Cowboys denken? Nie zuvor hatte sie einen Arbeiter zum Essen ins Haus eingeladen. Ihres Wissens hatte das auch Onkel Bob niemals getan, mit Ausnahme von Rusty, und der war mehr ein Freund als ein Vorarbeiter.

Vielleicht sollte sie zuerst Andy füttern. Ihn dann fortschicken, damit Sam nicht sein Mütchen an ihm kühlen konnte. Ja, das würde sie tun. Sie ging zur Küche. Rita kam ihr auf der Türschwelle entgegen.

»Señor Sam ist da, Señora. Er kam durch die Hintertür. Soll ich ihn ins Esszimmer führen?«

Sam schob sich an der rundlichen kleinen Frau vorbei, was gar nicht so leicht war. »Geben Sie sich keine Mühe, Rita. Ich bin bereits hier.«

»Sí, Señor. Das Abendessen ist fertig. Ich werde Andy rufen.«

»Bin schon da, Rita!«, rief Andy und flitzte herbei. »Ich hoffe, es gibt Schokoladenkuchen zum Nachtisch.«

»Sí, den hast du schließlich bestellt, nicht wahr?«

»Du verwöhnst ihn, Rita«, sagte Lacey lächelnd.

»Nimm deine Mutter am anderen Arm, Andy, und wir werden sie beide zum Essen führen.«

Mit glänzenden Augen hakte sich Andy bei Lacey ein.

»Isst du mit uns, Sam?«

»Hast du was dagegen?«

Andy blickte fragend zu Lacey. »Nicht, wenn Mama einverstanden ist.«

Lacey kochte vor stummem Zorn. In Andys Anwesenheit konnte sie wenig sagen.

Sie erreichten das Esszimmer und Lacey setzte sich ans Kopfende des Tisches. Sam setzte sich auf den Stuhl zu ihrer Linken, und Andy setzte sich auf seinen üblichen Platz rechts von ihr. Rita brachte kurz darauf Platten mit Roastbeef, Bratkartoffeln, gemischtem Salat und frischem Brot.

Sie aßen schweigend. Lacey stocherte in ihrem Essen herum und unterließ es, ein Gespräch anzufangen, weil sie befürchtete, dass Sam etwas Unpassendes in Andys Anwesenheit sagen konnte.

»Ich bin fertig, Mama«, sagte Andy und zeigte Lacey stolz seinen leeren Teller. »Kann ich jetzt meinen Kuchen haben?«

Wie aufs Stichwort hin kam Rita mit drei großen Stücken Schokoladenkuchen.

»Schokoladenkuchen mag ich mit am liebsten, Andy«, sagte Sam und musterte den Kuchen anerkennend.

Lacey sagte nichts. Jedes Mal, wenn Sam mit Andy sprach, brach ihr das ein wenig das Herz. Andy brauchte einen Vater, aber Sam war nicht der Richtige. Er hatte zu viel Zorn in sich. Sie wollte nur Sam aus ihrem Leben herausbekommen, bevor er die Dinge für sie und Taylor verdarb.

Taylor! Sie musste ihm noch erzählen, dass ihr Mann lebte, und davor fürchtete sie sich. Aber vielleicht konnte Taylor ihr helfen, eine schnelle Scheidung durchzusetzen.

Andy gähnte herzhaft und legte seine Gabel ab. »Ich bin satt, Mama.«

»Und du bist müde, Schatz. Geh nach oben und bereite

dich zum Schlafen vor. Ich komme später rauf und decke dich zu.«

Andy rutschte von seinem Stuhl. Er drückte einen feuchten Kuss auf Laceys Mund und lief dann zu Sam. »Halte mal kurz den Kopf runter, Sam«, sagte er scheu.

Lacey stöhnte auf, als ihr klar wurde, was Andy vorhatte. Sie versuchte es zu verhindern. »Lass Sam in Frieden, Schatz.«

Aber Sam hatte bereits den Kopf gesenkt. Lacey konnte an seiner verwirrten Miene erkennen, dass er keine Ahnung hatte, was Andy wollte. Er wirkte bestürzt, als Andy sich auf die Zehenspitzen stellte und ihm einen schmatzenden Kuss auf die Wange drückte.

»Gute Nacht, Sam. Ich bin froh, dass Mama dich zum Essen eingeladen hat. Das ist besser, als wenn der fiese alte Cramer mit uns isst. Er meckert immer an meinen Manieren rum.«

»Ich finde deine Manieren einfach prima, Andy. Gute Nacht.«

Andy flitzte aus dem Zimmer.

»Danke, dass du nichts gesagt hast, was Andy kränken könnte«, sagte Lacey widerstrebend.

»Ich bin kein Monster, Lacey. Andy hat nichts mit unseren Differenzen zu tun. Er kann übrigens deinen Taylor Cramer nicht leiden, weißt du das?«

»Ich weiß, aber er ist nur ein Kind. Er würde jeden ablehnen, der ihm seiner Meinung nach die Mama wegnimmt.«

»Anscheinend mag er mich.«

»Er hält dich für einen Arbeiter auf der Ranch. Andy ist gut Freund mit allen Cowboys. Frag sie nur. Er hat keinen Grund, auf dich eifersüchtig zu sein.«

»Ich glaube, da irrst du dich, Lacey. Aber ich bin ja nicht für Andy verantwortlich, nicht wahr? Ich habe keinen

Grund, mich um sein Glück zu kümmern. Zum Glück für Andy habe ich nicht vor, mich von dir scheiden zu lassen, so braucht sich der Junge keine Sorgen wegen Taylor zu machen, nicht wahr?«

Lacey hatte fast mehr von Sam hingenommen, als sie ertragen konnte. In sechs Jahren war Sam von einem süßen jungen Mann zu einem arroganten Tyrannen geworden. Sie erhob sich mit so viel Würde, wie sie aufbringen konnte, und warf ihre Serviette auf den Tisch. »Es ist Zeit …«

»Möchten Sie Kaffee im Wohnzimmer, Señora?«

Rita stand mit einem erwartungsvollen Ausdruck auf dem runden Gesicht in der Tür.

»Nein, ich …«

»Kaffee klingt wundervoll«, fiel Sam ihr ins Wort, bevor sie aussprechen konnte. »Und das Wohnzimmer ist prima.«

»Wie kannst du es wagen!«, zischte Lacey, als Rita fort war. »Dies ist mein Haus.«

»Und ich bin dein Mann«, erwiderte Sam gedehnt, packte Lacey am Ellenbogen und zog sie ins Wohnzimmer.

Er blieb vor dem Sofa stehen, doch anstatt sie Platz nehmen zu lassen, packte er sie mit der anderen Hand am Oberam und zog sie an sich. Ein Schauer lief über Laceys Rücken. Er starrte in ihre Augen, und sein Gesicht war so nahe, dass sie seinen Atem auf der Wange spüren konnte. Sie blinzelte, unterbrach den Augenkontakt, doch als sie die Augen wieder öffnete, starrte er sie immer noch an.

»Was? Was ist?«

»Du bist schön«, murmelte er. »Schöner als ich dich in Erinnerung hatte.« Er senkte den Blick auf ihre Brüste. »Ich kann mich auch nicht erinnern, dass du so gut ausgestattet bist. Die Jahre sind dir gut bekommen.«

»Ich war erst siebzehn, als wir geheiratet haben. Frauen

ändern sich im Laufe der Jahre und werden reifer. Du hast dich auch geändert.«

Sein Blick kehrte zu ihrem Gesicht zurück. »Wieso?«

Sie zögerte kurz und sagte dann: »Du bist härter, kälter, beherrschter. Du bist ebenfalls reifer geworden. Dein Körper ist ...« Sie verstummte, konnte das Kompliment nicht über die Lippen bringen, denn es wäre ein Kompliment. Sams Körper war jetzt der eines ganzen Mannes. In seinen jungen Jahren war er mager gewesen. Jetzt war er muskulös und kräftig.

Sie wandte ihren Blick ab, doch Sam ließ es nicht zu. Er hob ihr Kinn an und senkte seinen Kopf. Ein überraschter Schrei entfuhr ihr, als seine Lippen ihren Mund berührten. O Gott, sie konnte dies nicht ertragen. Nicht wieder. Nicht, nachdem sie es gelernt hatte, ohne Sam zu leben. Wenn sie zuließ, dass er ihr wieder wehtat, würde das vernichtend für sie sein.

Die erste Berührung seines Mundes war federleicht, nur ein Hauch gegen ihre Lippen. Ihr stockte der Atem. Dann vertiefte er den Kuss, rieb seine Lippen an ihren, und der süße Kitzel brachte ihre Welt durcheinander. Und dann war es völlig um sie geschehen, denn sein Kuss wurde hart, fordernd, und seine Zunge stieß in ihren Mund, suchend und voller Verlangen.

Sie verlor sich in seinem Kuss, gab ihm, was er suchte, und ihr Mund und Körper verschmolzen mit ihm. Dann hörte sie ihn aufstöhnen und wurde abrupt in die Realität zurückgerissen. Sie gab ihm einen Stoß gegen die Brust, schob ihn von sich und starrte ihn entsetzt an.

»Warum tust du mir das an? Du hasst mich.«

»Ich wollte sehen, ob du dich erinnerst, wie es einst zwischen uns war ... Ob die Leidenschaft zwischen uns immer noch existiert.«

Lacey wischte sich mit dem Handrücken über den Mund. Ihre Stimme klang bitter vor Groll. »Und was hast du herausgefunden?«

Sam lächelte sie spöttisch an. »Ich habe nichts empfunden. Es war nichts zwischen uns. Du hast unsere damalige Leidenschaft getötet, als du mich verraten hast.«

Lacey starrte ihn an, und in ihren Augen schimmerten Tränen, die sie nicht vergießen wollte.

Ein einziges Wort kam über ihre zitternden Lippen: »Lügner.«

3

Sams finstere Miene verriet seinen Ärger. Seine Augen verengten sich zu Schlitzen, und ein Muskel zuckte an seinem Kinn.

»Ich bin kein Lügner«, grollte er und schob sie von sich. »Du hast die Liebe getötet, die ich einst für dich empfunden habe. Du bedeutest mir nichts mehr.«

»Da bin ich froh!«, erwiderte Lacey ebenso giftig. »Das Gefühl beruht auf Gegenseitigkeit.«

Sam machte auf dem Absatz kehrt und stürmte aus dem Haus. Er konnte sich nicht erinnern, wann er jemals so zornig gewesen war, mit Ausnahme vielleicht von jenem Tag, an dem Lacey ihn an die Yankees verraten hatte. Warum, zum Teufel, hatte er sie küssen müssen? Was genau hatte er dadurch zu gewinnen gehofft?

Er fuhr sich mit der Zungenspitze über die Lippen, kostete Laceys Geschmack darauf. Er glaubte noch, ihren weichen Mund zu spüren, als sie seinen Kuss erwiderte hatte und ihr Körper mit seinem verschmolzen war. Die Erinnerung wühlte ihn auf, und er versuchte, sie zu verdrängen. Was, verdammt noch mal, war mit ihm los? Nach dem Ende des Krieges war er überzeugt gewesen, Lacey aus seinen Gedanken und dem Herzen verbannt zu haben, und er hatte sie niemals bei seinen Brüdern erwähnt. Das Schicksal musste sich gegen ihn verschworen haben, indem es Lacey zur schlimmstmöglichen Zeit in sein Leben zurückgebracht hatte.

Was würde Lacey sagen, wenn sie wüsste, dass er steckbrieflich gesucht wurde? Würde sie ihn melden und hoffen, dass man ihn aufhängte, damit sie Cramer heiraten konnte? War ihr nicht klar, dass Andy unglücklich sein würde, wenn sie Cramer heiratete? Bedeutete ihr die Ranch mehr als das Glück ihres eigenen Sohnes?

In dem Moment, in dem Sam das Mannschaftsquartier betrat, wurde es still. Er grüßte und ignorierte die fragenden Blicke, die auf ihn gerichtet waren. Sam wusste, dass die Männer neugierig waren und wissen wollten, welche Beziehung er mit Lacey hatte, aber er war nicht bereit, die Wahrheit preiszugeben … noch nicht. Er wusste ja selbst nicht, was er tat oder wie dies enden würde. Er war noch wie betäubt, weil er Lacey in Texas gefunden hatte, zu benommen, um all dies zu durchdenken.

»Wir machen eine kleine Pokerpartie«, sagte Lefty. »Willst du mitspielen?«

»Warum nicht?«, antwortete Sam und setzte sich auf den Stuhl, den Rusty mit dem Fuß heranzog.

Sam verlor das erste Spiel und gewann die nächsten zwei. Er fragte sich flüchtig, wie lange es noch dauern würde, bis jemand seine Einladung zum Abendessen mit Lacey und Andy zur Sprache bringen würde.

Er brauchte nicht lange zu warten. »Du hast ein mächtig gutes Abendessen versäumt«, sagte Rusty. »Lukes Rindfleischeintopf ist der beste, den ich jemals gegessen habe. Sogar noch besser als der von Rita.«

Sam stieß nur einen Grunzlaut aus.

Rusty räusperte sich. »Ich will ja nicht neugierig sein, aber ich könnte schwören, dass du und Miss Lacey euch schon vor dem heutigen Tage begegnet seid. Im Nachhinein betrachtet, hatte ich den Eindruck, dass ihr beide schockiert wart, euch zu sehen, oder irre ich mich da?«

Die Pokerpartie geriet abrupt ins Stocken. Alle Aufmerksamkeit konzentrierte sich auf Sam und seine Antwort auf Rustys Frage. Sam erkannte, dass er etwas sagen musste, um ihre Neugier zu befriedigen – ohne die ganze Wahrheit zu erzählen; darauf war er noch nicht vorbereitet.

»Lacey und ich haben uns vor langer Zeit gekannt.«

Ein lastendes Schweigen folgte dieser Erklärung.

»Hast du Laceys Mann gekannt?«, wollte Lefty wissen.

»Ja, ich nehme an, das kann man sagen.«

Als Sam sich dann nicht mehr äußerte, ging das Pokerspiel weiter, doch den ganzen Abend blickte man immer wieder mal verstohlen und forschend zu ihm.

Nach der Pokerpartie legte sich Sam auf seine Pritsche. Er konnte nicht einschlafen. Gedanken an Lacey quälten ihn. Lacey hatte Recht gehabt. Er hatte gelogen, als er behauptet hatte, bei ihren Küssen nichts empfunden zu haben. Er hatte sie gespürt und gekostet und sich erinnert ... zu verdammt gut. Beim ersten Mal, als sie sich geliebt hatten, war sie jungfräulich gewesen. Süß, unberührt und unschuldig – leidenschaftlich. Er rief sich ihre gestohlenen Küsse in Erinnerung, ihren Austausch von Zärtlichkeiten, bis sie sich schließlich ihrer jugendlichen Lust hingegeben hatten.

Nach dem ersten Sex hatten sie anscheinend nicht genug voneinander bekommen können und waren unvorsichtig geworden. Eines Nachts waren sie von Tom Peters beim Liebesspiel überrascht worden, und sofort war eine Zwangsheirat gefolgt. Nicht, dass Sam ihre Ehe bedauert hatte – jedenfalls nicht zu Anfang. Er war so verliebt gewesen, dass er die Heirat begrüßt hatte. Er hatte gewusst, dass der alte Peters nicht begeistert war, einen Rebellen als Schwiegersohn zu haben, doch die Vorstellung, dass Lacey ein uneheliches Kind bekommen könnte, war sogar noch widerlicher für ihn gewesen.

Dann hatte Lacey den Verrat an ihm begangen. Sie war nicht einmal in der Nähe geblieben, um dass Ergebnis ihres Verrats zu sehen. Sie war den ganzen Tag abwesend gewesen.

Bevor Sam endlich einschlief, erlebte er noch einmal den Kuss, den er und Lacey heute Abend geteilt hatten. Als Letztes erinnerte er sich noch daran, wie köstlich weich und sinnlich sich ihr üppiger Körper an seinem angefühlt hatte.

Die folgenden Tage waren zu arbeitsreich für Sam, um sich irgendwelche Gedanken außerhalb seiner Arbeit zu machen. Die Jungtiere mussten das Brandzeichen aufgedrückt bekommen, und die Arbeit war heiß, schmutzig und erschöpfend. Aber Sam entdeckte während dieser hektischen Tage etwas über sich selbst. Die Rancharbeit machte ihm Spaß. Er konnte Laceys Entschlossenheit, die Ranch zu retten, jetzt völlig verstehen. Was er nicht entschuldigen konnte, war ihre Methode, sie zu retten. Er hatte noch niemanden kennen gelernt, der Taylor Cramer mochte.

Die Arbeit mit dem Brandeisen war bald vorüber. Die Cowboys machten an diesem Tag früh Feierabend, dankbar für die paar Stunden Freizeit vor dem Abendessen. Sam war so begierig wie jeder sonst, auf seine Pritsche zu fallen und auszuruhen – bis er ein Pferd sah, das er am Haltepfosten vor dem Ranchhaus angebunden sah und sich anders besann. Er wusste intuitiv, dass der berüchtigte Taylor Cramer zu Besuch gekommen war. Seine Erschöpfung wurde von einer plötzlichen Entschlossenheit abgelöst, den Mann kennen zu lernen, den Lacey zu ihrem Ehemann ausgewählt hatte. Er konnte es kaum erwarten, ihn der Illusion zu berauben, dass er und Lacey heiraten würden.

Sam stoppte kurz bei der Wasserpumpe, um sich zu waschen, bevor er zum Haus ging. Ohne anzuklopfen trat er durch die Hintertür ein und erschreckte Rita.

»Señor Sam, ich habe Sie nicht klopfen gehört.«

»Ich habe auch nicht geklopft, Rita. Wo ist Lacey?«

»Aber Señor, Sie können nicht ins Haus kommen, wenn es Ihnen beliebt. Selbst Señor Rusty klopft an. Señora Lacey hat strikte Regeln für die Arbeiter aufgestellt. Sie will ...«

»Mir ist es verdammt egal, was Lacey will, Rita. Ist sie mit Cramer im Wohnzimmer?«

»Sí, Señor. Warten Sie hier. Ich werde ihr sagen, dass Sie sie sprechen möchten.«

»Ich werde mich selbst ankündigen.«

Aus irgendeinem Grund beunruhigte ihn der Gedanke, dass Lacey mit Cramer allein war. Was, zur Hölle, war bloß mit ihm los?

Sam schritt über den Flur, der die Küche vom Wohnzimmer trennte, und verharrte jäh, als er Andy auf sich zurennen sah. Er packte Andy an der Hüfte und stoppte seine Flucht.

»He, was soll die Eile?«

»Er ist hier«, sagte Andy und zappelte in Sams Griff.

»Wer ist hier?«

»Der fiese alte Cramer. Ich habe gehört, wie er zu Mama gesagt hat, sie soll mich zu irgendeiner Schule wegschicken. Ich hasse ihn! Warum soll mich Mama wegschicken? Ich bin brav gewesen.« Er ließ den Kopf hängen, schniefte und murmelte: »Jedenfalls die meiste Zeit.«

Sam stellte Andy auf die Füße. »Warum gehst du nicht zu Rusty und schaust zu, was er macht? Ich möchte mit deiner Mutter reden.«

Andy schaute ihn so hoffnungsvoll an, dass er wegsehen musste. »Wirst du versuchen, Mama auszureden, dass sie mich fortschickt? Ich will hier bleiben.«

»Ich werde mein Bestes tun, Sohn.«

Andy ergriff seine Hand und drückte sie. »Ich mag dich, Sam. Willst du mein Pa sein?«

Darauf hatte Sam keine Antwort. »Geh schon Andy. Überlass deine Mutter mir.«

Andy eilte davon, und seine Schritte waren entschieden leichter, als er sich eine Träne aus dem Auge wischte.

Sam schaute ihm nach, die Hände zu Fäusten geballt. Was, zum Teufel, war passiert, um Lacey zu einer lieblosen Mutter zu machen? Er konnte kaum glauben, dass sie ihren eigenen Sohn wegschicken wollte, um die Ranch zu retten. Hatte sie kein Mitleid? Kein Herz?

Sam hörte Stimmen aus dem Wohnzimmer. Entschlossen stürzte er hinein und erschreckte die beiden anwesenden Personen.

Ein Mann fuhr zu ihm herum. »Was hat das zu bedeuten? Wer sind Sie?«

Sam musterte Taylor Cramer und hatte auf den ersten Blick eine Abneigung gegen ihn. Er sah gar nicht mal schlecht aus, doch etwas an seinem Äußeren stieß Sam ab. Cramer war mittelgroß, blond und schlank. Er hatte einen dünnen Oberlippenbart, und sein Gesicht wirkte nicht unsympathisch – bis man in seine Augen sah. Sie waren kalt, fast farblos grau, ohne jegliche Wärme, ohne Gefühl. Andy hatte ihn zu Recht »fies« genannt. Diese toten Augen gaben stummes Zeugnis von seiner Bösartigkeit. Sam war schon Männern wie Cramer begegnet, und er empfand für sie nur Verachtung.

»Sam! Was machst du hier?«, rief Lacey. »Ich habe dir gesagt, dass ich das selbst regele.«

Cramer betrachtete Lacey mit kaltem Hochmut. Seine Stimme klang sanft, doch sein Tonfall enthielt eine Spur von Autorität. »Vielleicht solltest du mir das erklären, meine Liebe.«

Sam wartete, um zu hören, was Lacey sagen würde.

»Dies ist schwierig«, begann sie. »Ich hätte nie zugestimmt, dich zu heiraten, wenn ich davon gewusst hätte.«

Taylor warf Sam einen Blick zu, der andere Männer hätte einschüchtern können. »Sprich weiter, Lacey.«

Lacey gestikulierte nervös. »Ich habe dir gesagt, dass ich verheiratet war und mein Mann im Krieg gefallen ist.«

»Das wusste ich«, sagte Cramer. »Was hat deine vorherige Ehe mit diesem Mann zu tun, der in dein Haus hereinplatzt?«

Sam verlor fast die Geduld. Je eher Cramer die Wahrheit wusste, desto schneller würde er Lacey und Andy in Frieden lassen.

»Ich nehme an, sie sind Taylor Cramer«, sagte Sam und bedachte ihn mit einem Blick, der seine ganze Verachtung zeigte. »Es ist an der Zeit, dass ich mich vorstelle. Ich bin Sam Gentry, Laceys Ehemann. Verzeihen Sie, dass ich Ihnen nicht die Hand schüttele. Ich finde es ziemlich peinlich, den Verlobten meiner Frau kennen zu lernen.«

Cramers Gesicht lief rot an. »Was?« Er starrte Lacey böse an. »Sag mir, dass es nicht wahr ist. Sag mir, dass der Bastard lügt.«

Sam empfand fast Mitleid mit Lacey, doch er kämpfte dagegen an.

»Ich ... ich wusste nicht, dass Sam lebt«, erklärte Lacey. »Er hat kein einziges Mal in all den Jahren seit seinem vermeintlichen Tod versucht, Kontakt mit mir aufzunehmen. Ich hielt mich für eine Witwe. Niemand, den ich fragte, hat mir etwas anderes erzählt. Nach allem, was man mir sagte, musste ich einfach glauben, dass Sam im Krieg gefallen war.«

Cramers Augen verengten sich. »Sam Gentry«, sagte er mit bitterer Betonung. »Und warum tauchen Sie jetzt auf? Sie hatten Jahre Zeit, um Lacey wissen zu lassen, dass Sie am Leben sind. Ich verstehe das nicht.«

Lacey schwieg und so übernahm Sam das Wort. »Es erwartet keiner von Ihnen, dass Sie das verstehen. Ich bin Laceys Ehemann, mehr brauchen Sie nicht zu wissen. Es wird keine Hochzeit geben. Weder jetzt noch jemals.«

»Das werden wir ja sehen!«, zischte Cramer. »Sie können jetzt nicht einfach auftauchen und Anspruch auf ihre Frau erheben. Ich werde mir nicht meine Pläne verderben lassen.«

»Das habe ich anscheinend soeben getan«, erwiderte Sam gedehnt. Es war ein verdammt gutes Gefühl, Lacey und ihrem Verlobten einen Strich durch die Rechnung zu machen.

Cramer packte Lacey an den Oberarmen und zerrte sie herum, um ihr ins Gesicht zu sehen. Sam knurrte einen leisen Fluch und bereitete sich darauf vor, Cramer windelweich zu prügeln. Dann sprach Cramer, und Sam zwang sich, lange genug zu warten, um Laceys Antwort auf Cramers Frage zu hören.

»Willst du mich immer noch heiraten, meine Liebe?«

Sam konnte sehen, wie Lacey nach Worten suchte, und er verlor die Geduld.

»Verdammt, Lacey! Sag dem Mann, was er wissen will!«

Lacey hasste die Art, wie Sam sie tyrannisierte. Wie konnte er es wagen, sich jetzt in ihr Leben einzumischen? Wenn er sie gewollt hätte, dann hätte er nach dem Krieg nur zu ihr zurückkehren und sie und ihren Sohn für sich beanspruchen müssen. Sie schuldete ihm nichts. Nicht das Geringste.

Sie starrte Sam wütend an, richtete ihre Worte jedoch an Cramer. »Selbstverständlich will ich dich immer noch heiraten, Taylor.«

Sams fluchte lautlos in sich hinein. Lacey spürte seinen heißen Zorn und wünschte, ihre Worte rückgängig machen zu können. Sie befürchtete, dass dieser Sam, der Sam, den sie kaum kannte, gewalttätig reagieren würde.

Cramer lächelte Sam selbstgefällig an. »Das wollte ich nur wissen, meine Liebe. Überlass alles mir. Sam Gentry hat dich verlassen. Das wird das Gesetz berücksichtigen müssen. Ich sage deiner ungewollten Ehe ein schnelles Ende voraus. Ihr werdet im Nu geschieden sein.«

Sam knirschte mit den Zähnen. »Es wird keine Scheidung geben. Ich schlage vor, dass Sie jetzt gehen, Cramer. Belästigen Sie meine Frau und ... meinen Sohn nie wieder.«

Lacey glaubte ihren Ohren nicht trauen zu können. Sam hatte soeben Andy für sich beansprucht! Was hatte das zu bedeuten? Hatte er endlich die Ähnlichkeit zwischen Andy und sich bemerkt? Hatte er hinter das blonde Haar und die blauen Augen geblickt und sein Abbild erkannt?

Cramer nahm seinen Hut und setzte ihn auf. »Sie werden noch von mir hören, Gentry. Und was dich anbetrifft, Lacey, ich werde gleich darangehen, dich von diesem Bastard zu befreien. Ich werde wiederkommen.«

Als Cramer die Tür hinter sich zuknallte, fuhr Lacey zu Sam herum, und ihre Augen blitzten vor Zorn. »Verdammt, Sam Gentry! Du hast alles verdorben! Warum bist du nicht tot geblieben?«

»Ich bin nie tot gewesen«, zischte Sam. »Ich kann einfach nicht glauben, dass du diesen gefühllosen Kerl heiraten willst.«

»Gefühllos! Du weißt nichts über Taylor, wie kannst du ihn als gefühllos bezeichnen?«

»Ich habe mit Andy gesprochen. Als er Cramer sah, flüchtete er aus dem Haus, als wäre der Teufel hinter ihm her. Er hasst Cramer. Hast du dich jemals gefragt, warum?«

Lacey reckte das Kinn. »Ich weiß, warum. Er ist eifersüchtig.«

»Das hat nichts mit Eifersucht zu tun. Andy denkt, du willst ihn auf ein Internat schicken, wenn du Cramer heiratest.«

Lacey stieg das Blut in die Wangen. »Er muss uns belauscht haben. Taylor meint, ein Internat wäre gut für Andy, aber ich bin nicht davon überzeugt. Er ist viel zu jung, um fortgeschickt zu werden. Andy hätte sich den Rest der Unterhaltung anhören sollen, bevor er voreilige Schlüsse zieht. Und warum sollte dich das interessieren? Andy bedeutet dir nichts.«

»Ich würde mich für jedes Kind interessieren, das den Mann hasst und fürchtet, den seine Mutter heiraten will.«

»Andy und ich brauchen Taylor. Ich habe seit Onkel Hobs Tod mein Bestes getan, aber ich verfüge nicht über genügend Wissen, um eine Ranch zu führen. Taylor kennt sich da aus, und er hat die Mittel, um uns das Leben leichter zu machen.« Sie starrte ihm in die Augen. »Andy braucht einen Vater.«

»Du hast es geschafft, dir das einzureden, aber mich kannst du nicht überzeugen. Es wird keine Scheidung geben. Du musst lernen, dass nicht immer alles nach deinem Willen geht. Denke zur Abwechslung einmal an deinen Sohn.«

»Andy ist mein Grund zum Leben!« Lacey schrie fast. »Vater starb, du warst fort und ich hatte niemanden außer Andy. Onkel Hob rettete uns praktisch, indem er uns fragte, ob wir mit ihm in Texas leben wollen. Er liebte diese Ranch. Sie war sein wahr gewordener Traum. Das Mindeste, was ich tun kann, ist, diesen Traum zu retten.«

»Du schuldest mir eine Menge mehr. Verrat ist kein schönes Wort.«

»Sag mir ehrlich, Sam, was kannst du mir und Andy bieten? Hast du das Geld, um die Ranch zu retten? Hast du ein Zuhause? Besitz? Was kannst du uns versprechen?« Sie schüttelte den Kopf. »Nichts, nehme ich an. Etwas hat dich nach Texas geführt. Darf ich fragen, was?«

Sam war in nicht der Lage, die meisten dieser Fragen zu beantworten. Wie konnte er Lacey erzählen, dass er ein Bandit war, wenn auch wegen einer fälschlichen Beschuldigung? Er besaß nichts. Kein Zuhause. Kein Land. Sehr wenig Geld. Aber er wollte sie auch nicht so leicht aus dieser Sache herauskommen lassen. Sie musste für den Verrat bezahlen. Außerdem würde es Andy zugute kommen, wenn er eine Ehe zwischen Lacey und Taylor verhinderte.

»Du hast Recht. Ich habe weder ein Heim noch Besitz. Aber ich habe eine Frau, die beides hat. Wenn du mich jetzt bitte entschuldigen willst, ich hatte einen langen Tag.«

Er wandte Lacey den Rücken zu, was das Falsche war. Sie stürzte auf ihn zu, trommelte mit den Fäusten auf seinen Rücken und schluchzte frustriert.

»Warum tust du mir das an?«

Sam fuhr herum, packte ihre Arme und zog sie an sich. »Du weißt, warum.«

Ihr Zorn war offensichtlich. Er hielt sie fest und schaute in die glühenden Tiefen ihrer schönen Augen. Was er darin sah, verschlug ihm den Atem. Er erkannte Verzweiflung, Hoffnungslosigkeit und – noch etwas anderes. Etwas, das ihn überraschte und verwirrte. Er sah Verlangen. Verlangen nach ihm, Sam, nicht nach Cramer.

Aufstöhnend senkte er den Kopf und nahm ihre Lippen gefangen. Ihr Körper versteifte sich in seinen Armen. Ihre Augen weiteten sich, und dann schloss sie sie, als er den Kuss vertiefte und ihre Lippen mit der Zunge teilte. Ihr Geschmack, ihr Duft, die Art, wie sie plötzlich mit ihm verschmolz, all dies weckte lange vergessene Erinnerungen, eine lange vergessene Liebe.

Lacey konnte der Lockung von Sams Lippen nicht widerstehen. Dies war der Mann, den sie einst über alles geliebt hatte. Dies war Andys Vater. Sie setzte zu einem Protest an, als er über ihren Rücken streichelte und schließlich ihre vollen Brüste umfasste. Sie seufzte auf, als sie seine Hände an den Brustspitzen spürte.

»Warum hast du mich verraten, Lacey?«, flüsterte Sam an ihren Lippen.

Die Frage ernüchterte sie. Sie versuchte, sich aus Sams Umarmung zu befreien, die plötzlich hart und unnachgiebig war. »Das habe ich nicht getan.«

Er drückte sie fester an sich. »Wer ist Andys Vater?«

Lacey blickte zu ihm auf und kämpfte gegen die Panik an, die in ihr aufstieg. Hatte er einen Verdacht? »Sag du mir das.«

Er schob sie von sich. »Das Spiel kannst du dir sparen. Du möchtest, dass ich denke, er ist mein Sohn, nicht wahr?«

Lacey wischte sich mit dem Handrücken über die Lippen. »Das ist das Letzte, das ich möchte. Du gehst jetzt besser. Ich muss Andy suchen und ihm sein Abendessen geben.«

»Ich suche ihn für dich«, sagte Sam nach längerem Schweigen. Er wandte sich zur Tür.

Lacey kam ein beunruhigender Gedanke. »Sam, warte!«

Langsam wandte sich Sam um, die dunklen Brauen fragend erhoben.

»Wissen Rusty und die Cowboys Bescheid? Über uns, meine ich?«

»Noch nicht, aber ich bezweifle, dass sie lange im Unklaren gehalten werden können.«

Dann ging er und ließ Lacey verwirrt und erschüttert zurück.

Was war in sie gefahren? Sam brauchte sie nur zu berühren, und sie war verloren. Sie betete, dass er nie herausfinden würde, welche Macht er über sie hatte. Ihr Leben hätte so anders sein können, wenn er nur an ihre Unschuld glauben würde.

Was war während der Jahre ihrer Trennung mit Sam geschehen? Sie wusste, dass er Brüder hatte, denn er hatte sie oftmals erwähnt. Sie besaßen auch eine Farm in Texas. Aber Sam hatte so gut wie zugegeben, dass sie nichts hatten – kein Geld, kein Heim, keinen Besitz. Da gab es ein Geheimnis, von dessen Lösung sie weit entfernt war. Irgendetwas war geschehen, was Sam nach Texas gebracht hatte. Etwas, das sie vermutlich besser nicht wusste.

Sam konnte die Gedanken an Cramer einfach nicht loswerden. Die folgenden Tage waren mit jeder Menge Arbeit ausgefüllt. Und mit Andy. Es schien dem Jungen Spaß zu machen, ihm auf Schritt und Tritt zu folgen, und Sam hatte keine Ahnung, warum. Zu keinem der anderen Arbeiter fühlte er sich so hingezogen. Nicht einmal zu Rusty, der in den Jungen vernarrt war. Sam musste zugeben, dass Andy sympathisch und sehr gescheit war. Eigentlich mochte Sam ihn von Tag zu Tag mehr, und er war sich nicht sicher, ob das eine gute Idee war.

Cramer war nicht auf die Ranch zurückgekehrt, und Sam sagte sich, dass der Mann feige war, aber er hütete sich davor, ihn zu unterschätzen. Dieser Gedanke brachte einen anderen. Die Beziehung zwischen Cramer und Lacey war anscheinend überhaupt nicht herzlich oder liebevoll. Cramer schien mehr an der Ranch interessiert zu sein als an Lacey, und aus irgendeinem Grund beunruhigte Sam das.

Sam hatte mit den Jungs im Küchenbau zu Abend gegessen und war mit Rusty auf dem Weg zum Mannschaftsquartier, als er Cramers Pferd am Haltepfosten angebunden sah, wo es mit dem Schweif Fliegen verscheuchte.

»Entschuldige mich, Rusty, aber ich muss etwas mit Lacey besprechen.«

Rusty hielt ihn am Arm fest. »Sam, ist da etwas mit dir und Lacey, von dem ich wissen sollte?«

»Noch nicht, Rusty. Du bist der Erste, der es erfährt, wenn etwas sein wird.«

»Ich weiß nicht genau, was hier vorgeht, aber ich nehme nicht hin, dass jemand Miss Lacey weh tut.«

Sam fuhr zu Rusty herum. »Du meinst, ich würde ihr weh tun und Cramer nicht?«

»Ich weiß nicht, was ich denken soll. Ich habe mich aufgeregt, als ich erfahren habe, dass Miss Lacey Cramer heiraten wird, aber ich bin mir nicht sicher, ob du der Richtige für sie bist.«

»Beruhige dich, Rusty. Fast jeder wäre besser für Lacey als Cramer.« Er riss sich von Rusty los. »Wir sehen uns dann später.«

Sams wachsender Zorn passte zu den Gewitterwolken, die sich am Himmel ballten. Wenn Cramer nicht klein beigab, würde er es verdammt bereuen. Sam war so in seine finsteren Gedanken vertieft, dass er Andy gar nicht bemerkte, der ihm nachrannte.

»Hey, Sam, nicht so schnell.«

Sam wandte sich um und wartete, bis Andy ihn einholte. »Was treibst du hier draußen? Es wird ein Gewitter geben.«

»Ich habe mich fortgeschlichen«, flüsterte Andy. »Er ist wieder da.«

»Ich weiß. Ich bin auf dem Weg zum Haus, um ihn mir vorzuknöpfen.«

Andy strahlte. »Du bist prima, Sam, ich mag dich wirklich.«

»Ich mag dich auch, Andy«, hörte Sam sich sagen. »Weißt du was? Warum schleichst du dich nicht zurück auf dein Zimmer, bevor dich deine Mama sucht?«

Als Sam das Ranchhaus erreichte, war er wütend genug, um Cramer aus dem Haus zu schmeißen. Das Wohnzimmer war von Licht erhellt, doch Sam ging nach hinten und trat durch die Hintertür ein. Rita war mit dem Abendessen beschäftigt.

»Schimpfen Sie nicht«, sagte Sam, als Rita zu einem Tadel ansetzte. »Da gibt es etwas, das Sie wissen sollten, aber ich verlasse mich darauf, dass es unter uns bleibt, bis der richtige Zeitpunkt da ist, um es allen zu erzählen.«

Rita furchte die Stirn, sagte jedoch nichts und wartete offensichtlich darauf, dass Sam fortfuhr.

Sam hoffte, dass es richtig war, Rita die Wahrheit zu erzählen, weil er keine andere Möglichkeit sah. Sie verdiente eine Erklärung, warum er uneingeladen ins Haus hereinplatzte.

»Es ist eine lange Geschichte, Rita, aber Sie sollten wissen, dass Lacey und ich verheiratet sind. Wir sind seit sechs Jahren Mann und Frau.«

Sam sah an ihrer verdutzten Miene, dass sie ihm nicht glaubte.

»Es stimmt, Rita«, beteuerte Sam. »Mein Name ist Sam Gentry.«

»Aber … aber Señor Sam. Señora Lacey wird Señor Cramer heiraten. Ihr Mann ist im Krieg gefallen.«

»Wie Sie sehen können, bin ich sehr lebendig. Wir … wir haben uns aus den Augen verloren, und sie hielt mich für tot. Jetzt, da ich sie gefunden habe, kommt es nicht in Frage, dass sie Cramer heiratet. Ist Cramer mit Lacey im Wohnzimmer?«

»Sí, Señor. Ich werde ihr sagen, das Sie hier sind.«

»Bemühen Sie sich nicht. Ich werde es ihr selbst sagen.«

Lacey saß auf der Sofakante, die Hände verschränkt, und hörte Taylor zu, der vor ihr auf und ab ging und lamentierte und tobte.

»Wie konntest du uns das antun, Lacey? Wir wollten in zwei Wochen heiraten. Jetzt muss ich die Hochzeit absagen, bis ich Sam Gentry rausschmeißen kann.« Er blieb vor ihr stehen und zog sie in seine Arme. »Ist es das, was du willst? Willst du mit einem Hungerleider von Cowboy verheiratet bleiben?«

»Natürlich nicht«, sagte Lacey ohne Zögern. Sie wollte Andys Zukunft sichern, und Taylor konnte für das sorgen, was Andy brauchte. Ein schönes Zuhause, Sicherheit, Geld für seine Ausbildung.

Cramers Lächeln enthielt keine Herzlichkeit. Ein unerklärbarer kalter Schauer glitt über Laceys Rücken. »Gut«, sagte Cramer. »Ich hatte gehofft, dass du das sagst. Überlass alles mir, meine Liebe. So oder so wird Sam Gentry aus deinem Leben verschwinden. Ich werde meine Pläne für die Ranch nicht stören lassen.« Er verstummte, als sei ihm bewusst geworden, was er leichtfertig preisgegeben hatte. »Verzeih mir, meine Liebe, ich meinte unsere Hochzeitspläne.«

Sam betrat das Wohnzimmer und hörte Lacey gerade sagen: »Was willst du hinsichtlich Sam unternehmen?«

»Überlass die Einzelheiten mir, Lacey. Ich weiß genau, wie ich Sam Gentry loswerde.«

Bevor Lacey wusste, wie ihr geschah, riss Cramer sie fester in seine Arme, senkte den Kopf und küsste sie. Lacey war schon von Cramer geküsst worden, doch diesmal fühlte sie sich abgestoßen, als er die Lippen auf ihren Mund presste und sie seine Zunge spürte. Sie erinnerte sich auch nicht, dass ihr sein Geschmack und Geruch so widerlich vorgekommen waren. Sie spürte seine Hände, mit denen er grob ihre Brüste betatschte, und dann brach die Hölle los.

Sie hörte ein Brüllen, als Sam wie aus dem Nichts heranraste. Cramer wurde von ihr weggezerrt und gegen die nächste Wand gestoßen.

»Ich habe Sie davor gewarnt, Lacey zu belästigen«, schnarrte Sam. Er holte mit der geballten Rechten aus, bereit, sie Cramer ins Gesicht zu schmettern.

Lacey fiel ihm in den Arm. »Bitte, Sam, tu es nicht.« Sie kannte Cramers rachsüchtige Art und wollte nicht, dass Sam seinetwegen Schwierigkeiten bekam.

Sam zögerte und schob Cramer dann weg. »Verschwinden Sie, Cramer, bevor ich wirklich die Beherrschung verliere. Sie können sich bei Lacey bedanken, aber ich verspreche Ihnen, dass ich beim nächsten Mal nicht so nachsichtig sein werde.«

Cramer wich zurück und betrachtete Sam hasserfüllt. »Das werde ich Ihnen nicht vergessen, Gentry.«

»Ich hoffe, dass Sie es sich merken«, gab Sam zurück. »Und nur um sicherzugehen, dass sie meine Frau nicht noch einmal belästigen, werde ich in dieses Haus einziehen ... in Laceys Bett.«

Lacey konnte nicht glauben, das all dies geschah. Gerade

als ihr Leben wieder ins Lot zu kommen begann, tauchte Sam auf und ruinierte alles. Er wollte bei ihr einziehen und das Bett mit ihr teilen? Nun, da würde sie ein Wörtchen mitsprechen!

»Du solltest jetzt besser gehen, Taylor«, riet sie. »Mit Sam werde ich fertig.«

»Er ist ein Wilder. Ich vertraue ihm nicht meine zukünftige Frau an. Halte dich von ihm fern, Lacey.«

»Ich will nichts mit ihm zu tun haben«, behauptete Lacey. »Ich kann es kaum erwarten, bis er aus meinem Leben verschwindet.«

»Ich werde sehen, was ich tun kann, damit dein Wunsch erfüllt wird«, sagte Cramer und nahm seinen Hut. »Ich werde in Kontakt mit dir bleiben, meine Liebe.«

Als die Tür hinter ihm zufiel, wandte sich Lacey Sam zu. »Musst du alles mit deinen Fäusten regeln? Was für ein Mann bist du geworden?«

»Das möchtest du nicht wissen«, murmelte Sam und rieb sich die Knöchel.

Niemals hatte sich Sam so gewünscht, jemanden zu verprügeln. Aber Lacey hatte Recht. Er musste alles verhindern, wodurch er mit dem Gesetz in Konflikt kam, und sein Gefühl sagte ihm, dass Cramer nicht zögern würde, ihm das Gesetz auf den Hals zu hetzen, wenn er ihn geschlagen hätte.

»Du hattest kein Recht, Taylor zu sagen, dass du das Haus und mein Bett mit mir teilen wirst.«

»Ich habe jedes Wort ernst gemeint«, grollte Sam. »Ich bin dein Mann. Es wird Zeit, dass die Arbeiter es erfahren.«

»Du hast mich verlassen!«

»Du hast mich verraten!«

»Du magst mich nicht mal.«

»Ich dachte, das beruht auf Gegenseitigkeit.«

Plötzlich verdunkelten sich Sams Augen, und von neuem stieg Zorn in ihm auf. »Du hast Cramer geküsst.«

Lacey straffte die Schultern. »Er hat mich geküsst. Das ist ein Unterschied.«

»Hast du es genossen?«

Sie presste die Lippen aufeinander. Sie hatte nicht vor, Sam zu sagen, dass ihr Taylors Kuss zuwider gewesen war. »Das geht dich nichts an. Ich werde Taylor heiraten. Verlobte Paare küssen ich.«

Mit Sam ging der Zorn durch. Er packte Lacey an den Oberarmen, zog sie an sich und seine Finger gruben sich in ihre weiche Haut. »Was hast du sonst noch mit Cramer getan? Ist er einer von der Legion deiner Geliebten?«

Lacey reichte es. Sie schob ihn von sich und schlug ihm ins Gesicht. Sam war derjenige, der sie verlassen hatte, und er hatte sich geweigert, sich ihre Erklärung anzuhören. Wie konnte er es wagen, sie der Untreue zu bezichtigen, wenn er vermutlich mehr Frauen in seinem Bett gehabt hatte, als er noch in Erinnerung hatte?

Sam wankte zurück und betastete seine Wange. Sie hatte ihn geschlagen! Keine Frau hatte das jemals getan. Frauen mochten ihn. Er hatte nie Probleme gehabt, bereitwillige Frauen für sein Bett zu finden. Selbst Lacey hatte es damals gewollt.

Er trat drohend einen Schritt auf sie zu. Sie wich keinen Zentimeter zurück, das Kinn hoch erhoben. Er hatte sie nie so kampflustig erlebt, und er empfand widerwilligen Respekt für ihren Mut. Nichts, was er tat oder sagte, schien sie einzuschüchtern.

»Tu das nie wieder«, warnte er. Seine Stimme enthielt eine Spur von kontrollierter Wut.

»Du machst mir keine Angst, Sam Gentry.«

»Ich hatte nie vor, dir Angst zu machen, sondern dich dafür bezahlen zu lassen, dass du mich verraten hast.«

»Der Krieg ist lange vorbei.«

»Der Krieg zwischen dir und mir hat nie geendet. Stell dich darauf ein, dass ich sehr bald einziehe und dein Bett mit dir teile.«

Sein wölfisches Grinsen bot Lacey keinen Trost. Dass Sam nach all diesen Jahren auf der Ranch aufgetaucht war, hatte ihr einen schlimmen Schlag versetzt. Dass er mit ihr und Andy im selben Haus wohnen würde, konnte nur zur Katastrophe führen. Sam hatte ihr einmal das Herz gebrochen, ein zweites Mal konnte sie das nicht überleben.

»Sam, denk darüber nach, bevor du etwas übereilst. Was ist mit Andy? Was soll er denken?«

»Andy mag mich. Ich bezweifle, dass er sich große Gedanken machen wird.«

»Er wird erfahren, dass wir verheiratet sind und ... nun, er wird dich für seinen Vater halten. Bist du darauf vorbereitet, ihm zu erklären, warum du all diese Jahre nicht da warst?«

»Ich werde mir etwas einfallen lassen«, erwiderte Sam, überhaupt nicht sicher, ob er bereit oder willens war, ein Kind für sich zu beanspruchen, das nicht von ihm war.

»Wenn du ihm seelischen Schaden zufügst, dann schwöre ich, dass ich dich umbringen werde!«, stieß Lacey hervor.

Die Drohung beunruhigte Sam überhaupt nicht. Lacey konnte keiner Fliege etwas zuleide tun, selbst wenn sie das wollte. Dennoch merkte er sich die Warnung.

4

In den folgenden Tagen war Sam so beschäftigt, dass er keine Zeit fand, ins Ranchhaus zu ziehen. Was das gemeinsame Schlafen mit Lacey in ihrem Bett anbetraf, so hatte er das nur gesagt, um sie zu verspotten, und ihr heftiger Protest überraschte ihn nicht. Besonders wenn Cramer ihr Geliebter war. Bei diesem Gedanken musste er ausspucken.

Nach einem erschöpfenden Tag im Sattel war Sam auf dem Weg zum Mannschaftsquartier, als er Lacey über den Hof gehen sah. Es war Waschtag, und ihr Ziel war die Wäscheleine, die zwischen zwei Bäumen gespannt war und auf der in der Brise Kleidungsstücke trockneten.

Sam beobachtete ihre langen, graziösen Schritte und bewunderte den Schwung ihrer Hüften. Er wusste aus Erfahrung, dass viel Leidenschaft in dieser schlanken Gestalt steckte. Am Anfang war Lacey heiß und begierig auf ihn gewesen. Sein Blick verweilte auf ihren Brüsten. Es waren nicht mehr die kleinen Hügel, die er in Erinnerung hatte. Sie waren voll und prall, genau wie er sie mochte. Ihre Taille war schmal, die Hüften waren sanft gerundet, und ihr Gesicht war sogar noch schöner geworden, wenn das überhaupt möglich war.

Seine Schritte führten ihn in ihre Richtung, ohne dass er sich dessen bewusst wurde. Er war tatsächlich überrascht, als er plötzlich neben ihr stand. Sie blickte flüchtig zu ihm und ignorierte ihn prompt, während sie weiterhin Wäschestücke von der Leine abnahm.

»Ich habe in letzter Zeit deinen Geliebten nicht gesehen«, sagte Sam. »Hoffen wir, dass er sich meine Warnung zu Herzen genommen und dich aufgegeben hat.«

Lacey schaute ihn nur wütend an.

»Wo ist Andy? Ich habe ihn nicht gesehen. Er ist doch nicht krank, oder?«

»Eine Erkältung und Fieber, nichts Ernstes. Ich hatte es schwer, ihn im Bett zu halten.«

»Sag ihm, dass ich nach ihm sehe, wenn ich mich gewaschen und umgezogen habe.«

»Das ist nicht nötig.«

Sams Miene verhärtete sich. »Sag es ihm einfach.«

»Warum? Warum kümmerst du dich um ihn? Andy ist ... nichts ... für dich.« Lacey erstickte fast an ihren Worten. Lügen kamen ihr nicht leicht über die Lippen. Aber Sam verdiente keinen Sohn wie Andy. Er war nur so lange hier geblieben, weil er sie für etwas bestrafen wollte, das vor langer Zeit geschehen und an dem sie schuldlos war.

»Andy ist unschuldig an allem«, erwiderte Sam. »Ich mag das Kerlchen. Es ist seine Mutter, die ich für schuldig halte.«

»Warum hegst du immer noch diesen Groll gegen mich? Du bist nie ins Gefängnis gekommen. Du bist entkommen und hast den Krieg ohne eine Schramme überstanden.«

»Nur weil ich überlebt habe, heißt das nicht, dass aus etwas Falschem etwas Richtiges wird. Die Liebe ist gestorben. Ich habe unter deinem Verrat gelitten. Jetzt bist du an der Reihe, zu leiden.«

Seine Worte dienten nur dazu, sie zu erzürnen. »Meinst du, ich habe nicht gelitten, als man mir sagte, du seiest tot?«

»Genau das meine ich. Andy ist der lebende Beweis dafür, dass du nicht lange getrauert hast. Erzähl mir nicht, dass du verletzlich warst und Wiltshire das ausnutzte. Den Blödsinn kannst du mir nicht weismachen.«

Lacey blickte ihn trotzig an. »Ich erzähle dir gar nichts in dieser Art, denn es würde nicht stimmen.«

»Das hatte ich mir gedacht«, presste Sam hervor.

Warum sind Männer so schwer von Begriff?, dachte Lacey. Sam kapierte einfach nicht, was ihre Antwort bedeutete. Captain Wiltshire hatte ihre Verfassung nicht ausgenutzt. Sie hatte ihn nur ein-, zweimal gesehen, nachdem Sam fortgebracht worden war, und dann nur, weil er der zuständige Offizier für ihr Anliegen gewesen war. Hätte er auch nur ein leichtes Interesse an ihr gezeigt, dann hätte sich daraus nichts ergeben, denn sie war nicht an ihm interessiert gewesen. Sie war wegen Sams angeblichem Tod zu erschüttert gewesen, um bei einem anderen Mann auf romantische Gedanken zu kommen. Und in den sechs folgenden Jahren hatte sich immer noch kein Mann gefunden, den sie geliebt hatte wie Sam.

Verwirrt schaute Lacey Sam nach, als er ging. Sie hatte plötzlich das Gefühl, dass ihr ganzes Leben zusammenbrach. Sie musste immer noch eine Ranch führen und hatte wenig Geld, um sich über Wasser zu halten, bis die Rinder zum Verladebahnhof getrieben wurden. Sie war so verzweifelt knapp an Geld, dass sie erwog, die Herde vorzeitig zu verkaufen. Sie hatte gedacht, die Heirat mit Taylor würde ihre Probleme lösen, doch dann war Sam aufgetaucht und hatte alles verdorben.

Eine Stunde, nachdem er Lacey bei der Wäscheleine verlassen hatte, kehrte Sam zum Haus zurück, um Andy zu besuchen. Er hatte nicht gelogen, was seine Gefühle für den Jungen anbetraf. Er mochte Andy wirklich, auch wenn er dagegen ankämpfte. Vor langer Zeit hatte er sich einen Sohn wie Andy gewünscht. Aber er und Lacey waren nicht oft genug intim gewesen, um ein Kind zu zeugen. Er konnte an den Fingern einer Hand abzählen, wie oft sie Sex gehabt hatten. Drei, vier Mal höchstens. Kaum genug Zeit, um sie zu schwängern.

Sam trat durch die Hintertür ein. Diesmal lächelte Rita ihn nur an und winkte ihn herein.

»Señora Lacey ist im Wohnzimmer.«

»Ich will Andy besuchen. Wie geht es ihm?«

»Viel besser. Ich glaube, wir werden ihn nicht viel länger im Bett halten können.«

»Wo ist sein Zimmer?«

»Oben, Señor Sam. Erste Tür rechts. Die Tür steht offen; sie werden ihn gleich sehen können.«

»Vielen Dank, Rita.«

Sam eilte hinauf und hoffte, Lacey nicht zu begegnen. Er wusste nicht, ob er eine weitere Konfrontation mit ihr überstehen würde. Jedes Mal, wenn sich ihre Wege kreuzten, erinnerte er sich an früher ... und begehrte sie. Er war bereit, zuzugeben, dass er sie in seinem Bett haben wollte. Er wollte sie unter sich und auf sich haben, wollte sie seinen Namen schreien hören, wenn sie zum Höhepunkt kam.

Sam verharrte auf dem oberen Treppenabsatz, um die Reaktion seines Körpers auf seine erotischen Fantasien unter Kontrolle zu bekommen. Er atmete ein paar Mal tief durch und ging über den Flur weiter. Die Tür zu Andys Zimmer stand offen, wie Rita gesagt hatte, und er trat ein. Andy schaute sehnsüchtig aus dem Fenster. Als er Sam sah, stieß er einen Freudenschrei aus.

»Sam! Sam! Ich hatte gehofft, dass du kommst.«

Sam setzte sich auf die Bettkante. »Ich wusste nicht, dass

du krank warst, Andy. Ich hatte in letzter Zeit mächtig viel Arbeit.«

»Ich weiß. Jeder hatte viel zu tun. Woher hast du erfahren, dass ich krank bin?«

»Ich sprach vorhin mit deiner Mutter. Sie sagte, du hast eine Erkältung.«

»Ich darf morgen aufstehen. Mama hat gesagt, dass ich das darf.«

»Deine Mama hat gesagt, dass du morgen aufstehen darfst, wenn du kein Fieber mehr hast«, sagte Lacey von der Türschwelle her.

»Mama! Sam ist zu Besuch gekommen. Er wusste nicht, das ich krank bin.«

»Aha«, sagte Lacey kühl.

»Weißt du was?«, hörte Sam sich sagen und überraschte sich selbst. »Wenn du morgen gesund genug bist, um das Bett zu verlassen, nehme ich dich auf einen Ritt auf Galahad mit. Morgen ist Sonntag. Alle Cowboys bis auf die Herdenwächter reiten morgen Abend in die Stadt, und die Sonntage hier sind ziemlich langweilig.«

Andys Augen glänzten vor Aufregung. »Ist Galahad dein Pferd? Es gefällt mir. Das ist okay, nicht wahr, Mama? Du bist doch einverstanden?«

»Wir werden sehen«, sagte Lacey ausweichend. Sie wandte sich an Sam. »Reitest du nicht mit in die Stadt, um mit den anderen einen draufzumachen?«

»Nein. Es gibt nichts in der Stadt, das mich interessiert.«

»Das ist schwer zu glauben«, sagte sie mit einer Spur Sarkasmus.

Sam betrachtete sie prüfend. »Willst du mich loswerden?«

Sam konnte spüren, dass Lacey eine scharfe Erwiderung auf der Zunge hatte, jedoch wegen Andy darauf verzichtete, sie auszusprechen. Er erhob sich und lächelte auf Andy hinab. »Wenn wir morgen reiten, dann schlage ich vor, dass du dich heute gut ausruhst. Ich hole dich morgen um zehn Uhr ab, Bist du damit einverstanden?«

»Na klar, Sam. Ich werde bereit sein.«

Lacey sah Sam zwingend an. »Ich möchte mit dir reden, bevor du gehst.«

»Wie du meinst«, antwortete Sam.

Er folgte ihr aus dem Zimmer und bewunderte den Schwung ihrer Hüften unter ihrem an der Seite geschlitzten Lederrock. Der Anblick erregte ihn, und das blieb nicht ohne Folgen, und sie sah es, als sie sich zu ihm umwandte. Ihr Blick fiel auf seine stark gewölbte Hose, und sie sah hastig auf in sein Gesicht.

Sam lachte. »Das überrascht dich nicht, wie? Du bist eine schöne Frau, Lacey. Du bist während der sechs Jahre, in denen wir getrennt gewesen sind, sogar noch schöner geworden. Ich leugne nicht, dass du mich in Versuchung führst und erregst, denn das ist ja nicht zu übersehen. Ich bin ein Mann, der sich an Frauen erfreut, und du bist ganz Frau.« Er trat näher an sie heran. »Noch wichtiger, du bist meine Frau.«

Lacey wich zurück, bis sie mit dem Rücken gegen die Wand stieß. »Macht es dir Spaß, mich zu verhöhnen?«

»Eigentlich nicht.« Seine Worte überraschten und erschreckten ihn. War das nicht der Grund gewesen, aus dem er auf der B&G geblieben war? »Was mich wirklich erfreut, ist, dich zu lieben. Sicherlich hast du nicht vergessen, wie gut es zwischen uns war.«

»Ich habe alles über dich vergessen.«

»Den Teufel hast du«, grollte er. »Es ist längst an der Zeit, dass jeder von unserer Beziehung erfährt. Ich bringe morgen meine Sachen aus dem Mannschaftsquartier rüber, wenn Andy und ich nach unserem Ritt heimgekehrt sind.«

Laceys Panik war offensichtlich. »Nein! Das kannst du nicht tun.«

Sams Antwort bestand darin, ihre Taille zu umfassen und sie zu sich heranzuziehen. Er spürte ihre weichen Brüste, als er sie an sich presste. Ihre Augen weiteten sich, und er lächelte, denn er wusste, dass sie seine Erektion an ihrem Körper spüren konnte.

»Ich will dich, Lacey«, flüsterte er an ihren Lippen. »Das hat sich nie geändert, auch nicht durch die Jahre unserer Trennung und durch deinen Verrat. Mir war nicht klar, wie sehr ich dich immer noch begehre; das erkannte ich erst, als ich dich wiedersah.«

»Es ist zu spät«, zischte Lacey. »Du hast mich in dem Glauben gelassen, dass du tot bist. Das kann ich dir nicht verzeihen. Wir können niemals eine vertrauensvolle Beziehung haben. Lass mich gehen, Sam. Es war für uns seit Jahren vorbei.«

Sam antwortete schnell. »Wer sagt etwas von einer vertrauensvollen Beziehung? Das hast du falsch verstanden. Ich werde nicht in die Scheidung einwilligen, und so sollten wir das Beste aus der Situation machen. Ich weiß, dass du mich ebenso begehrst. Deine Lippen und dein Körper verraten mir alles, was ich wissen muss. Du bist eine leidenschaftliche Frau, Lacey. Das habe ich nicht vergessen. Da Cramer aus dem Spiel ist, kannst du doch die Leidenschaft mit mir teilen, oder?«

»Das reicht, Sam Gentry!« Lacey hob den Arm, um ihn zu schlagen, doch diesmal war Sam zu schnell für sie. Er fing ihr Handgelenk ab. Dann hob er sie auf die Arme und trug sie durch den Flur, bis er eine andere Tür fand.

Er stieß die Tür mit dem Fuß auf und betrat das Zimmer. Als er sah, wie gut seine Wahl gewesen war, lächelte er. Das Schlafzimmer gehörte zweifellos einer Frau, vermutlich sogar Lacey. Er knallte die Tür mit einem Stiefeltritt zu und trug Lacey zum Bett. Er ließ sie darauf fallen, beobachtete, wie sie einmal auf und ab federte und warf sich dann auf sie.

Laceys Worte verrieten eine Spur Furcht. »Was hast du vor?«

»Ich will uns beiden etwas beweisen.«

»Geh runter von mir!«

»Das werde ich, keine Sorge. Sag mir, dass du mich willst.«

Sie hob kämpferisch das Kinn. »Ich will dich nicht.«

»Sag es mir, nachdem ich dich geküsst habe.«

Sein Mund senkte sich auf ihren. Sein Kuss war weder zärtlich noch brutal. Er war sehr überredend, äußerst verlangend. Lacey glaubte, das Schlimmste recht angenehm überstanden zu haben, als er mit der Zunge in ihren Mund eindrang. Er küsste sie so tief und sorgfältig, dass sie ein übermächtiges Verlangen empfand, den Kuss zu erwidern. Sie kämpfte so lange dagegen an, wie sie konnte, dann ergab sie sich ihm.

Sam hob den Kopf und lächelte auf sie hinab. »Sag es mir.«

Lacey versuchte, zu Verstand zu kommen und schrie: »Ich will dich nicht!«

Im nächsten Augenblick war sie gezwungen, einen anderen Angriff auf ihre Sinne zu erdulden, als er sie von neuem küsste. Dann umfasste er ihre Brüste, und sie konnte nicht mehr klar denken. Sie hatte keine Ahnung, wie er ihre Bluse aufgeknöpft hatte, bis sie seine Hand auf einer nackten Brustspitze spürte.

»Erinnerst du dich, wie es zwischen uns gewesen ist, Lacey? Wir konnten nicht voreinander lassen. Die paar Mal, die wir zusammen waren, reichten nicht annähernd aus. Wir konnten uns noch nicht alles geben, bevor man mich fortbrachte. Jetzt haben wir alle Zeit der Welt, um unsere unbefriedigte Leidenschaft zu erkunden.«

»Das kann nicht dein Ernst sein«, wisperte Lacey. »Du kannst nicht im Ernst meinen, dass wir zusammenbleiben.«

Sam war anscheinend zu interessiert an ihren Brüsten und deren rosigen Spitzen, um zu antworten. Sie spürte, wie er sie mit der Zungenspitze umschmeichelte. Als er eine der harten Knospen in den Mund nahm und daran saugte, stockte ihr der Atem.

»Du hast es immer gemocht, wenn ich deine Brüste geküsst habe«, sagte er, hob den Kopf und grinste auf sie hinab. »Du hast auch dies gemocht.«

Lacey versuchte seine Hand festzuhalten, als er sie unter ihre Röcke schob, doch sie war nicht schnell genug. Sie spürte die Hand zwischen ihren Schenkeln. Kein Mann seit Sam hatte sie so intim berührt. Sie schrie fast auf, als das köstliche Streicheln endete.

»Soll ich aufhören, Lacey?«

»Ja! Nein! Oh, bitte!«

Sie wölbte sich im entgegen und atmete stoßweise. »Ich weiß, was du willst, Lacey«, sagte Sam und setzte seine erregenden Zärtlichkeiten fort, tiefer, schneller, bis sie vor Lust erbebte. Dann kam es ihr, tief in ihr wie eine Explosion, die sie in immer höheren Wogen auf den Gipfel emportrug, bis sie schließlich die Erfüllung fand und erschlafft und befriedigt dalag.

»Das hat dir gefallen, nicht wahr?«, fragte Sam.

»Ich … ich … zum Teufel mit dir, Sam Gentry! Du hattest kein Recht.«

»Ich bin der einzige Mann, der das Recht hat.«

Er stemmte sich von ihr. Ihr Blick glitt über seinen Körper hinab, und sie bemerkte alarmiert, dass er immer noch hart war, immer noch erregt. Sie befürchtete, dass er …

»Keine Sorge«, sagte er, als er ihrem Blick folgte. »Ich werde dich nicht vergewaltigen. Wenn wir es tun, dann weil du mich willst. Und glaube mir, Frau, ich werde verdammt dafür sorgen, dass du mich willst. Sorg dafür, dass Andy bereit ist, wenn ich ihn morgen abhole«, sagte er auf dem Weg zur Tür über die Schulter.

Lacey war so verärgert, dass sie den Wasserkrug vom Nachttisch nahm und nach ihm schleuderte. Er hätte getroffen, wenn Sam nicht schnell die Tür geschlossen hätte. Der Krug knallte gegen die Tür und zerbrach. Obwohl er Sam nicht getroffen hatte, fühlte sich Lacey besser.

Sie konnte kaum glauben, was soeben geschehen war. Sams Berührung hatte sie entflammt. Warum hatte er das getan? Sie wusste, dass er keine Befriedigung bei der Begegnung gefunden hatte. Er war immer noch hart gewesen, als er sie verlassen hatte. Sie befürchtete dass Sam diesmal ernst meinte, was er angekündigt hatte. Er würde jedem erzählen, dass sie verheiratet waren, und bei ihr einziehen. Wie konnte sie das ertragen?

Sam traf am nächsten Morgen pünktlich um zehn Uhr ein, um Andy abzuholen. Galahad tänzelte unter ihm, während Andy mit vor Aufregung glänzenden Augen aus dem Haus rannte, um ihn zu begrüßen.

»Du hast es nicht vergessen!«, jubelte Andy.

Sam saß ab. »Hast du gemeint, ich würde es vergessen?«

»Vielleicht. Mama sagte, ich soll nicht zu viel von dir erwarten.«

Sam hob Andy in den Sattel und schwang sich hinter ihm auf das Pferd. Lacey hatte kein Recht, ihn bei Andy schlechtzumachen.

Sie glaubte, er habe sie verlassen, und vielleicht stimmte

das auch, doch er hatte guten Grund dazu gehabt. Er hatte nicht den Wunsch gehabt, zu einer Frau zurückzukehren, die ihn verraten hatte.

»Können wir schnell reiten?«, fragte Andy. »Manchmal nimmt Rusty mich auf einen Ritt mit, aber sein Pferd geht immer so langsam.«

»Pass auf Andy auf!«, rief Lacey von der Veranda.

Sam warf einen Blick über die Schulter. Er hatte nicht gewusst, dass Lacey dort stand. »Keine Sorge. Ich werde ihn behandeln, als wäre er mein eigener Sohn.«

Dann galoppierte er davon. Und er hörte Lacey nicht flüstern: »Er ist deiner.«

»Dies macht Spaß«, sagte Andy lachend. »Krank sein macht überhaupt keinen Spaß. Wohin reiten wir?«

»Siehst du die Hügel vor uns?«

Andy nickte.

»Da ist eine Stelle, wo kühles Wasser zwischen zwei Felsen in einen kleinen See läuft. Dort rasten wir eine Weile und kehren zum Mittagessen zum Haus zurück.«

Sam zog Andys warmen, kleinen Körper an sich. Es war ein gutes Gefühl, den Jungen in seinen Armen zu halten. Vielleicht sollte er sich von Lacey scheiden lassen, sich eine Frau suchen, und eine eigene Familie gründen. Dann dachte er an Andy und wie unglücklich er mit Cramer als Stiefvater sein würde. Er wünschte, er könnte Lacey Geld geben, damit sie die Ranch retten und sich nicht mit Männern wie Cramer einlassen musste, aber er hatte keines. Nicht einmal seinen guten Namen. Er galt immer noch als Bandit, war immer noch auf der Flucht vor dem Gesetz.

Sie erreichten die Stelle, von der Sam gesprochen hatte. Sam zügelte das Pferd, saß ab und hob Andy aus dem Sattel. Der Junge rannte sofort zu dem kleinen See und stillte seinen Durst.

»Genau wie du gesagt hast«, sagte Andy strahlend. »Sagst du immer die Wahrheit, Sam, oder lügst du manchmal?«

Sam wurde von Andys unschuldig gestellter Frage überrascht. »Nicht, wenn es sich vermeiden lässt.«

»Gibst du mir eine ehrliche Antwort, wenn ich dich etwas frage?«

»Schieß los.« Welche Art Fragen konnte ein Fünfjähriger stellen?

»Liebst du Mama?«

Sam fühlte sich unbehaglich. Andys Frage hatte es in sich. Er dachte sorgfältig über die Antwort nach. »Warum willst du das wissen?«

»Nur so.« Andy schaute Sam forschend an. »Ich wünschte, du könntest an Stelle von dem fiesen alten Cramer mein Vater sein.«

Sam ließ sich vor dem Jungen auf ein Knie hinab. »Möchtest du mich wirklich als Pa haben?«

Andy strahlte und schlang die Arme um Sams Nacken. »Und ob! Meinst du, Mama würde sich von dir heiraten lassen?«

Sam sagte sich, dass jetzt ein so guter Zeitpunkt wie jeder andere war, Andy die Wahrheit zu sagen. Besonders, wenn er heute ins Haus einzog, wie er es vorhatte.

»Es ist vielleicht schwierig für dich, dies zu verstehen, Andy, aber deine Mama und ich sind bereits verheiratet. Wir sind seit sechs Jahren Mann und Frau.«

Andy staunte mit großen Augen. Es dauerte lange, bis er die Worte begriff, doch dann wirkte er verwirrter denn je. »Bist du mein Papa? Mama sagt, mein Vater starb im Krieg.«

Sam legte die Hände auf Andys Schultern. Er wollte nicht lügen, aber er wollte Andy auch nicht kränken. Gott, war das schwierig. »Ich werde dein Pa sein, wenn du das wünschst«, sagte er. Er hielt es für das Beste, was er äußern konnte, ohne zu lügen oder Andy zu verletzen. Lacey würde vermutlich fuchsteufelswild werden, wenn sie das erfuhr, aber das machte ihm nichts aus. Ob Andy sein eigen Fleisch und Blut war oder nicht, er würde das Sorgerecht nicht an Cramer abtreten.

Andy wurde plötzlich zaghaft und verlegen. »Darf ich dich Papa nennen?«

Sam glaubte einen Kloß in der Kehle zu haben. »Wenn du möchtest.«

»Das möchte ich sehr, Sa... Papa.« Andy wirkte immer noch nicht zufrieden. »Wenn du mit Mama verheiratet bist, warum lebst du dann im Mannschaftsquartier?«

»Es ist nicht für lange. Heute Abend ziehe ich bei dir und deiner Mutter ein. Ich werde ihr helfen, die Ranch zu führen. Sie macht ihre Sache sehr gut, doch sie kennt nicht viel von der Rancharbeit.« Er ebenso wenig, aber er hätte gewettet, dass er mehr darüber wusste als sie.

Sam richtete sich zu voller Größe auf. »Wir sollten zurückreiten. Du musst Hunger haben.«

Andy wollte anscheinend noch nicht umkehren. »Darf ich dir noch eine Frage stellen?«

Sam zögerte. Andy war viel zu frühreif. Aber er war es dem Jungen schuldig, Antworten auf seine Fragen zu geben.

»Wie lange wirst du bei uns bleiben?«

Sam fühlte sich mulmig. Er wusste es ja selbst nicht. Wenn das Gesetz ihm auf die Spur kam, musste er schnell verschwinden. Er war sich nicht einmal sicher, ob er auch so längere Zeit bleiben wollte. Zwischen Lacey und ihm gab es zu viel Schmerz und Groll. Konnte er lernen, ihr zu verzeihen? Konnte sie ihm vergeben? Wie entschlossen war sie, Cramer zu heiraten? Zu viele Fragen, zu wenige Antworten.

Andy wartete immer noch auf eine Antwort. »Lass uns nicht zu weit in die Zukunft blicken. In absehbarer Zeit reite ich nirgendwohin.«

Andys Miene hellte sich auf. »Ich nehme an, das heißt, du bleibst für immer. Wir können jetzt heimreiten ... Papa.«

Lacey erwartete sie auf der Veranda. »Es wird auch Zeit«, sagte sie und schnappte sich Andy, bevor Sam ihn aus dem Sattel heben konnte. »Geh ins Haus, Schatz, Rita hat dein Mittagessen fertig. Ich komme gleich zu dir.«

Andy lief zum Haus, verharrte an der Tür, drehte sich um und winkte Sam. »Tschüs, Papa. Bis heute Abend.«

Die Farbe wich aus Laceys Gesicht, und sie klammerte sich am Verandageländer fest. Sie hatte das Gefühl, einen Schlag in den Magen bekommen zu haben.

»Was hat Andy gemeint? Du hast doch nicht ... du würdest doch nicht ... o Gott, mir wird schlecht.«

Sam sprang vom Pferd und half Lacey zum Schaukelstuhl auf der Veranda.

Dann fuhr Lacey ihn an. »Warum? Warum hast du ihm das angetan? Andy hat sich immer einen Vater gewünscht. Es wird ihn umbringen, wenn du gehst.«

»Ich habe Andy nur gesagt, dass wir verheiratet sind. Den Rest hat er sich selbst zusammengereimt. Ich habe mich nicht als sein Vater ausgegeben. Ich habe ihm nur gesagt, ich würde ihm ein Vater sein, wenn er das wünscht.«

»Er ist erst fünf! Er ist noch nicht reif genug, um die Täuschung zu erkennen. Dies werde ich dir niemals verzeihen, Sam.«

»Was hat Papa getan, Mama?«

Lacey starrte ihren Sohn an. »Andy, wie lange stehst du dort?«

»Nicht lange. Rita wartet mit dem Essen auf dich. Kommst du?«

Lacey erhob sich unsicher. »Ja, natürlich.«

»Kommst du, Papa?«

»Nein, er kommt nicht!«, sagte Lacey, bevor Sam antworten konnte.

Sam bedachte Lacey mit einem beredten Blick. »Du und deine Mutter geht zu Mittag essen. Ich sehe euch beide später.«

»Versprochen?«, fragte Andy.

»Versprochen«, antwortete Sam.

Er zog sich hastig zurück, bevor Andy noch irgendwelche Fragen stellen konnte.

Sam führte sein Pferd in den Korral, als ein Cowboy wie der Teufel in den Hof galoppiert kam. Es war Amos. Er und vier andere waren an diesem Wochenende die Herdenwächter. Amos zügelte heftig sein Pferd. Sam ahnte sofort, dass es Probleme gab.

»Was ist passiert?«, fragte er.

»Viehdiebe auf der Nordweide«, presste Amos hervor. »Ich komme, um Verstärkung zu holen. Bist du hier der Einzige?«

»Die Jungs sind gestern Abend zur Stadt geritten und noch nicht zurückgekehrt«, sagte Sam. Er überprüfte seine Waffen. »Reiten wir.«

Sie jagten in gestrecktem Galopp davon. Sam hörte Schüsse, bevor sie bei der Herde eintrafen. Der Boden erbebte unter ihm. Die Rinder waren in Panik.

»Stampede!«, brüllte Amos durch den Lärm.

Sam ritt inmitten der durchgehenden Herde, schloss sich Amos und den anderen Cowboys an, die versuchten, sie abzudrängen. Aus dem Augenwinkel sah er ein paar Männer, die mit Halstüchern maskiert waren und versuchten,

Rinder von der Herde fortzutreiben. Sam parierte sein Pferd, zog es um die Hand und ritt los, um die Viehdiebe abzufangen.

Er hatte sie fast eingeholt, als einer der Viehdiebe sich im Sattel drehte, seinen Revolver hochschwang und auf Sam zielte. Sam hörte ihn deutlich rufen: »Auf Wiedersehen und gute Höllenfahrt, Gentry!« Dann feuerte der Bandit. Die Kugel pfiff haarscharf an Sam vorbei. Er zog seinen Revolver, doch es war zu spät. Der zweite Schuss des Viehdiebs streifte Sam an der Schläfe und riss eine tiefe Furche.

Er taumelte zurück, schaffte es jedoch, sich im Sattel zu halten. Er tastete zu seinem Kopf, und als er die Hand zurückzog, war sie blutbedeckt. Er wusste, dass er stark blutete, wie es bei Kopfverletzungen üblich ist, und dass er am Rande der Bewusstlosigkeit war. Er zog Galahad herum und schlug den Weg zur Ranch ein.

Während Galahad ihn zur Ranch zurücktrug, schwankte Sam im Sattel hin und her. Galahad blieb von selbst an der Korralpforte stehen. Rusty, der soeben von der Stadt zurückgekehrt war, sah ihn und rannte herüber, um zu sehen, was los war.

Fast bewusstlos, rutschte Sam seitwärts aus dem Sattel, bevor Rusty bei ihm war. Schwärze hüllte Sam ein, und er nahm nichts mehr wahr.

Sam erwachte mit Schmerzen. Sein Kopf tat höllisch weh, und er hatte das Gefühl, dass sein ganzer Körper zerschlagen war. Langsam öffnete er die Augen. Als er einigermaßen klar sah, erkannte er, dass er nicht auf seiner Pritsche im Mannschaftsquartier lag. Der Raum war freundlich, das Bett weich und die Laken dufteten gut.

Die Kopfschmerzen waren fast unerträglich. Stöhnend tastete er zum Kopf. Er spürte einen dicken Verband.

»Du bist wach.«

Die weiche, weibliche Stimme war beruhigend und entspannte ihn sofort, trotz der peinigenden Schmerzen. Dann kam Lacey in sein Blickfeld.

»Lacey.« Seine Stimme klang krächzend; seine Kehle war rau. »Wasser.«

Lacey reagierte schnell. Sie schüttete Wasser aus einer Karaffe in einen Becher, hob seinen Kopf an und hielt ihm den Becher an die Lippen. Sam trank gierig und sank dann auf das Kissen zurück.

»Wo bin ich?«

»In meinem Gästezimmer.«

Sam versuchte ein Grinsen, schaffte jedoch nur eine schwache Grimasse. »Ich würde es vorziehen, in deinem Zimmer und in deinem Bett zu liegen.«

Lacey ignorierte ihn. »Kannst du mir erzählen, was passiert ist?«

»Viehdiebe. Amos kam her, um Verstärkung zu holen, doch die Jungs waren noch nicht aus der Stadt zurück. Ich ritt hinaus, um zu helfen. Hat es einen der anderen erwischt?«

»Nein, nur dich. Der Überfall ergibt keinen Sinn. Rusty hat berichtet, dass die Viehdiebe nicht einmal die Rinder mitgenommen haben, die sie fortgetrieben hatten. Die Cowboys fanden sie grasend nicht weit von der Hauptherde. Rusty weiß nicht, was er davon halten soll.«

Sam blickte sie forschend an. »Der Mann, der auf mich schoss, wusste genau, auf wen er zielte. Wenn stimmt, was du sagst, war ich als Opfer auserkoren. Die Kerle wollten nicht das Vieh; sie wollten ... meinen Tod.«

Laceys Augen weiteten sich. »Warum?«

»Sag du mir das«, presste Sam hervor.

»Ich? Wie kommst du auf den Gedanken, dass ich etwas darüber weiß?«

»Ich habe deutlich gehört, wie du deinem Geliebten gesagt hast, dass ich aus deinem Leben verschwinden soll. Und Cramer hat versprochen, dafür zu sorgen. Ein Mord ist eine radikale und ziemlich wirkungsvolle Methode, um das zu erreichen.«

Lacey zuckte zurück, was wäre sie geschlagen worden. »Ich mag wünschen, dass du aus meinem Leben verschwindest, aber nicht auf die Art, die du dir denkst. Ich würde niemals ... wie kannst du so etwas auch nur denken?«

»Leicht«, sagte Sam. »Dein Geliebter hat einfach deine Wünsche erfüllt.«

»Du fantasierst«, sagte Lacey. »Versuche, dich auszuruhen. Rita wird dir bald etwas Brühe bringen.« Sie wandte sich zum Gehen.

»Warte! Wer hat mich gefunden?«

»Ich.«

»Wie bin ich ins Haus gekommen?«

»Rusty und ein paar der Jungs haben dich hereingetragen. Sonst noch etwas?«

Sam schloss die Augen. Er musste über vieles nachdenken, aber sein Kopf schmerzte zu sehr und er konnte sich nicht konzentrieren. »Nein.«

Lacey schloss die Tür hinter sich und lehnte sich dagegen, bis ihr Zorn nachließ. Wie konnte Sam denken, dass sie etwas mit der Schießerei zu tun hatte? Seine unbegründete Anschuldigung gab ihr eine klare Vorstellung davon, was er von ihr hielt. Er mochte sie sexuell begehren, aber als Mensch bedeutete sie ihm nichts. Die Welt war voller Männer wie Sam. Lacey war entschlossener den je, ihr Herz vor ihm verschlossen zu halten.

Sie verließ das Haus und schritt mit grimmiger Entschlossenheit zum Korral. Sam hatte eine ungeheure Anschuldigung gemacht, und sie fühlte sich gezwungen, festzustellen, ob sie wahr sein konnte.

»Wollen Sie irgendwohin, Miss Lacey?«

Lacey drehte sich überrascht zu Rusty um. »Ich muss eine Besorgung machen, Rusty. Würden Sie Ladybird für mich satteln lassen?«

»Ich würde an Ihrer Stelle nicht alleine reiten«, mahnte Rusty. »Diese Viehdiebe könnten noch in der Nähe sein. Wie geht es Sam?«

»Er ist bei Bewusstsein und außer Lebensgefahr. Er hat Glück gehabt; die Kugel hat ihn nur gestreift. Sie können ihn später besuchen. Und jetzt möchte ich mein Pferd haben.«

»Klar. Miss Lacey, ich werde Sie begleiten.«

»Sie werden hier gebraucht, Rusty. Ich reite nicht weit. Nur rüber zur Cramer-Ranch.«

Rusty runzelte die Stirn. »Besuchen Sie Mr. Cramer?«

»Ja, es ist geschäftlich.«

Ein paar Minuten später ritt Lacey davon. Sie wusste, dass Rusty sie nicht gern allein reiten ließ, aber es musste sein. Sie hatte etwas zu erledigen, und nur sie konnte das tun. Sie wollte nicht glauben, dass Taylor versucht hatte, Sam umbringen zu lassen, und sie würde es erst glauben, wenn Taylor das Verbrechen zugeben würde.

5

Lacey ritt zu Taylor Cramers großem Ranchgebäude und saß ab. Sie hatte die Ranch schon zuvor besucht, jedoch niemals allein. Normalerweise war Andy bei ihr, doch diesmal hatte sie ihn daheim gelassen. Und der Gedanke, mit Taylor in seinem Haus allein zu sein, bereitete ihr Unbehagen. Sie wusste, dass dies dumm war; Taylor würde ihr niemals etwas antun. Er liebte sie. Das hatte er ihr so oft gesagt. Das war einer der Gründe, weshalb sie eingewilligt hatte, ihn zu heiraten. Selbst wenn sie seine Liebe nicht erwidern konnte, wie er es verdiente, wollte sie ihm eine gute Ehefrau sein.

Lacey band die Zügel ihres Pferdes an den Haltepfosten und spürte plötzlich, dass sie beobachtet wurde. Sie warf einen Blick über die Schulter und sah, dass einige von Cramers Cowboys in ihrer Arbeit innegehalten hatten, um sie anzustarren. Ihre wissenden Blicke trugen nicht gerade zu ihrer Ermutigung bei. Nur der Gedanke, dass auf Sam geschossen worden war, hielt sie davon ab, kehrtzumachen und heimzureiten, so schnell Ladybird sie tragen konnte.

Lacey ging die Verandatreppe hinauf. Plötzlich schwang die Haustür auf.

»Lacey! Ich glaube, dies ist das erste Mal, dass du mich zu Hause besuchst, ohne deinen B... äh... Sohn mitzubringen.« Taylor hielt die Tür auf. »Komm rein, komm rein. Es freut mich, dass du dir genug aus mir machst, um

Gentrys Befehle zu missachten. Ich wusste, dass du eine Möglichkeit finden würdest, mich zu besuchen. Ist Gentry fort?«

Lacey trat ein. Sie zuckte zusammen, als die Tür hinter ihr zuschlug. Was war mit ihr los? Sie glaubte Sams haltlose Anschuldigung nicht. Taylor war nicht der Typ Mann, der andere umbringen ließ. Sie wusste, dass er skrupellos in geschäftlichen Dingen war, aber Mord war etwas völlig anderes. Sam war um Haaresbreite dem Tod entronnen. Außerdem mochte sie es nicht, der Verschwörung mit Taylor bei einem Anschlag auf Sams Leben beschuldigt zu werden. Sie musste die Wahrheit erfahren, und nur Taylor konnte ihr dabei helfen.

Taylor führte Lacey ins Wohnzimmer. »Meine Haushälterin hat heute frei, aber ich kann für uns bestimmt einige Erfrischungen aus der Küche organisieren.«

Sie waren allein im Haus. Warum beunruhigte sie das? »Mach dir keine Mühe, Ich werde nicht lange bleiben.«

»Nimm wenigstens Platz.« Lacey setzte sich auf die Kante des Sofas. »Was ist passiert, meine Liebe? Du wirkst nervös.« Er setzte sich neben sie. Nahe, zu nahe. »Offenbar beschäftigt dich etwas?«

Lacey räusperte sich. »Es geht um Sam.«

»Er ist erschossen worden«, sagte Taylor, viel zu schnell.

Lacey betrachtete ihn prüfend. »Woher weißt du davon?«

Taylor zuckte die Achseln. »Ich hörte, dass einige deiner Rinder gestohlen worden sind und dass jemand . . . aus dem Sattel geschossen wurde. Da nahm ich einfach an . . .«

»Deine Annahme ist richtig. Auf Sam wurde geschossen, als er die Viehdiebe jagte.«

»Er ist tot«, sagte Taylor mit verblüffender Fröhlichkeit. »Du musst nicht traurig sein, meine Liebe. Er ist es nicht wert. Er hat dich vor Jahren verlassen und wird nicht vermisst werden.«

»Das ist ein Missverständnis«, sagte Lacey. »Sam ist nicht ernsthaft verletzt worden und sehr lebendig. Die Kugel hat nur eine Schramme an seinen Kopf hinterlassen, und er wird gesund werden. Es war nur eine Frage von Millimetern, und er wäre tot gewesen.«

»Schade«, murmelte Taylor.

»Wie meinst du das?«

»Du hast mich nicht aussprechen lassen. Schade, dass er verletzt wurde. Ich bin kein gewalttätiger Mann, Lacey. Das müsstest du inzwischen wissen.«

»Sam denkt, dass es ein Mordanschlag auf ihn war«, brach es ungewollt aus Lacey heraus.

»Ein Mann seines Kalibers muss zahllose Feinde haben«, sagte Taylor glatt.

»Sam glaubt, dass du hinter dem Viehdiebstahl stehst. Wenn man es überhaupt als Diebstahl bezeichnen kann, denn die weggetriebenen Rinder wurden unweit der Herde zurückgelassen.«

»Ich?«, sagte Taylor in gespieltem Schrecken. »Welch eine alberne Vorstellung.« Er rutschte näher und legte einen Arm um Laceys Schultern. »Du glaubst doch nicht diesen Unsinn, meine Liebe, oder?«

Lacey versteifte sich. »Ich weiß nicht, was ich glauben soll. Ich kenne Sam nicht mehr wieder. Als wir geheiratet haben, kannte ich ihn kaum. Ich weiß nicht, ob er lügt oder dich wirklich für seine Verletzung verantwortlich macht. Ich weiß nicht, wozu er fähig ist.«

Taylor legte den Arm fester um sie. Sie spürte seinen Körper bedrohlich eng an ihrem.

»Glaube mir, Lacey«, sagte er einschmeichelnd. »Ich würde dich niemals belügen.«

Lacey wollte ihm glauben, doch als sie ihm in die Augen schaute, sah sie etwas, das sie zuvor nicht bemerkt hatte. Da war keine Wärme und Freundlichkeit in ihren eisigen blauen Tiefen. Nein, sie musste sich irren. Taylor hatte sie seit dem ersten Tag, an dem sie sich begegnet waren, nur mit Liebeswürdigkeit behandelt. Als Onkel Hob gestorben war, war Taylor ein großer Halt gewesen und hatte ihr bei allen Einzelheiten geholfen, deren Handhabung zu schmerzlich für sie gewesen war.

»Lacey, du glaubst mir, oder?«

»Ich ... möchte es.«

»Gentry ist ein Bastard!«, stieß Taylor hervor. »Es ist offenkundig, dass er dich verletzten will und entschlossen ist, zu verhindern, dass wir heiraten. Du hast mir noch nicht alles erzählt, Lacey, nicht wahr?«

Nein, und das würde sie auch nicht tun. »Was vor langer Zeit zwischen mir und Sam geschah, betrifft dich nicht. Du hast Recht, wenn du denkst, dass er mich verletzen will, aber ich werde es nicht zulassen, dass es ihm gelingt.«

Taylor lächelte sie selbstgefällig an. »Gut, sehr gut. Ich weiß eine perfekte Möglichkeit, ihn aus deinem Leben herauszubekommen, ohne unbedingt zu Gewalt zu greifen.«

Lacey stockte der Atem. »Ich habe Gewalt als Möglichkeit nie in Erwägung gezogen, und ich hoffe, du hast das ebenfalls nicht.«

»Überhaupt nicht, meine Liebe, überhaupt nicht. Ich habe daran gedacht, ihm Geld anzubieten, aber ich bin überzeugt, dass er es nicht annehmen würde. Was ich vorschlage, könnte dich schockieren, aber es ist die einzige Möglichkeit, Gentry loszuwerden. Wenn wir zusammen ein Kind machen, wird er sich bereitwillig von dir scheiden lassen.«

Der Schock über Taylors empörenden Vorschlag machte sie sprachlos. Taylor nutzte ihre Benommenheit aus, um sie an sich zu ziehen und sie brutal und fordernd zu küssen. Angewidert riss Lacey sich los und stieß ihn von sich.

»Ich werde das nicht tun, Taylor. Ich werde nicht vor der Hochzeit mit dir schlafen. Sam wird in dieser Sache ebenfalls nicht nachgeben.«

»Das werden wir sehen«, sagte Taylor. »Wo ein Wille ist, ist auch ein Weg.«

Lacey erhob sich abrupt. »Ich sollte gehen. Ich habe Andy bei Rita gelassen, und wer weiß, was er anstellen wird, wenn ihm die richtige Aufsicht fehlt.«

»Wenn wir erst verheiratet sind, brauchst du dir wegen Andy keine Sorgen mehr zu machen«, versprach Taylor. »Wir werden ihn auf das beste Internat des Landes schicken.«

»Das kommt nicht in Frage«, erwiderte Lacey. »Er ist viel zu jung, um auf ein Internat geschickt zu werden.«

»Wie du meinst, meine Liebe«, sagte Taylor unterwürfig. »Aber irgendwann wirst du die Klugheit meiner Worte erkennen. Wir werden eines Tages Kinder zusammen haben, und da wird dir Andy gar nicht fehlen.«

Andy soll mir nicht fehlen? In Laceys Augen blitzte Zorn auf. »Du irrst dich, Taylor. Ganz gleich, wie viele Kinder wir haben werden, Andy wird immer ein Teil von mir sein. Jetzt muss ich aber wirklich gehen.«

»Sehr gut. Ich hoffe, ich habe dich beruhigt, was Gentry anbetrifft. Er versucht, dich gegen mich aufzuhetzen, deshalb hat er mich fälschlich beschuldigt.«

An diesem Punkt war sich Lacey überhaupt nicht mehr sicher. Sie war nicht mit allem einverstanden, was Taylor gesagt hatte, aber er klang aufrichtig. Sollte sie dem Mann glauben, der ihr seine Liebe versichert und ihr nach Onkel

Hobs Tod geholfen hatte, oder dem Mann, der sie hasste und ihr misstraute? Plötzlich war ihr zuvor ruhiges Leben durcheinander geraten. Nichts war mehr das Gleiche, seit Sam Gentry aufgetaucht war.

»Ich muss über vieles nachdenken, Taylor. Verzeih mir, dass ich dich zu Unrecht beschuldigt habe.«

Taylor lächelte sie an, und nichts verriet seinen Zorn. »Ich komme morgen zur Ranch raus.«

»Nein. Bitte nicht. Nicht, bis die Dinge zwischen mir und Sam geklärt sind. Es gibt zu viel Feindschaft zwischen euch beiden.«

Cramer war überzeugt gewesen, dass seine Männer das Problem mit dem Satteltramp ein für alle Mal aus der Welt geschafft hatten. Er war wie betäubt gewesen, als er erfahren hatte, dass Gentry nur verletzt worden war. Er zahlte seinen Männern Spitzenlöhne und erwartete Resultate. Jetzt musste er es auf andere Weise versuchen. Ein weiterer Mordanschlag würde nur von neuem Verdacht auf ihn lenken, und das konnte er sich nicht leisten, wenn er Lacey und ihr Land bekommen wollte.

»Sehr gut, meine Liebe, aber ich werde Gentry nicht so einfach damit durchkommen lassen. Er macht mir keine Angst. Ich werde mich von ihm nicht davon abhalten lassen, mit dir zusammen zu sein.«

In stummer Wut schaute Taylor Lacey nach, als sie davonritt. Auf seine letzten Worte hatte sie nur mit einem Nicken geantwortet. Sie war in Gedanken zu sehr bei ihrem Mann, und das passte Taylor nicht, denn es war nicht gut für ihn und seine Pläne.

Als Lacey zu Hause war, marschierte sie sofort in Sams Zimmer. Er saß ihm Bett und aß, was Rita für ihn zubereitet hatte.

»Wo bist du gewesen?«, fragte Sam mürrisch. »Du warst lange weg.«

»Ich habe Taylor Cramer besucht.«

»Du hast – was? Nachdem ich dir gesagt habe, du sollst dich von ihm fern halten?« Er kniff die Augen zu Schlitzen zusammen. »Habt ihr euch beraten, wie ihr mich um die Ecke bringen könnt? Der letzte Versuch hat nicht geklappt. Was habt ihr beiden als Nächstes vor?«

»Ich habe nichts mit dem Angriff auf dich zu tun, und Taylor ebenfalls nicht.«

»Wer's glaubt, wird selig«, murmelte Sam.

Lacey wurde blass. »Du musst mich sehr hassen. Hältst du mich wirklich für fähig, einen Mord zu begehen?«

»Einen Mord an mir schon«, murmelte Sam.

Lacey stieg das Blut in die Wangen. Es überraschte sie eigentlich nicht sehr, dass sich Sam weigerte, ihr zu vertrauen. Er hatte sich geweigert, zu glauben, dass sie ihn nicht verraten hatte, warum sollte er ihr dann jetzt glauben? »Beruhige dich, Sam. Ich will nicht deinen Tod. Ich will nur, dass du mich und Andy in Frieden lässt.«

»Damit du Cramer heiraten und fortan glücklich mit ihm leben kannst!«, gab Sam heftig zurück.

Sein Ausbruch musste ihm Schmerzen verursacht haben, denn er tastete zu seinem Kopf und stöhnte auf. Lacey war sofort zerknirscht. »Du hast Schmerzen.«

»Ich habe die Kopfschmerzen, seit diese verdammte Kugel meinen Schädel angeschrammt hat.«

»Lass mich sehen«, bot Lacey an. »Der Verband sollte gewechselt werden.«

»Lass das«, grollte Sam, als sie sich über ihn neigte, um den Verband zu lösen.

»Unsinn«, erwiderte Lacey scharf. »Sei nicht so ein Kindskopf. Ich werde dir nicht wehtun.«

Geschickt entfernte sie den blutgetränkten Verband und betrachtete die Wunde. »Die Blutung hat aufgehört. Ich trage weitere Salbe auf und ersetze den Verband durch einen frischen. Ich bin gleich mit der Salbe und sauberen Tüchern zurück.«

Sam schaute Lacey nach, und seine Gedanken waren alles andere als milde. Trotz ihrer Unschuldsbeteuerungen wusste er nicht, was er glauben sollte. Lacey würde zweifellos von seinem Tod profitieren. Er würde sie befreien, damit sie Taylor Cramer heiraten konnte. Aber hielt er sie wirklich für fähig, mit Cramer gemeinsam seine Ermordung zu planen? Trotz seiner früheren Worte konnte er nicht ganz glauben, dass Lacey sich zu einem Mord hinreißen lassen könnte.

Er hörte ein Geräusch an der Tür und wandte vorsichtig den Kopf in diese Richtung. Andy stand auf der Türschwelle und schaute ihn unsicher an.

»Mama hat gesagt, ich soll dich nicht belästigen.«

Sam winkte ihn herein. »Es ist schon in Ordnung. Du belästigst mich nicht. Hast du etwas auf dem Herzen?«

Andy trat zögernd näher. »Du wirst nicht sterben, oder? Mein richtiger Papa ist gestorben, und ich will nicht, dass du auch stirbst.«

Ein unerwartetes Gefühl erfasste Sam, und er glaubte, einen Kloß in der Kehle zu haben. Er hatte sich nie viel mit Kindern abgegeben und wusste wenig darüber, aber dieser gescheite kleine Junge hatte es irgendwie geschafft, seine Zuneigung zu gewinnen. Er konnte Andy nicht die Schuld für die Sünden seiner Mutter geben.

Sam räusperte sich. »Ich werde nicht sterben, Andy. Meine Wunde ist nicht mal schlimm. In ein, zwei Tagen werde ich putzmunter sein.«

»Versprochen?«, fragte Andy mit zittriger Stimme.

»Versprochen.«

Ein Lächeln breitete sich auf dem Gesicht des Kindes aus. »Das wollte ich nur wissen.«

»Was wolltest du wissen?«, fragte Lacey von der Türschwelle her. »Ich habe dir gesagt, du sollst Sam nicht belästigen.«

»Papa hat gesagt, es ist in Ordnung«, verteidigte sich Andy. »Ich habe ihn nicht belästigt. Ich wollte nur sicher sein, dass er nicht stirbt.«

»Es wird ihm bald wieder prima gehen«, sagte Lacey. »Lauf jetzt, ich muss mich um Sams Wunde kümmern.«

Andy flitzte davon. Lacey wartete, bis er fort war, bevor sie sich Sam zuwandte. »Du solltest ihm keine falschen Hoffnungen machen. Du wirst niemals sein Vater sein. Es wird hart für ihn sein, wenn du fortgehst.«

»Wer sagt, dass ich fortgehe?«

»Ich«, erwiderte Lacey überzeugt. »Dreh deinen Kopf herum, damit ich Salbe auf der Wunde verteilen kann.«

Sams Gesicht verzerrte sich, als er ihrer Aufforderung Folge leistete. »Wann wird der Kopfschmerz aufhören?«

»Ich habe dir Laudanum mitgebracht. Sobald ich mit dem Verbinden fertig bin, gebe ich dir etwas davon.«

»Kein Laudanum. Ich ziehe es vor, bei klarem Verstand zu bleiben. Vielleicht ein mildes Kopfschmerzmittel, wenn du eines hast.«

»Männer«, sagte Lacey abfällig. »Müsst ihr stets das Sagen haben?«

»Ich mag es nicht, wenn ich nicht weiß, was um mich herum vorgeht.«

»Nun gut, ich werde dir ein Kopfschmerzpulver geben, wenn ich hier fertig bin. Morgen solltest du dich genügend erholt haben, um ins Mannschaftsquartier zurückzukehren.«

Sam verschränkte die Arme vor der Brust und betrachtete sie belustigt. »Ich werde nicht ins Mannschaftsquartier zurückkehren, Lacey.«

Lacey verharrte jäh. »Natürlich wirst du das. Was werden die Arbeiter denken?«

»Sie werden gar nichts denken, nachdem ich Ihnen gesagt habe, dass wir seit sechs Jahren verheiratet sind.«

»Das kannst du nicht tun! Sie glauben, ich werde Taylor Cramer heiraten.«

»Das werden sie nicht länger glauben. Ich werde ihnen alles erklären, wenn es das ist, was dich beunruhigt. Ich werde ihnen sagen, dass wir uns während des Krieges aus den Augen verloren haben und du mich irrtümlich für tot gehalten hast.«

Lacey straffte die Schultern. »Ich werde nicht deine Frau sein, Sam Gentry.«

»Das werden wir sehen, Mrs. Gentry«, erwiderte Sam gepresst. Sein Kopf schmerzte schlimm, und er konnte kaum etwas sehen. Er wollte im Augenblick nicht mit Lacey streiten. Aber wenn er sich erholt hatte, wollte er verdammt sicherstellen, dass sie nicht bekam, was sie wollte. Sie würde für den Verrat an ihm bezahlen.

Am nächsten Tag fühlte sich Sam gut genug, um aufzustehen und zum Mannschaftsquartier zu schlendern. Sein Kopf schmerzte immer noch, jedoch nicht so stark, und seine Wunde heilte gut. Er hoffte, dass im Laufe der Zeit das Haar über die Narbe wachsen und sie so gut wie unsichtbar sein würde.

Die Cowboys waren soeben von der Weide zurückgekehrt. Sam öffnete die Tür und betrat das Mannschaftsquartier, wo er lautstark begrüßt wurde.

»Sam, du alter Kanonensohn!«, rief Rusty. »Ich wollte gerade zum Haus gehen, um zu sehen, wie es dir geht. Bist du fit, um hier wieder einzuziehen?«

Sam lächelte. »Wie du sehen kannst, geht es mir prima, doch ich kehre nicht ins Mannschaftsquartier zurück, Rusty.«

Die anderen Männer hielten in ihren Tätigkeiten inne, um zuzuhören.

Rusty kratzte sich am Kopf. »Du kommst nicht zurück? Du willst uns doch nicht verlassen, oder? Hat dich der Kerl, der auf dich geschossen hat, vergrault?«

»Nein, so ist es nicht. Ich bin froh, dass alle hier sind, denn ich möchte euch etwas sagen.«

Als Sam jedermanns Aufmerksamkeit hatte, räusperte er sich und sagte: »Ich war nicht ganz ehrlich mit euch Jungs. Wisst ihr, als Rusty mich herbrachte, hatte ich keine Ahnung, dass die Besitzerin der B&G Lacey Gentry ist. Ich verlor Lacey nach dem Krieg aus den Augen und wusste nicht, dass sie in Texas ist.«

»Worauf willst du hinaus, Sam?«, fragte Rusty.

»Ich weiß nicht, wie ich euch das sonst beibringen kann, und so sage ich es einfach offen heraus. Lacey und ich sind Mann und Frau. Mein voller Name lautet Sam Gentry. Lacey hielt mich all diese Jahre für tot, bis ich vor kurzem hier auftauchte.«

»Da wird ja der Hund in der Pfanne verrückt«, sagte Rusty, »Warum bist du nach dem Krieg nicht zu deiner Frau zurückgekehrt? Es ist nicht richtig, dass du sie in dem Glauben gelassen hast, tot zu sein. Ich wette, du hast nicht mal gewusst, dass du einen Sohn hast.«

Sam zuckte zusammen, sagte jedoch nichts dazu. Er brachte es nicht übers Herz, Lacey als Hure zu bezeichnen, weil sie ein Kind von ihrem Geliebten bekommen hatte, oder Andy als uneheliches Kind. »Das ist richtig. Ich wusste nichts von Andy. Aber ich habe vor, es bei Lacey und Andy wieder gutzumachen. Deshalb ziehe ich ins Ranchhaus.«

»Und was ist mit Taylor Cramer?«, platzte Rusty heraus. »Das wird ihm nicht gefallen.«

»Bestimmt nicht«, meinte Barney. Das musste die allgemeine Meinung sein, denn die anderen Cowboys nickten beifällig.

»Taylor Cramer kümmert mich einen Dreck«, sagte Sam. »Lacey ist meine Frau, und das wird so bleiben.«

Rusty schlug ihm grinsend auf den Rücken. »Ich sage nicht, dass ich das alles begreifen kann, aber ich bin froh, dass Miss Lacey diesen Bastard nicht heiraten muss. Andy mag Cramer nicht, und das reicht mir. Es tut meinem Herzen gut, zu wissen, dass er sich das Land des alten Hob nicht unter den Nagel reißen kann.«

Sam ging zu seiner Pritsche und sammelte seine wenige Habe ein. »In ein, zwei Tagen werde ich fit genug sein, um zu reiten«, sagte er, als er Sachen in seine Satteltaschen stopfte.

»Ich nehme an, dass ich von jetzt an Befehle von dir erhalte«, meinte Rusty.

Sam hielt im Verstauen der Sachen inne. »Ich verbeuge mich vor deinem Wissen, Rusty. Ich bin kein Rancher, aber ich bin lernwillig. Wir entscheiden zusammen, was getan werden muss. Was hältst du davon?«

Rusty grinste. »Klingt gut ... Boss. Leistest du uns beim Abendessen Gesellschaft?«

»Ein anderes Mal. Heute Abend esse ich mit Lacey und Andy zu Abend.«

»Das kann dir keiner verdenken«, erwiderte Rusty. »Du warst sechs Jahre von deiner Frau getrennt, und das ist eine verdammt lange Zeit. Ihr werdet eine Menge nachholen müssen.«

Sam stieß nur einen Grunzlaut aus. Er und Lacey waren

nicht die Liebenden, die Rusty sich vorstellte, aber er war nicht bereit, das zuzugeben. Weder er noch Lacey wollten diese Art Beziehung. Es war zu viel böses Blut zwischen ihnen, um zu vergessen und zu verzeihen. Sein einziger Grund, auf der Ranch zu bleiben, bestand darin, Lacey zu bestrafen. Eine romantische Affäre mit seiner Verräterin würde zu Problemen führen, und er hatte im Augenblick genügend davon.

Sam kehrte zum Haus zurück und brachte seine Sachen in das Gästezimmer. Dann ging er nach unten, um Lacey zu suchen. Er wusste, dass sie nicht glücklich sein würde, wenn er ins Haus zog, doch davon wollte er sich nicht beunruhigen lassen. Lacey war nicht im Haus. Rita erzählte ihm, dass sie zum Stall gegangen war.

»Sagen Sie ihr, das Abendessen ist fast fertig, Señor Sam«, bat Rita. »Werden Sie mit ihr und Andy essen?«

»Ich ziehe ins Haus ein und werde von jetzt an meine Mahlzeiten hier einnehmen.«

Sam traf Lacey im Stall an. Sie striegelte ihr Pferd. Sie bemerkte ihn erst, als sein Schatten über sie fiel. Sie fuhr zu ihm herum.

»Sam! Du hast mich zu Tode erschreckt. Musst du hier herumschleichen?«

»Ich bin nicht geschlichen. Du warst so in deine Gedanken vertieft, dass du mich nicht gehört hast. Hast du an Cramer gedacht?«

»Meine Gedanken gehen dich nichts an. Warum bist du nicht mit den Cowboys im Küchenbau? Ich hörte, dass der Koch vor ein paar Minuten zum Essen rief.«

»Ich habe es ihnen gesagt, Lacey. Die Cowboys wissen jetzt, dass ich dein Ehemann bin.«

Lacey schoss das Blut in die Wangen. »Du hattest kein Recht!«

»Ich hatte jedes Recht der Welt. Ich hatte eigentlich mehr Fragen erwartet, doch offenbar haben die Jungs mein Wort akzeptiert und es dabei belassen. Meine Sachen habe ich ins Haus gebracht. Rita bat mich, dir zu sagen, dass das Essen fast fertig ist. Ich werde mit dir und Andy essen.«

»Deine Dreistigkeit ist unerhört«, zischte Lacey. Sie führte das Pferd in die Box und schloss die Tür.

»Das hat mich manche Härten überstehen lassen. Früher hast du das an mir gemocht. Unter anderem«, fügte er grinsend hinzu. »Oder hast du das bereits vergessen?«

»Ich habe alles über dich vergessen, Sam Gentry.«

Bei ihrem abweisenden Tonfall stieg Zorn in ihm auf. Das war eine hässliche Abfuhr. Hatte sie wirklich alles über ihn vergessen? Langsam spielte ein Lächeln um seine Lippen. Er hätte seinen letzten Dollar gewettet, dass sie sich noch an etwas von ihm erinnerte.

Sie wollte gehen. Er packte ihren Arm und zog sie zu sich herum. »Alles? Hast du alles vergessen?«

Sie starrte ihn an. »Vor langer Zeit.«

»Beweise es.«

Sie wurde blass. »Ich soll es beweisen? Ich weiß nicht, wovon du redest.«

»Küss mich.«

Sie wich vor ihm zurück. »Das werde ich nicht tun.«

»Du hast nur Angst, dass du etwas über dich herausfinden wirst, wenn du mich küsst«, hielt Sam ihr vor. »Küss mich, Lacey. Du traust dich nicht, wie? Ich hätte nie gedacht, dass du ein Feigling bist.«

Lacey war noch nie als Feigling bezeichnet worden. Einst hatte sie für Sam viel gewagt. Sie hatte ihn vor Yankee-Soldaten versteckt, hatte alles für ihn riskiert. Sie hätte alles dafür getan, um zu verhindern, dass ihr Vater ihn verriet, aber all das war lange her. Ihn zu küssen, sollte kein

Problem sein, sie empfand nichts von den Gefühlen, die sie einst geteilt hatten. Sie war so jung und unerfahren gewesen. Doch jetzt war sie eine erwachsene Frau, die nichts als Verachtung für den Mann empfand, der sie all diese Jahre in dem Glauben gelassen hatte, tot zu sein.

»Nun?«, drängte Sam. »Bist du ein Feigling?«

»Ich habe keine Angst davor, dich zu küssen, Sam Gentry. Du bist für mich nur lästig. Wenn ein Kuss das beweisen wird, dann gehorche ich mit Freuden.«

Sie stellte sich auf die Zehenspitzen, spitzte die Lippen und drückte sie auf seine.

»Nicht gut genug, Lacey«, murmelte Sam an ihrem Mund.

Er umfasste ihre Taille und zog sie fest an sich. Lacey atmete scharf ein. Sie spürte seinen Körper, nahm seinen männlichen Geruch wahr. Sie wollte vor Empörung aufschreien, als er ihre Lippen mit der Zunge aufzwang und den unschuldigen Kuss vertiefte, den sie ihm gegeben hatte, doch sie schaffte es nicht und ließ es geschehen. Auch wenn sie vergessen wollte, ihr Körper erinnerte sich und reagierte.

Er stöhnte ihren Namen. Sie schüttelte den Kopf, wie um ihre Reaktion zu leugnen, doch lange unterdrückte Gefühle schienen in ihr zu explodieren. Sie stieß ein stummes Flehen aus, fühlte sich von ihrem Körper verraten. Ein protestierender Schrei stieg tief in ihrer Kehle auf. Als er ihre Lippen erreichte, wurde er von Sam verschluckt, dessen Küsse ihr den Atem raubten.

Lacey fühlte sich, als schwebte sie. Sie schrie alarmiert auf, als ihr klar wurde, dass sie ins weiche Heu gepresst wurde. Aber Sams Küsse hielten sie so in Bann, dass sie nicht länger protestieren konnte. Sie spürte seinen harten Körper zwischen den Schenkeln, nahm eine kühlende Brise auf ihren nackten Brüsten war und fragte sich, wann und wie er sie entblößt hatte.

Dann hob er ihre Röcke an, und seine Hand glitt über die Innenseite ihres Oberschenkels. Als er sie erregend streichelte, wölbte sie sich seiner Hand entgegen und schrie auf. Der Laut verhallte ungehört in seinem Mund. Sie hörte ihn fluchen.

»Zum Teufel mit dir!«, grollte Sam. »Was machst du mit mir? Dies hätte nicht passieren sollen. Deine Berührung hat mich entflammt, und jetzt musst du das Feuer löschen.«

Er öffnete seine Hose. Ein Tropfen Feuchtigkeit wärmte ihren Schenkel. Sie spürte, wie seine Finger sie öffneten, spürte ihre eigene Feuchtigkeit. Er drang mit seinen Fingern ein. Sie schluchzte einen Protest, doch Sam ignorierte sie. Er wollte sie nehmen, als sie Stimmen und nahende Schritte hörte.

»Sam! Hör auf! Es kommt jemand.«

Sam schien langsam zu Verstand zu kommen. Er schüttelte den Kopf, wie um ihn zu klären. Dann erhob er sich von ihr. Lacey sprang auf, schloss hastig Knöpfe und Haken. Ein Blick zu Sam verriet ihr, dass er ebenfalls seine Kleidung ordnete. Sie strich ihre Röcke glatt, als Barney und Amos den Stall betraten.

»Da seid ihr ja«, sagte Barney und betrachtete sie mit unverhohlener Neugier. »Andy sucht euch. Rita hat das Essen fertig.«

»Wir wollten gerade … gehen«, sagte Sam mit einem Anflug von Humor.

Lacey sammelte ihre Würde und schritt entschlossen zum Stalltor. Sam folgte ihr dichtauf, doch sie wagte es nicht, zu ihm zurückzuschauen, denn sie wusste ohne den geringsten Zweifel, dass er selbstgefällig lächelte.

Andy erwartete sie an der Haustür. »Das Essen ist fertig, aber ich konnte euch nicht finden.«

»Ich bin jetzt da«, sagte Lacey. »Wir essen, sobald ich mich gewaschen habe.«

»Wirst du mit uns essen?«, fragte Andy und betrachtete Sam hoffnungsvoll.

»Das nehme ich an«, erwiderte Sam »Ich wasche mich an der Pumpe und komme in ein paar Minuten zu dir und deiner Mutter.«

Sam lächelte vor sich hin, als er sich Gesicht und Hände wusch. Lacey konnte ihre gegenseitige Anziehungskraft bis zum Jüngsten Tag leugnen, doch ihr Körper verriet sie. Sie hätte sich ihm dort im Heu hingegeben, wenn niemand gekommen wäre und sie gestört hätte.

Abrupt verwandelte sich sein Lächeln in ein Stirnrunzeln. Was, zum Teufel, dachte er da? Intimitäten mit Lacey waren das Letzte, was er wollte, oder etwa nicht? Sex mit ihr würde keinem Zweck dienen, außer vielleicht, dass sie beide bekamen, was sie wollten. Er erinnerte sich, wie heiß sie gewesen war, als er sich während des Krieges in ihrem Elternhaus von seiner Verletzung erholt hatte. Sie hatten nicht voneinander lassen können.

Vielleicht ist es keine gute Idee, bei ihr einzuziehen, dachte Sam. Er hatte eine Zeit lang keine Frau mehr gehabt, und Lacey war zu passend. Noch vor kurzem war es anscheinend eine gute Idee gewesen, jedem von seiner Beziehung zu Lacey zu erzählen, aber jetzt war er sich dessen nicht mehr so sicher. Wie lange konnte er noch darauf verzichten, von ihr zu nehmen, was sein Körper verlangte? Nach dem Pochen in seinen Lenden zu schließen, nicht lange.

Andy und Lacey saßen bereits am Tisch, als Sam das Esszimmer betrat.

»Kann Papa neben mir sitzen, Mama?«, fragte Andy, und Sam schämte sich seiner Gedanken über Lacey.

»Er kann sitzen, wo er will«, sagte Lacey und blickte ärgerlich zu Sam.

Er setzte sich neben Andy.

»Rita hat gesagt, du hast heute deine Sachen ins Haus gebracht, stimmt das?«, fragte Andy.

»Du stellst zu viele Fragen, Andy«, tadelte Lacey.

»Es macht mir nichts aus, sie zu beantworten«, entgegnete Sam schnell. »Ich bin tatsächlich heute ins Haus eingezogen, Andy. Aber das ist in Ordnung. Ich bin der Mann deiner Mutter, erinnerst du dich?«

»Ich erinnere mich. Ich habe mich nur gewundert, warum du deine Sachen ins Gästezimmer gebracht hast. Schläfst du mit Mama nicht im selben Bett?«

Sam verschluckte sich fast an seinem Bissen Fleisch. Er kaute es mit Mühe herunter und sagte: »Andy sollte sich nicht so viel bei den Cowboys herumtreiben. Er ist viel zu frühreif für sein Alter. Stallgerede ist nichts für zarte Ohren.«

»Ganz meine Meinung«, sagte Lacey. »Von jetzt an bleibst du mehr im Haus, Andy.«

»Was habe ich denn Schlimmes gesagt?«, beschwerte sich Andy.

»Nichts, aber das macht nichts. Iss dein Gemüse.«

Andy aß zu Ende, schlang seinen Nachtisch hinunter und fragte, ob er aufstehen und noch etwas spielen durfte. Lacey nickte und Andy flitzte hinaus.

Ein Lächeln spielte um Sams Lippen, während Lacey sich ganz aufs Essen konzentrierte.

Plötzlich blickte sie zu ihm auf. »Du brauchst nicht zu grinsen, Sam Gentry. Was heute im Stall geschehen ist, wird nie wieder passieren. Ich weiß nicht, was in mich gefahren war.«

Sam grinste breit. »Ich weiß, was fast in dich gefahren wäre. Du warst heiß auf mich, Lacey. Deine Brustwarzen waren hart, und du warst feucht zwischen den Beinen. Ich konnte deine Leidenschaft fast schmecken. Du warst…«

»Hör auf!« Lacey sprang auf und warf ihre Serviette auf den Tisch.

Sie rannte aus dem Zimmer, als wäre ihr der Teufel auf den Fersen. Sam schaute ihr kurz nach und lief hinter ihr her. Er holte sie auf dem oberen Treppenabsatz ein und zog sie zu sich herum.

»Hast du Angst vor der Wahrheit?«

»Was ist die Wahrheit?«

»Du begehrst mich.«

»Das tue ich nicht. Du hast mich verlassen.«

»Du hast mich verraten.«

»Das habe ich nicht! Es war verheerend für mich zu erfahren, was mein Vater getan hatte. Am meisten schmerzte mich das Wissen, dass er damit nichts gewonnen hatte. Mein Bruder war bereits tot. Geh einfach fort, Sam. Geh fort und lass mich und Andy in Frieden. Ich war besser dran, als ich dich für tot hielt. Ich muss Taylor Cramer heiraten, um die Ranch zu retten. Ohne ihn kann ich die Steuern nicht bezahlen.«

Die schmerzliche Wahrheit ließ Zorn in Sam aufwallen. Er konnte Lacey nichts bieten, Cramer hingegen alles.

»Macht es dir nichts aus, dass es deinen Sohn unglücklich machen wird, wenn du Cramer heiratest? Eine Ranch ist nur Besitz; dein Sohn sollte an erster Stelle stehen. Meine Brüder und ich haben unsere Farm verloren und mussten uns trennen, aber wir sind immer noch miteinander verbunden. Wir kümmern uns immer noch umeinander. Andy gehört zu dir, und du würdest ihn verraten, wenn du

Cramer heiratest. Cramer interessiert sich nicht für Andys Wohlergehen.«

»Und du tust es?«

»Mehr als Cramer.«

»Taylor will Andy auf die besten Schulen schicken, ihm die Bildung geben, die er verdient.«

Sam stieß einen verächtlichen Laut aus. »Cramer will Andy auf ein Internat schicken, das so weit entfernt ist, dass du ihn kaum siehst. Ist es das, was du willst?«

Lacey blinzelte gegen Tränen an. »Du weißt nicht, was ich will!«

Sam packte sie an den Schultern und zog sie an sich. »Irrtum. Ich weiß genau, was du willst.«

Wie um es zu beweisen, neigte er den Kopf und küsste sie tief und hemmungslos. Er hatte es nicht vorgehabt, aber er konnte nicht anders. Er war sofort erregt. Seine Lenden pochten vor schmerzlichem Verlangen, und er stöhnte vor lange unterdrückter Leidenschaft auf.

Er küsste sie, bis ihre Lippen, ihre Körper verschmolzen, bis sie hingebungsvoll in seinen Armen lag. Dann hob er sie auf und trug sie in sein Schlafzimmer.

6

Lacey blickte benommen vor Leidenschaft zu Sam auf. Warum war dies geschehen? Sam versuchte, sie zu verwirren. Er begehrte sie nicht – das konnte nicht sein. Sie hatte ihn einst geliebt, aber er hatte sie beschuldigt, ihn verraten zu haben, und dann hatte er sie in dem Glauben gelassen, tot zu sein. Sie konnte nicht zulassen, ihn wieder zu lieben. Sie spürte wie die Matratze unter ihr nachgab, als Sam ihren Körper darauf presste.

»Sam! Was tust du da? Hör sofort auf!«

»Willst du das wirklich?«

Sie konnte kaum atmen, geschweige denn antworten. »Ich ... ja, natürlich.«

Er forschte in ihrem Gesicht, und sein glühender Blick verweilte auf ihren sinnlichen Lippen. »Lügnerin.«

Sie ruckte hoch, versuchte ihn von sich zu stoßen. Stattdessen stöhnte er auf. Sie hörte abrupt auf, als sie erkannte, dass ihre Bewegungen ihn erregten.

»Hat Cramer es schon mit dir getan?«, flüsterte Sam an ihrem Mund.

»Das geht dich nichts ...«

»Natürlich hat er das«, fiel Sam ihr ins Wort. »Du hattest in den vergangenen sechs Jahren vermutlich zahllose Liebhaber. Es überrascht mich, dass Andy keine Brüder und Schwestern hat.«

»Bastard!«, zischte Lacey. »Du bist der einzige Geliebte, den ich jemals hatte.« Sie fügte nicht hinzu, dass er der einzige Geliebte war, den sie sich jemals gewünscht hatte. Kein Mann hatte jemals an Sam herangereicht.

»Dann tu es wieder mit mir, Lacey. Ich bin immer noch dein Ehemann. Das wird sich nicht so bald ändern.«

»Du hast dieses Privileg verloren, indem du mich in dem Glauben gelassen hast, tot zu sein«, erwiderte sie. »Wenn wir uns lieben, wird das die Dinge zwischen uns nur komplizieren.«

Er ließ seine Hüften kreisen. Sie spürte den Beweis seiner Männlichkeit an ihrem Schenkel, und ihr stockte der Atem. Er war überall hart. Seine Beine, die Brust, sein Rücken. Sie grub die Finger in die Muskeln seiner Arme, jetzt angespannt vor Verlangen. Dies war anscheinend so richtig und dennoch so falsch. Sam begehrte sie aus den falschen Gründen. Und sie begehrte ihn überhaupt nicht.

»Du irrst dich, Lacey«, sagte Sam. »Du willst mich. Dein Körper ist heiß und bereit für mich.«

Lacey schnappte nach Luft. Hatte er ihre Gedanken gelesen oder hatte sie laut gesprochen?

»Ich werde dich lieben.«

Er küsste sie, und sie konnte nicht mehr klar denken. Sie konnte nur fühlen – Dinge empfinden, die sie sehr lange Zeit nicht mehr gekannt hatte und die nur Sam in ihr hervorrufen konnte. Er vertiefte den Kuss, und seine Zunge war wie ein heißer Speer in ihrem Mund. Plötzlich wurde sein schonungsloser Angriff zu viel für sie, und die lange geleugnete Leidenschaft explodierte in ihr.

»O Sam, ja.«

Sie krallte die Finger in sein Haar und bäumte sich ihm entgegen. Dann zerrte sie an den Knöpfen seiner Weste.

Sam hob den Kopf und starrte auf sie hinab, als könnte er ihre plötzliche Nachgiebigkeit nicht glauben. Er grinste und richtete sich auf. Hastig zog er sich aus. Dann kehrte er zu ihr zurück. *Zu schnell*, dachte Lacey enttäuscht. Sie wollte ihn genau betrachten. Er hatte sich im Laufe der Jahre verändert. Jetzt war nichts Jungenhaftes mehr an ihm. Er war ganz Mann – voll entwickelt, kräftig … erregt.

»Ich will dich nackt sehen«, sagte Sam mit rauer Stimme.

Lacey war so benommen von seinen Küssen, dass sie nur nicken konnte. Sie nestelte an Knöpfen und Bändern, bis er ihre Hände fortschob und sie schneller auszog, als sie es selbst hätte tun können. Dann hockte er sich auf die Hacken, und sein Blick glitt gemächlich über ihren Körper.

»Mein Gott, du bist schön. Ich habe mir nie vorgestellt … mir war nicht klar … Die Jahre waren großzügig zu dir.«

Ihre Blicke tauchten ineinander. Spannung lag zwischen ihnen. Lacey schloss die Augen, wollte ihre Gefühle nicht preisgeben, und riss sie wieder auf, als sie seine Hände auf den Brüsten spürte. Seine Miene war angespannt, spiegelte lange unterdrückte Gefühle wider. Lacey fragte sich, ob er sich daran erinnerte, wie sie sich einst verzehrend geliebt hatten. Dann senkte er den Kopf auf ihre Brüste und nahm eine der aufgerichteten Spitzen in den Mund. Sie schrie auf und bäumte sich ihm entgegen.

Er küsste ihre Lider, die Nase, ihre Lippen, schob seine Zunge tief in ihren Mund, und sie erlag seiner betäubenden Sinnlichkeit. Sie drängte ihre Hüften zu ihm empor, bat ohne Worte um das, was sie wollte. Sie hielt den Atem an, als seine Finger sie fanden, sie öffneten, in sie glitten.

»Du bist bereit für mich, nicht wahr?«, flüsterte er.

Sie war mehr als bereit für ihn, doch sie wollte es nicht zugeben.

Seine Finger tauchten tiefer. Sie schmiegte ihr Gesicht an seinen Hals, als er die Finger vor und zurück bewegte, zuerst langsam, dann in immer schnellerem Rhythmus. Ein prickelndes Gefühl erfasste sie, und ein Zittern lief durch ihren Körper, der sich wie schwerelos anfühlte. Sie geriet an den Rand der Ekstase und schrie vor Enttäuschung auf, als er jäh aufhörte und sie keine Erfüllung fand. Dann spürte sie, dass er ihre Beine spreizte und in sie eindrang.

Sie bäumte sich ihm entgegen, stöhnte seinen Namen, als er sich kraftvoll zu bewegen begann. Ihre Hände gruben sich in seine Schultern, als er ihre Beine anhob und um seine Hüften legte. Das Zimmer war erfüllt von ihren keuchenden Atemzügen und den Lauten der Leidenschaft, während ihre Bewegungen ekstatischer, hemmungsloser wurden. Die Spannung stieg höher und höher, wurde fast unerträglich, bis Lacey das Gefühl hatte, von einer Woge der Lust emporgetragen zu werden. Sam stieß einen heiseren Schrei aus, den Kopf zurückgeworfen, die Hände ins Laken gekrallt, als er von seinem eigenen Höhepunkt erfasst wurde. Seine Hüften zuckten wie im Krampf, wieder und wieder in der Hitze der Leidenschaft, die sich entlud.

Dann war es plötzlich vorüber. Sam brach auf ihr zusammen. Lacey sank auf die Matratze, unfähig sich zu bewegen oder zu sprechen. Nach Stunden, die nur Minuten waren, erhob sich Sam von ihr. Er war ruhig, zu ruhig. Sie blickte zu ihm. Er lag auf dem Rücken, hatte einen Arm über die Augen gelegt und die Lippen zusammengepresst.

Plötzlich stemmte er sich auf einen Ellenbogen und starrte sie wütend an. »Was in Gottes Namen hast du mit mir gemacht? Ich hatte nicht vor, etwas zu empfinden … etwas so Starkes. Verdammt! Unsere Beziehung hat genug Probleme, da kann ich auf weitere verzichten.«

Lacey verzog den Mund. »Ich habe nichts gemacht. Du hast auf diesen Moment hingearbeitet, seit du hier eingetroffen bist. Ich wollte nichts mit dir zu tun haben, doch du hast hartnäckig darauf bestanden. Ich habe dich gebeten zu gehen, und du hast dich geweigert. Was in diesem Bett geschehen ist, hast du dir selbst zuzuschreiben.«

»Ich kann dir versichern, dass es nicht noch einmal passieren wird«, knurrte Sam. »Du hast eine Art, dass ein Mann seinen eigenen Namen vergessen kann. Ich möchte nicht dort weitermachen, wo wir vor sechs Jahren aufgehört haben. Du hast die Chance verloren, meine Frau zu sein, als du mich verraten hast.«

»Du hast die Chance verloren, mein Mann zu sein, als du mich verlassen hast«, gab Lacey heftig zurück. »Lass uns so tun, als ob dies nie geschehen wäre.«

»Einverstanden.«

»Heißt das, du ziehst wieder ins Mannschaftsquartier?«, fragte Lacey hoffungsvoll. »Oder besser noch, du verlässt uns?«

»Das würde dir gefallen, nicht wahr?«, fragte Sam höhnisch.

»Es ist das Beste für alle Betroffenen. Wir können beide unser Leben fortführen.«

Sam konnte nicht glauben, was soeben geschehen war. Nicht nur, dass er Sex mit Lacey gehabt hatte, sondern dass es der beste gewesen war, den er jemals gehabt hatte. Sogar noch besser als diese heimlichen Momente damals im Stall ihres Elternhauses, wo Lacey ihre Jungfräulichkeit verloren hatte. *Wie oft haben wir uns vor dem heutigen Tag geliebt*?, fragte er sich und dachte an diese hektischen Tage zurück, an denen rings um sie der Krieg getobt hatte. Er konnte es an den Fingern einer Hand abzählen und hätte noch einen Finger oder zwei übrig. Offenbar hatte Lacey im Laufe der Jahre viel gelernt.

Er erinnerte sich vage, wie eng sie gewesen war, als er sie

das erste Mal genommen hatte, und er runzelte die Stirn. Sie hatte behauptet, nur einen Geliebten gehabt zu haben. Konnte das die Wahrheit sein? Wenn ja, dann würde das bedeuten, dass Andy …

Nein. Alles ihn ihm weigerte sich, das zu glauben. Wenn Andy sein Sohn wäre, hätte sie ihm das gesagt. Sie hatte ihn kein einziges Mal als Andys Vater bezeichnet.

Als ob Sams Gedanken sein Bild heraufbeschworen hätten, wählte Andy diesen Moment, um ins Zimmer hereinzuplatzen.

»Ich kann Mama nicht finden, Papa. Sie sagte, sie würde mich ins Bett bringen.«

Lacey stieß einen Laut des Erschreckens aus und zog die Decke über sich. Sam packte das Laken und zerrte es über sie beide.

»Bist du das, Mama?«, fragte Andy, als er sich dem Bett näherte.

Sam setzte absichtlich eine strenge Miene auf. »Du musst lernen, anzuklopfen, Andy. Verheiratete Paare lieben ihre Privatsphäre. Kannst du dir das merken?«

Andy nickte ernst. »Ich werde es mir merken, Papa. Rusty hat zwar gesagt, dass du und Mama in einem Bett schlaft, aber ich habe ihm nicht geglaubt.«

Lacey stöhnte laut auf. »Du hast mit Rusty über mich und Sam gesprochen?«

»Rusty und ich sprechen über fast alles. Aber ich habe ihn nichts über dich und Sam gefragt. Ich habe nur gehört, wie Rusty und die Cowboys miteinander gesprochen haben. Ich glaube, sie wussten nicht, dass ich gelauscht habe.«

»Was haben sie gesagt?«, fragte Lacey im Flüsterton.

Andy legte den Kopf schief, als versuche er, sich an die Unterhaltung zu erinnern. »Die Cowboys hielten es für sehr sonderbar, dass Papa nicht sagte, dass er mit dir verheiratet ist, als er auf der Ranch auftauchte.«

»War das alles?«, fragte Sam sanft.

»Rusty sagte, es geht sie nichts an. Dann sagte Lefty, Rita hätte ihm erzählt, dass du und Mama getrennte Zimmer habt. Rusty sagte ihnen, sie sollten nicht spekulieren. Du und Mama könnten zwar getrennte Zimmer haben, aber er würde seinen rechten Arm wetten, dass ihr nur ein Bett benutzt.«

Sam räusperte sich. »Wie du siehst, hatte Rusty Recht. Aber unsere Schlafgewohnheiten sind kein Thema für eine Diskussion. Lauf jetzt, Sohn. Deine Mama wird dich in ein paar Minuten ins Bett stecken.«

Andy machte sich davon. Sam blickte zu Lacey und sah, dass die Farbe aus ihrem Gesicht gewichen war.

»Zum Teufel mit dir, Sam Gentry«, zischte sie. »Ich habe den Respekt meines Vormanns und meiner Cowboys verloren, und mein eigener Sohn stellt Fragen über unsere Beziehung.«

»Wir sind gesetzlich verheiratet, Lacey. Da ist nichts, was dir peinlich zu sein braucht.«

Er stand auf, ging zur Waschschüssel und füllte sie mit Wasser aus dem Krug. Lacey wartete nicht ab, um ihm beim Waschen zuzusehen. Sie sprang aus dem Bett, streifte ihr Unterhemd über und ging aus dem Zimmer.

Während der folgenden Tage bemühte sich Sam, Lacey zu ignorieren. Jeden Morgen verließ er das Haus absichtlich früh und widmete seine ganze Aufmerksamkeit der Ranch. Es war nicht leicht für ihn, zu lernen, eine Ranch zu führen, doch er machte Fortschritte. Für gewöhnlich aß er mit den Cowboys zu Mittag, und manchmal leistete er ihnen beim

Abendessen Gesellschaft. Beim Essen freundliche Gesichter zu sehen, war sicherlich besser, als Laceys mürrische Blicke zu ertragen. Wenn er irgendwelche Zweifel gehabt hatte, ob seine Bestrafung funktionierte, brauchte er Lacey nur anzuschauen, um zu sehen, wie wirksam sie war.

Die Schlafenszeit war für Sam die schlimmste Zeit des Tages. Jede Nacht verspürte er den Drang, in Laceys Zimmer zu schleichen und sie zu lieben. Sie würde sich sträuben, das war ihm klar, aber er war überzeugt, dass es ihn nicht allzu viel Verführungskünste kosten würde, ihr Verlangen zu wecken. Laceys Verstand mochte Widerstand leisten, doch mit dem Körper begehrte sie ihn. Zum Glück konnte er der Begierde widerstehen. Er versuchte sich einzureden, dass der Zweck für sein Bleiben auf der Ranch Laceys Bestrafung war, doch seine ständige Erregung strafte seine eigenen Absichten Lügen.

Eines Tages reparierte Sam einen Zaun im Hof, als er Cramer zum Haus reiten sah. Seine Miene verhärtete sich, und er ballte die Hände zu Fäusten, doch er zwang sich, erst zu reagieren, wenn Lacey Cramer begrüßen würde.

Sam beschattete die Augen gegen die grelle Sonne und beobachtete, wie Cramer absaß, die Zügel seines Pferdes an den Haltepfosten band und zum Haus ging. Plötzlich krachte ein Schuss. Sam zog seinen Revolver und hielt nach dem Schützen Ausschau. Der Staub zu Cramers Füßen wallte auf, als die Kugel in den Boden schlug und ihn nur um Zentimeter verfehlte. Sam sah eine Bewegung an der Ecke des Stalls. Er wirbelte herum, duckte sich und gab zwei Schüsse ab, bevor der Schütze zurückzuckte und nicht mehr zu sehen war.

Aus Sams Revolver kräuselte noch Rauch empor, als mehrere Cowboys herbeirannten, um zu sehen, was los war.

»Was ist passiert?«, fragte Barney.

»Das kann ich dir sagen!«, rief Cramer und schritt zu Sam. »Gentry hat versucht, mir in den Rücken zu schießen.«

Sams Augen verengten sich. »Da irren Sie sich, Cramer. Ich schieße keinem in den Rücken.«

Cramer blickte vielsagend auf Sams Waffe. »Aus dem Lauf Ihrer Waffe steigt ja noch Rauch auf. Es gibt Zeugen, Gentry. Meine Augen trügen nicht. Ich habe gesehen, wie Sie auf mich gezielt und geschossen haben.«

Lacey rannte aus dem Haus und durchbrach den Kreis der Männer, der sich um Sam und Cramer gebildet hatte. »Was geht hier vor?«

»Dein Gatte hat versucht, mich zu ermorden«, sagte Cramer anklagend.

Laceys Gesicht spiegelte Ungläubigkeit wider. »Ich habe die Schüsse gehört, aber ... sicherlich irrst du dich, Taylor. Sam ist jähzornig, aber ich bin überzeugt, dass er nicht ohne Provokation auf dich schießen würde.«

»Genau das hat er getan«, beharrte Cramer. »Er ist ein hinterhältiger Heckenschütze, und damit wird er nicht ungestraft davonkommen.«

Cramer band sein Pferd los und schwang sich in den Sattel. »Sie hören noch von mir, Gentry.« Er trieb sein Pferd an und preschte davon.

»Was ist wirklich passiert, Sam?«, fragte Rusty, als sich die Cowboys verstreuten.

»Jemand hat auf Cramer geschossen, aber ich war es nicht.«

»Hast du dein Eisen benutzt?«

»Ich sah eine Bewegung beim Stall und feuerte zweimal, als ich erkannte, was geschehen war.«

»Cramer hat Einfluss in der Stadt, Sohn. Ich würde seine Drohung nicht auf die leichte Schulter nehmen.«

»Cramer macht mir keine Angst«, behauptet Sam. Aber

das war nicht die reine Wahrheit. Sam hatte allen Grund zur Sorge. Er konnte es sich nicht leisten, mit dem Gesetz in Konflikt zu kommen. Er wurde steckbrieflich gesucht.

»Pass auf deinen Rücken auf«, warnte Rusty, bevor er sich umwandte und davonschlenderte.

»Hast du es getan, Sam?«, fragte Lacey.

»Stell mich nicht auf dieselbe Stufe wie deinen Liebhaber«, grollte Sam. »Ich habe noch nie jemandem in den Rücken geschossen und werde jetzt nicht damit anfangen. Außerdem würde ich für Cramer keine Kugel verschwenden.«

Sam erkannte am Ausdruck von Laceys Gesicht, dass sie nicht von seiner Unschuld überzeugt war. Das hätte ihn nicht überraschen sollen, doch es schmerzte.

»Ich hoffe, du sagst die Wahrheit, Sam«, flüsterte Lacey. Sie machte auf dem Absatz kehrt und schritt zurück ins Haus.

Sam starrte ihr nach, bewunderte den Schwung ihrer Hüften und erinnerte sich daran, wie sie nackt aussahen. Ihr Körper war makellos. Sam war nicht zu sehr in seiner Leidenschaft verloren gewesen, um die üppigen Kurven, verlockenden Hügel und geheimnisvollen Täler zu übersehen.

Er schob die ausschweifenden Gedanken beiseite und kehrte an die Arbeit zurück, die er verlassen hatte, bevor Cramer aufgetaucht war.

Sam hatte den Zwischenfall fast vergessen und war auf dem Weg zum Haus, um zu Abend zu essen, als zwei Männer auf den Hof ritten. Er blieb stehen und wartete auf sie. Dann sah er, wie sich die Strahlen der untergehenden Sonne auf den Abzeichen der Männer spiegelten, und er fluchte lautlos in sich hinein. Der Besuch des Sheriffs konnte nur eines bedeuten.

»Guten Tag, Sheriff. Was kann ich für Sie tun?«

»Ich glaube, das wissen Sie«, sagte Sheriff Hale und zügelte neben Sam sein Pferd.

»Ich kann mir keinen Grund für Ihren Besuch vorstellen. Warum klären Sie mich nicht auf?«

»Taylor Cramer hat Sie heute angezeigt.«

Sam blieb äußerlich ruhig, doch innerlich tobte Zorn in ihm. Er hätte nie gedacht, dass Cramer so weit gehen würde.

»Darf ich fragen, was man mir vorwirft?«

»Versuchter Mord. Er sagte, sie hätten versucht, ihn hinterrücks zu erschießen, und es gebe Zeugen, die bestätigen werden, dass Sie Ihren rauchenden Revolver in der Hand hielten.«

»Ich gebe zu, das ich mit meiner Waffe geschossen habe, aber nicht auf Cramer. Ich schoss auf den Mann, der versuchte, Cramer zu töten.«

Hale und sein Deputy tauschten zweifelnde Blicke. »Hat außer Ihnen jemand den Mann gesehen, auf den Sie angeblich geschossen haben?«

Sam runzelte die Stirn. »Das bezweifle ich. Nein. Aber das ändert nichts daran, dass er da war.«

»Ich habe noch eine Frage, Mr. Gentry. Haben Sie und Mr. Cramer in jüngster Zeit einen Streit gehabt?«

»Es ist allgemein bekannt, dass Cramer und ich in gewissen Dingen andere Auffassungen haben, aber das beweist nicht, dass ich versucht habe, ihn zu töten.«

»Für mich ist das ein belastender Umstand«, sagte Hale. »Das und Mr. Cramers Aussage, dass er gesehen hat, wie Sie feuerten, sind alle Beweise, die ich brauche. Sie sind verhaftet, Gentry. Übergeben Sie ihre Waffen.«

Sam verschlug es die Sprache. Er hatte gehofft, dem Gefängnis entgehen zu können, doch nun sah es aus, als ob er genau dort landen würde. Wie lange würde es dauern, bis Sheriff Hale ihn auf einem Steckbrief wiedererkennen würde? Da eine Flucht nicht in Frage kam, schnallte Sam seinen Revolvergurt ab und überreichte ihn dem Sheriff.

»Kann ich zuerst mit meiner Frau und meinem Sohn sprechen?«, fragte Sam.

»Ich war überrascht, als ich erfuhr, dass sie Mrs. Gentrys Mann sind«, sagte Hale. »Ich wusste zwar, dass Sie denselben Nachnamen haben, aber ich hielt das für Zufall. Wie ich hörte, ist Mrs. Gentrys Mann im Krieg gefallen. Es muss ein Schock für sie gewesen sein, als Sie lebend auftauchten.«

»Das kann man wohl sagen«, murmelte Sam.

»Ich nehme an, es geht in Ordnung, wenn Sie mit Ihrer Frau sprechen, bevor ich Sie mitnehme – sofern Sie keinen Fluchtversuch unternehmen. Sie erhalten einen fairen Prozess. Die Jury könnte sogar Ihre Geschichte glauben, aber darauf würde ich mich nicht verlassen.«

Sam blickte zum Haus und sah, dass Lacey ihn von der Veranda aus beobachtete. Er war froh, dass Andy nicht bei ihr war, denn er wollte nicht, dass der Junge das Schlimmste über ihn dachte. »Es wird nicht lange dauern, Sheriff«, sagte er grimmig.

Würde Lacey froh sein, ihn hinter Gittern zu sehen? War dies ein weiterer Versuch Cramers, ihn loszuwerden? Hatte Lacey etwas damit zu tun? Hatte Cramer jemanden angeheuert, um auf ihn zu schießen und daneben zu zielen, so dass man ihm, Sam Gentry, den Mordversuch in die Schuhe schieben konnte?

All diese Fragen gingen Sam auf dem Weg zu Lacey durch den Kopf.

»Was will der Sheriff?«, fragte Lacey, als Sam bei ihr war.

»Mich«, schnarrte Sam. »Dein Liebhaber hat mich angezeigt. Er hat behauptet, ich hätte versucht, ihn zu töten. Ich werde ins Gefängnis gebracht.«

Lacey schnappte nach Luft. »Aber du hast es nicht getan.«

»Das habe ich dem Sheriff gesagt, aber er glaubt mir nicht. Cramer ist ein angesehener Bürger. Ich bin ein Herumtreiber, ein Niemand ohne einen eigenen Penny.«

»Was kann ich tun?«, fragte Lacey.

»Du kannst deinen Liebhaber zurückpfeifen.«

»Er ist nicht ...«

Der Sheriff musste ungeduldig geworden sein, denn er trieb sein Pferd zur Veranda und unterbrach Lacey mitten im Satz. »Tut mir Leid, Ma'am, aber ich muss Ihren Gatten jetzt mitnehmen.«

»Ist das nötig, Sheriff?«, fragte Lacey.

»Das ist es, wenn Ihr Mann ein Killer ist. Vielleicht kann er die Jury von seiner Unschuld überzeugen.«

In seiner ersten Nacht im Gefängnis hatte Sam kein Auge zugetan. Er hatte weder etwas gesehen noch gehört, das darauf hinwies, dass der Sheriff von seinem Steckbrief wusste, und dafür war er dankbar. Er beendete sein bescheidendes Frühstück und ging wie ein gefangenes Tier in seiner Zelle auf und ab. Wie, zum Teufel, sollte er ohne Anwalt seine Unschuld beweisen?

Sam ging immer noch hin und her, als Sheriff Hale einen unwillkommenen Besucher zu seiner Zelle führte.

»Sie haben Besuch, Gentry«, sagte Hale. »Mr. Cramer möchte ganz sichergehen, dass Sie wirklich der Mann sind, der auf ihn geschossen hat. Verdammt rücksichtsvoll von ihm, würde ich sagen. Er will keinen Unschuldigen verdammen.«

»Das stimmt«, beteuerte Cramer. »Darf ich ein Wort allein mit Gentry sprechen, Sheriff?«

Hale zögerte kurz und sagte dann: »Ich bin nebenan, wenn Sie mich brauchen sollten.«

»Was wollen Sie?«, knurrte Sam, als er mit Cramer allein war.

»Ich habe einen Vorschlag.«

»Da kann ich mir denken«, zischte Sam. »Heraus damit, Cramer. Was, zur Hölle, wollen Sie von mir?«

Cramer zog ein Dokument aus der Tasche und hielt es Sam hin.

»Was ist das?«

»Ein Scheidungsgesuch. Lacey beschuldigt Sie darin des böswilligen Verlassens und der Kindesaussetzung. Ich habe die Papiere gestern von meinem Anwalt aufsetzen lassen.«

Sam starrte auf das Dokument und lachte dann schallend. »Das werde ich nicht unterschreiben.«

»Und wenn ich dem Sheriff sagen würde, dass Sie nicht der Mann sind, der auf mich geschossen hat? Ich würde sagen, das ich mich geirrt habe, dass es genau so gewesen ist, wie Sie sagen. Verstehen Sie?«

»Perfekt. Meine Unterschrift auf dem Scheidungsdokument wird meine Freilassung garantieren.«

»Ich wusste, dass Sie zur Vernunft kommen.« Cramer lachte. »Der Mann, der versucht hat, mich zu töten, ob Sie es waren oder nicht, hat mir einen Gefallen getan. Jetzt habe ich das Druckmittel, um Sie zu zwingen, meine Wünsche zu erfüllen. Denken Sie darüber nach, Gentry. Sie haben eine Wahl. Sie können Jahre hinter Gittern verbringen oder hier als freier Mann hinausspazieren. Nur ihre

Unterschrift ist erforderlich. Wenn erst die Scheidung rechtskräftig ist, werden Lacey und ich heiraten.«

Sam starrte auf das Dokument, als rechnete er damit, dass es ihn beißen könnte. »Weiß Lacey davon? Hat Sie darum gebeten, ihr zu helfen, eine Scheidung zu erwirken? Weiß Sie, dass Sie mich erpressen?«

»Natürlich. Lacey und ich, wir wollen das beide. Wir sind uns da völlig einig.«

Sam stieß langsam die angestaute Luft aus. Es war genauso, wie er geargwöhnt hatte. Lacey hatte mit Cramer geplant, ihn dazu zu bringen, in eine Scheidung einzuwilligen. Er konnte fast nicht mehr zählen, wie oft sie ihn gebeten hatte, sie in Frieden zu lassen. Er hoffte, dass sie jetzt glücklich war, weil sie bekommen hatte, was sie offensichtlich wollte.

Angesichts jahrelanger Haft blieb Sam kaum eine Wahl. Er wollte das Dokument nicht unterschreiben. Er wollte Lacey und Andy nicht Cramer überlassen, aber was blieb ihm denn anderes übrig?

»Da gibt es eine Bedingung«, fügte Cramer hinzu.

»Natürlich«, sagte Sam trocken.

»Wenn Sie aus dem Gefängnis raus sind, müssen Sie sofort die Stadt verlassen. Ich werde Lacey erzählen, was sie wissen muss. Sie haben sie schon einmal verlassen; niemand wird es für ungewöhnlich halten, wenn Sie das ein zweites Mal tun. Sie können mit dem Wissen davonreiten, dass ich mich um ihr Wohlergehen kümmern werde, wenn wir erst verheiratet sind.«

»Das ist es, was ich befürchte«, murmelte Sam.

»Sie haben nicht viel Zeit, Gentry. Ein paar Jahre Gefängnis oder die Freiheit. Entscheiden Sie sich jetzt, denn ich biete Ihnen die Wahl kein zweites Mal.«

Sam steckte in einem Dilemma. Steckbriefe zu seiner

Ergreifung konnten jederzeit eintreffen. Oder jemand konnte ihn von Steckbriefen her wiedererkennen, die er irgendwo gesehen hatte. Es bedurfte nur eines Telegramms nach Dodge City, und er würde im Gefängnis landen. Es war kein angenehmer Gedanke, in Handschellen nach Dodge zurückzukehren. Wenn er all dies bedachte, bot ihm Cramer einen Ausweg aus einer möglicherweise gefährlichen Lage. Verdammt! Er war noch nicht bereit, schon fortzureiten.

»Nun, Gentry, wofür entscheiden Sie sich«, drängte Cramer.

»Befreien Sie mich zuerst, und ich werde Ihr verdammtes Papier unterschreiben«, gab Sam zurück.

Cramer blickte ihn abschätzend an. »Woher soll ich wissen, dass Sie tatsächlich unterschreiben, wenn ich Sie befreit habe?«

»Woher soll ich wissen, dass Sie mich tatsächlich befreien, wenn ich zuerst unterschreibe?«

Cramer kniff die Augen zu Schlitzen zusammen. »Wir sind anscheinend in einer Sackgasse.«

»Ich bin ein Mann, der sein Wort hält, Cramer. Wenn ich sage, ich unterschreibe Ihr verdammtes Papier, dann werde ich das auch tun.«

»Und ich könnte Sie wieder ins Gefängnis schicken, wenn Sie die Unterschrift verweigern«, warnte Cramer. »Ich kann mich immer anders besinnen und behaupten, dass Sie es waren, der mich zu töten versucht hat.«

»Keine Sorge, Cramer. Ich habe gesagt, ich unterschreibe, und das werde ich tun.«

»Und sofort danach die Stadt verlassen.«

»Welche Wahl bleibt mir denn?«, knirschte Sam.

Cramer grinste. »Keine. Ich gehe jetzt zu Sheriff Hale.«

»Bastard!«, zischte Sam.

Ein paar Minuten später kehrte Cramer mit dem Sheriff zurück.

»Was hat das alles zu bedeuten, Mr. Cramer?«, wollte Sheriff Hale wissen.

»Ich befürchte, ich habe mich geirrt. Es war doch nicht Mr. Gentry, der mich umzubringen versuchte. Er erklärte, dass er zwei Kugeln auf den Mann gefeuert hat, der auf mich geschossen hat, und ich glaube ihm. Ich bedauere das Missverständnis.«

»Sind Sie sicher, Mr. Cramer?«, fragte Hale. »Sie wirkten fest davon überzeugt, dass Gentry den Mordversuch begangen hat.«

Cramer lächelte entschuldigend. »Es war ein unverzeihlicher Fehler, aber zum Glück habe ich meinen Irrtum noch erkannt, bevor einem unschuldigen Mann der Prozess gemacht wird. Lassen Sie Gentry frei, Sheriff. Ich nehme die Anzeige zurück.«

»Sind Sie sicher, dass Sie das wollen?«, wiederholte Hale.

Sam hielt den Atem an und stieß ihn langsam aus, als Cramer sagte: »Ich weiß, was ich tue, Sheriff.«

Hale nahm den Schlüsselbund von seinem Gurt und schob einen der Schlüssel ins Schloss. Er zog die Zellentür auf und Sam trat aus der Zelle.

»Kann ich jetzt gehen?«

Hale nickte mürrisch. »Ich will Sie nicht noch einmal in meinem Gefängnis sehen, Gentry. Ich weiß nicht, was hier vorgeht, aber ich gebe Ihnen eine faire Warnung. Halten Sie sich aus Problemen heraus.«

»Mr. Gentry wird die Stadt verlassen«, sagte Cramer.

Hale wirkte überrascht. »Was wird mit der Ranch? Will Miss Lacey verkaufen?«

Sam sagte nichts, bis Cramer ihn leicht anstieß. »Meine

Frau wird mich nicht begleiten. Sie und Andy bleiben zurück.«

»Nachdem das nun geregelt ist«, sagte Cramer, bevor Hale weitere Fragen stellen konnte, »verabschieden wir uns. Auf Wiedersehen, Sheriff.«

»Mein Anwalt erwartet uns«, sagte Cramer, als sie das Gefängnis verlassen hatten. »Sie können das Dokument in seinem Büro unterschreiben.«

San nickte grimmig und folgte Cramer. Je eher er es hinter sich brachte, desto früher konnte er sein Leben weiterführen.

Als Sam den Anwalt Oakley kennen lernte, wusste er sofort, dass der Mann aus demselben Holz geschnitzt war wie Cramer. Beide Männer würden vor nichts Halt machen, um zu bekommen, was sie wollten. Aber was genau wollte Cramer? Anscheinend liebte er Lacey nicht, und für Andy hatte er auch nichts übrig. Sam neigte zu der Annahme, dass Cramer es auf Laceys Land abgesehen hatte, obwohl er keine Ahnung hatte, warum. Während seines kurzen Aufenthalts hatte er nichts Besonderes an Laceys Land gesehen, das es von den anderen Parzellen in dem Gebiet unterschied.

»Sie beide wissen, dass das Dokument jedoch erst durch Mrs. Gentrys Unterschrift rechtsgültig wird«, sagte Oakley, nachdem Sam unterzeichnet hatte. »Ebenso wenig kann ich garantieren, dass die Scheidung schnell vollzogen wird.«

»Ja, ja«, sagte Cramer ungeduldig. »Mrs. Gentry wird unterschreiben, da gibt es kein Problem. Und ich bin sicher, dass Sie ihr Bestes tun werden, um die Dinge zu beschleunigen. Ich zahle Ihnen viel, um die Angelegenheit ohne übermäßige Verzögerungen durchzuboxen.«

Sam hatte genug gehört. »Ich gehe. Sie beide können die Einzelheiten miteinander ausarbeiten.«

»Vergessen Sie nicht die Bedingungen Ihrer Freilassung, Gentry«, warnte Cramer. »Sie müssen die Stadt sofort verlassen.«

»Keine Sorge, Cramer«, grollte Sam. »Ich habe nicht den Wunsch, Lacey zu besuchen. Viel Spaß mit ihr. Sie ist ein heißes Weibsstück, aber ich nehme an, das wissen Sie ja bereits.«

Sam knallte die Tür wuchtiger zum, als angebracht war. Er war zornig. Er hatte nicht darum gebeten, Lacey nach all diesen Jahren wiederzusehen, und hätte die Begegnung nicht absichtlich herbeigeführt. Aber ihr Wiedersehen hatte ihm etwas bewiesen. Obwohl er sechs Jahre lang dagegen angekämpft hatte, konnte er nicht leugnen, dass Lacey immer noch starke Gefühle in ihm weckte, Gefühle, die nichts mit Feindseligkeit zu tun hatten.

Der Sex mit Lacey war eine Offenbarung gewesen. Sie hatte ihn so sehr begehrt wie er sie. Sie mochte Cramer heiraten wollen, aber er, Sam, hatte ihre Leidenschaft geweckt, seinen Namen hatte sie bei ihrem Höhepunkt gerufen. Gott, das war ein süßer Moment gewesen.

Sam holte sein Pferd aus dem Mietstall und verließ die Stadt. Er ritt nach Westen, fort von Denison und der Ranch. Er hatte wenig Geld und nichts von Wert; die paar Dinge in seinen Satteltaschen konnte man als wertlos bezeichnen. Aber er ritt mit der Erinnerung an eine Nacht voller Glückseligkeit mit einer Frau, die ihn nicht liebte.

7

Lacey verbrachte eine unangenehme Nacht. Der Gedanke, dass Sam versucht haben könnte, Sam hinterrücks zu erschießen, hatte sie beunruhigt; sie hatte Rusty und einige der Cowboys befragt und erfahren, dass aus Sams Waffe tatsächlich Rauch gekräuselt war. Noch vernichtender war die Tatsache, dass niemand den Mann gesehen hatte, der die Schüsse auf Taylor abgefeuert haben sollte, wie Sam behauptet hatte.

Sie hatte Andy absichtlich nichts von der Schießerei erzählt. Andy hatte ein Nickerchen gemacht und offenbar von alldem nichts mitbekommen. Lacey ermahnte die Cowboys, in Anwesenheit des Jungen nicht über den Zwischenfall zu reden. Sie würde ihm nichts erzählen, bis sie selbst die Wahrheit wissen würde.

Andy hatte Sam am Tag seiner Festnahme beim Abendessen vermisst, und Lacey hatte ihm erzählt, Sam sei geschäftlich außerhalb der Stadt unterwegs und werde ein paar Tage fort sein. Wenn es zum Schlimmsten kam, musste sie Andy vermutlich die Wahrheit sagen. Aber im Augenblick war es besser, ihn damit zu verschonen.

Lacey hatte bereits gefrühstückt und bereitete sich jetzt darauf vor, in die Stadt zu reiten, um Sam zu besuchen. Sie musste wissen, ob er etwas mit dem Mordversuch an Taylor zu tun hatte. Abgesehen von einem kleinen bleibenden Zweifel war sie fast davon überzeugt, dass Sam keinem Menschen in den Rücken schießen würde.

»Wohin willst du, Mama?«, fragte Andy, als er ins Zimmer stürmte.

»In die Stadt, Schatz. Ich werde nicht lange fortbleiben.«

»Kann ich mitkommen?«

»Heute nicht. Mach Rita keinen Ärger, während ich fort bin.«

»Wirst du Papa sehen? Sag ihm, dass er mir fehlt.«

Lacey zögerte mit der Antwort. Wie viel wusste Andy? Oder hatte er nur gespürt, dass etwas nicht stimmte? »Ich bin mir nicht sicher«, sagte sie ausweichend. »Ich sollte zum Mittagessen wieder hier sein. Wie wäre es, wenn du in der Zwischenzeit in den Stall gehst und dir Fluffys junge Kätzchen ansiehst?«

Andys Augen leuchteten auf. »Kann ich eins mit ins Haus nehmen?«

»Warum nicht?«

Andy stieß einen Freudenschrei aus und rannte davon.

Lacey setzte ihren Hut auf und ging zur Tür. Sie hatte gerade ihr Pferd aus dem Stall geführt, als sie Taylor Cramer auf den Hof reiten sah. Ein ungutes Gefühl stieg in ihr auf, als sie seinen selbstzufriedenen Gesichtsausdruck sah. Er wirkte außergewöhnlich erfreut über etwas, und sie fragte sich, ob es etwas mit Sam zu tun hatte. Ihr Gefühl sagte ihr, dass es so war.

»Taylor, was führt dich her? Ich hoffe, dies wird nicht lange dauern, denn ich bin auf dem Weg zur Stadt.«

Taylor saß ab, ergriff Lacey am Arm und zog sie zurück zum Haus.

»Was machst du da?«, fuhr Lacey ihn an.

»Wenn du in die Stadt reiten willst, um Gentry zu besuchen, dann kannst du dir die Mühe sparen. Er ist nicht mehr da.«

Lacey schüttelte seine Hand ab. »Was meinst du damit?

Natürlich ist Sam in der Stadt. Du warst es doch, der ihn ins Gefängnis hat bringen lassen.«

»Gentry ist freigelassen worden«, enthüllte er ihr. »Ich werde dir alles im Haus erzählen.«

»Freigelassen?« Lacey schnappte nach Luft. »Ich verstehe nicht…«

»Das wirst du gleich.« Er öffnete die Haustür und schob sie hinein.

Lacey ging ins Wohnzimmer und fuhr zu Cramer herum. Sein überlegenes Grinsen machte sie nervös. »Nun sei so freundlich und erkläre es mir.«

Statt einer Erklärung zog Cramer ein Dokument aus seiner Innentasche und überreichte es Lacey. »Dies wird vieles erklären.«

Ungläubigkeit malte sich auf Laceys Gesicht ab, während sie das Dokument überflog. Und als sie Sams Unterschrift am Fuß der Seite sah, war sie fassungslos.

»Dies ist ein Scheidungsgesuch! Wie hast du Sam dazu gebracht, zu unterschreiben? Wo ist Sam jetzt?«

»Eine Frage nach der anderen, meine Liebe. Erstens, du hältst tatsächlich ein Scheidungsdokument in der Hand. Mein Anwalt hat es aufgesetzt, und ich habe es Gentry gestern vorgelegt. Zweitens hat Gentry das Dokument ziemlich bereitwillig unterschrieben, nachdem ich es ihm vorgelegt hatte. Und drittens habe ich keine Ahnung, wo er im Augenblick ist. Kurz nach seiner Freilassung aus dem Gefängnis hat er die Stadt verlassen.«

»Die Stadt verlassen?«, wiederholte Lacey benommen. »Das passt überhaupt nicht zu Sam. Hast du die Anzeige zurückgezogen?«

»Ziemlich anständig von mir, findest du nicht auch? Sheriff Hale war meiner Meinung, dass die Beweise gegen Gentry dürftig sind. Ich bin der Einzige, der ihn mit der

Waffe in der Hand gesehen hat, nachdem die Schüsse gefallen waren«, fügte er hinzu. »Auch wenn ich sicher war, dass er geschossen hat, gab es berechtigte Zweifel. Sheriff Hale sagte sich, das die Beweise nicht ausreichen, um ihn vor Gericht zu bringen.«

»Damit ich das richtig verstehe«, sagte Lacey langsam. »Sam wurde freigelassen, unterschrieb die Scheidungspapiere und verließ die Stadt, ohne mir oder Andy eine Nachricht zu hinterlassen?«

»Das ist richtig, meine Liebe.«

»Das passt nicht zu Sam.«

»Der Mann ist ein nichtsnutziger Satteltramp ohne Verantwortungsgefühl«, stieß Cramer hervor. »Er hat dich schon einmal verlassen. Das zweite Mal wird keinen überraschen.« Er heftete den Blick auf das Dokument in Laceys Hand. »Ich nehme an, du hast Feder und Tinte. Unterschreib jetzt, und ich nehme es zu meinem Anwalt mit, sodass es sofort eingereicht werden kann. Ich hörte, dass diese Dinge einige Zeit dauern, aber wir werden sofort heiraten, wenn die Scheidung rechtskräftig ist.«

Lacey starrte auf das Dokument, als könnte es sie angreifen. Sie trug es zum Tisch und legte es in eine Schublade. »Ich unterschreibe später.«

Cramer runzelte die Stirn. »Gibt es da ein Problem? Es hat mich Mühe und Geld gekostet, es so schnell zu bekommen. Unterschreib jetzt, Lacey.«

Lacey starrte ihn an. Sein Tonfall hatte sich verändert. Erst hatte er ihr sanft gut zugeredet, und jetzt klang er fordernd. Sie presste die Lippen aufeinander. Sie würde sich nicht zum Unterschreiben zwingen lassen, bevor sie das Dokument genau gelesen und über all die Konsequenzen nachgedacht hatte. Irgendetwas stimmte da nicht, doch sie wusste nicht, was. Sie wollte vielleicht nicht mit Sam verheiratet bleiben, und sie brauchte Taylors Geld, doch sie fand diese ganze Sache verwirrend. Taylor musste da etwas im Schilde führen.

»Ich habe es dir gesagt«, beharrte Lacey. »Ich unterschreibe das Dokument erst, wenn ich Zeit gehabt habe, es zu lesen.«

Cramers Gesicht wurde eine Spur dunkler. »Ich dachte, du willst aus deiner absurden Ehe heraus?«

»Das will ich auch.«

»Dann unterschreib jetzt.«

»Ich werde unterschreiben, aber wenn es mir passt.«

»Zum Teufel mit dir!«, stieß Cramer hervor.

Es war das erste Mal, dass er so mit ihr sprach, und ein unbehagliches Gefühl stieg in Lacey auf. Hatte er seine wahre Natur vor ihr verborgen? Wenn sie ihn nicht verzweifelt gebraucht hätte, dann wäre sie versucht gewesen, ihm zu sagen, dass er die Ehe vergessen konnte. Aber was würde dann aus ihr und Andy werden, wenn die Bank eine Zwangsvollstreckung betrieb? Wohin konnten sie ohne Geld gehen? Der Gedanke, kein Dach über dem Kopf und einen leeren Magen zu haben, war unerträglich. Nur wenige Jobs waren für eine Frau mit einem Kind verfügbar.

Cramer musste erkannt haben, dass Lacey nicht vorhatte, ihm zu gehorchen, denn er sagte: »Ich kann sehen, dass du heute launisch bist. Ich werde zurückkehren, wenn du besserer Stimmung bist. Ich sehe keinen Grund, warum du nicht unterschreiben solltest. Offenbar ist Gentry genauso froh, dich loszuwerden, wie du ihn.«

»Es tut mir Leid, Taylor. Ich wollte nicht launisch sein. Komm heute Abend zurück, wenn Andy ihm Bett ist. Ich möchte nicht, dass er etwas davon erfährt. Er hat Sam gern. Ich möchte ihm auf meine Art von der Scheidung erzählen.«

»Ich verstehe, meine Liebe«, sagte er kühl. »Bis heute Abend dann.« Ohne Vorwarnung zog er Lacey in seine Arme und küsste sie. Lacey widersetzte sich nicht, doch sie erwiderte den Kuss auch nicht. Sie ließ ihn nur über sich ergehen.

Sam ritt von Denison, von Lacey und Andy fort, überzeugt, das Richtige zu tun. Er konnte ihnen keine finanzielle Unterstützung bieten. Sie brauchten Geld, um die Ranch zu retten, und er hatte keins. Wenn er als Bankräuber verurteilt wurde, würde er jahrelang ins Gefängnis kommen. Rafe und Jess waren vielleicht schon dort. Er würde erst erfahren, wie es ihnen ergangen war, wenn sie sich ein Jahr nach dem Tag ihrer Trennung in Denver treffen würden.

Fünf Meilen außerhalb der Stadt zügelte Sam an einem Bach sein Pferd, damit es saufen und etwas ausruhen konnte. Er saß ab, kniete sich ans Ufer des Bachs und stillte seinen Durst. Dann hockte er sich auf die Hacken und betrachtete das klare Wasser. Er blinzelte wiederholt auf sein Spiegelbild. Dies war nicht das einzige Gesicht, das er sah. Andys blaue Augen schauten ihn anklagend an. Sam presste die Lippen aufeinander. Es sollte ihm gleichgültig sein, was der Junge von ihm dachte, doch das war es nicht.

Er murmelte einen Fluch, tauchte die Hände ins Wasser und wühlte es auf. Doch Andys Bild blieb. Und das Bild von Andys Mutter. Schöne, verräterische Lacey. Er hätte sie für immer geliebt, wenn sie ihn nicht an die Yankees verraten hätte. Ein Teil von ihm wollte ihr verzeihen. Die Liebesnacht mit ihr hatte ihm in vielem die Augen geöffnet. Ihre Reaktion auf ihn war sehr real gewesen. Entweder das oder sie war eine sehr gute Schauspielerin. Sam war erfahren genug, um zu wissen, wenn eine Frau ihn begehrte, und das war bei Lacey zweifellos der Fall gewesen.

Es führt verdammt zu nichts, wenn ich hier herumhocke und an Lacey und Andy denke, sagte er sich, schwang sich auf sein Pferd und setzte den Ritt fort.

»Jetzt sind wir zwei wieder allein, Galahad«, sagte Sam und tätschelte den Pferdehals. »Keine Frau kompliziert mein Leben. Kein kleiner Junge nennt mich Papa. Es gefiel mir irgendwie, obwohl ich wusste, dass Andy nicht mein Sohn ist. Verdammt, Galahad, sie ohne ein Wort zu verlassen, verursacht mir einen bitteren Geschmack im Mund.«

Natürlich gab Galahad keine Antwort, aber er drehte den Kopf und äugte zu Sam.

Ein paar Stunden später tat Sam etwas, das er sicherlich bereuen würde. Er verfluchte seine Dummheit, zog das Pferd um die Hand und ritt zurück. Zur Hölle mit Cramers Drohungen! Er hatte sich noch niemals vor einem Kampf gedrückt, und er würde jetzt nicht damit anfangen. Er wollte eine Chance haben, sich von Andy zu verabschieden. Und von Rusty. Und er wollte Lacey davon überzeugen, dass er kein Heckenschütze war, bevor er aus ihrem Leben verschwinden würde.

Lacey stocherte in ihrem Essen herum; sie hatte keinen Appetit. Das Scheidungsgesuch hatte sie immer noch nicht unterschrieben, und sie wunderte sich über ihr Zögern. Es war doch das, was sie wollte, oder nicht? Offenbar war es das, was Sam wollte.

»Wann wird Papa heimkommen, Mama?«, fragte Andy und riss sie aus ihren Gedanken.

»Er ist erst einen Tag fort, Schatz.«

»Er fehlt mir. Ich habe die Cowboys gefragt, wohin er geritten ist, aber Rusty hat gesagt, ich soll dich fragen. Keiner der Cowboys wollte mir etwas sagen. Ist etwas nicht in Ordnung, Mama?«

Trotz seiner jungen Jahre ist Andy nicht dumm, dachte Lacey. Er spürte etwas, und sie wusste aus Erfahrung, dass er keine Ruhe geben würde, bis er die Wahrheit kannte.

»Ich habe jetzt keine Zeit für Erklärungen«, sagte Lacey ausweichend. »Ich erwarte heute Abend Mr. Cramer, und ich will dich erst ins Bett bringen.«

Andy verzog das Gesicht. »Warum kommt der immer noch vorbei? Du hast bereits einen Mann.«

»Wir werden morgen darüber reden. Hast du fertig gegessen?«

Andy schob seinen Teller von sich, »Ich habe keinen Hunger.«

»Dann lauf. Zieh schnell dein Nachthemd an, ich komme gleich rauf und bringe dich ins Bett und lese dir eine Geschichte vor.«

Andy rutschte von seinem Stuhl. »Lass mich nicht zu lange warten, Mama.«

Lacey schob ihren Stuhl zurück und ging zu ihrem Schreibtisch im Nebenraum. Sie zog die Schublade auf und entnahm ihr das Scheidungsgesuch. Sie nahm sogar die Feder und tauchte sie in das Tintenfass. Ihre Hand zitterte. Ein Tintentropfen fiel auf das Papier. Sie legt die Feder ab, löschte den Tintenklecks und legte das Dokument zurück in die Schublade, ohne es zu unterschreiben. Sie schob die Schublade zu und ging nach oben, um Andy ins Bett zu stecken. Sie würde später unterschreiben.

Es war spät. Andy schlief seit Stunden, und Rita war heimgegangen, doch Taylor war immer noch nicht gekommen. Lacey entschied sich, nicht auf ihn zu warten. Sie war ohnehin nicht erpicht darauf, das Scheidungsgesuch zu unterschreiben. Sie verschloss die Türen und unteren Fenster, löschte die Lampe im Wohnzimmer und ging die Treppe hinauf. Eine Lampe auf dem oberen Flur, die sie Andy zuliebe angelassen hatte, sorgte für genügend Licht, so dass sie sich ausziehen und ihr Bett finden konnte. Sie kroch zwischen die Laken und fiel in unruhigen Schlaf.

Sam ritt bis zum Stall und saß ab. Das Haus war dunkel bis auf den schwachen Lichtschein, der aus einem oberen Fenster fiel. Ein Blick zu dem dunklen Mannschaftsquartier verriet Sam, dass die Cowboys schliefen.

Er führte Galahad in den Stall, sattelte ab und rieb das Tier ab. Er hatte vorgehabt, auf dem Heuboden zu übernachten, aber eine zwingende innere Stimme zog ihn nach draußen. Er blickte zu Laceys Zimmer hinauf. Die Blätter der Ulme neben dem Haus wiegten sich in der Brise und verdeckten fast das Fenster, aber er konnte erkennen, dass es offen stand und das Zimmer dunkel war. Er trug einen inneren Kampf mit sich aus; der Teufel in ihm gewann.

Sam setzte einen Fuß in eine Astgabel der Ulme und zog sich in die Zweige hoch. Er kletterte stetig hoch, bis er auf einer Höhe mit dem Fenster war. Dann kroch er auf das Fensterbrett und ließ sich leise ins Zimmer fallen. Das Licht vom Flur warf einen goldenen Schein durch die offene Schlafzimmertür und ließ das Bett und den Umriss einer Gestalt unter der Bettdecke erkennen.

Sam zog seine Stiefel aus, damit er Lacey nicht weckte, und schlich zum Bett. Er war sich nicht sicher, was ihn dazu getrieben hatte, durch das Fenster einzusteigen – er hatte nur eine vage Vorstellung, doch irgendeine innere Kraft beherrschte seine Aktionen. Lacey war eine Versuchung, der er nicht widerstehen konnte. Seine Stimmung verschlechterte sich abrupt, als ihm in den Sinn kam, dass Lacey vielleicht mit Cramer geplant hatte, ihn loszuwerden. Plötzlich bewegte sich Lacey, und er wich in die Schatten zurück.

Lacey erwachte mit dem beunruhigenden Gefühl, nicht allein zu sein. Sie hielt den Atem an, wagte nicht, sich zu bewegen oder die Augen zu öffnen. Sie wusste, dass der Eindringling nicht Andy war, denn der wäre zu ihr ins Bett gekommen. Lacey ahnte, dass derjenige, der uneingeladen in ihr Schlafzimmer gekommen war, nur durch ein oberes Fenster eingestiegen sein konnte. Durch ihr Fenster.

Sie hörte eine leichte Bewegung und öffnete vorsichtig ein Auge. Ein Streifen Mondschein fiel auf eine große Gestalt, die neben dem Fenster in den Schatten kauerte. Der Eindringling war groß und wirkte bedrohlich. Sie öffnete das andere Auge, um ihn besser zu sehen. Er stand in Strümpfen da, groß und einschüchternd. Ihr Blick glitt an den langen Beinen hoch, und sie sah, wie sich seine Hose wölbte. O Gott, der Mann war erregt.

War der Eindringling gekommen, um sie zu vergewaltigen? War es ein Herumtreiber, der zufällig den Weg zur B&G gefunden hatte? Lacey wollte nicht glauben, dass einer ihrer eigenen Cowboys in ihr Haus eingedrungen war, doch sie konnte nichts ausschließen. Sie zog nervös die Beine unter der Decke zusammen. Dann erstarrte sie und fragte sich, ob er die plötzliche Bewegung bemerkt hatte.

»Lacey? Bist du wach?«

Diese Stimme!

»Sam? Bist du das? Wie kannst du es wagen, in mein Zimmer einzubrechen? Du hast mich zu Tode erschreckt!«

Sam trat aus den Schatten. Lacey setzte sich auf und zog die Decke bis zu ihrem Hals hoch. »Was machst du hier? Ich dachte, du bist inzwischen meilenweit fort.«

Sam näherte sich dem Bett. »Wir müssen reden. Ich konnte nicht wegreiten, ohne dir zu erklären, was geschehen ist.«

»Taylor hat alles ziemlich genau erklärt«, sagte Lacey. »Bitte geh.«

Sam packte ihre Schultern und seine Finger gruben sich hart in ihre Haut. Sie versuchte, sich loszureißen, und dabei rutschte die Decke von ihr. Ein Träger ihres Nachthemds war über die Schulter geglitten, und die rosige Spitze einer ihrer cremefarbenen Brüste war zu sehen. Als Lacey Sams intensivem Blick folgte, sah sie ihre nackte Haut und wurde blass.

»O Gott, Lacey...«

Sein Blick schien sie zu versengen. Sie hinderte ihn nicht daran, als er den anderen Träger hinabstreifte und beide Brüste entblößte. Sie protestierte auch nicht, als er mit den Knien auf das Bett sank und ihr das Laken und die Decke aus den Händen riss. Sie konnte nur auf seine Lippen starren, auf seine Augen, die jetzt dunkel vor Verlangen waren. Eine quälende Sehnsucht nach diesem Mann stieg in ihr auf. Es war gleichgültig, was ihn hergeführt hatte oder warum er zurückgekehrt war. Sie begehrte ihn.

Er neigte sich über sie, um sie zu küssen. Er umfasste ihren Kopf, und seine Lippen berührten sie, kosteten zärtlich, bis seine Zunge in ihren Mund drang. Abrupt wurde der Kuss wild, fordernd, besitzergreifend, leidenschaftlich, bis sie sich an Sam klammerte und sich nach mehr sehnte.

»Warte.« Sam hielt ihre Hände fest, die an den Knöpfen seines Hemdes zerrten. Er löste sich aus ihren Armen und streifte ihr das Nachthemd ab. Dann riss er sich die eigene Kleidung vom Leib. Bevor er zum Bett zurückkehrte, rieb er ein Zündholz an, zündete den Docht der Nachttischlampe an, schloss die Schlafzimmertür und drehte den Schlüssel im Schloss.

»Warum hast du das getan?«

»Ich will dich sehen ... alles von dir. Und wir möchten nicht, dass Andy hereinplatzt.«

Ihr stockte der Atem, als sie ihn betrachtete. Er war voll erigiert, und sein Glied stieg aus dem dunklen Haar auf. Sie wollte ihn in sich spüren und war enttäuscht, als Sam nicht sofort ihren Wunsch erfüllte. Sie stieß einen überraschten Laut aus, als er sich neben sie legte und eine feurige Spur zwischen ihren Brüsten über ihren Leib hinab küsste. Sie wagte kaum zu atmen. War sein Ziel das, was sie dachte? Sein Mund bewegte sich tiefer. Sie schrie seinen Namen. Er hatte sie nie so kühn liebkost, weder vor noch nach ihrer hastig geschlossenen Ehe.

Sam blickte zu ihr auf und streichelte über ihre Brüste. Sie sah seinen glühenden Blick. »Was ... hast du vor?«

»Ich werde dich gleich kosten. Bin ich erste Mann, der dich so geliebt hat?«

»Du meinst ...« Sie erschauerte bei dem Gedanken, seinen Mund dort zu spüren. »Du bist der einzige Mann, der mich auf irgendeine Weise geliebt hat.«

Wenn Sam sie gehört hatte, so gab er kein Anzeichen darauf, als er ihre Brüste umfasste und mit den Daumen über die Spitzen strich. Dann neigte er den Kopf und saugte daran, umschmeichelte sie mit der Zunge, bis sie hart wurden.

Als er genug gekostet hatte, glitt er an ihrem Körper

hinab und drückte ihre Beine mit den Knien auseinander. Sie spürte, wie Hitze in ihr Gesicht stieg, als er sie dort unten teilte wie die Blätter einer kostbaren Blume. Die Intimität des Aktes hatte etwas wild Erotisches. Als er sie mit der Zunge berührte, durchflutete sie pure Lust.

Bei den ersten Bewegungen seiner Zunge schnappte Lacey nach Luft. Ein überwältigendes Gefühl erfasste sie. Er war enttäuschend zurückhaltend, wenn er sich dem Zentrum ihrer Lust näherte und es nie ganz berührte. Sie bäumte sich zu ihm auf, ein stummes Flehen, diese süße Tortur zu beenden.

Endlich ... endlich suchte er die Stelle, wo sie für ihn geweint hatte. Mit der Zungenspitze leckte er die Tränen ab – ein ungemein erotisches Gefühl, das bis tief in ihre Seele zu dringen schien. Dann spürte sie seine Zunge tiefer, entschlossener, fester, und er bereitete ihr höchste Wonnen, die sie zu den Sternen zu tragen schienen.

Sie stöhnte immer noch vor Lust, als er sich auf sie senkte, ihre Pobacken umfasste und sie nahm. Sie spürte ihn heiß und hart in sich und verschmolz mit ihm.

»Lacey, Lacey, Lacey...« Immer wieder flüsterte er ihren Namen.

Sie ließen sich beide gehen. Lacey spürte das Verlangen in ihm und reagierte mit immer ekstatischeren Bewegungen. Hitze bereitete sich tief in ihr aus, erfasste ihren ganzen Körper.

Als sie einmal aufblickte, sah sie, dass Sam sie beobachtete, und seine Augen waren dunkel und spiegelten lange unterdrückte Gefühle wider. Dann war sie zu keinen Gedanken mehr fähig. Die Spannung baute sich wieder fast unerträglich in ihr auf, das überwältigende Verlangen, Erfüllung zu finden, und sie umfasste seinen Kopf und zog seinen Mund auf ihren. Er küsste sie, während sich ihre

Körper bewegten, sie bäumte sich um ihn auf, nahm ihn tiefer in sich auf. Köstliche Gefühle breiteten sich in ihr aus, so stark, dass sie ihre Lust hinausschreien musste.

Sam verschluckte die Schreie mit seinen Küssen, bis ihre Ekstase zu leichtem Zittern abklang. Im Unterbewusstsein nahm sie wahr, dass Sam seinen eigenen Höhepunkt erreichte.

Schließlich kehrte Laceys klarer Verstand zurück, und unbeantwortete Fragen kamen ihr in den Sinn. »Warum bist du zurückgekommen? Ich hätte nie gedacht, dich wiederzusehen, nachdem du das Scheidungsgesuch unterschrieben hast.«

»Ich wollte dir erklären, warum ich in die Scheidung eingewilligt habe. Es gibt da Dinge über mich, die du nicht weißt.«

Lacey schob sich von ihm fort und zog das Laken bis zum Hals. »Ich weiß alles, was ich wissen muss.«

»Nein, du weißt nicht alles. Aber bevor ich erkläre, will ich von dir noch einmal hören, warum du mich an die Yankees verraten hast.«

Lacey seufzte ärgerlich. »Wie oft muss ich wiederholen, dass ich nichts mit der Entscheidung meines Vaters, dich an die Yankees auszuliefern, zu tun gehabt habe? Du wirst dich erinnern, dass ich nicht einmal dort war, als sie dich abholten. Papa hatte mich auf eine Besorgung geschickt, um zu verhindern, dass ich mich einmische, aber er tat es nicht aus Bosheit.«

Sam schnaubte. »Das sagst du.«

»Es stimmt. Wir erfuhren, dass mein Bruder in einem Gefängnis des Südens gefangen gehalten wurde. Vater ging zu den Behörden und versuchte, ihn freizubekommen, und man sagte ihm, dass sie nur einen Gefangenen freilassen würden, wenn ein Austausch stattfinden würde. Vater erzählte ihnen von dir, und man versprach, einen Austausch vorzubereiten.«

Lacey seufzte, als sie sich an den traurigen Tag erinnerte, an dem sie erfahren hatte, dass ihr Bruder an seiner Verwundung in Andersonville gestorben war. Sam war bereits fortgebracht worden; die Machenschaften ihres Vaters hatten nichts genutzt.

»Ich versuchte, dich ausfindig zu machen, aber keiner schien zu wissen, was mit dir geschehen war. Ich schrieb sogar an den Präsidenten. Man teilte mir mit, du wärst auf einem Gefangenenschiff gestorben. Überfüllung und Krankheiten auf dem Schiff sorgten zusätzlich für Verwirrung. Nach einem Jahr hielt ich dich für tot.«

»Du hast kein Jahr gewartet, um dich einem anderen Mann zuzuwenden«, sagte Sam bitter. »Andy ist der Beweis dafür.«

Lacey schwieg. Was konnte sie einem Mann sagen, der entschlossen war, das Schlimmste von ihr zu denken? Er würde niemals glauben, dass Andy sein Sohn war. Zu vieles zwischen ihnen blieb ungeklärt.

Sam grübelte über Laceys Worte nach. Vielleicht hatte er zu hart über sie geurteilt. Vielleicht hätte er nach dem Krieg zu ihr zurückkehren und die Wahrheit aus ihr herausholen sollen. Aber es war zu spät zur Reue. Nach dem Krieg hatte er versucht, Lacey zu vergessen, sich geweigert, ihren Namen zu erwähnen oder seinen Brüdern von ihr zu erzählen. Er hatte wirklich gedacht, sie ein für alle Mal aus seinen Gedanken verbannt zu haben, doch das Wiedersehen hatte diese längst vergessenen Erinnerungen wieder aufleben lassen … und die Gefühle, die er seit Jahren gestorben gewähnt hatte.

»Glaubst du mir, Sam?«, fragte Lacey.

Sam forschte in ihrem Gesicht. »Ich … bin mir nicht sicher.«

»Was hat das mit dem zu tun, was du mir sagen wolltest? Was weiß ich nicht über dich?«

Sam kämpfte mit sich. Wenn er Lacey glaubte, bedeutete es, dass er ihr vertrauen sollte. Konnte er ihr anvertrauen, dass er steckbrieflich gesucht wurde? Wenn er ihr davon erzählte, war das eine riskante Art, festzustellen, ob er ihr vertrauen konnte oder nicht. Aber nur wenn er Lacey in sein Geheimnis einweihte, konnte er ihr den Grund erklären, weshalb er in die Scheidung eingewilligt hatte.

»Ich bin nicht zufällig nach Texas gekommen«, begann er langsam.

»Das habe ich auch nie angenommen.«

»Etwas geschah in Kansas, wodurch meine Brüder und ich gezwungen waren, zu fliehen. Unsere Farm war kurz vor der Zwangsvollstreckung. Wir ersuchten bei der Bank um einen Kredit, und der wurde uns prompt verweigert. Dann bot uns der Bankier einen Handel an. Wenn einer von uns seine schwangere Tochter heiraten würde, dann würde er den Kredit gewähren. Überflüssig, zu sagen, dass Rafe, Jess oder ich die Bedingung nicht akzeptierten. Wir verließen ärgerlich die Bank.

Der Bankier gab erzürnt Alarm und behauptete, wir hätten die Bank überfallen. Wir gerieten in Panik und flüchteten, obwohl mir jetzt klar ist, dass wir hätten bleiben und gegen die Beschuldigung ankämpfen sollen. Wir ritten Hals über Kopf zurück zur Farm, verstauten, was wir tragen konnten, in unseren Satteltaschen und flüchteten weiter, gejagt von einem Aufgebot des Sheriffs. Außerhalb der Stadt trennten wir uns. Rafe ritt nach Westen, Jess nach Norden und ich nach Süden.«

»Warum erzählst du mir das?«

»Damit du verstehst, warum es eine Gefahr für mich war, im Gefängnis zu bleiben. Es gibt Steckbriefe für meine

Festnahme. Ich wollte nicht vor der Nase des Sheriffs sitzen, wenn die Steckbriefe in Denison eintreffen. Doch wenn ich mich geweigert hätte, das Scheidungsgesuch zu unterschreiben, hätte Cramer nicht die Anzeige gegen mich zurückgenommen. Früher oder später hätte das Gesetz erfahren, dass ich steckbrieflich gesucht werde. Ich wollte nicht den Rest meines Lebens hinter Gittern verbringen.«

»So hat du unterschrieben und bist fortgeritten«, sagte Lacey. »Das kann ich dir nicht verdenken. Und warum erzählst du mir das jetzt?«

»Wegen Andy. Ich will nicht, dass er schlecht über mich denkt. Er mag nicht von mir sein, aber ich mag ihn. Und du solltest wissen, dass ich nicht versucht habe, Cramer zu ermorden. So gehe ich nicht vor.«

»Das hast du mir jetzt gesagt. Nun kannst du reiten.«

Sam presste die Zähne aufeinander. »Haben dir meine Worte nicht zu denken gegeben?«

»Nicht sehr. Du hast mich verlassen und mich glauben lassen, dass du tot bist. In den Jahren unserer Trennung war dir gleichgültig, was aus mir wurde, warum sollte mich dein Geständnis jetzt beeinflussen? Es ist zu spät für uns, Sam. Ich verliere die Ranch. Was kannst du für mich tun, außer mir mehr Kummer bereiten? Du hast mich abgelehnt; jetzt bin ich an der Reihe, dich zurückzuweisen.«

»Geldgieriges kleines Miststück«, knirschte Sam.

Lacey versteifte sich. »Ich tue nur das Beste für mich und meinen Sohn.«

Sam wusste, dass er gegenüber Lacey falsch gehandelt hatte, aber zu jener Zeit hatte er nur an ihren Verrat denken können, und er hatte sie nie wirklich wiedersehen wollten. Es hatte dieser Ehrlichkeit zwischen ihnen bedurft, um ihm ihre Seite der Geschichte zu zeigen. Er vertraute ihr immer noch nicht völlig, aber jetzt glaubte er, voreilige Schlüsse gezogen zu haben.

Er starrte auf sie hinab, und plötzlich wurde ihm bewusst, dass er wieder hart wurde. Er streichelte eine Ihrer Brüste und lächelte, als sich die Spitze unter seinen Fingerspitzen aufrichtete. »Dein Körper will mich immer noch.«

»Ich kann nichts dafür, was mein Körper will, ich weiß nur, dass mir mein Verstand sagt, was für mich richtig ist.«

Er zwang sich, seine Erektion zu ignorieren. »Und was sagt dir dein Verstand?«

»Dass es vorüber ist.« Sie zuckte die Achseln. »Vielleicht war nie etwas Dauerhaftes zwischen uns. Ich brauche mehr, als du bieten kannst, Sam. Ich habe einen Sohn, den ich sehr liebe, und ich muss eine Ranch retten. Ich habe keine Kraft mehr, um mich mit dir abzugeben.«

»Was ist mit Cramer? Du kannst diesen Bastard nicht lieben.«

»Taylor kennt meine Gefühle. Ich hatte eine große Liebe; ich suche keine weitere. Taylor und ich werden gut miteinander auf leidenschaftsloser Basis zurechtkommen.«

Sam erhob sich vom Bett und begann sich anzuziehen. »Hast du jemals in Erwägung gezogen, dass Cramer es mehr auf dein Land als auf dich abgesehen hat?«

Sie hob das Kinn. »Natürlich habe ich das. Aber warum sollte er die B&G haben wollen? Es gibt nichts besonders Wertvolles darauf. Es mag sein, dass Taylor mich nicht liebt. Aber er mag mich. Und er respektiert mich.«

»Dann lasse ich dich ja in guten Händen zurück«, spottete Sam. »Du verdienst einen Besseren. Es ist Zeit, dass ich abhaue. Ich habe Cramer versprochen, die Stadt zu verlassen, wenn er die Anschuldigung zurücknimmt. Ich muss nicht bei Verstand gewesen sein, als ich zurückkehrte, um es dir zu erklären. Ich weiß nicht, welcher Teufel mich da geritten hat.«

Sam schnallte seinen Revolvergurt um, setzte den Hut auf und wandte sich zum Gehen. Er schloss die Tür auf und verharrte mit der Hand auf dem Knauf. »Sag Andy Lebwohl von mir.« Dann ging er.

Er holte im Stall sein Pferd, und griff gerade nach seinem Sattel, den er auf die Boxenwand gelegt hatte, als jemand ihn rief.

»Sam, bist du da? Ich glaubte, jemanden vor einer Weile gehört zu haben. Ich hörte, dass Cramer die Anzeige gegen dich zurückgezogen hat und du die Stadt verlassen hast, und ich wusste, dass du zurückkehren würdest. Du würdest Miss Lacey nicht im Stich lassen.«

Licht flammte auf. Sam blinzelte in den Lichtschein und sah Rusty, der eine Lampe hielt.

»Ich bleibe nicht«, sagte Sam kurz angebunden. »Ich bin zurückgekommen, weil ... ach, zur Hölle, du kannst ebenso gut alles erfahren.«

Rusty stellte die Lampe auf einen Heuballen. »Was ist, Sam?«

Sam sagte sich, das er Rusty mehr vertraute als Lacey, und er erzählte dem Vorarbeiter alles. Dass er in Kansas steckbrieflich gesucht wurde, seine Gründe, weshalb er Lacey in dem Glauben gelassen hatte, tot zu sein, und seine Furcht, für Verbrechen im Gefängnis zu landen, die er nicht begangen hatte.

»Ich habe das Scheidungsgesuch unterschrieben, das Cramer mir unter Zwang präsentiert hat«, erklärte er. »Ich bin nicht stolz darauf, dass der einzige Grund, weshalb ich jedem von unserer Ehe erzählt habe und hier geblieben bin, darin bestand, Lacey für das, was ich für ihren Verrat hielt, zu bestrafen. Jetzt bin ich mir nicht mehr so sicher, dass sie mich tatsächlich verraten hat, aber es ist zu spät, es wieder gutzumachen.«

Rusty schwieg lange. Dann sagte er: »Was ist mit deinem Sohn? Andy hält große Stücke auf dich.«

»Andy ist in Wirklichkeit nicht mein Sohn«, sagte Sam. »Aber versteh mich nicht falsch. Er ist ein Junge, auf den jeder Vater stolz sein würde.«

Rusty starrte ihn schockiert an. »Du bist ein verdammter Narr, Sam Gentry, wenn du meinst, Andy wäre nicht dein Sohn. Ich brauchte euch beide nur zusammen zu sehen, um zu wissen, dass er dein Fleisch und Blut ist. Er mag nicht deine Augen- und Haarfarbe haben, aber alles sonst ist rein Gentry.«

Sam fühlte sich, als hätte er soeben einen Schlag in den Magen erhalten. Was Rusty sagte, konnte nicht stimmen. Lacey hätte es ihm gesagt, wenn Andy sein Sohn wäre, oder? Seine erste Reaktion war freudige Erregung. Dann nahm sein Gesicht einen harten Zug an. »Lacey muss mich sehr hassen, wenn sie mir die Wahrheit über Andys Vater verschweigt.«

»Nur du kannst diese Frage beantworten, Sohn«, meinte Rusty.

»Nein«, grollte Sam. »Lacey kann sie besser beantworten als ich. Ich gehe zum Haus und verlange, die Wahrheit zu erfahren.«

Weder Rusty noch Sam sahen den heimlichen Lauscher, der im Stall am Tor stand, nahe genug, um alles mitzubekommen, und weit genug vom Kreis des Lampenscheins entfernt. Taylor Cramer war spät auf der Ranch eingetroffen. Sein Pferd hatte ein Hufeisen verloren, und er hatte fast die gesamte Strecke zu Fuß gehen müssen. Er hatte nicht einmal in Erwägung gezogen, umzukehren, denn er wollte unbedingt das unterschriebene Scheidungsgesuch haben.

Cramer hatte das Licht im Stall gesehen und aus Neugier nach der Quelle geforscht. Er hatte die gesamte Unterhaltung zwischen Gentry und dem Vorarbeiter der B&G gelauscht, und was er erfahren hatte, hätte ihm fast einen Freudenschrei entlockt. Augenblicke später wurde die Lampe gelöscht. Rusty kehrte ins Mannschaftsquartier zurück, und Sam schritt mit grimmiger Entschlossenheit zum Haus und zu einer erneuten Konfrontation mit Lacey.

Als die Luft rein war, schlich Cramer durch den Stall und tauschte sein Pferd gegen eines der Tiere der B&G. Dann galoppierte er wie der Teufel zurück zur Stadt.

8

Sam trat die Haustür auf, stürmte ins Haus und die Treppe hinauf. Lacey fuhr im Bett auf, als er durch die Schlafzimmertür hereinplatzte. Die Lampe war heruntergebrannt, doch Sam glaubte in dem schwachen Schein Tränen in ihren Augen schimmern zu sehen. Er schob seine Bedenken beiseite und stürmte in das Zimmer. Er war gekommen, um die Wahrheit zu erfahren, und nichts würde ihn daran hindern.

»Ich dachte, du bist fort«, keuchte Lacey. »Hast du mich nicht genug gequält?«

»Wer ist Andys Vater?«, stieß Sam hervor.

»Was? Warum fragst du das jetzt?«

Sam packte sie an den Schultern und zog sie hoch, bis sich ihre Nasen fast berührten. »Wer, Lacey? Keine Lügen diesmal. Ich will die Wahrheit hören.«

»Andy ist *dein* Sohn!« Lacey schrie fast. »Wenn du einen Funken Verstand hättest, wüsstest du das.«

Er ließ sie los. »Warum hast du mich belogen?«

Lacey rappelte sich auf die Knie auf. »Du verdienst keinen Sohn wie Andy.«

Sam schnaubte höhnisch. »Ich nehme an, Cramer verdient ihn.«

»Du hast nur geglaubt, was du glauben wolltest«, hielt Lacey ihm vor und ging nicht auf seine Worte ein. »Ich hätte dir alles über Andy erzählt, wenn du wenigstens ein bisschen daran interessiert gewesen wärst, ihn als dein Kind zu beanspruchen.«

»Was ist mit diesen anderen Männern, die du nach mir hattest? Was macht dich so sicher, dass Andy von mir ist?«

Lacey wollte ihm mit der Faust ins Gesicht schlagen, doch seine Reflexe waren zu geschärft. Er fing ihr Handgelenk ab, drehte die Hand auf den Rücken und hielt sie fest.

»Du Mistkerl!«, zischte Lacey. »Sieh dir Andy an. Sieh ihn dir genau an. Er ist das Abbild von dir, trotz seiner Blondheit. Wie kommst du plötzlich darauf, dass er dein Sohn ist?«

Sam hatte ärgerlich zur Kenntnis genommen, dass Lacey nicht geleugnet hatte, andere Männer gehabt zu haben. Er erinnerte sich vage, dass sie sich verteidigt hatte, als er ihr das beim Sex vorgeworfen hatte, doch er war sich nicht mehr so sicher. Weil sie nicht abstritt, bestätigte sie seinen Verdacht, dass es nach ihm andere Männer gegeben hatte, genauso wie es für ihn zahllose Frauen in den Jahren gegeben hatte, in denen er Lacey aus seiner Erinnerung hatte verbannen wollen.

»Rusty hat mir die Augen geöffnet.«

»Rusty, natürlich. Ich hätte es wissen sollen. Jeder außer dir nahm an, dass Andy von dir ist. Es überrascht mich, dass du Rusty geglaubt hast.«

»Rusty hat Dinge gesagt, die mich ins Grübeln gebracht haben. Er sagte, Andy kommt sehr auf mich, und als ich darüber nachdachte, gelangte ich zu dem Schluss, dass er Recht hat. Ich akzeptiere, dass Andy mein Sohn ist, und ich gebe gern zu, dass ich seit unserer ersten Begegnung ein Band zwischen uns gespürt habe, aber ich führte es auf die unschuldige nette Art des Jungen zurück. Er ist wirklich ein lieber Kerl.« Sam klang sehr stolz, und er konnte das Grinsen nicht unterdrücken, das sich auf seinem Gesicht ausbreitete. »Ich bin froh, dass er von mir ist.«

Doch plötzlich wurde Sams Miene wieder hart, und er blickte mit neuem Zorn auf Lacey herab. »Wenn du meinst, ich lasse zu, dass Cramer meinen Jungen aufzieht, musst du irre sein, Lady.«

Lacey starrte ihn ebenso wütend an. »Du kannst nichts dagegen tun. Du hast mich und Andy lange genug ignoriert, um jetzt noch mit Wünschen zu kommen. Kannst du Andy das Leben geben, das er verdient? Denk darüber nach, Sam. Du bist ein Bandit. Andy ist besser ohne dich dran.«

Sam knirschte mit den Zähnen. »Ich habe diese Bank nicht beraubt. Ich gebe zu, dass ich hätte bleiben und mich gegen die falschen Beschuldigungen hätte verteidigen sollen, doch meine Brüder und ich waren verzweifelt und wollten dem Aufgebot des Sheriffs entkommen. Dodge City ist eine gesetzlose Stadt, und wir wären aufgehängt worden, bevor es überhaupt zu einem Prozess gekommen wäre.«

»Ich sehe, wir sind in einer Sackgasse. Du bist immer noch auf der Flucht. Du würdest Andy einen Gefallen tun, indem du still und leise verschwindest.«

»Und meinen Sohn Cramer überlassen? Nie im Leben. Andy hasst Cramer, und ich glaube, das Gefühl beruht auf Gegenseitigkeit.«

»Andy ist eifersüchtig. Im Laufe der Zeit wird er Taylor als seinen Vater betrachten.«

»Mach dir nichts vor. Andy ist schließlich nicht eifersüchtig auf mich, warum sollte er es dann auf Cramer sein? Wenn du dich von mir scheiden lässt und Cramer heiratest, werde ich dir Andy wegnehmen. Merk dir das, Lacey.«

Lacey kochte vor Zorn. »Wenn du das versuchst, werde ich den Sheriff von deinem Steckbrief erzählen. Ich kann die Belohnung brauchen«, fügte sie hinzu.

Sam sah sie aus zusammengekniffenen Augen an. »Ich

glaube dir, dass du das tun würdest. Welch ein Idiot ich war, dir zu vertrauen. Aber ich werde mich kein zweites Mal von dir verraten lassen.«

»Du kannst mich nicht daran hindern.«

»Vielleicht nicht, aber ich kann dir etwas zum Nachdenken geben, bevor du mich wegen der Belohnung verpfeifst.« Er ließ sich auf das Bett sinken.

»Was machst du da?«

»Ich will, dass du dich daran erinnerst, dass ich der derjenige bin, der dir gezeigt hat, was Leidenschaft ist, ganz gleich, wie oft du mich verraten hast. Ich bin der Mann, der dich zur Ekstase bringen kann, auch wenn du vorgibst, mich zu hassen.«

»Du bildest dir viel ein.« Lacey rümpfte die Nase. »Wie kommst du auf den Gedanken, der einzige Mann zu sein, der die Macht hat, mich zur Ekstase zu bringen?«

Sams Lächeln erreichte nicht seine Augen. »Meinst du, ich weiß nicht, wann eine Frau mich begehrt? Wenn sie sich nach mir sehnt? Ich habe Cramer mit dir oft genug gesehen, um zu wissen, dass er sexuell wenig für dich tut. Haben deine anderen Liebhaber dich auch so kalt gelassen wie Cramer?«

»Meine ›anderen Liebhaber‹ gehen dich nichts an.«

»Du bist immer noch meine Frau. Natürlich geht mich das etwas an. Hast du das Scheidungsgesuch schon unterschrieben?«

»Ich … nein, es ist noch in der Schublade, aber ich werde es bestimmt unterschreiben. Ich kann und ich will diese Ranch nicht verlieren. Es ist alles, was Andy und ich haben.«

»Unterschreib nicht, Lacey«, sagte Sam mit Gefühl. Es klang fast wie ein Flehen, und es gefiel ihm nicht.

»Sam … ich …«

»Wenn ich dich nicht mit Worten überzeugen kann, dann vielleicht damit.«

Er küsste sie, nicht sanft und zärtlich, sondern heiß und fordernd. Es war ein wilder, besitzergreifender Kuss. Als er sich von ihr löste, atmete er stoßweise, und sein Blick glitt über ihren Körper.

»Tu das nicht«, flüsterte sie atemlos.

Er platzte mit der Wahrheit heraus, bevor er dachte. »Ich kann nicht anders.«

Er küsste sie von neuem, umfasste ihre Brüste, streichelte ihre Brustspitzen. Lacey kämpfte gegen die Gefühle an, die in ihr aufstiegen, und verlor den Kampf. Ein leises gequältes Stöhnen kam tief aus ihrer Kehle. Hitze brannte in ihr. Harte, schwielige Hände streichelten über ihren Körper, tasteten, suchten und fanden ihr Ziel. Ein langer Finger glitt in sie. Sie wollte schreien, ihn wegen seiner Verführungskünste verfluchen, doch ihre Schwäche für diesen Mann machte ihre Absichten zunichte.

Sie stemmte die Hände gegen seine Brust. Sie wollte ihn von sich schieben und war schockiert, als sie erkannte, dass sie ihn an sich zog. Er nahm die Hände von ihr. Sie hörte seinen Revolvergurt zu Boden fallen. Sekunden später spürte sie seine Hände auf dem Po, spürte, wie er sie an sich zog und ausfüllte.

»Das ist gut, nicht wahr?«, wisperte er heiser, während er sich kraftvoll bewegte.

Sie konnte nicht sprechen. Ihr Kopf flog zurück, und sie wölbte sich im entgegen, nahm ihn tiefer in sich auf. Ein unglaubliches Lustgefühl stieg tief in ihr auf. Dann glaubte sie zu schweben, höher und höher bis zum Gipfel. Sie hörte sein Aufstöhnen und glaubte, von einer heißen Woge weggetragen zu werden.

Sam stand sofort auf. Er ordnete seine Kleidung und schnallte den Revolvergurt um.

»Willst du immer noch dem Sheriff von mir erzählen?«,

fragte er mit einer Frechheit, die Lacey empörte. War er sich so sicher, dass sie es nicht tun würde?

Lacey wünschte sich, ihn zu schlagen, ihn zu verletzen, weil sie ihm so verfallen war. Weil er dachte, er könnte ihr Leben bestimmen, ohne ein Teil davon zu sein.

»Du bist eine Bedrohung für Andy und das Leben, das ich für ihn will. Du könntest es ihm nicht verderben, wenn du hinter Gittern wärst.«

Zorn tobte in Sam. »Ich habe nichts anderes von dir erwartet. Ich hätte mich davor hüten sollen, dir Vertrauen zu schenken, aber ich war so dumm, dir zu glauben, dass mich angeblich dein Vater verraten hat. Den Fehler, dir zu vertrauen, werde ich nicht noch einmal begehen, Lacey. Ich werde weit von hier fort sein, bevor der Sheriff mich suchen wird.« Er kniff die Augen zusammen. »Wirst du mich wieder verraten, Lacey?«

Lacey biss sich auf die Unterlippe. Sie wollte zwar, dass Sam fortritt, aber sie hatte nicht vor, das Gesetz zu informieren. »Sam, ich ...«

»Nein, sag es nicht. Die Antwort kenne ich bereits. Ich werde mich von Andy verabschieden, bevor ich reite. Versuche nicht, mich daran zu hindern.«

Lacey sprang vom Bett auf und verstellte ihm den Weg. »Nein! Lass ihn in Frieden. Er wird schon genug erleiden müssen, wenn er erfährt, dass du nicht zurückkommen wirst.«

»Er ist mein Sohn«, sagte Sam grimmig und schob sie zur Seite. »Ich muss ihm einiges sagen.« Er nahm die Lampe und schritt aus dem Zimmer.

Lacey folgte ihm auf den Fersen, befürchtete den seelischen Schaden, den Sam bei dem Jungen anrichten konnte. Andy war in einem verletzlichen Alter; sie wusste nicht, wie er dies verarbeiten würde. Angespannt wartete sie hinter

Sam, als er die Lampe abstellte, sich neben Andys Bett kniete und den Jungen behutsam wachrüttelte. Andy öffnete blinzelnd die Augen, sah Sam und war sofort hellwach. Sam fing in auf, als er in seine Arme sprang.

»Papa! Ich wusste, dass du zurückkommst!«

»Ich bin jetzt da, Sohn, aber ich kann nicht bleiben. Ich musste dich noch sehen, bevor ich wegreite.«

Andys Lippen zuckten, als wollte er heulen. »Warum musst du wieder wegreiten?« Er blickte flehend zu Lacey. »Mach, dass Papa bleibt, ich will nicht noch einen Papa verlieren.«

»Andy, ich muss dir etwas sagen, bevor ich aufbreche.«

»Sam, nein! Andy kann damit jetzt nicht fertig werden.«

»Er ist alt genug, um zu verstehen«, entgegnete Sam.

»Was ist denn, Papa?«

»Du sollst wissen, dass ich dein richtiger Papa bin. Ich bin nicht im Krieg gestorben. Deine Mutter hielt mich für tot, und ich ließ sie in dem Glauben. Weißt du, ich wusste nichts von dir. Hätte ich gewusst, dass ich einen Sohn habe, wäre ich nicht so lange fortgeblieben. Verstehst du, was ich dir zu sagen versuche?«

Andy starrte Sam lange an und nickte dann ernst. »Du bist mein richtiger Papa, aber du musst wieder fort. Magst du mich nicht?«

Lacey glaubte einen Kloß in der Kehle zu haben. »Ich habe dir doch gesagt, dass er das nicht verstehen wird. Du hast die Dinge nur kompliziert gemacht.«

Sam schluckte. Es war nicht seine Absicht gewesen, Andy zu verletzen. Er hatte nur seinen Sohn in den Armen halten und ihm Lebewohl sagen wollen. Er drückte Andy fest an sich. Der Junge roch nach Schlaf und Unschuld.

»Ich liebe dich, Andy, ich liebe dich sehr.«

»Warum musst du dann weg?«

»Es ist eine lange Geschichte, Sohn, und eine sehr komplizierte. Aber ich gebe dir ein Versprechen. Eines Tages werde ich zu dir zurückkehren. Ich verlasse dich nicht für immer.«

»Mach keine Versprechungen, wenn du nicht vorhast, sie einzuhalten«, mahnte Lacey.

Sam ignorierte sie. »Dies ist ein Versprechen, das ich halten werde, Sohn. Ich werde zu dir zurückkehren.«

»Auch zu Mama?«, fragte Andy.

Sams harter Blick glitt über Lacey. »Darüber reden wir zu gegebener Zeit.«

»Bleib nicht zu lange fort, Papa.«

»Ich werde mich bemühen. Und jetzt solltest du weiterschlafen.«

Er versuchte, Andy zurückzudrücken, doch der Junge klammerte sich so heftig an ihn, dass ihm das Herz schwer wurde.

»Bleib heute Nacht bei mir, Papa. Nur heute Nacht. Bitte.«

Sam brachte es nicht übers Herz, seinen Wunsch abzulehnen. »Nur bis du schläfst. Leg dich jetzt hin.«

Andy kuschelte sich unter die Decke und hielt Sams Hand fest. Sam saß auf dem Bett, beobachtete, wie sein Sohn einschlief, und fragte sich, ob er in der Lage sein würde, sein Versprechen zu halten. Er hörte, dass Lacey das Zimmer verließ und versuchte, nicht mehr an sie zu denken. Sie hatten sich bereits verabschiedet, und es gab nichts mehr zu sagen. Trotz ihrer Drohung bezweifelte er, dass sie zum Sheriff gehen würde.

Es war eine Stunde vor dem Morgengrauen, als Sam Andys Stirn küsste und aus dem Zimmer schlich. Er verharrte vor Laceys Schlafzimmertür und zwang sich dann, die Treppe hinunterzusteigen. Der Himmel hellte sich auf, aber es gab immer noch etwas zu erledigen, bevor er wegritt. Er betrat Laceys kleines Büro und stöberte in den Schubladen, ohne zu finden, was er suchte. Dann schlich er ins Wohnzimmer und durchsuchte Schubladen, bis er das Gesuchte im Schreibtisch fand. Mit einem grimmigen Lächeln steckte der das Papier ein und verließ das Haus.

Die Cowboys begannen zu erwachen. Sam sah Luke aus dem Mannschaftsquartier kommen und zum Küchenbau gehen, um das Frühstück zu machen. Sam sehnte sich nach einer starken Tasse Kaffee, und sein Magen knurrte, doch es konnte gefährlich sein, auf der B&G zu bleiben, sollte sich Lacey in den Kopf gesetzt haben, den Sheriff zu holen.

Niemand sah Sam auf Galahad steigen und fortreiten.

Während Sam von der B&G ritt, scheuchte der Sheriff den Telegrafisten aus dem Bett, um ein Telegramm nach Dodge City aufzugeben. Gestern Abend war Taylor Cramer in die Stadt geritten und hatte eine wilde Geschichte erzählt, nach dem Sam Gentry in Dodge wegen Bankraubs gesucht wurde. Ob er das glaubte oder nicht, Sheriff Hale fühlt sich verpflichtet zu ermitteln, und so telegrafierte er dem Sheriff in Dodge City und bat um sofortige Antwort.

Das Antworttelegramm traf am späten Morgen ein. Die Gentry-Brüder, Sam, Rafe und Jess, waren Banditen, steckbrieflich gesucht als Bankräuber. Es gab 500 Dollar Belohnung auf jeden Kopf. Hale benachrichtige Cramer, und ein Aufgebot wurde zusammengestellt. Ihre erste Station war die B&G.

Lacey stand spät auf und redete sich ein, dass in der vergangenen Nacht nichts passiert war. Dennoch erinnerte sie sich daran, dass Sam sie in dieser Nacht zweimal geliebt hatte.

»Ist irgendetwas nicht in Ordnung, Señora?«, fragte Rita, als Lacey lustlos in ihrem Essen herumstocherte. »Wird Señor Sam bald herunterkommen? Ich hörte, er ist aus dem Gefängnis entlassen worden. Das freut mich. Señor Sam würde niemals auf Señor Cramer schießen.«

»Da bin ich deiner Meinung, aber Sam ist nicht hier, Rita. Ich will nicht, dass du seinen Namen vor Andy erwähnst.«

Rita blickte Lacey neugierig an. Bevor sie noch etwas sagen konnte, stürmte Andy ins Zimmer.

»Wann ist Papa weggeritten? Er war schon weg, als ich aufgewacht bin.«

Rita verließ wortlos das Zimmer.

»Du wusstet, dass Sam uns verlassen würde«, sagte Lacey sanft.

Andys Unterlippe zitterte. »Ja, aber ich hatte gehofft . . .«

»Wir können immer hoffen, Schatz, aber manchmal erfüllen sich unsere Wünsche nicht.«

»Wünschst du denn nicht, dass Papa zurückkommt, Mama?«

Lacey wog ihre Worte sorgfältig ab. »Ich möchte das Beste für uns alle, Schatz.« Sie wollte ihn in die Arme nehmen, doch er entzog sich ihr.

»Nein! Du lügst! Du willst nicht, dass Papa zurückkommt.« Er warf sich herum und rannte aus dem Zimmer.

Lacey wollte ihm folgen, sagte sich dann jedoch, dass sich Andy abkühlen sollte, bevor sie ihn zu trösten versuchte. Er war nicht in der Stimmung, sich anzuhören, was sie zu sagen hatte.

Sie ging durch die Küche zur hinteren Veranda, wo sie den Eierkorb nahm, um im Hühnerstall Eier zu sammeln. Regen drohte. Es war ein trüber, dunkler Tag, perfekt passend zu Laceys gedrückter Stimmung. Sie betrat den Hühnerstall. Der Geruch von Federn und Mist schlug ihr in dem langen, flachen Gebäude entgegen. Sie sammelte Eier ein, und der Korb war gut gefüllt, als sie Reiter nahen hörte. Viele Reiter. Sie stellte den Korb auf den Boden und lief nach draußen. Sie erkannte Taylor Cramer, den Sheriff und einige Männer aus der Stadt.

Die Reiter zügelten ihre Pferde, als sie Lacey sahen. »Guten Morgen, Ma'am«, sagte Sheriff Hale.

Lacey blickte nervös zu den Männern, und es dämmerte ihr, wer und was sie waren. Ein Aufgebot aus der Stadt! Warum waren sie hierher gekommen? Gewiss waren sie nicht hinter Sam her, oder? Taylor hatte erzählt, dass er die Anzeige gegen ihn zurückgezogen hatte.

»Was kann ich für Sie tun?«, sagte Lacey mit heftig klopfendem Herzen.

»Wo ist Gentry?«, fragte Hale ohne Einleitung.

»Sie suchen Sam? Ich dachte, die Anklagen gegen ihn wären fallen gelassen und er wäre aus dem Gefängnis entlassen worden.«

Rusty trat neben Lacey, und sie fand seine Anwesenheit beruhigend.

»Ja, er wurde freigelassen, das stimmt«, gab Hale zu, »Aber das war, bevor wir wussten, dass er in Dodge City als Bankräuber gesucht wird. Ich habe mit Dodge telegrafiert und ein Aufgebot zusammengestellt, als ich die Antwort erhielt. Ist Gentry hier oder nicht?«

Laceys Mut sank. Woher wussten sie es? Ihr Blick flog zu Cramer. »Was hat dies alles zu bedeuten, Taylor?«

Cramer zuckte mit den Schultern. »Es ist, wie der Sheriff gesagt hat, Lacey. Gentry ist ein Bandit, ein steckbrieflich gesuchter Verbrecher.«

Lacey sah wieder den Sheriff an. »Warum haben Sie nach

Dodge City telegrafiert? Haben Sie einen Steckbrief gesehen?«

Hale wich ihrem Blick aus. »Es ist gleichgültig, wie ich von Gentrys Verbrechen erfahren habe. Wichtig ist, dass wir ihn vor Gericht bringen. Der Kerl hat mich getäuscht, und das gefällt mir nicht. Ich hatte ihn bereits in meinem Gefängnis und habe ihn laufen lassen.«

»Sam ist kein Krimineller«, verteidigte ihn Lacey. »Das muss ein Irrtum sein.«

»Lacey«, mahnte Cramer, »du kennst den Mann nicht genau und weißt nicht, wozu er fähig ist. Ist er hier?«

»Nein. Er war in der Nacht hier, doch er ist vor Stunden weggeritten.«

Cramer fluchte. »Er sollte die Stadt verlassen, ohne mit dir Kontakt aufzunehmen.«

»Wie lange ist er jetzt fort?«, wollte Sheriff Hale wissen.

Lacey zuckte die Achseln. »Da bin ich mir nicht sicher.«

Hale wandte sich an Rusty und die Cowboys. »Wie ist es mit Ihnen, Ramsey? Haben Sie oder einer Ihrer Männer Gentry wegreiten sehen?«

»Ich habe ihn nicht mal aus der Ferne gesehen«, log Rusty. »Auch keiner der Jungs hat erwähnt, dass er ihn gesehen hat. Nicht wahr, Jungs?«

Da keiner der Cowboys Sam gesehen hatte, erntete Rusty allgemeine Zustimmung.

»Er kann keinen großen Vorsprung haben«, meinte Cramer.

»Es hat noch nicht geregnet; wir haben eine gute Chance, die Fährte aufzunehmen«, sagte Hale. »Lasst uns reiten, Männer.«

Laceys Furcht wuchs, als sie dem Aufgebot nachschaute. Sie hatte keine Ahnung, wie lange Sam in der vergangenen Nacht bei Andy geblieben war, aber sie hoffte, dass es nur ein paar Minuten gewesen waren und dass er weit genug von Denison entfernt war, um den Verfolgern zu entkommen.

Lacey wandte sich ab, um zum Haus zu gehen. Rusty hielt sie am Arm fest.

»Sie glauben doch nicht, dass Sam schuldig ist, oder?«

»Sam ist zu vielerlei fähig, aber ich kann nicht glauben, dass Bankraub dazu zählt. Er hat mir alles darüber erzählt, bevor er weggeritten ist. Es ist alles ein großer Irrtum.«

Ein Grinsen breitete sich auf Rustys zerfurchtem Gesicht aus. »Das dachte ich mir. Ich bin ein ziemlich guter Menschenkenner.«

»Meinen Sie, das Aufgebot wird ihn einholen?«

»Diese Möglichkeit besteht immer«, räumte Rusty ein. »Es hängt viel davon ab, wie groß sein Vorsprung ist.«

»Ich weiß, dass Sie letzte Nacht mit Sam gesprochen haben.«

»Ja, gleich nach seinem Eintreffen. Ich traf ihn im Stall.« Rusty war nervös. »Ich wusste, dass ich kein Recht hatte, aber ich habe Sam die Augen über etwas geöffnet, das er längst hätte erkennen sollen. Ich weiß, es ist nicht meine Ranch, aber ich konnte ihn nicht in dem Glauben fortreiten lassen, dass Andy nicht sein Sohn ist. Ich weiß nichts über die Probleme zwischen Ihnen und Sam oder warum Sie ihm nicht gesagt haben, dass Andy von ihm ist, aber ich dachte, er sollte die Wahrheit erfahren. Jeder Dummkopf kann die Ähnlichkeit zwischen Sam und Andy sehen.«

»Jeder Dummkopf außer Sam«, murmelte Lacey.

»Sind Sie jetzt böse auf mich, Miss Lacey?«

Lacey seufzte. »Nicht wirklich. Eigentlich hatte ich erwartet, dass Sam es längst erkannt hätte. Er ist nicht nur stur, sondern auch blind gegenüber vielen Dingen, die Andy und mich betreffen.«

»Ich hoffe, dass er dem Aufgebot entkommt. Wie hat Ihrer Meinung nach der Sheriff das über ihn erfahren?«

»Von einem Steckbrief, nehme ich an«, sagte Lacey. »Danke für Ihre Unterstützung, Rusty. Haben Sie Andy gesehen? Er ist vor dem Frühstück weggegangen, und ich habe ihn seither nicht mehr gesehen.«

»Ich sah ihn zum Stall laufen, als ich vom Küchenbau kam. Möchten Sie, dass ich ihn hole?«

»Danke, ich werde ihn selbst finden.«

Lacey schritt zum Stall. Das Tor stand offen, doch drinnen war es düster.

»Andy, bist du da drin?«

Andy trat hinter einem alten Pflug hervor, so nahe, dass Lacey überrascht aufschrie und eine Hand aufs Herz presste. »Andy, du hast mich zu Tode erschreckt.«

»Ich habe Reiter gehört und aus dem Tor geguckt, um zu sehen, wer sie sind. War das der Sheriff, Mama? Wer waren die Männer bei ihm?«

Lacey sah keinen Ausweg mehr; sie musste Andy die Wahrheit sagen, so viel davon, wie er verstehen konnte.

»Diese Männer bei dem Sheriff waren das Aufgebot«, begann sie.

Andy dachte darüber nach. »Ein Aufgebot jagt böse Männer.«

»Das ist richtig, Schatz.«

»Warum sind sie dann hergekommen? Auf der B&G gibt es keine bösen Männer.«

Lacey unterdrückte ein Stöhnen. Jetzt oder nie, und Andy würde es früher oder später ohnehin herausfinden. Er trieb sich zu viel bei den Cowboys herum und würde zwangsläufig irgendetwas aufschnappen.

»Sie waren hier, um Sam zu holen, Schatz.«

Andy runzelte die Stirn. »Papa? Warum wollten sie Papa holen? Er ist kein böser Mann.«

»Es ist alles ein großer Fehler, Andy. Ich bin überzeugt, dein Vater wird alles in Ordnung bringen.«

Sofort hellte sich Andys Miene auf. »Mach dir keine Sorgen, Papa wird ihnen sagen, dass sie einen Fehler gemacht haben, und es wird alles in Ordnung kommen.«

Lacey wünschte sich, Andys blindes Vertrauen zu haben.

Andy nahm Laceys Hand. »Ich bin hungrig, Mama. Kann ich jetzt mein Frühstück haben?«

Hand in Hand gingen sie zum Haus, doch Laceys Gedanken waren bei dem Aufgebot und dem Mann, der wegen Bankraubs gesucht wurde.

Sam hatte es nicht eilig. Lacey bluffte. Er glaubte nicht, dass sie ihm das Gesetz auf den Hals schicken würde. Unterdessen hatte er kein Ziel und konnte nur zu irgendeinem fernen Ort reiten, wo hoffentlich niemand wusste, dass Sam Gentry als Bankräuber gesucht wurde. Vielleicht sollte er seinen Nachnamen ändern. Er dachte eine Weile darüber nach und entschied sich, den Nachnamen ganz wegzulassen. In Texas stellte niemand Fragen, wenn sich jemand nur mit dem Vornamen vorstellte.

Sams Magen knurrte vor Hunger. Leider hatte er keinen Proviant mitgenommen. Er entschied sich für einen schnellen Halt in Denison, um die Kamee seiner Mutter, das einzige Erinnerungsstück, das er mitgenommen hatte, zu verkaufen und Proviant zu besorgen. Er hatte kein Geld und würde mittellos sein, bis er Arbeit finden würde.

Er ritt über die Main Street. Ihm fiel ein, dass er bei seinem letzten Ausflug nach Denison den Laden eines Goldschmieds gesehen hatte, und suchte danach. Zehn Minuten später hatte er sich von dem letzten Erinnerungsstück an seine Familie getrennt, aber jetzt hatte er genügend Geld, um sich damit ein, zwei Monate ernähren zu können. Der Goldschmied hatte ihn zwar sonderbar angeschaut und nervös gewirkt, aber Sam war dankbar, weil er den Wert der Kamee erkannt und sie ihm abgekauft hatte.

Im Lebensmittelladen kaufte Sam Fleisch in Dosen, Mehl, Zucker, Salz, Speck, Kaffee und einige andere Dinge. Der Angestellte verhielt sich äußerst merkwürdig, als er die Bestellung aufnahm, und wirkte erleichtert, als Sam bar bezahlte. Verwundert über die Nervosität des Mannes verließ Sam die Stadt.

Eine Stunde später traf das Aufgebot ein, das die Fährte bis nach Denison verfolgt hatte. Der Angestellte des Lebensmittelladens rannte den Reitern entgegen und schwenkte aufgeregt die Arme.

»Er war hier, Sheriff«, rief der Mann. »Der Bandit, nach dem Sie suchen. Er kann nicht mehr als eine Stunde Vorsprung haben.«

»Sind Sie dessen sicher?«, fragte Sheriff Hale.

»Ja, er war es, da gibt es kein Vertun. Ich erkannte ihn von seinem letzten Besuch in der Stadt. Er hat Proviant für den Ritt gekauft. Ich kann sogar sagen, in welche Richtung er geritten ist.«

»Spannen Sie uns nicht auf die Folter«, grollte der Sheriff. »Wir vergeuden nur Zeit.«

»Westwärts. Er ist nach Westen geritten.«

»Vorwärts, Männer!«, sagte Hale und trieb sein Pferd an.

Sam war es regelrecht flau vor Hunger, und er hielt ein paar Meilen außerhalb der Stadt an einem Creek, um zu essen. Er brauchte auch unbedingt Kaffee, stark, schwarz und reichlich. Er sammelte Brennholz, machte ein Feuer und hoffte, dass es nicht zu regnen anfangen würde, bevor der Kaffee fertig war. Mit Wasser aus dem Bach füllte er seinen verbeulten Topf, gab Kaffeemehl hinein und stellte ihn aufs Feuer zum Kochen. Dann sagte er sich, das ihm Speck mächtig gut schmecken würde, und er schnitt ein paar Stücke ab und legte sie in eine Pfanne, die er aus seinen Satteltaschen holte. Das Wasser lief ihm im Munde zusammen, als der Duft von Speck und Kaffee die feuchte Luft erfüllte.

Als sein Frühstück fertig war, kramte Sam in seinen Satteltaschen, fand Zwieback und setzte sich hin, um sein Mahl zu genießen. Er aß langsam und genussvoll, und dabei kehrten seine Gedanken zu den glückseligen, befriedigenden Stunden zurück, die er in Laceys Bett verbracht hatte. Seine Gefühle für sie waren noch niemals so stark gewesen. Sie war die Mutter seines Sohnes.

Sein Sohn. Ein Lächeln spielte um seine Lippen. Es erfüllte ihn mit unglaublichem Stolz, einen Sohn wie Andy zu haben. Und er war wütend wegen Laceys Gewissenlosigkeit. Sie hätte es ihm sofort sagen sollen, anstatt ihn in dem Glauben zu lassen, dass Andy das uneheliche Produkt einer Affäre mit einem anderen Mann war. Es war ihm nicht in den Sinn gekommen, dass aus ihren wenigen sexuellen Vereinigungen ein Kind hervorgehen könnte. Er war nicht dumm; es hätte ihm klar sein müssen, dass ein einziges Mal genügte, um ein Baby zu zeugen. Wahrscheinlich war er so verbohrt gewesen, nur das Schlimmste über Lacey denken.

Sam beendete seine Mahlzeit und sammelte seine Sachen auf. Er wischte die Bratpfanne und den Kaffeetopf mit Sand aus und spülte sie im Bach. Dann packte er alles ein und stieg auf Galahad. Plötzlich hörte er Hufschlag. Einen Augenblick später tauchten Reiter in der Ferne auf. Er hatte keine Ahnung, wer sie waren oder was sie wollten, aber sie wirkten in großer Eile … und sie ritten in seine Richtung.

Sam war hin- und hergerissen. Sein Gefühl sagte ihm, dass die Reiter Ärger bedeuteten. Lacey hatte ihre Drohung wahr gemacht und den Sheriff gerufen. Welch ein Narr war er gewesen, ihr sein Geheimnis preiszugeben! Sie hatte sich einmal als nicht vertrauenswürdig erwiesen; was hatte ihn veranlasst, anzunehmen, dass er ihr jetzt vertrauen konnte? Er hatte anscheinend den größten Fehler seines Lebens begangen, denn wenn er sich nicht irrte, wurde er von einem Aufgebot verfolgt.

Sekunden, bevor er Galahad die Sporen gab, krachten Schüsse. Die Verfolger waren ihm hart auf den Fersen und näherten sich schnell. Sam duckte sich tief im Sattel, als Kugeln gefährlich nahe an ihm vorbeipfiffen. Zu seiner Rechten sah er eine Gruppe von Felsen und lenkte Galahad in diese Richtung.

Sam schoss nicht zurück und verteidigte sich nicht. Er wollte der Liste der Anschuldigungen nicht noch das Töten von Gesetzesvertretern hinzufügen. Seine einzige Hoffnung war, das Aufgebot zwischen den Felsen und Bäumen abzuschütteln, bevor es ihn einholte. Dann geschah das Unerwartete. Eine Kugel traf Sam. Sie schlug in seine rechte Schulter, und er wäre fast aus dem Sattel gestürzt. In einem Reflex konnte er sich gerade noch an Galahads Mähne festklammern.

Sein Puls raste, als er die Felsengruppe erreichte, Galahad hart parierte und in das Gewirr der Felsen lenkte. Schmerzen stachen durch seine Schulter. Er verlor Blut und begann sich schwindelig zu fühlen. Er bezweifelte, dass die Verletzung lebensgefährlich war, doch der Blutverlust würde ihn umbringen, wenn die Blutung nicht gestoppt wurde. Er wischte den Schweiß fort, der sich auf seiner Stirn gebildet hatte, und konzentrierte sich darauf, das Aufgebot abzuschütteln.

Wie durch einen roten Schleier entdeckte er einen schmalen Spalt zwischen zwei Felsen. Das Aufgebot war hinter ihm; für den Moment war er außer Sicht, aber das würde nicht lange so bleiben. Sein Verstand war benebelt, doch er funktionierte. Es war ein kühner Versuch, sich in dem Felsspalt zu verstecken, doch er bot eine geringe Chance zu entkommen, wenn er schnell handelte. Sam riss an den Zügeln und zwang Galahad in die dunkle Spalte. Das Tier sprang hinein, und Finsternis hüllte sie ein. Sam zügelte das Pferd und glitt aus dem Sattel, am Rande der Bewusstlosigkeit.

Er hörte den nahenden Hufschlag der Verfolger, und hielt Galahad eine Hand über die Nüstern. Das Aufgebot ritt an der Felsspalte vorbei, ohne ihr einen zweiten Blick zu schenken. Sam konnte sich nicht mehr auf den Beinen halten. Er sank zu Boden, um zu warten. Entweder würden sie umkehren, um nach ihm zu suchen, oder in das Waldstück jenseits der Felsengruppe preschen, weil sie ihn noch vor sich wähnten.

Sam lehnte den Kopf gegen die Felswand. Es war dunkel und kühl in der Felsspalte. Er wünschte sich, die Augen zu schließen und gnädig einzuschlafen, um den Schmerz nicht mehr zu spüren. Aber er musste wach bleiben. Das Aufgebot konnte jede Minute zurückkehren. Während seiner Flucht hatte er ein paarmal über die Schulter zu seinen Verfolgern geblickt und Cramer erkannt. Cramer würde verhindern, dass er eine Chance bekam, wenn man ihn schnappte. Er würde am nächsten Baum aufgehängt werden, bevor er seine Unschuld beweisen konnte.

Geschwächt vom Blutverlust, schaffte er es nicht mehr, gegen die Bewusstlosigkeit anzukämpfen, und es wurde schwarz um ihn.

9

Lacey war ein nervöses Wrack. Am frühen Abend hatte sie immer noch weder vom Sheriff noch von Taylor Cramer eine Nachricht über Sam. Sie stellte sich vor, dass man Sam gefunden und ohne Prozess aufgehängt hatte. Sie war überzeugt, dass Taylor den Sheriff dazu drängen würde.

Lacey konnte nicht mehr zählen, wie oft Andy gefragt hatte, ob sie annahm, dass Sam von dem Aufgebot gefasst worden sei. Während des ganzen Tages hatte Andy seine Zuversicht behalten, dass Sam den Irrtum zur Zufriedenheit des Sheriffs aufklären würde. Lacey war sich da nicht so sicher. Was war, wenn Sam gelogen hatte, als er ihr seine Unschuld beteuert hatte? Es war alles so verwirrend.

Lacey und Andy beendeten an diesem Abend ihr Essen und verbrachten noch einige Zeit zusammen, bevor Lacey ihren Sohn ins Bett steckte. Sie las ihm eine Geschichte vor und kehrte dann ins Wohnzimmer zurück. Rita hatte das Haus bereits für die Nacht verlassen, und so setzte sich Lacey mit einem Buch hin und versuchte zu lesen. Aber sie konnte sich nicht konzentrieren. Das Buch lag vergessen auf ihrem Schoß, während ihre Gedanken zu der vergangenen Nacht zurückkehrten, als sie erwacht war und Sam in ihrem Schlafzimmer gesehen hatte.

Sam hatte anscheinend ihre Erklärung dessen, was vor sechs Jahren geschehen war, akzeptiert. Er hatte sie sogar in sein Geheimnis eingeweiht. Dann hatte er sie geliebt, und für eine Zeit lang hatte nur ihre Liebe für diesen Mann gezählt. Es stimmte, erkannte sie. Sie liebte Sam, hatte nie aufgehört, ihn zu lieben. Aber ob er das Verbrechen begangen hatte oder nicht, er wurde immer noch vom Gesetz gesucht und konnte ihr und Andy keine Sicherheit bieten.

Lacey war bereit, Taylor zu heiraten, um Sicherheit für ihnen Sohn zu erlangen – deshalb hatte sie Sam nicht erzählt, dass er Andys Vater war. Außerdem hatte Sam sechs Jahre lang kein Interesse für sie gezeigt. Er hatte sie in dem Glauben gelassen, tot zu sein, was ein verabscheuungswürdiges Verhalten war. Sie hätte immer noch nicht gewusst, dass er lebte, wenn nicht das Schicksal eingegriffen und sie zusammengeführt hätte.

Ein Klopfen an der Tür riss Lacey aus ihrem Grübeln. Sie starrte einen Moment auf die Tür und stand dann auf, um zu öffnen. Zur Vorsicht rief sie vorher:

»Wer ist da?«

»Taylor Cramer. Mach auf, Lacey.«

Taylor. War das Aufgebot zurückgekehrt? Sie riss die Tür auf, und Cramer trat ein. »Was ist passiert? Hast du Sam gefunden?«

Cramer ging ins Wohnzimmer und ließ sich in einen Sessel sinken. Seine Kleidung war staubig, und er wirkte mitgenommen. »Der Bastard ist entkommen. Ich weiß nicht, wie ihm das gelungen ist. Wir hatten ihn bis auf ein paar Minuten dauernd vor uns. Dann war er auf einmal verschwunden.« Plötzlich grinste Cramer. »Aber eine unserer Kugeln hat ihn erwischt.«

»Sam ist verletzt?«, stieß Lacey erstickt hervor.

»Hörst du mir eigentlich nicht zu?«

»Doch. Sam ist entkommen. Er kann schlimm verletzt sein.«

»Das hoffe ich. Das Aufgebot ist noch dort draußen. Sie suchen noch einen Tag lang, bevor sie aufgeben. Aber ich hatte die Schnauze voll. Ich muss mich um wichtigere Dinge kümmern. Hast du das Scheidungsgesuch unterschrieben?«

»Noch nicht. Es liegt noch in der Schublade.«

»Dann hole es. Ich nehme es mit zur Stadt, nachdem du unterschrieben hast.«

Lacey ging mit schleppenden Schritten zu ihrem Schreibtisch. Sie wusste nicht, warum sie sich bisher vor der Unterschrift gedrückt hatte. Sie und Andy brauchten Taylor zum Überleben. Aber sie konnte Sams letzte Worte an sie nicht vergessen. Er hatte gedroht, ihr Andy wegzunehmen, wenn sie sich von ihm scheiden ließ. Lacey war jedoch klug genug, um zu wissen, dass dies nicht geschehen würde. Sam war auf der Flucht. Er konnte es nicht wagen, in Denison oder in der Nähe der Ranch aufzutauchen, wenn er in Freiheit bleiben wollte.

»Das Dokument ist gleich hier«, sagte Lacey, zog die Schublade auf und tastete danach. Nichts. »Es ist weg!«

Cramer sprang aus seinem Sessel auf. »Was meinst du damit?«

»Was ich gesagt habe. Das Dokument ist verschwunden.«

»Du musst es woanders hingelegt haben.«

»Nein. Ich habe es nicht angerührt.« Sie runzelte die Stirn. »Es ist doch nicht möglich, dass Sam ...«

Cramer brauchte nicht mehr zu hören, um zu begreifen, was sie meinte. »Gentry! Hast du die Scheidungsurkunde bei ihm erwähnt?«

Lacey biss sich auf die Unterlippe und erinnerte sich an ihre Begegnung. »Ich ... möglicherweise habe ich darüber gesprochen.«

»Er hat sie genommen! Alles, für das ich so hart gearbeitet habe, ist futsch! Ich kann nur hoffen, dass Gentry jetzt tot ist. Es sei denn«, fügte er verschlagen hinzu, »du besinnst dich anders und verkaufst mir die Ranch.«

Lacey versteifte sich. Sie hatte nicht vor, zu verkaufen. Sie hatte Onkel Hob auf dem Totenbett versprochen, nicht zu verkaufen, sich jede Mühe zu geben, die Ranch für Andy zu erhalten. Noch waren ihr die Möglichkeiten nicht ausgegangen, sie zu retten.

»Nein, ich kann dir die Ranch nicht verkaufen, Taylor. Ich habe Onkel Hob versprochen, sie für Andy zu behalten. Wenn wir nicht heiraten können, werde ich vielleicht noch einen Kreditantrag stellen. Wenn die Bank von Denison ablehnt, werde ich nach Fort Worth gehen und es dort versuchen.«

Cramer blickte finster vor sich hin; dann stahl sich allmählich ein Lächeln seine Züge, als wäre ihm soeben eine Idee gekommen. »Vielleicht ist nicht alles verloren. Gentry hat dich verlassen. Das ist ein Grund, die Ehe für ungültig zu erklären. Keine Sorge, meine Liebe, ich werde mich nicht geschlagen geben. Wir werden heiraten.«

Er verabschiedete sich und verließ hastig das Haus.

Lacey starrte noch lange auf die Tür, nachdem sie hinter ihm zugefallen war. Ihr Gefühl sagte ihr, dass Sam das Scheidungsgesuch an sich genommen hatte. Er hatte gesagt, er würde sich nicht scheiden lassen, und sie hätte erkennen müssen, dass er eine Möglichkeit gefunden hatte, um es zu verhindern oder wenigstens die Prozedur zu verlangsamen. Lacey wusste nicht, ob sie lachen oder weinen sollte. Vielleicht würde sie die Ranch verlieren, und das war traurig, aber andererseits hatte Sam ihr vielleicht einen Gefallen getan, indem er das Scheidungsgesuch gestohlen hatte, und das veranlasste sie zu lächeln. Sie war einmal überzeugt gewesen, dass es das Beste für sie und Andy sein würde, Taylor zu heiraten; jetzt war sie sich dessen nicht mehr sicher. Wenn es zum Schlimmsten kommen würde, konnte sie immer noch an Taylor verkaufen.

Sam kam langsam zu sich. Sein Körper schmerzte, ihm war schwindelig und sein Blick war verschwommen. Und er war so durstig, dass seine Zunge am Gaumen zu kleben schien. Für einen Moment wusste er nicht, wo er sich befand. Es war dunkel und kühl, und es drängte ihn nicht, diesen Ort zu verlassen, aber da war etwas in seiner Erinnerung, das er nicht ganz erfassen konnte. Er versuchte, sich zu konzentrieren, doch die Schmerzen waren zu groß. Eine Bewegung in der Nähe weckte seine Aufmerksamkeit, und er wandte den Kopf. Er sah Galahad mit hängenden Zügeln und erinnerte sich sofort, wo er war und warum. Das Aufgebot, ein Schuss, der Schmerz. Er war auf der Flucht vor dem Aufgebot verwundet worden und hatte Zuflucht gesucht ... wo?«

Es war dunkel. Zu dunkel, um etwas zu erkennen, aber die Erinnerung kehrte langsam zurück. Ihm fiel ein, dass er in eine Spalte zwischen zwei Felsen geritten war und auf dem Boden gewartet hatte, wie das Schicksal über seine Zukunft entschied. Dann musste er bewusstlos geworden sein. Er versuchte aufzustehen und bereute es sofort. Schwindel erfasste ihn, und er sank zurück und zwang sich zur Konzentration. Er klammerte sich Halt suchend an Galahads Zügel, kroch zu der Öffnung und spähte hinaus. Er sah den Mond und Sterne und sonst nichts. Das klagende Heulen eines Wolfes war der einzige Laut, den er wahrnahm. Entweder hatte das Aufgebot aufgegeben, oder die Männer waren immer noch irgendwo dort draußen und warteten darauf, dass er sich eine Blöße gab.

Sam erkannte, dass er sterben würde, wenn er sein Versteck nicht verließ und niemand fand, der seine Wunde behandelte, und es gab so vieles, für das er leben musste. Er hatte gerade erst erfahren, dass er einen Sohn hatte, und er wollte Andy aufwachsen sehen. Sam wusste, dass seine Chancen schlecht standen, aber manchmal geschehen Wunder.

Er packte Galahads Zügel und kroch aus dem Felsspalt in die Nacht hinaus. Er versuchte, auf die Beine zu gelangen. Sie gaben nach, und er musste sich am Sattel festhalten, um nicht zu fallen. Nach einem Moment drehte sich nicht mehr alles vor seinen Augen, und er schaffte es, sich auf Galahads Rücken zu ziehen. Die Zügel entglitten ihm, und er schaffte es nicht, sie wieder zu ergreifen. Er schlang die Arme um Galahads Hals, bevor er wieder ohnmächtig wurde.

Galahad ging ruhig im Schritt, als wisse er um die bedauernswerte Verfassung seines Herrn. Malvenfarbige Streifen verwandelten den Himmel vom Schwarz in Grau, als das treue Tier stehen blieb. Sam rutschte aus dem Sattel blieb reglos auf dem staubigen Boden liegen.

Eine Menschentraube versammelte sich um Sams reglose Gestalt. Man stieß ihn an und rüttelte ihn, doch er regte sich nicht. Eine junge Frau schob sich durch die Versammelten und starrte auf ihn hinab.

»Ist er tot?«, fragte die Frau in einer Sprache, die Sam auch nicht verstanden hätte, wenn er wach gewesen wäre.

»Er lebt, Yellow Bird, aber seine Verletzung ist ernst. Wünschst du das Bleichgesicht zu heilen? Er ist angeschossen worden, und die Wunde ist zu lange nicht behandelt worden. Ihm ist vielleicht nicht mehr zu helfen.«

Yellow Bird starrte auf den weißen Mann nieder. Er sah

wie ein guter Krieger aus, noch beeindruckender als ihr Bruder, Häuptling Running Buffalo. Es wäre ein großer Jammer, ihn sterben zu lassen, wenn sie die Fähigkeit hatte, ihn zu retten. Trotz ihrer Jugend war Yellow Bird eine erfahrene Medizinfrau, hoch angesehen bei ihrem Volk.

»Wir sind ein friedliches Volk, Bruder«, sagte Yellow Bird. »Seit vielen Jahren haben wir mit den Bleichgesichtern in Frieden gelebt, im Gegensatz zu unseren Brüdern, den kriegerischen Apachen. Wir tauschen mit ihnen Felle gegen Kochtöpfe und Decken. Ich werde das Bleichgesicht heilen. Bringt ihn zu meinem Tipi.«

Running Buffalo und ein anderer Krieger trugen Sam zu Yellow Birds Tipi. Sie legten ihn auf ein Lager und gingen. Yellow Bird machte sich sofort an die Arbeit. Eine halbe Stunde später hatte sie geschickt die Kugel aus Sams Schulter entfernt, eine Mischung aus feuchten Moos und Kräuterbrei aufgetragen und einen Verband darüber angelegt. Dann setzte sie sich auf die Hacken zurück, um zu warten.

Während des Tages und in der langen Nacht löffelte sie ihm ein Gebräu aus Kräutern ein, das den Körper nach großem Blutverlust stärkte und das Fieber bekämpfte. Sie wischte den Schweiß von seiner Stirn und wusch seinen Körper mit kühlem Wasser.

Zwei Tage nach seiner Ankunft in Running Buffalos Lager kam Sam zu Bewusstsein. Als er die Augen aufschlug, sah er als Erstes das goldbraune Gesicht und die dunklen, geheimnisvollen Augen einer schönen jungen Indianerin.

»Wie fühlst du dich?«, fragte sie in gebrochenem Englisch.

»Wo bin ich? Wer bist du?«

»Ich bin Yellow Bird. Dein Pferd hat dich zum Lager von Running Buffalo getragen.«

»Du hast mir das Leben gerettet«, krächzte Sam mit einer Stimme, die er kaum erkannte.

»Ich habe die Kugel entfernt und dich mit einem Kräuterbreiumschlag behandelt. Du hast immer noch Fieber und bist längst noch nicht gesund. Viele Sonnen werden vergehen, bis du kräftig genug sein wirst, um das Lager zu verlassen.«

»Ich danke dir aus ganzem Herzen, Yellow Bird. Ist Running Buffalo dein Mann?«

»Er ist mein Bruder. Ich habe keinen Mann.«

Sam hielt es für das Beste, das Thema nicht weiter zu verfolgen. »Dann muss ich Running Buffalo danken, weil er mich hat behandeln lassen. Nicht viele Indianerstämme sind heutzutage freundlich zum Weißen Mann.«

Yellow Bird lächelte. »Wir sind ein friedlicher Stamm und leben von dem, was uns der Wald und die Erde schenken. Wir haben nicht den Wunsch, uns unseren kriegerischen Brüdern im Norden anzuschließen.«

»Gott sei Dank«, sagte Sam und seufzte müde.

»Wie heißt du?«, fragte Yellow Bird.

»Mein Name ist Sam. Sam Gentry.«

»Sam«, wiederholte Yellow Bird und lauschte dem Namen nach. »Ruhe dich jetzt aus, Sam. Später wirst du zu essen und trinken bekommen.«

Sam antwortete nicht. Er war bereits eingeschlafen.

Auf der B&G-Ranch wartete Lacey besorgt auf eine Nachricht über Sam. War er entkommen? Oder lag er verwundet oder tot irgendwo in einer verlassenen Gegend, wo niemand ihn finden konnte? Sie sah alle Arten schrecklicher Szenarien vor ihrem geistigen Auge.

Eine Woche, nachdem das Aufgebot Sam in der texanischen Wildnis verloren hatte, traf Taylor Cramer auf der Ranch mit der Neuigkeit ein, dass Sam Gentry vermutlich an seiner Verletzung gestorben und seine Leiche von den Geiern gefressen worden war.

Lacey starrte Cramer ungläubig an. »O nein, nicht noch einmal. Ich habe Sam einmal zu schnell für tot gehalten, und das wird nicht wieder geschehen. Ich werde mich erst mit Sams Tod abfinden, wenn ich seine Leiche gesehen habe.«

Cramer murmelte etwas vor sich hin, was Lacey nicht verstehen konnte. »Was hast du gesagt?«, fragte sie.

Cramer lächelte sie schmeichlerisch an. »Ich hatte nichts anderes von dir erwartet. Doch ich habe eines unserer Probleme gelöst. Ich habe meinen Anwalt gebeten, ein Dokument aufzusetzen, in dem eure Ehe aufgehoben wird, und es dem Richter vorzulegen. Ich bringe es bald zum Unterschreiben zu dir. Mach dir keine Sorgen, der Richter wird die Ehe annullieren. Ich kenne Richter Anderson persönlich, und ich garantiere, dass er dem Gesuch stattgeben wird.«

»Taylor ... vielleicht sollten wir warten. Dies scheint mir nicht der richtige Zeitpunkt, um ...«

»Es ist der perfekte Zeitpunkt, meine Liebe«, fiel ihr Cramer ins Wort. »Ich bezweifle, dass Sam Gentry dich wieder belästigen wird, ob er nun tot oder lebendig ist. Wenn er überlebt hat, wartet eine Gefängniszelle auf ihn.«

»Andy ist entschieden gegen unsere Heirat«, wand sich Lacey. »Ich dachte, dich zu heiraten, wäre das Richtige, aber jetzt bin ich mir nicht mehr so sicher. Ich ... liebe dich nicht so, wie es sein sollte.«

Cramer lachte bellend. »Ich weiß, dass du mich heiratest, um die Ranch zu retten. Das habe ich die ganze Zeit über gewusst.«

»Und das ist in Ordnung für dich?«

»Selbstverständlich.« Er lächelte sie an. »Ich liebe dich genug für uns beide.«

Die Art, wie er das sagte, ließ Lacey mehr denn je zweifeln. »Manchmal denke ich, du machst dir mehr aus meinem Land als aus mir.«

»Willst du etwa meine Gefühle anzweifeln?«, fragte Cramer herausfordernd.

»Nein, ich ... muss auch an Andy denken.«

»Überlass Andy mir. Er wird schon zur Vernunft kommen, wenn wir heiraten. Du bist zu weich zu dem Jungen.«

Plötzlich erkannte Lacey, dass Sam über Taylor Recht gehabt hatte. Er würde ein schrecklicher Vater für Andy sein. Sie liebte ihren Sohn zu sehr, um ihn dazu zu verdammen, seine Entwicklungsjahre mit einem Stiefvater zu verbringen, der ihn nicht leiden konnte.

»Lass mich darüber nachdenken, Taylor. Vielleicht ist es in meiner Lage das Beste, die B&G an den höchsten Bieter zu verkaufen. Ich muss einen Höchstpreis für die Ranch bekommen. Genug, um Andy und mich durchzubringen, bevor ich Arbeit finden kann. Wenn ich das nächste Mal in der Stadt bin, werde ich mit dem Grundstücksmakler sprechen.«

Cramers Augen spiegelten gierige Freude wider. »Das wird nicht nötig sein. Ich kaufe die B&G. Wenn du dir sicher bist, dass du das willst«, fügte er in schmeichlerischem Tonfall hinzu.

Lacey fand, dass seine Antwort schnell kam – zu schnell. Das bestätigte sie in ihrer Vermutung, dass Taylor tatsächlich auf die Ranch aus war. Aber warum? Sie war entschlossen, das Geheimnis zu lösen, bevor sie ihr Erbe von Onkel Hob weggab.

»Ich weiß nicht, Taylor«, meinte sie ausweichend. »Vielleicht bin ich etwas voreilig. »Ich bin überzeugt, dass du und Andy im Laufe der Zeit miteinander auskommen werdet. Vielleicht bin ich zu beschützerisch. Betreib die Aufhebung der Ehe weiter. Was das Verkaufen anbetrifft, so kann ich es einfach nicht übers Herz bringen, mich von Onkel Hobs Traum zu trennen. Vielleicht ist Heirat die beste Lösung, wenn du mich noch willst.«

Lacey glaubte, ihn mit den Zähnen knirschen zu hören.

»Natürlich will ich dich immer noch, meine Liebe. Überlass alles mir.«

Kurz darauf ging Cramer. Lacey ließ seinen Abschiedskuss stoisch über sich ergehen. Um ihn nicht misstrauisch zu machen, widersetzte sie sich nicht, als er sie in die Arme zog und mit der Besitzgier eines Mannes küsste, der soeben einen Sieg errungen hatte.

Laceys Gefühle hinsichtlich Taylor Cramer waren gemischt. Seit Sam in ihr Leben zurückgekehrt war, waren ihr Taylor und seine Motive, sie zu heiraten, suspekt geworden. Offenbar hatte Sam ihn vor ihr durchschaut.

Sam. War er tatsächlich tot? Ihr Herz sagte ihr, dass er lebte, dass er eines Tages zu seinem Sohn zurückkehren würde, selbst wenn er sich nichts aus ihr machte.

Nach Cramers Wegritt verließ Lacey das Haus, um mit Rusty zu besprechen, die Herde vor dem kälteren Wetter näher zum Ranchhaus zu bringen. Es schneite oft in Nordtexas, und Schneestürme waren nicht selten. Es war stets das Beste, für einen Wetterumschwung vorauszuplanen.

Lacey fand Rusty beim Korral.

»Haben Sie etwas auf dem Herzen, Miss Lacey?«, fragte er, als sie ihn rief.

»Ich wollte mich nur vergewissern, dass Pläne bestehen, die Rinder näher ans Haus zu bringen, wenn das kalte Wetter einsetzt.«

»Es ist für alles vorgesorgt«, versicherte Rusty. »War das Mr. Cramer, den ich soeben fortreiten sah?«

Lacey wusste, dass Rusty Taylor nicht mochte, und sie erkannte, dass sie vorsichtig vorgehen musste, denn sie wollte Taylor an der Nase herumführen, bis sie die Wahrheit über ihn wusste.

»Ja, das war Taylor.«

»Hat er etwas über Sam gesagt?«

»Sie nehmen an, er ist tot. Taylor sagte, Sheriff Hale ist sicher, dass er mindestens von einer Kugel getroffen worden ist.«

»Sie glauben nicht an seinen Tod, oder?«

Laceys Augen füllten sich mit Tränen. »Ich weiß nicht, was ich glauben soll.« Sie legte die Hand aufs Herz. »Ich glaube, ich wüsste es in meinem Herzen, wenn Sam tot wäre, aber ich fühle nichts außer einem merkwürdigen Schmerz.«

»Ich glaube Cramer kein Wort«, murrte Rusty. »Und Sie sollten ihm ebenfalls nicht glauben. Ich hoffe, er hört auf, vorbeizukommen, nachdem er nun weiß, dass Sie verheiratet sind.«

»Meine Ehe mit Sam war nie eine richtige«, sagte Lacey mit einer Spur von Trauer. »Sam will mich nicht. Taylor hat angeboten, die Ehe zu annullieren, und ich ... ich bin überzeugt, dass es das Beste für mich und Andy sein wird, ihn zu heiraten.«

Lacey erstickte fast an den Worten. Sie glaubte nicht länger, dass eine Heirat mit Taylor die Lösung ihrer Probleme war, aber dies musste sie bis auf weiteres für sich behalten.

Rusty wiegte den Kopf. »Ich hoffe, Sie wissen, was Sie tun, Miss Lacey.«

»Das weiß ich, Rusty. Vertrauen Sie mir.«

Lacey wünschte, so davon so überzeugt zu sein, wie sie es gesagt hatte. Sie musste herausfinden, was ihr Land für Taylor so wertvoll machte, bevor ihre Ehe mit Sam aufgehoben wurde. *Sam, wo bist du?*, flehte sie stumm. *Bist du tot? Verletzt? Wirst du jemals zurückkehren?* Etwas tief in ihr weigerte sich, zu glauben, dass Sam tot war. Eines Tages würde er eine Möglichkeit finden, seinen Namen reinzuwaschen und zurückzukehren, und dann wollte sie seine Frau sein, nicht die eines anderen Mannes.

Eine weitere Woche verging. Jetzt waren es zwei Wochen, seit Sam verschwunden war. Taylor erzählte Lacey, dass der Sheriff immer noch nach Sam oder seiner Leiche suchte, jedoch nichts gefunden hatte. Die Nachricht, dass keine Leiche gefunden worden war, erfüllte Lacey mit der Hoffnung, dass Sam lebte und sich irgendwo versteckt hatte.

Leider hatte Lacey wenig Einblick in Taylors Gründe gefunden, weshalb er die Ranch unbedingt haben wollte. Sie hatte das Grundbuchamt aufgesucht, jedoch nichts erfahren, was sie weitergebracht hätte. Taylor war sehr gut in der Geheimhaltung, und ihre vorsichtigen Fragen über seine geschäftlichen Dinge hatten zu nichts geführt. Um bei Taylor keinen Verdacht zu erwecken, dass irgendetwas nicht in Ordnung war, hatte sie das Dokument für die Annullierung der Ehe, das sein Anwalt aufgesetzt hatte, widerwillig unterschrieben.

Es war alles sehr verwirrend. Die Trauer über Onkel Hobs Tod hatte Lacey so zugesetzt, dass sie blind gegenüber der Art gewesen war, wie Taylor ihr zu Hilfe gekommen war. Sie hätte es nicht ohne ihn schaffen können. Er hatte sich bis zu dem Punkt bei ihr eingeschmeichelt, an dem sie auf ihn angewiesen war. Als er ihr einen Heiratsantrag gemacht hatte, war sie geschmeichelt gewesen. Und als sie von ihrer jämmerlichen Finanzlage erfahren hatte, war ihr sein Heiratsantrag wie ein Ausweg aus dem Tief vorgekommen. Dann war Sam gekommen und hatte sie erkennen lassen, dass Taylor ein geheimes Motiv hatte, was die Ranch betreffen konnte.

Abermals verging eine Woche. Es wurde kalt. Taylor war mit der Nachricht eingetroffen, dass der Sheriff schließlich die Suche nach Sam aufgegeben hatte. Lacey begann sich ernsthaft zu sorgen, dass Sam tatsächlich tot war, doch sie klammerte sich noch an die Hoffnung wie ein schiffbrüchiger Matrose an ein Wrackteil mitten im Ozean.

An einem kalten Abend saßen sich Lacey und Cramer einander im Wohnzimmer gegenüber. Das Feuer im Kamin strahlte behagliche Wärme aus, doch es konnte kaum die Kälte aus Laceys Herzen vertreiben, wenn sie an Sams Wohlergehen dachte.

»Ich habe eine gute Neuigkeit für dich.« Cramer strahlte. »Mein Anwalt hat mich informiert, dass ein Richter in der nächsten Woche über die Annullierung deiner Ehe entscheiden wird. Sobald dem Antrag stattgegeben ist, werden wir unsere Hochzeit planen. Ich habe sogar schon Kontakt mit Internaten aufgenommen, die bereit sind, Jungen in Andys Alter aufzunehmen.«

Lacey biss sich auf die Zunge, um Taylor nicht anzuschreien. Eher würde die Hölle zufrieren, als dass sie sich von jemandem Andy fortnehmen lassen würde.

Laceys Gedanken fanden ein Echo in der dünnen, ärgerlichen Stimme, die von der Türschwelle her ertönte. »Du kannst mich nicht wegschicken! Ich gehe nicht weg! Wenn Papa hier wäre, würde er nicht zulassen, dass ich weggeschickt werde.«

Lacey stöhnte innerlich auf. Sie hatte versucht, Andy

während Taylors Besuchs beschäftigt zu halten. »Andy, ich dachte, du spielst im Stall mit den Kätzchen.«

Andy rannte zu seiner Mutter und sah zu ihr auf. »Ich habe den fiesen alten Cramer kommen sehen und mich gefragt, was er hier will.«

Cramer wollte sich auf Andy stürzen, doch der versteckte sich hinter Lacey. »Du wirst Manieren lernen müssen, wenn deine Mutter und ich verheiratet sind, Junge. Dich wegzuschicken, wird einen Mann aus dir machen.«

Andy reckte trotzig das Kinn. »Aber ich bin kein Mann. Ich bin ein kleiner Junge.« Er betrachtete seine Mutter aus großen blauen Augen, die mit Tränen gefüllt waren. Sein Mund zitterte. »Was ist mit Papa? Du bist immer noch mit ihm verheiratet, nicht wahr?«

Lacey unterdrückte ein Seufzen. »Darüber reden wir später, Schatz.«

»Sage es ihm jetzt, Lacey«, drängte Cramer. »Sag dem Jungen, dass du die Ehe mit Gentry annullieren lässt, nur für den Fall, dass er noch lebt.«

Andy blinzelte seine Tränen fort. »Was heißt das, Mama?«

Während Lacey ihre Antwort noch überlegte, ergriff Cramer das Wort. »Es heißt, dass die Ehe deiner Mutter mit Gentry – wenn er noch lebt – bald vorüber sein wird. Sie wird mich heiraten. Ist das nicht so, meine Liebe?«

»Ich hasse dich!«, schrie Andy. »Ich hasse euch beide!«

»Andy!« Lacey wollte ihrem Sohn folgen, als er aus dem Zimmer rannte.

»Lass ihn gehen«, sagte Cramer und hielt sie am Arm fest. Sie hätte sich nicht aufhalten lassen, doch sie sagte sich, dass der Junge zu durcheinander war, um ihre Erklärung zu verstehen. Wenn er sich genügend abgekühlt hatte, um Vernunft anzunehmen, würde sie ihm erzählen, dass sie nicht vorhatte, Taylor Cramer zu heiraten.

Sam kam langsam zu Kräften. Yellow Bird war eine begnadete Heilerin, und er war dankbar für ihre gute Pflege. Dennoch hatte sich die Wunde entzündet, weil sie zu lange unbehandelt gewesen war, und er hatte Fieber bekommen. Er erinnerte sich nur bruchstückhaft an den Ablauf der Zeit bei den Indianern. Er erinnerte sich, dass ihm Yellow Bird Flüssigkeit eingeflößt, seine Wunde gesäubert und die Verbände erneuert hatte, und er wusste, dass er ihr das nie würde zurückzahlen können. Er hatte ihr sein Überleben zu verdanken.

Während seiner Krankheit beschäftigten sich Sam Gedanken im Fieber oftmals mit seinem Sohn. Und mit Andys Mutter, der Frau, die ihn nicht nur einmal, sondern zweimal verraten hatte. Offenbar war sie gleich nach seinem Verlassen der Ranch zum Sheriff gegangen. Hass wallte in ihm auf. Wie hatte er so leicht auf ihre Unschuldsbeteuerungen hereinfallen können? Dieser letzte Verrat hatte ihn in dem Glauben bestärkt, dass er vor sechs Jahren Recht gehabt hatte. Die Katze lässt das Mausen nicht.

Je mehr er darüber nachdachte, desto überzeugter wurde er, dass Lacey nicht die Art Mutter war, von der er seinen Sohn aufziehen lassen wollte. Das konnte er selbst besser tun. Ein Gedanke führte zum nächsten. Warum nicht? Warum sollte er Andy nicht mitnehmen? Er würde westwärts reiten, nach Kalifornien, wo kein Hahn danach krähte, ob Sam Gentry als Bandit gesucht wurde oder nicht. Er und Andy konnten an einem fremden Ort neu beginnen. Zuerst würde der Junge seine Mutter vermissen, aber Sam schwor sich, sein Bestes zu tun, um seinem Sohn ein glückliches Leben zu ermöglichen.

Drei Wochen nach seiner Ankunft im Indianerlager fühlte er sich wie neugeboren und war begierig darauf, sein Leben weiterzuführen. An diesem Abend offenbarte er Yellow Bird, die an der Feuerstelle im Tipi ihr Essen zubereitete, dass er weiterreiten würde.

Yellow Bird kauerte neben dem Feuer und rührte in einem Topf Wildbreteintopf. Als Sam ihr sagte, dass es für ihn an der Zeit war, aufzubrechen, legte sie den Holzlöffel beiseite und ließ sich neben seinem Lager nieder.

»Bist du hier nicht glücklich, Sam?«

»Ich bin dir und deinem Volk dankbar«, erwiderte er ausweichend, »aber ich gehöre nicht hierhin. Es gibt vieles, was du nicht über mich weißt.«

»Erzähl es mir. Lass mich verstehen, warum du mich verlassen musst. Wer sind die Feinde, die deinen Tod wünschen?« Ihre Stimme zitterte, und sie senkte den Blick. »Ich möchte deine Frau sein. Bis du gekommen bist, gab es keinen Mann, den ich mir als Mann gewünscht habe.«

Sam war wie betäubt. Er hatte keine Ahnung von Yellow Birds Gefühlen für ihn gehabt. »Ich bin verheiratet, Yellow Bird. Ich habe eine Frau und einen Sohn.«

»Ich weiß. La-cey und An-dy. Du hast von ihnen im Fieber fantasiert. Viele unserer Krieger haben mehr als eine Frau.«

»Weiße haben nur eine Frau. Es tut mir Leid, Yellow Bird. Du hast mir das Leben gerettet, und ich möchte dich nicht kränken. Doch ich schulde dir eine Erklärung, und du wirst sie bekommen. Ich wurde angeschossen, als ich versuchte, einem Aufgebot zu entkommen. Ich bin ein Bandit, eines Verbrechens beschuldigt, das ich nicht begangen habe.«

»Du bist unschuldig?«

»Ich bin kein Bandit. Offenbar glaubt mir meine Frau nicht. Sie lief geradenwegs zum Sheriff, und ich war gezwungen, zu flüchten und um mein Leben zu reiten. Ich wurde von einer Kugel getroffen, aber ich hatte Glück. Ich fand ein Versteck und blieb dort, bis das Aufgebot aufgab und zur Stadt zurückkehrte.«

»Deine Frau, diese La-cey, ist eine schlechte Person«, sagte Yellow Bird überzeugt. »Erzähl mir von deinem Sohn.«

Ein Lächeln breitete sich auf Sams Gesicht aus. »Andy ist ein wunderbarer Junge. Ich will ihn, Yellow Bird, und ich bin fest entschlossen, ihn seiner Mutter wegzunehmen.«

Yellow Bird legte ihm eine zitternde Hand auf die Brust. »Kannst du das tun?«

»Ich kann Andy mitnehmen, ohne dass seine Mutter es weiß, und genau das habe ich vor.«

»Du bist ein starker Mann, Sam«, sagte Yellow Bird, »und ich bin eine starke Frau. Wir werden gut zusammenpassen. Bring deinen Sohn zu mir. Wir werden ihn gemeinsam aufziehen.«

Sie lehnte sich gegen ihn, und ihre Hände streichelten über seine Brust. Sie knöpfte sein Hemd auf, bevor Sam erkannte, was sie vorhatte. Sie war so süß, dass er für einen Moment in Versuchung geriet. Es wäre gut, sich an eine andere Frau zu verlieren, an eine, die sich wirklich etwas aus ihm machte. Er wusste, dass es ein Genuss für ihn sein würde, Yellow Bird zu lieben, doch etwas hinderte ihn daran, ihr Angebot anzunehmen.

Sanft schob er ihre Hände weg. »Es tut mir Leid, Yellow Bird, aber ich kann dich nicht so nehmen. Ich bewundere dich sehr, und es wäre nicht richtig, dies auszunutzen.«

»Weiße Männer sind sonderbar«, sagte Yellow Bird. »Ich will mich dir schenken, ohne eine Gegenleistung dafür zu verlangen. Warum schlägst du das Angebot aus? Du bist der einzige Mann, dem ich so viel angeboten habe.«

»Genau das kann ich nicht annehmen. Du bist noch jungfräulich. Du verdienst einen Mann, der dir ein guter

Ehemann sein wird. Ich kann dir nicht geben, was du brauchst.«

Yellow Bird zog sich zurück und starrte ins Feuer. »Du bist ein dummer Mann, Sam. Ich kann dich glücklich machen. Bring deinen Sohn zu mir, und ich werde für ihn sorgen.«

Sam umfasste ihr Gesicht mit beiden Händen und küsste sie zärtlich auf die Lippen. »Du bist etwas ganz Besonderes, Yellow Bird. Eines Tages wirst du einen Mann kennen lernen, dem du dein Herz schenken kannst. Ich danke dir, weil du dich mir angeboten hast, aber ich muss zur Ranch zurückkehren und sehen, was während meiner Abwesenheit passiert ist.«

»Wird das nicht gefährlich für dich sein?«

»Ich kann nicht einfach hinreiten, aber ich habe einen Freund auf der Ranch, der mir erzählen wird, was los ist. Ich werde entscheiden, was ich mit Andy mache, nachdem ich mit dem Freund gesprochen habe.«

»Wirst du zu mir zurückkehren?«

»Vielleicht«, erwiderte Sam nachdenklich. »Dies ist vielleicht ein gutes Versteck für eine Weile, wenn das mit Andy glückt. Niemand würde uns in einem Indianerlager vermuten.«

»Ich werde auf dich warten, Sam«, sagte Yellow Bird. »Möge der Große Geist dir bei deiner Aufgabe helfen.«

An diesem Abend brach Sam zur B&G auf. Er ritt in der Nacht, schlief am Tag und erreichte die Ranch am folgenden Abend. Die Cowboys waren im Küchenbau beim Abendessen, als er in den Stall schlich, Galahad in eine Box führte, sich hinsetzte und darauf wartete, dass Rusty seine nächtliche Runde machte.

Er konnte es kaum erwarten, zu erfahren, was während seiner Abwesenheit geschehen war. Dann würde er sein Gewissen durchforschen, was das Beste für Andy war.

10

Die Schatten vertieften sich. Sam wurde besorgt. Er würde erst etwas unternehmen, wenn er mit Rusty gesprochen hatte. Rusty war der Einzige, dem er genügend vertraute, um ihm die Wahrheit zu erzählen. Was Lacey anbetraf, so redete er sich ein, dass er sie nicht sehen wollte, doch sein Körper reagierte anders. Allein bei dem Gedanken an sie prickelte es in seinen Lenden. Sex mit einer anderen Frau würde nie das Gleiche sein.

Sams Gedanken endeten abrupt, als er Lichtschein am Stalltor bemerkte. Rustys Gesicht tauchte im Lampenlicht auf und Sam trat als der Deckung einer leeren Box.

»Hallo, Rusty.«

Rusty erschrak. Die Lampe schwankte in seiner Hand. »Verdammt, Sam, du hast mich zu Tode erschreckt. Was, zum Teufel, treibst du hier? Bist du wohlauf?« Er musterte ihn besorgt.

»Mir geht's prima, Rusty.«

»Miss Lacey sagte, du bist erschossen worden. Jeder hält dich für tot.«

Sam presste die Lippen aufeinander. »Hält Lacey mich ebenfalls für tot?«

Rusty grinste. »Sie sagte, sie glaubt es erst, wenn sie deine Leiche sieht.«

»Ich bin verletzt worden. Zum Glück wurde ich von … Freunden gefunden. Es dauerte lange, bis meine Wunde heilte.«

»Freunde?«, fragte Rusty. »Welche Freunde?«

»Galahad brachte mich zu einem Indianerlager. Running Buffalo nahm mich auf, und seine Schwester pflegte mich gesund.«

»Warum bist du zurückgekommen? Hast du nicht genug Schwierigkeiten?«

»Du bist der Einzige, dem ich vertraue, Sam. Was ist inzwischen hier passiert? Wie geht es Andy?«

Rusty zuckte mit den Schultern. »Andy geht's gut genug, nehme ich an, aber ...«

»Aber was? Sag es mir, Rusty. Ist was mit Andy?«

»Ich weiß nicht, wie ich es dir sagen soll, Sam, am besten frei heraus. Miss Lacey hat Papiere für die Annullierung der Ehe unterschrieben, die Cramers Anwalt aufgesetzt hat. Noch ist nichts endgültig, aber ich nehme an, dass der Richter bald entscheidet.«

»Verdammt, verdammt, verdammt!«, fluchte Sam. Er wusste, dass für eine Scheidung seine Unterschrift notwendig war, aber bei einer Annullierung war er sich nicht so sicher. Offenbar wollte Lacey unbedingt aus dieser Ehe heraus.

»Was ist mit Andy? Wie denkt er darüber?«

Rustys Schultern sackten herab. »Der arme kleine Kerl. Gestern Abend riss er aus und versteckte sich hinter dem Stall, nachdem Cramer fortgeritten war. Er erzählte mir, Cramer und seine Mutter wollten ihn wegschicken. Miss Lacey fand ihn schlafend im Stall. Heute weigerte er sich, ihr auch nur zuzuhören. Jedes Mal, wenn sie mit ihm zu reden versuchte, lief er weg. Ich nehme an, Miss Lacey hat sich entschieden, ihn eine Weile in Ruhe zu lassen, damit er sich abkühlt, bevor sie ihm ihre Pläne erklärt, welche auch immer das sein mögen.«

»Ich sage dir, wie es sich abspielen wird«, meinte Sam bitter. »Lacey opfert das Glück ihres Sohnes für die dürftige finanzielle Sicherheit, die Cramer ihr bietet. Cramer will etwas, das steht fest, aber es ist nicht Lacey.«

»Andy weiß, dass Cramer ihn nicht ausstehen kann, aber ich will nicht glauben, dass Miss Lacey ihren Sohn wegschicken würde, um Cramer zu gefallen. Sie liebt Andy. Bis zu deinem Auftauchen war Andy nach Hobs Tod alles, was sie hatte. Andy bedeutet ihr alles.«

»Das stimmt offenbar nicht mehr«, sagte Sam trocken.

»Ich weiß, es geht mich nichts an, Sam, aber ich finde, du und Miss Lacey, ihr gehört zusammen.«

Sam schnaubte abfällig. »Da irrst du dich, Rusty, ich hatte guten Grund, Lacey vor sechs Jahren zu verlassen, und das weißt du. Ich hatte sie nie wiedersehen wollen, nachdem ich den Yankees entkommen war. Vielleicht hätte ich anders gedacht, wenn ich gewusst hätte, dass ich einen Sohn habe.«

»Vielleicht hast du Miss Lacey falsch beurteilt. Vielleicht hat es sich genau so abgespielt wie sie gesagt hat.«

»Ich hatte schon angefangen, ebenfalls so zu denken. Dann habe ich den Fehler begangen, ihr zu erzählen, dass ich wegen Bankraubs gesucht werde. Du warst außer Lacey der Einzige, der davon wusste. Sie sah eine Möglichkeit, mich loszuwerden, und nutzte sie.«

»Wenn du das meinst, warum bist du dann zurückgekommen? Es ist hier für dich gefährlich. Cramer schnüffelt noch bei Miss Lacey herum. Ich weiß nie, wann er hier auftaucht.«

»Ich bleibe nicht lange, Rusty. Ich bin zurückgekommen, um Andy zu sehen. Vorher kann ich nicht wegreiten. Wirst du mir helfen?«

»Vielleicht, vielleicht auch nicht«, sagte Rusty ausweichend. »Andy hat sich einsam gefühlt. Nach dem Abendessen habe ich mit ihm oft auf der hinteren Veranda gesessen, um ihn in seiner Einsamkeit zu trösten. Ich nehme an, er wird heute Abend herkommen wie gestern. Es macht mir regelrecht Spaß, Andy ein mitfühlendes Ohr zu schenken.«

»Ist er jetzt im Haus?«

»Ich weiß es nicht. Ich war auf dem Weg dorthin, als ich beschloss, mich erst im Stall umzusehen wie jeden Abend um diese Zeit.«

Sam ging zum Stalltor und spähte hinaus. Das Ranchhaus lag im Schein des Vollmondes. Er konnte deutlich die hintere Veranda und den verlorenen kleinen Jungen sehen, der auf der Treppe hockte.

»Andy ist jetzt dort, wartet auf dich«, sagte Sam.

»Was soll ich tun?«

»Bring ihn zum Stall und lass uns dann allein. Ich möchte dich nicht in das hier verwickeln.«

Rusty kniff die Augen zusammen. »In was? Was hast du vor, Sam?«

»Im Augenblick nichts. Ich will nur mit Andy reden. Der Junge muss wissen, dass ich am Leben bin und ihn liebe.«

»Ja, ein Junge muss wissen, dass sein Pa ihn liebt. Ich werde dir Andy bringen, aber wenn du ihn zu lange bei dir behältst, wird seine Mutter nach ihm suchen.«

»Danke, Rusty. Das werde ich dir nicht vergessen.«

Rusty schlurfte davon. Sam beobachtete vom Stalltor aus, wie er mit Andy sprach. Er zog sich zurück in die Dunkelheit, als Andy zum Stall blickte. Dann erhob sich Andy gehorsam und folgte Rusty. »Warum gehen wir hierhin?«, hörte Sam Andy fragen, als er mit Rusty den Stall betrat.

»Da ist jemand, der dich sehen möchte«, antwortete Rusty.

»Wer?«

Sam trat aus dem Dunkel hervor. »Ich, Sohn. Rusty hat dich zu mir gebracht.«

Andys Gesicht spiegelte Freude wider. »Papa! Du bist zurückgekommen!«

Er rannte los und warf sich in Sams ausgebreitete Arme. »Ich konnte nicht fortreiten, ohne dich ein letztes Mal zu sehen.«

»Ich lasse euch beide allein«, sagte Rusty und ging zum Tor. »Halte Andy nicht zu lange bei dir.«

»Musst du wieder fort, Papa?«, fragte Andy, als sie allein waren.

»Ich möchte es nicht, Sohn, aber es muss sein. Du sollst nur wissen, dass ich diese Bank nicht überfallen habe. Ich bin kein Bandit.«

»Das habe ich auch nie geglaubt. Es ist alles die Schuld vom fiesen alten Cramer. Mama wird ihn heiraten und mich aufs Internat schicken. Ich will Mama nicht verlassen, aber sie liebt mich nicht mehr.« Plötzlich begann er zu heulen. »Nimm mich mit, Papa«, schluchzte er. »Wenn du mich liebst, würdest du mich mitnehmen.«

Sam war es schwer ums Herz. Wie konnte Lacey ihrem Sohn das antun? Sie verdiente kein Kind wie Andy.

»Bitte, Papa, lass mich nicht hier. Nimm mich mit.«

»Bist du sicher, dass du das willst, Andy? Du würdest vielleicht deine Mutter lange Zeit nicht wiedersehen.« Vermutlich niemals, dachte er, aber das sagte er nicht.

»Mama wird das nichts ausmachen. Sie liebt mich nicht mehr. Sie wird Babys mit Mr. Cramer machen.«

Sam schluckte. »Hat sie das gesagt?«

»Nein, aber ich hörte, wie der fiese Cramer sagte, sie braucht mich nicht, weil sie seine Söhne verwöhnen kann.«

»Ich brauche dich, Sohn. Ich werde dich immer brauchen. Wenn ich dich mitnehme, müssen wir jetzt gleich aufbrechen. Du kannst nichts mitnehmen.«

»Kann ich Mama nicht auf Wiedersehen sagen?«

»Nein. Es tut mir Leid. Aber wenn du irgendwelche Zweifel hast, sag es mir. Weißt du, ich war fest entschlossen, dich heute mitzunehmen – deshalb bin ich zurückgekehrt. Aber ich bezweifle, dass ich dich tatsächlich mitgenommen hätte, wenn du es nicht möchtest.«

Tränen kullerten über Andys Wangen. »Mama will mich nicht mehr. Genau wie der fiese alte Cramer.« Seine Schultern strafften sich. »Ich bin bereit, Papa. Ich möchte mitkommen. Vielleicht können wir eines Tages zurückkehren und Mama besuchen.«

Sam bezweifelte das, aber das hätte er Andy gegenüber niemals zugegeben. »Wir werden sehen, Sohn, wir werden sehen. Galahad ist noch in der Box. Holen wir ihn.«

Sam nahm Andys kleine Hand und führte ihn zu der Box. Dann hob er den Jungen in den Sattel und führte Galahad aus dem Stall. Er saß hinter Andy auf und trieb das Pferd mit den Hacken an. Bald darauf verschwanden sie in der Nacht.

»Wohin reiten wir, Papa?«

»Später nach Kalifornien. Aber im Augenblick bringe ich dich zu einigen Freunden von mir. Ich glaube, du wirst sie mögen. Hast du jemals Indianer kennen gelernt?«

Andys Augen wurden groß. »Indianer! Werden sie mich skalpieren?«

»Diese Indianer sind friedlich und freundlich; sie werden dir kein Haar krümmen. Sie haben mir das Leben gerettet. Du wirst dort willkommen sein.«

Sams Antwort schien Andy zufrieden zu stellen, denn er kuschelte sich an Sam und schlief kurz darauf ein.

Es war längst Andys Schlafenszeit, und Lacey begann sich Sorgen zu machen, als er noch nicht ins Haus zurückkehrte. Es passte nicht zu Rusty, den Jungen so spät noch bei sich zu behalten. Weil Rusty so etwas wie ein Vaterersatz für ihn war, hatte sie Andy erlaubt, über seine Schlafenszeit hinaus aufzubleiben, solange er bei Rusty war. An diesem Abend wollte sie Andy erzählen, dass sie nicht vorhatte, Taylor zu heiraten. Ebenso wenig würde sie Andy auf ein Internat schicken. Irgendwie würde sie ihrem Sohn klar machen, dass sie ein Spiel mit Taylor trieb, um wichtige Informationen zu bekommen.

Lacey öffnete die Hintertür. Die Veranda war verlassen. Sie war nicht wirklich beunruhigt, weil Andy und Rusty manchmal abends zum Stall gingen. Sie nahm einen Pullover vom Haken neben der Tür, zog ihn an und trat in die Kälte hinaus, froh darüber, dass sie Andy eine Jacke hatte anziehen lassen, bevor er nach draußen gegangen war. Sie schritt zum Stall und lächelte, als sie das Licht darin bemerkte. Zweifellos hockten Rusty und Andy auf einem Heuballen und versuchten, die Probleme der Welt zu lösen.

Der Stall war jedoch leer bis auf die Tiere. Eine Spur von Panik erfasste Lacey, doch sie verdrängte sie. Welchen Grund zur Sorge sollte sie haben? Andy war mit Rusty zusammen. Rusty würde aufpassen, dass ihrem Sohn nichts passierte.

Sie nahm die Lampe und machte eine schnelle Runde zum Korral, bevor sie zum Stall zurückkehrte und jede Box absuchte, für den Fall, dass sich Andy entschieden hatte, im Heu zu schlafen. Jede Box war leer. Jetzt geriet Lacey tatsächlich in Panik. Sie blickte zum Mannschaftsquartier und bemerkte, dass es dunkel war. Hatte Rusty Andy erlaubt, bei den Cowboys zu schlafen, ohne ihr das zu sagen? Es passte so gar nicht zu Rusty, aber eine Alternative war undenkbar.

Lacey ging zum Mannschaftsquartier und hämmerte entschlossen an die Tür. Sie hörte drinnen jemand heranschlurfen. Dann wurde die Tür geöffnet. Rusty tauchte in der Öffnung auf, die Brust nackt, die Hose offen. Als er Lacey sah, knöpfte er sie hastig zu.

»Miss Lacey? Ist was passiert?«

»Ich hoffe, nicht«, erwiderte Lacey. »Schicken Sie Andy bitte heraus? Ich bin enttäuscht von Ihnen, Rusty. Es passt gar nicht zu Ihnen, Andy bei sich zu behalten, ohne mich zu informieren. Ich habe mir Sorgen gemacht.«

Rusty wurde blass. »Ist Andy nicht in seinem Bett?«

Lacey stockte der Atem. »Er ist nicht bei Ihnen?«

Rusty schluckte nervös. »Nein, Ma'am.«

Laceys Beine drohten nachzugeben, und sie musste sich am Türrahmen festklammern. »Wo könnte er sein? Haben Sie ihn heute Abend überhaupt nicht gesehen?«

»Ich habe ihn nach dem Abendessen auf der Veranda gesehen.«

»Und dann?« Spannung baute sich in Lacey auf. Musste sie ihm denn alles aus der Nase ziehen?

»Ich dachte, es könnte nichts schaden, Miss Lacey«, sagte Rusty. »Er wollte nur seinen Sohn sehen. Ich hätte nie gedacht, dass er …«

»Rusty, bitte sagen Sie mir, was geschehen ist. Gewiss meinen Sie nicht, dass Sam …« Sie unterbrach sich, als ihr die Bedeutung seiner Worte ganz klar wurde. »Sam lebt?«

»Er lebt, Miss Lacey. Ich traf ihn vorhin im Stall. Er wurde von dem Aufgebot angeschossen und versteckte sich, bis er sich von seiner Verletzung erholt hatte. Er sagte, er wollte Andy sehen, bevor er wegritt, und ich stimmte zu, ihm den Jungen zu bringen, aber ich ermahnte ihn, Andy nicht zu lange bei sich zu behalten. Ich wusste, dass Sie sich Sorgen machen und nach ihm suchen würden.«

Laceys Stimme hob sich mit einer Spur von Panik. »Warum haben Sie Andy nicht zum Haus zurückgebracht, nachdem Sam ihn gesehen hatte? Was haben Sie sich dabei gedacht?«

Rusty wirkte beschämt. »Sam bat mich, ihn mit seinem Sohn allein sprechen zu lassen, und ich sah nichts Schlimmes dabei.« Er schluckte. »Ich kann nicht glauben, das Sam Andy mitgenommen hat. Glauben Sie das?«

Lacey wusste, dass Sam alles wagen würde, sogar Andy mitzunehmen, wenn er annahm, sie würde Taylor heiraten. Er hatte mehrmals damit gedroht. »Haben Sie Sam erzählt, dass Taylor Cramer und ich planen, zu heiraten?«

»Er hat mich danach gefragt, und ich habe ihm die Wahrheit gesagt.«

Lacey stöhnte innerlich auf. Niemand kannte die Wahrheit außer ihr. Und jetzt hatte Sam ihren Sohn.

»Es tut mir Leid, Miss Lacey. Ich hätte nie angenommen, dass Sam den Jungen mitnimmt. Ich mag Sam, aber er hatte kein Recht, Andy seiner Mutter wegzunehmen.«

»Haben Sie eine Ahnung, wohin er Andy gebracht haben könnte? Er kann keinen großen Vorsprung haben.«

»Ich weiß es wirklich nicht«, sagte Sam betrübt. »Ich vermute, dass Sam nach Westen reitet, vielleicht nach Kalifornien, um der Anklage wegen Bankraub zu entgehen.«

»Wecken Sie die Cowboys!«, befahl Lacey. »Ich will, dass Sam sofort gefunden wird.« Sie presste kurz die Lippen aufeinander. »Er kann Andy nicht haben. Er gehört mir.«

»Das wird zu nichts führen«, gab Rusty zu bedenken. »Wir können im Dunkeln keine Fährte verfolgen. Warten Sie bis zum Morgen. Ich werde die Jungs beim ersten Tageslicht hellwach und bereit haben.«

»Jetzt, Rusty. Wir haben Vollmond. Wenn wir bis morgen warten, verschaffen wir Sam den Vorsprung, den er zum Entkommen braucht.«

Ohne auf Rustys Antwort zu warten, machte Lacey auf dem Absatz kehrt und schritt davon. Sie kehrte zum Stall zurück und sattelte ihr Pferd. Binnen weniger Minuten fanden sich die verschlafenen Cowboys im Stall ein, um ihre Pferde zu satteln. In weniger als einer halben Stunde hatte sich jeder verfügbare Mann der B&G auf dem Hof versammelt und wartete auf Anweisungen. Lacey sprach zu ihnen, bevor sie die Männer losschickte.

»Sam Gentry hat Andy mitgenommen. Ich weiß nicht, wohin er reitet, aber er hat keinen großen Vorsprung. Schwärmt aus und versucht, eine Fährte aufzunehmen.«

»Sollten wir nicht besser auf das Tageslicht warten, Ma'am?«, fragte Barney. »Im Dunkeln ist es sehr schwer, Spuren zu finden.«

Hysterie stieg in Lacey auf. »Wir können nicht warten. Ich will Andy nicht verlieren.« Sie trieb ihr Pferd an und galoppierte los. Die Cowboys folgten ihr widerwillig.

»Verdammt, Sam Gentry!«, rief Lacey in den Wind. »Zum Teufel mit dir!«

Als er durch die Nacht ritt, kamen Sam Bedenken. Nicht, weil er Andy mitgenommen hatte, das bereute er nicht. Aber er bedauerte den Schmerz, den Lacey erleiden würde, wenn sie Andys Verschwinden bemerkte. Er hatte sich einzureden versucht, dass sie es verdient hatte. Eine Frau, die ihren eigenen Sohn wegschickte, verdiente kein Mitleid. Hartherziges Miststück! Sein Sohn würde keinem Dreckskerl wie Cramer ausgeliefert werden.

Sam ritt in stetigem Tempo durch die Nacht, während Andy an seiner Brust schlief. Er hielt kurz an, um Galahad aus dem Bach saufen zu lassen, gönnte sich jedoch selbst keine Rast. Er wusste, dass Lacey in dem Moment, in dem sie Andys Verschwinden bemerkte, Männer auf seine Fährte hetzen würde. Rusty würde ihr von seinem Besuch erzählen, und sie würde zwei und zwei zusammenzählen und die richtige Antwort finden. Vielleicht würde sie sogar das Gesetz alarmieren. Das war einer der Gründe, weshalb

Sam in Running Buffalos Lager zurückkehrte. Es war nicht nur schwierig zu finden, es würde auch niemand daran denken, ihn und Andy dort zu suchen.

Andy regte sich und wachte auf, als gerade die Sonne aufgegangen war.

»Ich habe Hunger, Papa«, sagte er und zappelte in Sams Armen.

»Wir werden bald in Running Buffalos Lager sein«, sagte Sam. »Sicherlich wird Yellow Bird etwas zu essen für uns haben. Möchtest du, dass wir rasten, damit du dir die Beine vertreten kannst? Wir dürfen allerdings nicht zu viel Zeit verlieren. Es sieht nach Regen aus, und ich möchte im Lager sein, bevor wir durchnässt sind.«

Andy nickte. »Ich muss mal ... du weißt schon.«

Sam zügelte das Pferd und ließ Andy auf den Boden hinab. »Nur zu, mein Sohn.«

Andy kehrte ein paar Minuten später zurück, und Sam hob ihn in den Sattel. »Ich hoffe, Yellow Bird kann gut kochen«, sagte Andy und rieb sich über den Bauch. Dann runzelte er die Stirn. »Wer ist das eigentlich?«

»Yellow Bird ist die Frau, die mir das Leben gerettet hat. Sie gilt bei ihrem Volk als Heilerin. Du wirst sie mögen.«

Andy blieb nachdenklich ... Plötzlich fragte er: »Meinst du, dass Mama weint?«

»Vielleicht«, räumte Sam ein. »Bereust du, dass du mitgekommen bist?«

»Mama wollte mich fortschicken und den fiesen alten Cramer heiraten. Ich bin lieber bei dir.«

Sam drückte Andy kurz an sich. »Ich hätte niemanden lieber bei mir, Sohn.«

Am späten Vormittag trafen sie im Indianerlager ein. Tief hängende Wolken trieben über den Himmel, und der Geruch von Regen hing in der Luft. Running Buffalo kam herüber, um Sam zu begrüßen, als er absaß und Andy vom Pferd hob.

»Du bist wieder willkommen, Sam Gentry«, sagte Running Buffalo. »Yellow Bird hat dich vermisst. Wen bringst du uns da?«

Sam schob Andy vor sich. Stolz erfüllte ihn. »Dies ist Andy, mein Sohn. Andy, sag Häuptling Running Buffalo guten Tag.«

»Tag«, sagte Andy scheu.

Er schien vor dem Krieger mit nacktem Oberkörper Angst zu haben, und Sam wollte sie ihm nehmen. »Running Buffalos Stamm ist freundlich zu Weißen. Du wirst ihn mögen. Er hat einen Sohn in deinem Alter, mit dem du spielen kannst.«

Andy wirkte nur wenig beruhigt, doch er setzte eine tapfere Miene auf, als er Running Buffalo die Hand hinstreckte. Der Häuptling grinste und schüttelte feierlich Andys kleine Hand.

»Mein Sohn heißt Sitting Bear. Er wird dein Freund sein. Aber eines nach dem anderen. Du musst hungrig sein. Ich werde Yellow Bird rufen.«

»Ich bin hier.« Yellow Bird bahnte sich einen Weg durch die Menge, die sich um sie versammelt hatte. Sie blieb vor Sam stehen und blickte auf Andy hinab. »Du kommst ganz auf deinen Vater.«

Andy lächelte. »Papa sagte, du hast ihm das Leben gerettet.«

»An-dy«, sagte Yellow Bird leise. »Willkommen. Bist du hungrig?«

Andy nickte heftig. »Seit gestern Abend habe ich nichts mehr gegessen.«

Sie hielt ihm die Hand hin. »Komm mit, ich mache dich satt.« Sie blickte zu Sam. »Bring deinen Vater mit.«

Andy legte seine Hand in die Yellow Birds und folgte ihr zu ihrem Tipi. »Kommst du, Papa?«, rief er über seine Schulter.

»Na klar, Sohn. Ich bin so hungrig wie du.«

Sam glaubte in Yellow Birds Lächeln eine Verheißung zu sehen, dass er mehr als Essen bekommen würde, sollte er es wünschen, und nachdem, was er gestern Abend auf der B&G erfahren hatte, würde er dumm sein, wenn er sie zurückwies. Lacey hatte ihn verraten, die Gefühle ihres Sohnes missachtet und sich einem Mann zugewandt, der Andy nicht leiden konnte. Mit Yellow Bird sein Lager zu teilen, war verlockend ... wenn er Lacey vergessen konnte.

Sie hatten soeben Yellow Birds Tipi betreten, als der Himmel seine Schleusen öffnete und es in Strömen zu regnen begann.

Der Regen setzte der Suche ein schnelles Ende. Lacey und die Cowboys ritten zur Ranch zurück. Der Regen, der gegen Mittag begann, zerstörte alle Hoffnung, Sam zu finden. Laceys Stimmung war auf dem Nullpunkt, als die Cowboys zum Mannschaftsquartier ritten, um trockene Sachen anzuziehen und dann zum Küchenbau gingen, um die erste Mahlzeit nach dem gestrigen Abendessen einzunehmen.

Durchnässt bis auf die Haut, betrat Lacey das Haus durch die Küchentür. Rita empfing sie mitfühlend.

»Ziehen Sie die nassen Sachen aus, Señora, sonst holen Sie sich noch den Tod. Ich habe Wasser erhitzt. Ich werde den Zuber füllen, damit Sie die Kälte aus den Knochen vertreiben können.«

»Danke, Rita«, erwiderte Lacey verzagt. »Ich nehme an, Sam hat keine Nachricht zur Ranch geschickt, während wir nach ihm gesucht haben?«

»Nein, Señora. Ich habe nichts gehört. Señor Sam wird dem Jungen nichts antun; er liebt ihn.«

»Ich weiß, Rita«, sagte Lacey erschöpft. »Das entschuldigt nicht, was er getan hat. Sobald der Regen nachlässt, werden wir wieder rausreiten und ihn suchen.« Sie schluchzte. »Ich hoffe, er denkt daran, Andy trocken und warm zu halten.« Sie ging die Treppe hinauf, einem Zusammenbruch nahe.

Taylor Cramer verließ gerade den Barbierladen in Denison, als er auf Sheriff Hale stieß.

»Genau Sie wollte ich sehen«, sagte Hale statt einer Begrüßung. »Ich erhielt gestern eine Nachricht, die Sie bestimmt interessant finden werden.«

»Wenn es Ihnen nichts ausmacht, Sheriff, können wir ein anderes Mal darüber sprechen? Ich bin ein wenig in Eile und auf dem Weg zur B&G, um meine Verlobte zu besuchen.«

»Verlobte? Reden Sie von Mrs. Gentry?«

»Bald ist sie die Ex-Mrs. Gentry«, kündigte Cramer triumphierend an. »Wir werden heiraten, sobald ihre Ehe annulliert ist.«

»Meine Nachrichten sind für Sie beide bestimmt«, sagte Hale. »Ich erhielt gestern ein Telegramm von Sheriff Diller in Dodge City. Die Lage mit den Gentry-Brüdern hat sich verändert, seit ich das letzte Mal Kontakt mit ihm hatte. Alle drei Gentry-Brüder sind entlastet. Sie werden nicht mehr wegen Bankraubs gesucht. Die Anklagen sind fallen gelassen worden, und sie sind rehabilitiert.«

Cramer fühlte sich, als sei soeben die Welt eingestürzt. Dies konnte katastrophal für seine Pläne sein, die Kontrolle über Laceys Land zu gewinnen. Wenn Lacey erfuhr, dass ihr Mann nicht vom Gesetz gesucht wurde, würde sie ihre Ehe mit Gentry vielleicht nicht mehr annullieren lassen.

»Ich wollte zur Ranch rausreiten und es Mrs. Gentry persönlich sagen«, fuhr Hale fort, »aber wenn Sie ohnehin dorthin wollen, können Sie mir den Ausflug ersparen.«

»Ich werde Lacey die Nachricht überbringen, Sheriff«, log Cramer. »Obwohl ich bezweifle, dass sie Lacey besonders interessieren wird. Ihr ist es ziemlich egal, was mit den Gentrys geschieht.«

»Dennoch hat sie ein Recht, zu erfahren, dass ihr Mann, sollte er noch leben, unbescholten und frei ist.«

»Klar, Sheriff. Und jetzt entschuldigen Sie mich bitte, ich muss reiten.«

Auf dem ganzen Weg zur Ranch kochte Cramer vor ohnmächtigem Zorn. Der kalte Regen trug nicht dazu bei, seine Stimmung zu bessern. Als er auf den Hof der B&G ritt, wusste er genau, was er tun würde. Oder genauer gesagt, was er nicht tun würde. Auf keinen Fall würde er Lacey sagen, dass Sam Gentry kein Bandit war. Er würde sie in dem Glauben lassen, dass er vom Gesetz gesucht wurde, bis er den Ehering am Finger und die Heiratsurkunde in der Tasche haben würde.

Lacey fand ein paar Stunden Schlaf, bevor Rita, die Anweisungen hatte, sie zu wecken, wenn der Regen nachließ, sie wachrüttelte.

»Der Regen hat aufgehört, Señora. Aber Sie müssen zuerst etwas essen. Sie können nicht mit leerem Magen losreiten.«

Lacey nickte benommen. »Sie haben Recht wie üblich, Rita. Ich komme sofort runter. Mach mir etwas zurecht, das ich in den Satteltaschen mitnehmen und später essen kann. Wer weiß, wann ich zurückkehren werde.«

Lacey war gar nicht klar gewesen, wie hungrig sie war, bis sie die heiße Suppe, ein dickes Sandwich mit Rindfleisch und ein Stück Apfelkuchen gegessen hatte. Als sie fertig war, fühlte sie sich bereit, es mit allem aufzunehmen, selbst mit dem Mann, der ihr den Sohn genommen hatte.

Sie schritt zur Tür, als Cramer auf den Hof ritt, und wartete auf der Veranda darauf, dass er absaß. Sie war ungeduldig wegen der Verzögerung, doch sie nahm an, dass sie sich nicht vermeiden ließ.

Cramer musste ihr an der beunruhigten Miene angesehen haben, dass etwas nicht in Ordnung war. »Lacey, was ist los? Ist etwas passiert?«

»Andy ist fort«, erwiderte Lacey mit einem unterdrückten Schluchzen. »Er verschwand gestern Nacht. Ich bin so besorgt.«

»Fort? Wohin würde er denn gehen?«

»Sam hat ihn geholt«, platzte Lacey heraus. »Er hat gedroht, mir Andy wegzunehmen, wenn ich dich heirate, aber ich habe ihm nicht geglaubt.«

»Gentry lebt?«

»Er lebt, und es geht ihm gut genug, um zur Ranch zu reiten und meinen Sohn zu entführen.«

Cramer fand, dass dies eine furchtbare Nachricht war – nicht wegen Andy. Er hatte gehofft, Gentry wäre seiner Verletzung erlegen. Dann kam ihn ein Gedanke, und er lächelte innerlich, während er nach außen hin Mitleid mit Lacey heuchelte. Da bot sich ihm eine Möglichkeit, sich bei Lacey einzuschmeicheln. Wenn er Andy zu ihr zurückbrachte, würde sie sich in seiner Schuld fühlen.

»Ich schließe mich dem Suchtrupp an«, sagte Cramer. »Ich bin ein ziemlich guter Spurenleser.«

»Der Regen in der Nacht hat Sams Spuren ausgelöscht. Wir haben nicht viele Anhaltspunkte.«

»Hat jemand Gentry gestern Nacht gesehen oder mit ihm gesprochen?«

»Nur Rusty.« Lacey hielt es für das Beste, Taylor nicht zu erzählen, das Rusty Andy und Sam allein gelassen hatte.«

»Ich rede mal mit ihm. Geh und sattle dein Pferd. Wir werden aufbrechen, wenn ich zurückkehre.«

Cramer fand Rusty beim Korral, der Arbeit an zwei der Cowboys verteilte, die zurückblieben. »Kann ich kurz mit Ihnen sprechen, Ramsey?«

Rusty blickte Cramer mürrisch an. »Was machen Sie hier?«

»Ich kam her, um Lacey zu besuchen, und das war gut so. Ich übernehme von jetzt an das Kommando. Ich hörte, Sie haben gestern Nacht mit Gentry gesprochen.«

»Ja, wir haben uns unterhalten.«

»Ließ irgendetwas darauf schließen, dass er vorhatte, Andy zu kidnappen?«

Rusty schüttelte den Kopf. »Nein, davon hat er kein Wort gesagt.«

»Hat er Ihnen erzählt, wo er sich in den vergangenen Wochen versteckt hat?«

Rusty sah ihn rebellisch an. »Er war verletzt. Er brauchte ein paar Wochen zur Genesung.«

Cramer schnaubte ärgerlich. »Reden wir nicht um den heißen Brei herum. Hat Gentry gesagt, wo er hingeritten ist? Hat er Freunde in der Gegend, die ihn bei sich aufnehmen würden?«

»Keine Freunde, soweit ich weiß, nur ...«

Cramer fiel sofort Rustys Zögern auf. »Nur, was? Gentry hat Freunde in der Gegend, nicht wahr? Könnte er den Jungen dorthin gebracht haben?«

Aus welchen Gründen auch immer, Rusty wurde störrisch. »Ich habe Ihnen gesagt, dass Sam niemanden in Texas hat, auf den er zählen kann. Er hat nur Lacey und Andy.«

»Sie lügen, Ramsey. Rücken Sie endlich mit der Wahrheit heraus!«

»Mit welcher Wahrheit?«, fragte Lacey, die sich zu ihnen gesellte. Sie blickte von Rusty zu Cramer. »Ich bin es leid, zu warten. Was hat dies alles zu bedeuten?«

»Ich versuche, aus deinem Vorarbeiter die Wahrheit herauszubekommen«, stieß Cramer hervor. »Er weiß, wohin Gentry Andy gebracht hat, aber er will es nicht sagen.«

Lacey blickte Rusty an. »Stimmt das, Rusty? Gibt es etwas, das Sie mir verschwiegen haben?«

»Ich habe Ihnen alles gesagt, Miss Lacey. Dann erinnerte ich mich an das Gespräch, das ich mit Sam hatte. Er erwähnte etwas von Indianern. Ich wollte es Ihnen sagen, hatte jedoch noch keine Gelegenheit. Ich nahm an, es geht Mr. Cramer nichts an.«

»Sie werden als Erster gefeuert, Ramsey, wenn Lacey und ich verheiratet sind!«, zischte Cramer. »Sagen Sie Lacey, was Sie wissen, oder ich werde es aus Ihnen herausprügeln!«

»Taylor, bitte«, griff Lacey ein. »Lass Rusty in Frieden. Er steht loyal zu mir.« Sie schenkte Rusty ein aufmunterndes Lächeln. »Haben Sie eine Ahnung, wohin Sam Andy gebracht haben könnte?«

»Ich würde Sie nicht belügen, Miss Lacey. Ich weiß es nicht. Sam erwähnte ein Indianerlager, aber ich kann nicht beschwören, dass Sie ihn dort finden werden. Er sagte, ein indianischer Heiler rettete ihm das Leben, das ist alles, was ich weiß.«

Cramer wollte sich auf ihn stürzen. »Lügner!«

Lacey schob sich zwischen Cramer und Rusty. »Rusty würde mich nicht anlügen, Taylor. Wir vergeuden Zeit. Wir schwärmen aus und suchen in allen Richtungen. Je eher wir das Indianerlager finden, desto eher werde ich Andy zurückbekommen.«

Die Suche begann. Es vergingen ein Tag, drei Tage, eine Woche. Lacey waren die Strapazen anzusehen, und die Cowboys wurden mürrisch und gereizt. Nach zwei Wochen gelangte Lacey zu dem traurigen Schluss, dass sie die Suche beenden und die Cowboys wieder das tun lassen musste, wofür sie bezahlt wurden.

Cramer jedoch weigerte sich – aus nur ihm bekannten Gründen – aufzugeben.

»Dies laugt dich aus, Lacey«, sagte er an dem Tag, an dem Lacey die Cowboys wieder an ihre Arbeit schickte. »Ich bin genauso scharf darauf, Gentry zu fassen, wie du. Weißt du was? Ich werde die Suche auf eigene Faust fortsetzen. Ein Indianerlager kann nicht so schwierig zu finden sein.«

»Ich will nicht, dass Andy etwas passiert«, warnte Lacey.

»Vertraue mir«, sagte Cramer. »Wenn Andy zurück ist, wo er hingehört und Gentry des Kidnappings angeklagt wird, wirst du erkennen, wie sehr ich dich liebe.«

Lacey starrte Cramer an. Hatte sie ihn falsch eingeschätzt, ihm Unrecht getan? Die Zeit würde es zeigen. »Bring mir nur Andy zurück, Taylor. Dann werden wir weitersehen.«

»Das werden wir in der Tat, meine Liebe, das werden wir.«

Nachdem Cramer fort war, schleppte sich Lacey erschöpft ins Bett. Sie war so wütend auf Sam, dass sie ihn am liebsten erwürgt hätte. Wie konnte er ihr das antun? Er wusste, wie viel ihr Andy bedeutete. Hatte er kein Herz, kein Erbarmen?

»Zum Teufel mit dir, Sam Gentry!«

11

Mehrere Tage vergingen, bis Taylor Cramer sich bei Lacey auf der B&G zurückmeldete. Er hatte ebenso wenig Glück gehabt wie ihre Cowboys und das Indianerlager nicht gefunden, doch er weigerte sich, aufzugeben.

»Wenn ich erst das Lager gefunden habe, werde ich Tramps und arbeitslose Cowboys anheuern, mit denen ich dorthin zurückkehre, um Andy zu retten«, informierte er sie. »In dieser Gegend gibt es genügend Männer, die begierig darauf sind, Indianer zum Übungsschießen zu benutzen.«

Lacey interessierte es nicht, wen er anheuerte, solange sie Andy zurückbekam, aber sie wollte kein Blutbad. »Ich will Andy haben, aber nicht auf Kosten unschuldiger Indianer. Bitte kein Blutvergießen.«

»Selbstverständlich nicht. Du weißt, dass ich es nicht so gemeint habe, wie es geklungen hat.«

Lacey war sich da nicht so sicher.

Sam war Yellow Bird dankbar, weil sie Andy herzlich aufgenommen hatte und für ihn sorgte. Sitting Bear und Andy kamen auf Anhieb glänzend miteinander aus, und Running Buffalo hatte Andy eingeladen, das Schlaflager mit Sitting Bear zu teilen. Sam hätte das nichts ausgemacht, doch dadurch war er des Nachts mit Yellow Bird allein. Er wollte um ein anderes Quartier bitten, erkannte jedoch, dass alle

Tipis besetzt waren. Wenn Yellow Bird ihn einlud, mit ihr das Lager zu teilen, ging er nach draußen, um unter den Sternen zu schlafen, doch das war nicht immer machbar. Regen und kaltes Wetter trieben ihn oftmals wieder ins Tipi zurück.

Sams Tage verliefen angenehm. Er schloss sich den Männern bei Jagdausflügen an und hielt sich fit mit Scheinkämpfen, doch die Nächte wurden zunehmend unbehaglicher für ihn. Yellow Bird dachte an nichts anderes, als ihren Körper zu entblößen und nackt unter ihre Decke zu schlüpfen. Er wusste nicht, was ihn davon abhielt, ihren schönen Körper als Geschenk anzunehmen, es sei denn das Wissen, dass es nicht Lacey war. Ganz gleich, wie oft Lacey ihn verraten hatte, er begehrte sie immer noch.

Es freute Sam, dass Andy sich anscheinend an die Trennung von seiner Mutter gewöhnte. In der ersten Woche hatte der Junge fast jeden Tag nach Lacey gefragt. Seine Unterlippe hatte gezittert, wenn Sam ihn gefragt hatte, ob er zurückkehren wollte, doch er hatte es stets verneint.

Schließlich hielt Sam es für das Beste, Running Buffalos Lager zu verlassen. Je länger er blieb, desto härter würde es für ihn sein, Yellow Bird zu widerstehen. Sie zu benutzen, würde ein Fehler sein, denn Sam konnte nicht der Ehemann sein, den sie sich wünschte. Er gehörte ebenso wenig in ihre Welt wie sie in seine. Vielleicht wäre er der Versuchung erlegen, wenn sie nicht unberührt gewesen wäre. Obwohl Yellow Bird ihm sagte, dass sie ihn begehrte, ganz gleich, wie kurz die Zeit mit ihm sein würde, konnte es Sam nicht übers Herz bringen, mit ihr zu schlafen.

Sam entdeckte Andy, der mit einigen Kindern Fangen spielte, und machte ihn auf sich aufmerksam. Andy rannte sofort zu ihm.

»Ich habe überlegt, Sohn, und bin zu dem Schluss

gelangt, dass es an der Zeit ist, weiterzuziehen«, sagte Sam. »Ich möchte vor dem ersten Schneefall in Kalifornien sein. Wir könnten nach Fort Worth reiten und für den restlichen Weg die Postkutsche nehmen. Ich habe gerade noch genug Geld bis dorthin. Arbeit sollte dort nicht schwer zu finden sein.«

»Ich bin schon einmal mit einer Postkutsche gefahren. Ich und Mama fuhren in einer von Pennsylvania nach Texas. Ich war klein und kann mich nicht an viel erinnern. Ich wünschte, Sitting Bear könnte mitkommen.«

»Sitting Bear gehört zu seinem Volk.«

»Können wir in Kalifornien einen Brief an Mama schreiben?«

»Wenn du magst. Habe ich dir schon erzählt, dass wir deine beiden Onkel im Frühjahr in Denver treffen werden? Es wird sie überraschen, zu erfahren, dass ich einen Sohn deines Alters habe, und sie werden dich gern kennen lernen.« Sam richtete den Blick in die Ferne. »Es wird gut sein, sie wiederzusehen.«

»Haben sie Kinder, mit denen ich spielen kann?«

»Leider nein. Ich bezweifle, dass mein Bruder Rafe jemals heiraten wird. Und Jess ist zu sehr in seinem Beruf als Arzt verwurzelt, um eine Frau zu finden, die ihm gefällt. Geh zurück und spiele mit deinen Freunden, Sohn. Wir werden wieder darüber sprechen, wenn meine Pläne abgeschlossen sind.«

Sam hatte keine Ahnung, dass er und Andy aus dem Wald, der das Lager vor ungebetenen Besuchern schützte, beobachtet wurden. Taylor Cramer war schließlich auf das Indianerlager gestoßen, nach dem er in den vergangenen paar Wochen gesucht hatte. Und zu seiner Freude hatte er sowohl Sam Gentry als auch Andy entdeckt.

Cramers Gedanken bewegten sich auf heimtückischen

Wegen. Das Lager war klein, und es sollte nicht zu schwierig sein, sich daraus zu nehmen, was er haben wollte, und den Rest zu zerstören. Cramers dünne Lippen verzogen sich zu einem boshaften Grinsen. Vielleicht würde Gentry bei dem Angriff sterben. Das sollte leicht zu arrangieren sein. Ja, frohlockte Cramer, es würde ein Vergnügen sein, Gentry loszuwerden. Dann kam ihn ein anderer Gedanke. Warum nicht gleichzeitig Andy beseitigen? Es würde ihm sicherlich das Leben viel leichter machen, wenn er mit Lacey verheiratet sein würde und Andy nicht stören konnte.

Er kroch zurück in die Deckung der Bäume, fand sein Pferd und ritt wie der Teufel zur Stadt zurück. Es gab viel zu erledigen, bevor er zum Indianerlager zurückkehren und den Mann vernichten konnte, der ihm seit dem Tag seines Auftauchens auf der B&G-Ranch wie ein Stachel im Fleisch gewesen war.

Lacey versuchte ihr Leben weiterzuführen, wie es vor Andys Verschwinden gewesen war, doch sie war nicht mit dem Herzen dabei. Sie vermisste Andy schrecklich und würde Sam niemals verzeihen, dass er ihn ihr weggenommen hatte. Selbst die Cowboys arbeiteten lustlos und apathisch, als fehle etwas in ihrem Leben.

Dann ritt Cramer eines Morgen in Begleitung von einem Dutzend Männern auf den Hof. Auf Grund seiner triumphierenden Miene wusste Lacey sofort, dass er das Indianerlager gefunden hatte. Ihr Gesicht erhellte sich vor Aufregung, als sie hinauslief, um ihn zu begrüßen.

»Du hast ihn gefunden! Du hast Andy gefunden!«, jubelte Lacey. »Ich kann in ein paar Minuten reitfertig sein.«

»Du reitest nirgendwohin, Lacey«, sagte Cramer. »Ich

habe Männer für die Drecksarbeit angeheuert. Du wartest hier auf uns, bis wir mit deinem Sohn zurückkehren.«

Lacey schaute sich die Männer genauer an, die mit Taylor ritten, und es gefiel ihr gar nicht, was sie sah. Sie wirkten wie hartgesottene Kriminelle, die für Geld alles taten. Sogar morden.

»Rusty sagte, die Indianer, die Sam aufnahmen, sind friedlich und freundlich. Du hast versprochen, dass es kein Blutvergießen geben wird.«

Cramer grinste sie an. »Du willst doch Andy zurückhaben, nicht wahr?«

»Natürlich, aber Gewalt ist nicht das Mittel, um das zu erreichen.« Sie senkte die Stimme. »Ich traue diesen Männern nicht. Die sind brutal und gewalttätig. Sieh sie dir an. Sie sind Abschaum.«

»Ich habe diese Männer gerade wegen der von dir erwähnten Eigenschaften ausgewählt«, sagte Cramer. »Ein Blick auf sie wird die Roten entmutigen, Gentry zu helfen. Ich habe das Lager gesehen. Es ist klein und schlecht zu verteidigen.«

»Sie sind friedliebend – sie haben keinen Grund, mit Angriffen zu rechnen. Du hast versprochen, dass es nicht zum Töten kommt.«

Cramer schaute sie beleidigt an. »Ich kann gar nichts versprechen. Wenn die Indianer Widerstand leisten, haben meine Männer den Befehl, sich zu verteidigen.«

»Schießen, um zu töten, meinst du.«

»Willst du deinen Sohn haben oder nicht?«

»Du weißt, dass ich ihn haben will.«

»Dann überlass die Einzelheiten mir.«

»Wo liegt dieses Lager?«, fragte Lacey.

»Warum willst du das wissen?«

»Ich habe mich nur gefragt, warum es so lange gedauert hat, es zu finden.«

»Es liegt gut versteckt auf einer Lichtung, umgeben von dichtem Wald. Ich war gut fünfzehn Meilen außerhalb der Stadt und folgte der Flussgabelung nach Süden, als ich es fand. Fast hatte ich mich schon entschieden, umzukehren, als mir eine innere Stimme riet, nachzusehen, was hinter der Flussbiegung liegt.«

»Wie sehen deine Pläne aus?«

»Meine Männer und ich werden uns im Wald verstecken, bis es dunkel ist. Dann werden wir angreifen.«

Angreifen! Das gefiel Lacey gar nicht. Bei einem Angriff konnte Andy verletzt werden und Unschuldige konnten ums Leben kommen. Sie durfte nicht zulassen, dass dies geschah.

»Danke, dass du vorbeigekommen bist, um mich zu informieren«, sagte Lacey, begierig darauf, dass Taylor und seine gedungenen Revolvermänner fortritten. »Ich werde hier auf dich warten, bis du mir Andy bringst.«

»Ich wusste, dass du die Dinge wie ich sehen wirst.« Cramer grinste affektiert. »Bis morgen dann.«

Lacey wartete, bis Cramer und seine Handlanger in einer Staubwolke verschwunden waren, und eilte dann auf ihr Zimmer, um einen Reitrock und eine Wildlederjacke anzuziehen. Sie holte den Revolver, den Onkel Hob ihr geschenkt hatte, aus der Schreibtischlade, lud ihn und stopfte eine Hand voll Patronen in ihre Tasche. Dann ging sie zum Stall und sattelte ihre Stute. Rusty eilte herbei.

»Was hat das alles zu bedeuten, Miss Lacey? Diese Männer bei Mr. Cramer waren wüste Kerle. Reiten Sie irgendwohin?«

»Ich habe jetzt keine Zeit für Erklärungen, Rusty. Taylor hat das Indianerlager gefunden.«

»Das habe ich mir schon gedacht. Warum hat er nicht auf Sie gewartet?«

»Er will mich nicht dabeihaben. Ich mache mir Sorgen, Rusty. Es wird Blutvergießen geben, und das gefällt mir nicht. Sie haben seine angeheuerten Männer gesehen. Das ist eine schießwütige Horde. Andy könnte etwas passieren.«

»Was haben Sie vor?«

»Taylor wird nach Einbruch der Dunkelheit angreifen. Ich glaube, ich kann das Lager finden. Ich muss vor ihnen dorthin gelangen und die Indianer warnen. Wenn ich erst mit Andy gesprochen habe, wird er zur Ranch zurückkehren wollen. Sam wird ihn gehen lassen müssen.«

»Sam könnte andere Vorstellungen darüber haben.«

Lacey hob das Kinn. »Das werden wir sehen, wenn es so weit ist.«

»Ich reite mit.«

»Nein. Jemand muss hier bleiben und sich um alles kümmern. Alles wird gut werden, das verspreche ich.« Sie klopfte auf ihre Tasche. »Ich habe meinen Revolver dabei.« Sie zog sich in den Sattel. »Sagen Sie Rita, sie soll sich keine Sorgen machen, aber ich verlasse das Indianerlager nicht ohne Andy.«

Lacey ritt fort und blickte nicht zurück. Sie wusste, dass sie nicht weit hinter Taylor und seinen Handlangern war; sie konnte ihre Staubwolke in der Ferne sehen. Sie ritt stetig, folgte der Flussgabelung nach Süden, hielt an, wenn sie ihre Pferde tränkten und hielt sicheren Abstand. Es war früh am Abend, als der Wald, von dem Taylor gesprochen hatte, vor ihr auftauchte. Sie zügelte ihre Stute und wartete, bis die Reiter in den Wald ritten.

Lacey saß ab und folgte ihnen, schlug einen weiten Bogen, um sie zu umgehen. Die Männer bemühten sich, leise zu sein, doch Lacey hörte trotzdem ihre gedämpften Stimmen und die Geräusche, die von ihren Pferden verursacht wurden. Allerdings war ihr klar, dass die Indianer keinen Verdacht schöpfen würden, es sei denn, sie rechneten mit Gefahr. Sie erinnerte sich an Taylors Äußerung, dass das Lager nur unzureichend bewacht wurde.

Vorsichtig führte Lacey ihre Stute durch den Wald. Es dämmerte, und sie befürchtete, dass ihr die Zeit weglief. Wann würden Taylor und seine Männer angreifen?

Die Bäume wurden lichter. Lacey spähte durch die Dämmerung zum Lager. Alles wirkte friedlich. Das Glühen der Kochfeuer erhellte die Gegend. Sie sah Kinder spielen. Ihr Herz schlug schneller. War Andy bei ihnen? Sollte ein Angriff erfolgen, waren die Kinder als Erste in Gefahr. Das durfte nicht geschehen.

Und dann sah Lacey sie, bevor sie bemerkt wurde – Sam und eine Indianerin, die draußen vor einem Tipi beieinander saßen. Die Frau neigte sich vor und bot Sam etwas an, das sie in der Hand hielt. Sam lächelte sie an und nahm das Angebot an. Ihr ungezwungenes Verhalten ließ auf eine intime Beziehung schließen.

Der Gedanke, dass Sam mit einer anderen Frau schlief, war schmerzlich für Lacey, doch sie wusste, dass es das nicht sein sollte. In den sechs Jahren ihrer Trennung hatte er vermutlich mit mehr Frauen geschlafen, als er zählen konnte. Lacey wusste, dass sie sich nicht betrogen fühlen sollte, doch so war es. Sie riss ihren Blick von Sam und der Indianerin los und suchte Andy. Sie atmete erleichtert auf, als sie ihn beim Spielen mit einem anderen Kind sah. Lacey riss sich zusammen, denn ihr war klar, dass sie schnell handeln musste, um ein mögliches Massaker zu verhindern.

Plötzlich wurde sie von einem Kind entdeckt. Es rief eine Warnung.

Ein großer, beeindruckender indianischer Krieger erhob sich und schritt auf sie zu, gerade als Andy sie bemerkte und sie rief.

»Mama!«

Lacey fuhr herum, fiel auf die Knie und breitete die Arme aus, während Andy zu ihr rannte. Sie fing ihn auf und drückte ihn fest an sich, als befürchtete sie, ihn wieder zu verlieren, wenn sie ihn loslassen würde. Sie hätte ihn noch lange so gehalten, wenn nicht eine raue Stimme gefragt hätte: »Was machst du hier?«

Lacey blickte auf in Sams dunkle Augen, deren Blick sie zu durchbohren schien. »Ich bin gekommen, um meinen Sohn zu holen.«

»Hast du das Gesetz mitgebracht?«

»Nein, natürlich nicht.«

Warum sollte ich dir vertrauen?«

»Weil ich die Wahrheit sage.« Sie erhob sich langsam und nahm Andy an die Hand.

»Woher wusstest du, wie du mich findest?«

Plötzlich fiel Lacey der Grund ihres Ritts zum Indianerlager ein. »Das hat jetzt nichts zu sagen. Du bist in Gefahr. Das ganze Lager ist in Gefahr. Ich bin gekommen, um euch zu warnen.«

»Andy, geh mit Yellow Bird. Deine Mutter und ich müssen miteinander reden.«

»Muss ich fortgehen? Du schickst Mama doch nicht fort, oder?«

»Darüber sprechen wir später. Tu jetzt bitte, was ich dir sage.«

Yellow Bird, dachte Lacey. So heißt also seine Squaw.

»Komm, An-dy«, sagte Yellow Bird. »Wir werden Sitting Bear suchen. Vielleicht wird er mit dir das Essen teilen, damit dein Papa und die böse Frau miteinander reden können.«

»Böse Frau!« Lacey schnappte empört nach Luft. »Hast du ihr das gesagt?«

»Warum hat Yellow Bird Mama eine böse Frau genannt, Papa?«

»Bitte Andy, nicht jetzt. Geh und such Sitting Bear.«

Andy ging mit Yellow Bird, doch Lacey konnte spüren, dass er nicht glücklich darüber war.

»Was hast du deiner Squaw über mich erzählt?«

»Die Wahrheit. Und sie ist nicht meine Squaw. Yellow Bird ist eine Heilerin. Sie hat mir das Leben gerettet.« Er packte sie am Arm und zog sie ins Tipi. »Genug jetzt. Wie kommst du darauf, dass Häuptling Running Buffalo und sein Stamm in Gefahr sind?«

»Rusty erwähnte, dass Indianer dir das Leben gerettet haben. Taylor hat vermutet, dass du Andy in ihr Dorf gebracht hast, und ritt los, um das herauszufinden. Ich organisierte meine eigene Suche. Aber ich musste die Cowboys wieder an die Arbeit schicken, als wir keine Spur von dir oder Andy fanden. Taylor suchte jedoch allein weiter. Er versprach, mir Andy zurückzubringen. Schließlich fand er das Lager und heuerte üble Typen als Kampfmannschaft an. Sie warten auf die Dunkelheit, um anzugreifen.«

Sam forschte in ihrem Gesicht. »Warum erzählst du mir das?«

Sie packte ihn an der Hemdbrust, verzweifelt bemüht, ihm die Lage klar zu machen. »Um Blutvergießen zu vermeiden, verdammt noch mal! Warum glaubst du mir nicht? Meinst du, ich will zulassen, dass meinem Sohn etwas passiert? Oder dass Unschuldige sterben? Du musst etwas unternehmen, Sam. Der Angriff kann jeden Augenblick erfolgen.«

Sam glaubte ihr offenbar, denn er riss sich von ihr los und schob sie fort. Er verließ das Tipi. Lacey rannte ihm nach. Er ging entschlossen zu dem großen Indianer, den Lacey für den Häuptling hielt. Die beiden sprachen leise und schnell miteinander. Dann fuhr der Häuptling herum und verschwand in seinem Tipi. Einen Moment später kehrte er mit einem Gewehr zurück, das er in die Luft schwang und heftig schüttelte. Sam kehrte zu Lacey zurück, während Krieger in ihren Tätigkeiten innehielten und ihrem Häuptling Aufmerksamkeit schenkten.

»Was passiert? Wo ist Andy? Ich mache mir Sorgen.«

Sam gab keine Antwort. Er winkte Yellow Bird, und sie eilte mit Andy und einem anderen Jungen zu ihm.

»Bring die Frauen und Kinder in Sicherheit, Yellow Bird. Lacey sagt, böse Männer werden das Lager angreifen.« Er wandte sich an Lacey. »Geh mit ihnen.«

»Ich bleibe. Taylor wird mir nichts tun.«

»Ich habe keine Zeit, um zu streiten, Lacey. Geh!«

»Nein, ich bleibe.«

»Verdammt, wie du willst. Lass dich wenigstens nicht sehen.«

Lacey wusste nicht, warum sie darauf bestanden hatte, zu bleiben. Andy war sicher – das war schließlich alles, was zählte, nicht wahr? Warum versuchte sie, sich etwas vorzumachen? Sie wusste, dass Taylor Sam hasste und nicht zögern würde, diesen Angriff als Vorwand zu benutzen, um ihn zu töten. Sie hielt sich nicht damit auf, sich zu fragen, warum ihr das etwas ausmachen sollte, sie wusste es einfach. Sam hatte ihr so oft in so vielerlei Hinsicht wehgetan – warum konnte sie ihn nicht einfach vergessen?

Weil ich nicht in der Lage war, ihn in sechs Jahren zu vergessen, sagte eine innere Stimme. Sie hatte ihr Leben fortführen wollen, als sie Sam für tot gehalten hatte, doch als er lebend aufgetaucht war, waren all die unterdrückten Gefühle wiedergekehrt.

Lacey hatte so viele Gründe, Sam zu hassen. Er hatte sie verlassen. Ihr Andy weggenommen. Sich einer anderen

Frau zugewandt. Die Liste ließ sich noch fortsetzen. Warum konnte sie nicht glauben, dass sie Sam hasste? Warum sehnte sich ihr Körper nach ihm, wenn er bei ihr war?

Laceys Gedanken stoppten, als sie bemerkte, dass die Indianer jetzt allesamt bewaffnet waren und sich wie nach irgendeinem Plan durch das Lager bewegten. Die Frauen und Kinder waren lautlos verschwunden, und die Lagerfeuer waren gelöscht worden. Es war so dunkel, dass sie nur Schatten sehen konnte, die in Position gingen. In der Ferne hörte sie den klagenden Ruf einer Eule.

Sie zuckte heftig zusammen, als plötzlich Sam hinter ihr auftauchte und ihr ins Ohr flüsterte. »Sie kommen. Diese ›Eule‹ war Painted Horse. Es war ein Signal, das uns mitteilt, dass sich Cramer und seine Männer in Bewegung setzen. Bleib im Tipi.« Dann war er fort.

Lacey machte keine Einwände. Sie kehrte ins Tipi zurück, blieb jedoch am Eingang und spähte durch einen Spalt hinaus. Plötzlich herrschte Totenstille, nicht mal ein Hund bellte. Dann sah sie die Angreifer, Silhouetten im Mondschein. Sie krochen in das Lager, die Waffen gezogen. Plötzlich kam ihr in den Sinn, dass Taylors Handlanger vielleicht den Befehl hatten, auf alles zu schießen, was sich bewegte, ohne auf Andys Leben Rücksicht zu nehmen.

Hass auf den Mann, den sie für einen Freund und ihren zukünftigen Ehemann gehalten hatte, wallte in ihr auf. Sam hatte Andy entführt, aber er hätte ihm niemals etwas angetan, doch sie wusste, dass Taylor Andy am liebsten beseitigen würde, weil er sein Leben komplizierte. Sie war so wütend, dass sie entgegen Sams Anweisung das Zelt verließ, und sie hätte den Hinterhalt verraten, wenn Sam sie nicht an der Taille gepackt und zurückgezerrt hätte.

»Was, zur Hölle, hast du dir dabei gedacht?«, raunte Sam ärgerlich.

»Sieh sie dir an«, wisperte sie. »Es sind gedungene Revolvermänner. Denen ist es gleichgültig, wen sie ermorden. Sie hätten Andy mit den Indianern getötet, wenn ich nicht rechtzeitig eingetroffen wäre, um euch zu warnen. Ich wollte rausgehen und Taylor die Meinung sagen.«

Sam warf ihr einen scharfen Blick zu. »Erspar dir das. Taylors Männer werden niemanden töten. Sie gehen in eine Falle.«

Noch während Sam sprach, zerrissen schrille Kriegsschreie die Stille. Er stieß einen Fluch aus, verließ das Tipi und verschmolz mit der Dunkelheit. Lacey spähte aus dem Zelt und sah eine Szene, die aus der Hölle zu sein schien. Mündungsfeuer blitzten, Waffen krachten, Getroffene brachen zusammen. Lacey konnte die Gegner nicht unterscheiden, die Mann gegen Mann kämpften. Der Kampflärm und die Schreie der Sterbenden und Verwundeten versetzten ihr einen Stich ins Herz. Hatte Yellow Bird die Frauen und Kinder tatsächlich rechtzeitig in Sicherheit gebracht?

Es war so plötzlich vorüber, wie es begonnen hatte. Die Überlebenden von Taylors Männern zogen sich zurück und schleppten die Verwundeten mit. Die Indianer verfolgten sie nicht. Sie ließen ihre Angreifer laufen, gaben Zeugnis von ihrer Friedensliebe. Lacey trat aus dem Zelt, als Lagerfeuer wieder angezündet wurden und die ersten Frauen und Kinder zurückkehrten.

Plötzlich hielt ein Mann mitten im Rückzug am Rande des Lagers inne und starrte Lacey ungläubig an. »Lacey, bist du das?«

Lacey fuhr zu Cramer herum.

»Mein Gott, du bist es!«, rief Cramer. »Was machst du hier? Ich habe dir befohlen, zu Hause zu bleiben!«

»Ich bin dir gefolgt, Taylor. Ich habe deinen Männern

nicht getraut, Andy zu verschonen, und ich hatte Recht. Wenn ich nicht rechtzeitig hier gewesen wäre, hätten unschuldige Menschen sterben müssen, ohne eine Chance zu haben, sich zu verteidigen. Und Andy wäre mit ihnen gestorben. Mein Sohn ist dir gleichgültig.«

»Dies sind harte Worte, Lacey. Ich habe weiterhin nach deinem Sohn gesucht, während alle sonst aufgegeben haben. Ich wollte dir Andy zurückbringen.«

Sam tauchte an Laceys Seite auf. Seine Haltung war angespannt. »Du bist eine Närrin, wenn du ihm glaubst«, zischte er.

»Ich bin nicht dumm, Sam.«

»Hol Andy, und wir reiten heim«, befahl Taylor. »Gentry kann dich nicht gegen deinen Willen festhalten.«

Lacey blickte zu Sam, sah seine grimmige Miene und war sich dessen nicht so sicher. »Ich werde Andy holen und von hier fortreiten«, sagte sie. »Er gehört nicht hierhin. Bitte, Sam, ich möchte nach Hause.«

»Mit Cramer? Nach dem, was er getan hat?«

»Taylor hat nichts damit zu tun, wie ich mich fühle. Andy gehört zurück auf die Ranch. Er ist dort glücklich. Was kannst du ihm denn bieten?«

»Bedingungslose Liebe«, stieß Sam hervor.

»Einst dachte ich, dass wir die füreinander hätten, aber ich habe es anders erfahren. Andy ist ein Kind. Er wird nicht verstehen, wenn du dich plötzlich entscheidest, dass du keinen Sohn haben willst, und uns verlässt.«

Zornesröte kroch an Sams Hals empor. »Ich werde Andy immer haben wollen.«

»Lacey, ich kann nicht ewig hier herumstehen!«, rief Taylor. »Kommst du mit Andy oder nicht?«

»Lacey kann gehen, aber Andy bleibt bei mir«, erklärte Sam.

Ein gequälter Aufschrei kam über Laceys Lippen. »Du wagst es nicht!«

»Ich würde für meinen Sohn alles wagen. Sag mir, Lacey, hast du das Dokument für die Annullierung der Ehe unterschrieben?«

»Ich ... ja, ich musste es«, erwiderte sie leise, sodass Taylor es nicht hören konnte. »Weißt du, ich bin überzeugt, dass Taylor aus irgendeinem heimtückischen Grund mein Land haben will, und ich bin entschlossen, sein Motiv herauszufinden. Ich dachte mir, wenn ich die Annullierung unterzeichne, werde ich sein Vertrauen gewinnen. Ich vertraue ihm nicht mehr, Sam. Du hattest Recht über ihn, und ich habe mich geirrt.«

»Ich verstehe«, sagte Sam ruhig. »Wir sind also nicht mehr verheiratet...«

»Ich bin mir nicht sicher. Der Richter hat noch nicht über mein Gesuch entschieden.«

»Wenn erst darüber entschieden ist, werde ich nicht mehr verheiratet sein«, stellte Sam fest. »Was bedeutet, dass du frei sein wirst und wieder heiraten kannst. Wenn nicht Taylor, dann irgendeinen anderen Mann mit genügend Geld, um deine Ranch zu retten. Kein anderer Mann kann Andy ein richtiger Vater sein. Andy will nicht auf ein Internat fortgeschickt werden. Er braucht zumindest ein Elternteil bei sich. Ich habe ihm die Wahl gegeben, und er hat sich entschieden, mit mir zu kommen. Ich habe ihn nicht gegen seinen Willen mitgenommen.«

»Du weißt, dass ich nicht nach Denison zurückkehren kann«, fuhr Sam fort. »Ich werde steckbrieflich gesucht. Ich muss weit fortreiten, wo keinen interessiert, dass Sam Gentry ein Bandit ist.«

»Nicht mit meinem Sohn! Vergisst du, dass ich dir heute Abend die Haut gerettet habe? Ich hätte daheim bleiben und zulassen können, dass du und deine indianischen Freunde abgeschlachtet worden wären.«

»Ich bin dir dankbar, und ebenso ist das Running Buffalo. Aber wenn ich mich nicht irre, warst du diejenige, die mir überhaupt erst das Gesetz auf den Hals gehetzt hast.«

»Das habe ich nicht getan!«, sagte Lacey beleidigt.

»Dieses Aufgebot habe ich mir nicht eingebildet. Die Kugel in meinem Körper war sehr echt. Wie erklärst du dir das Aufgebot, wenn du die Einzige warst, die über mich Bescheid wusste?«

»Ich nehme an, das jemand die Steckbriefe gesehen hat. Ich habe keinem von dir erzählt – das würde ich niemals tun. Meine Drohung war eine leere. Der Sheriff tauchte bei mir auf und wollte wissen, wo du bist. Ich habe ihm nichts erzählt.«

»Und das soll ich dir glauben?«

Seine Worte versetzten Lacey einen Stich ins Herz. Sie konnte Sams Feindseligkeit nicht ertragen. Gab es denn nichts, mit dem sie beweisen konnte, dass sie ihn nicht verraten hatte? Die Antwort war offenkundig. Sam hatte ihr vor sechs Jahren nicht geglaubt, und er glaubte ihr auch jetzt nicht.

»Lacey, warum stehst du da herum?«, rief Cramer. »Hol Andy! Ich werde ungeduldig.«

»Reite mit Cramer, Lacey«, sagte Sam durch zusammengebissene Zähne. »Andy und ich brauchen dich nicht.«

»Mama! Papa! Ich hatte Angst um euch!« Andy rannte in Laceys ausgebreitete Arme. »Sind die bösen Männer fort? Ich habe mich mit Yellow Bird und den anderen in einer Höhle versteckt, aber ich wollte es nicht. Ich wollte Papa im Kampf gegen die bösen Männer helfen.«

»Beeil dich!«, rief Taylor, als er Andy sah.

»Verlässt du uns, Mama?«

»Wir beide verlassen dieses Lager«, sagte Lacey mit einem Seitenblick zu Sam.

Andy spähte durch die Dunkelheit zu der Gestalt am Rande des Lagers. »Ist das der fiese Cramer?«

»Klar ist er das, Sohn«, antwortete Sam. »Er führte den Angriff auf unsere Freunde.«

Andy sah seine Mutter betrübt an. »Reitest du mit ihm weg, Mama?«

»Nun ... ja, aber nein ...«

»Ich bleibe bei Papa«, sagte Andy standhaft.

»Andy, es ist nicht so, als ob ich ...«

»Das ist mir egal. Ich bleibe. Du kannst auch bleiben, Mama, wenn du es willst.« Er blickte zu Sam auf. »Mama kann bleiben, nicht wahr, Papa?«

»Ich halte es für besser, wenn sie fortreitet.«

»Ich reite nirgendwohin ohne Andy«, erklärte Lacey.

»Wie du willst, aber Andy verlässt nicht meinen Schutz.«

»Kommst du jetzt endlich, Lacey?« Cramers Stimme verriet eine Spur von Verzweiflung. »Es ist hier nicht sicher für mich.«

»Du solltest ihm antworten«, riet Sam.

»Reite, Taylor. Ich komme nicht mit.«

»Was? Bist du verrückt?«

»Vielleicht. Sag Rusty, er soll sich während meiner Abwesenheit um alles kümmern. Und, Taylor, komm nicht zurück, um diese unschuldigen Leute noch einmal anzugreifen. Und lass den Sheriff aus dem Spiel.«

»Du ziehst diesen Verbrecher mir vor?«, stieß Taylor hervor. »Undankbares Weibsstück. Ich habe versucht, dir deinen Sohn zurückzuholen, und jetzt sagst du mir, ich soll reiten und nicht zurückkehren? Ich kann es nicht glauben!«

»Du solltest dich besser davonmachen, Taylor. Sams Freunde werden nervös.«

Cramer warf einen beunruhigten Blick zu Running Buffalo, der fragend zu Sam schaute. Dann wandte sich Cramer um und verschwand im Wald.

Lacey wusste nicht, ob ihre Entscheidung klug war, aber ihr war klar, dass sie Andy nicht wieder aus den Augen lassen konnte und wollte. Die Ranch konnte zugrunde gehen oder zwangsversteigert werden, aber sie würde ihren Sohn nicht aufgeben.

Sam war sich nicht sicher, wie er Laceys Entscheidung zum Bleiben finden sollte. In gewisser Weise hatte er sie von ihr erwartet und wäre enttäuscht gewesen, wenn sie ihren Sohn verlassen hätte. Aber er gab sich keiner Selbsttäuschung hin, zu denken, dass sie geblieben war, weil sie irgendwelche starken Gefühle für ihn hatte.

»Wenn du in der Hoffnung bleibst, irgendwann mit Andy verschwinden zu können, vergiss es. Du wirst keinen Erfolg haben. Du kannst jederzeit gehen, wenn du es wünschst, aber Andy bleibt bei mir. Wir werden bald nach Kalifornien aufbrechen.«

»Wie willst du für Andys Lebensunterhalt sorgen? Kalifornien ist weit fort, und du wirst Geld brauchen, um dorthin zu gelangen.«

»Lass das meine Sorge sein. Es ist spät. Du kannst das Tipi mit Yellow Bird teilen.«

»Ich will dich nicht von Yellow Birds Bett vertreiben. Ich werde mit Andy schlafen.«

»Andy schläft im Tipi des Häuptlings bei Sitting Bear.«

»Wie praktisch für dich.«

Sam seufzte. »Lacey, ich bin nicht in der Stimmung für deine spitzen Bemerkungen.«

Lacey schien innerlich zusammenzubrechen. »Ich auch

nicht. Ich werde mit Yellow Bird das Zelt teilen … vorübergehend.«

In diesem Augenblick gesellte sich Running Buffalo zu ihnen. Sam stellte ihm Lacey vor.

»Ist das deine Frau?«, fragte der Häuptling.

Sam nickte, ohne zu denken. Lacey war nicht mehr seine Frau. Er war sich nicht sicher, ob sie es jemals gewesen war.

»Im Namen meines Volkes, La-cey, danke ich dir, weil du uns vor dem grundlosen Angriff gewarnt hast. Ich habe mit Yellow Bird gesprochen. Sie wird in meinem Tipi schlafen, damit du mit deinem Mann zusammen sein kannst.«

»Yellow Bird war damit einverstanden?«, fragte Lacey, offensichtlich überrascht von Yellow Birds Angebot.

»Ich bin der Häuptling. Yellow Bird muss tun, was ich sage.« Ohne ein weiteres Wort wandte sich Running Buffalo ab und schritt davon.

»Wo ist Andy?«, fragte Lacey.

»Vermutlich schläft er. Ich sah, dass Running Buffalos Frau ihn und Sitting Bear in ihr Tipi holte, während wir miteinander gesprochen haben. Running Buffalo wird Wachen aufstellen, falls Cramer und seine Kerle zurückkehren, aber im Augenblick können wir nichts mehr tun.«

Lacey stampfte mit dem Fuß auf. »Ich will Andy bei mir haben.«

Sam presste die Lippen aufeinander, riss Lacey auf die Arme und trug sie ins Tipi, wo er sie auf die Füße stellte. »Ich will nicht, dass du das ganze Lager störst, nach allem, was ihnen soeben widerfahren ist.«

»Ich werde nicht mit dir schlafen, Sam Gentry. Ich will nichts mit dir zu tun haben.«

Sam ignorierte sie, starrte in die herabgebrannte Glut des Feuers, das in der Mitte des Tipis schwelte, und beobachtete nachdenklich, wie dünner Rauch emporkräuselte und im Abzugsloch verschwand. Ihre Worte versetzten ihm einen Stich, obwohl er wusste, dass sie ihm gleichgültig hätten sein sollen. Doch er konnte nicht leugnen, dass er sie begehrte. Der Sex mit Lacey war eine der größten Freuden, die er jemals erlebt hatte. Er erinnerte sich, wie sie dabei war – wie das schöne Gesicht Ekstase widerspiegelte, wie sich ihr sinnlicher Körper zu ihm aufbäumte, wenn ihr Höhepunkt kam. Bei der Vorstellung bekam er eine Erektion, und nur mit Mühe konnte er seine Gedanken losreißen und wieder an die Gegenwart denken.

»Die Decken des Schlaflagers sind hinten im Zelt aufgerollt«, grollte er. »Zieh dich aus und leg dich schlafen.« Er wandte sich zum Gehen.

»Wohin willst du?«

Sam fuhr herum. »Ich dachte, das interessiert dich nicht.«

Sie hob das Kinn. »Tut es auch nicht. Es ist eine warme Nacht. Ich nehme an, du und Yellow Bird, ihr werdet irgendwo ein Plätzchen finden, um ... um ...«

»Hol dich der Teufel!«, zischte Sam. Er presste die Zähne aufeinander, ballte die Hände zu Fäusten, duckte sich aus dem Tipi und verschwand in der Dunkelheit.

12

Lacey entkleidete sich bis auf ihr Unterhemd und das Höschen und kroch unter die Decken, die sie hinten im Tipi ausgerollt hatte. Es war überraschend behaglich, und sie war erschöpft. Mit einem Seufzen schloss sie die Augen und wartete auf den Schlaf. Beunruhigende Gedanken drehten sich in ihrem Kopf und ließen sie keinen entspannenden Schlaf finden. Sie fragte sich, ob Sam und Yellow Bird jetzt zusammen waren und sich miteinander vergnügten. Sie wünschte sich sehnsüchtig Regen, und dann schalt sie sich stumm aus, weil sie sich wie eine eifersüchtige Ehefrau verhielt.

Die Erschöpfung beendete ihre Grübeleien, und sie schlief endlich ein. Es war jedoch kein tiefer Schlaf, denn sie erwachte abrupt mit dem sicheren Wissen, dass sie beobachtet wurde. Ihr Herz schlug wild, und ein Schauer lief ihr über den Rücken, als sie langsam die Augen öffnete. Sie sah ihn in einem Streifen Mondlicht stehen, der durch das Rauchabzugsloch fiel.

Ihr Blick fiel auf seine Stiefel, glitt langsam hoch über seine muskulösen Beine, die kräftigen Hüften und … Sie schnappte nach Luft. Er war voll erregt. Für sie ein Beweis, dass er nicht mit Yellow Bird geschlafen hatte. Freudige Erregung stieg ihn ihr auf, doch sie dämpfte sie schnell. Warum sollte es ihr etwas ausmachen, mit wem Sam schlief oder nicht?

Sie hob den Blick über den offenkundigen Beweis seines

Verlangens, und stellte überrascht fest, dass seine Brust nackt war. Mondschein verwandelte seinen Torso in eine goldene Skulptur, vergoldete jeden Muskel, jede Sehne. Sein Gesicht lag im Schatten, doch sie wusste, wenn es sichtbar gewesen wäre, hätte sie in den faszinierenden Tiefen seiner Augen pure Verführung sehen können. Sie wandte den Blick. Sie konnte Sams sexuellen Reizen nicht erliegen – nicht nach dem, was er ihr angetan hatte. Er hatte ihr den Sohn genommen und hätte ihn für immer von ihr fortgenommen.

»Lacey.«

Sie drückte die Augen fest zu.

»Ich weiß, dass du wach bist.«

Ein resigniertes Seufzen kam über ihre Lippen. »Was willst du, hat Yellow Bird dich nicht befriedigt?«

Er sank neben ihr auf die Knie. »Yellow Bird ist weder jetzt noch jemals meine Geliebte gewesen.«

Ein weiteres Seufzen. »Warum sollte mich das interessieren?«

Er fand in der Dunkelheit ihre Hand und legte sie auf seine Erektion. »Nach allem, was zwischen uns geschehen ist, will ich dich noch immer.«

Sie wollte ihre Hand fortreißen, doch er hielt sie fest. »Geh weg, Sam. Ich kann dir nicht verzeihen. Du hast mir meinen Sohn weggenommen.«

»Du hast mich an die Yankees verraten.«

»Du hast mich sechs lange Jahre verlassen.«

»Du hast mir ein Aufgebot auf den Hals geschickt.«

Ihre Worte klangen vor Zorn wie erstickt. »Das stimmt nicht! Ich schwöre es!«

Sams sanftes Flüstern drang durch die Dunkelheit. »Ich hätte Andy nicht nach Kalifornien mitgenommen, ohne dir eine Chance zu geben, uns zu begleiten«, bekannte er.

»Erst wollte ich es, aber im letzten Moment besann ich mich anders. Ich wollte zur B&G zurückkehren und dich bitten, mitzukommen. Es wäre deine Wahl gewesen. Du hättest dich nur für mich und deinen Sohn oder Cramer und die Ranch entscheiden müssen.«

»Du lügst.«

»Nein, es ist wahr. Ich habe es Andy selbst noch nicht gesagt. Erst vor kurzem habe ich mich dafür entschieden.«

»Du … du wolltest mich bei dir haben? Ich dachte, du vertraust mir nicht.«

»Das tue ich auch nicht, aber wir könnten um Andys willen das Beste daraus machen. Ich habe nie viel von Kindern gehalten, bis ich Andy kennen gelernt habe. Vaterschaft war keine Wahl für mich. Ich hatte bereits eine Frau, wenn auch keine, die ich wiedersehen wollte, und es gab keine andere Frau, die mir etwas bedeutete.«

»Wie lange hättest du mich in dem Glauben gelassen, tot zu sein?«

»Das weiß ich ehrlich nicht. Sicherlich nicht ewig. Ich dachte, du hättest wieder geheiratet.«

»Geh weg, Sam. Ich will mir das nicht anhören. Meine Gefühle sind zu verletzlich, was dich anbetrifft.«

»Ich will dich, Lacey. Als ich dich wiedergesehen habe, ist mir klar geworden, dass die Zeit nichts verändert hat. Du bist wie Feuer in meinem Blut. Ich kann einen Augenblick ärgerlich auf dich sein und dich im nächsten begehren. Lass mich dich lieben.«

Er streckte sich auf dem Schlaflager aus und zog sie sanft an sich, so dass sie den harten Beweis seiner Erregung spürte. Lacey biss sich auf die Zunge, um ein Stöhnen zu unterdrücken.

»Als ich heute Abend das Tipi verließ, hatte ich nicht vor,

zurückzukehren«, gab Sam preis, »aber irgendetwas zwang mich dazu.«

Seine Hände glitten über ihren Rücken hinab; sie waren so heiß, dass Laceys Haut zu entflammen schien. Sie befeuchtete ihre Lippen und bemerkte, dass sie zitterten, als er ihre Pobacken umfasste. Dann senkte sich sein Mund auf ihren. Nicht sanft und zärtlich, sondern heiß und wild. Es war ein tiefer, fast brutaler Kuss, einer von ungezügeltem Verlangen. Lacey konnte ihre Reaktion nicht unterdrücken, als sie den Kuss erwiderte und sich an seine Schultern klammerte. Sein Atem war heftig und stoßweise, als er sich von ihr löste.

Er begann hektisch seine Stiefel auszuziehen.

»Was machst du da?«

»Ich ziehe mich aus.«

»Wenn wir uns lieben, wird das nicht unsere Probleme lösen.«

»Vielleicht nicht, aber wir werden uns ganz bestimmt besser fühlen.«

Seine Stiefel fielen zu Boden. Er hob die Hüften und streifte die Hose herunter, trat sie von sich. Dann legte er sich neben sie, hielt sie fest, küsste sie gründlich, und Lacey seufzte, als sie seine Zunge tief in ihrem Mund spürte.

Er umfasste ihre Brüste, streichelte die harten Spitzen durch den dünnen Stoff ihres Unterhemds. Lacey spürte, dass ihr Körper weicher wurde, bereit für ihn, und sie stöhnte auf.

Plötzlich packte er das Unterhemd mit beiden Händen und zog es nach oben. »Das muss fort«, keuchte er und zog es ihr über den Kopf. »Und das ist zweifellos im Weg.« Mit einer schnellen Bewegung streifte er ihr den Schlüpfer herunter.

Lacey hatte kaum Zeit, wahrzunehmen, dass ihre nackten Körper miteinander verschmolzen, bevor Sams Hände all die Stellen erkundeten, die ihr die meisten Wonnen bereiteten. Er liebkoste ihre Brüste, bis sie sich schwer und geschwollen anfühlten, saugte an den harten Knospen, bis ihr Verlangen fast übermächtig wurde. Sie wollte dies, brauchte es, aber sie fürchtete die Konsequenzen ihrer Unterwerfung.

Sex ohne Liebe und Vertrauen war nur ein Akt. War es das, was Sam wollte, einen Akt zu vollziehen, der ihm wenig bedeutete außer dem Moment der Ekstase? O Gott, wenn sie nur so empfinden könnte, bereit sein könnte, Liebe und Vertrauen für sexuelle Lust zu opfern. Aber Lacey wünschte, was Sam ihr offenbar nicht zu geben bereit war. Sie rang um ihre Vernunft.

»Sam, hör auf und überlege, was wir tun. Ist es im Interesse von Andy? Ist es in unserem besten Interesse?«

»Du redest zu viel«, grollte Sam, während er an ihrer Brustspitze saugte.

Lacey versuchte es, bemühte sich wirklich, doch ihr Körper schien einen eigenen Willen zu haben. Er war überall heiß, wie entflammt. Dann küsste Sam eine glühende Spur abwärts, und sie verlor jegliche Kontrolle über sich. Ihr Leib erbebte unter der feuchten Hitze seiner Zunge. Sie packte seinen Kopf, als er tiefer glitt, zog ihn näher, bis seine Zunge die seidenweichen Blütenblätter berührte. Als er sie mit den Daumen teilte und sie tief kostete, wölbte sie sich ihm entgegen. Sie schrie auf, krallte die Finger in sein Haar, zog in hoch. Sie wollte ihn in sich spüren ... jetzt.

Sam hob den Kopf und lachte. »Ruhig, Liebling. Nicht so schnell. Ich will dich sehen, wenn du explodierst.« Dann setzte er sein erregendes Spiel fort und trieb sie mit dem Mund und der Zunge in Ekstase, bis sie das Gefühl hatte, es nicht mehr ertragen zu können.

Dann war sie auf dem Gipfel, verharrte am Rand, und nach einer letzten Berührung seiner Zunge glaubte sie in die Tiefe zu stürzen. Aufschluchzend klammerte sie sich an seine Schultern. Als die Wogen der Lust schließlich nachließen, öffnete sie die Augen und blickte benommen zu ihm auf. Er lächelte sie an, und seine dunklen Augen glühten. Sie hatte kaum Zeit, sich zu erholen, als er sich auf sie senkte und in sie eindrang.

»Leg die Arme um mich«, wisperte er ihr ins Ohr. Sie tat es ohne zu zögern, und ihre Hände glitten über seine feuchte Haut, als er sich kraftvoll auf ihr zu bewegen begann.

Er küsste sie wieder, tief und voller Verlangen, und sie schrie in der süßen, heißen Ekstase ihre Lust heraus.

Ihre Reaktion überwältigte sie. Sie war überzeugt gewesen, bereits alles gegeben zu haben, was sie zu geben hatte, doch ihr Körper erwachte plötzlich wieder zum Leben. Sie gab sich dem Gefühl hin, schwerelos zu fliegen. Sie hörte Sams heftiges, keuchendes Atmen, und dann schien etwas in ihren Ohren zu donnern. Nein, es war Sams Stimme, die in der Dunkelheit ihren Namen schrie.

»Lacey ... oh, Lacey!«

Es war genug, um Lacey auf den Gipfel zu führen, und sie glaubte, mit Sam gemeinsam abzustürzen, Sekunden, nachdem er ihn ihr explodierte.

Nur langsam fand Lacey wieder zu sich. Sie fühlte sich erschöpft, völlig erledigt. Offenbar ging es Sam genauso, denn er rollte sich von ihr und sank neben sie, und sein Oberkörper hob und senkte sich unter keuchenden Atemzügen.

Lacey konnte nicht sprechen, aber sie war noch fähig zu denken. Ihre Reaktion auf Sam überwältigte sie. Wider ihr besseres Wissen war ihre Liebe für Sam neu entfacht worden. Sie hatte die Gefahr gekannt, sich jedoch geweigert, die Warnung zu befolgen. Sie wusste, dass Sam vom Gesetz gesucht wurde, dass ihre schmerzliche Vergangenheit eine gemeinsame Zukunft verhinderte, doch Liebe macht blind.

Ich kann immer noch träumen, dachte sie wehmütig. Die Realität war, dass Sam ein Bandit war. Wie lange konnten sie zusammen sein, bevor das Gesetz ihn schnappen würde? O Gott, sie war so verwirrt und ein wenig verrückt, Sam so verzweifelt zu begehren wie er sie.

So verrückt, Sam zu lieben.

Sam starrte in die Dunkelheit, ohne etwas zu sehen oder etwas außer seinen heftigen Atemzügen zu hören. Was, zum Teufel, war los mit ihm? Als er heute Nacht das Tipi betreten hatte, war es nicht seine Absicht gewesen, Lacey zu lieben. Er hatte mit der Rückkehr gewartet, bis er sich gesagt hatte, dass sie eingeschlafen war. Aber in dem Moment, in dem er das Tipi betreten hatte, waren die Gedanken an sie wie ein körperlicher Schlag gewesen. Er hatte versucht, seine Reaktion unter Kontrolle zu bringen; er hatte sogar seine Decke ausgebreitet und das Hemd ausgezogen, mit der festen Absicht, sich hinzulegen und Lacey den Rücken zuzudrehen.

Dann hatte er den Fehler begangen, die schlafende Lacey zu betrachten, und all seine guten Vorsätze waren vergessen gewesen. Er war näher an ihr Lager herangetreten und hatte sie mit unstillbarem Verlangen angeschaut.

Was als Nächstes geschehen war, war vom Schicksal bestimmt worden. Allein von ihrem Anblick war er hart geworden, und als er erkannt hatte, dass sie wach war, hätte nichts das Schicksal aufhalten können.

Gott, würde er denn niemals lernen? Würde er sie

immer noch begehren, wenn sie ihn ein drittes Mal verraten hatte? Und er war überzeugt, dass sie das tun würde, wenn sie eine weitere Gelegenheit bekommen würde. Leider konnte ihn das nicht davon abhalten, dass er sie begehrte. Das Schicksal hatte ihm übel mitgespielt, als es für ihr Wiedersehen gesorgt hatte, nachdem er sich jahrelang einzureden versucht hatte, dass sie ihm nichts mehr bedeutete. Nach der heutigen Nacht würde es schwer sein, Lacey zu vergessen ... nein, unmöglich. Er wälzte sich auf die Seite und sah, dass Lacey ihn anstarrte.

»Das war ... ich kann nicht mit Worten beschreiben, wie ich mich fühle«, sagte er mit einem Seufzen. »Ich kann nicht sagen, dass es mir Leid tut, was geschehen ist, doch es war nicht meine Absicht, als ich heute Nacht ins Tipi zurückkam.«

»Was war deine Absicht? Mich zu demütigen?«

Sam stemmte sich auf die Ellenbogen. »Glaubst du das?«

»Ich weiß nicht, was ich noch glauben soll. Ich kenne den Sam nicht mehr, den ich einst liebte und dessen Tod ich beweinte. Ich wusste, dass ich nie wieder lieben würde, und beschied mich damit, durchs Leben zu gehen und all meine Liebe Andy zu schenken. Warum musstest du jetzt in mein Leben zurückkehren, als es endlich wieder in Ordnung zu kommen begann? Alles, was ich jemals wollte, war Sicherheit für Andy.«

»Dass du dich Cramer versprochen hast, bezeichnest du als ›dass dein Leben in Ordnung zu kommen begann‹?«

Lacey mied seinen Blick. »Das war ein Irrtum, ich gebe es zu. Taylor will etwas außer mir. Ich habe nur noch nicht herausgefunden, was.«

Sie hob den Blick, um ihn anzusehen. »Was wird jetzt, Sam? Wir haben bereits bewiesen, dass wir einander brauchen. Aber darum geht es nicht.«

»Worum geht es dann?«

»Um Andy. Wir beide wünschen das Beste für ihn. Ob du ein Verbrechen begangen hast oder nicht, das Gesetz sucht dich. Du wirst weit und schnell reiten müssen, um dem Gefängnis zu entkommen. Willst du das für Andy, ein Leben auf der Flucht vor dem Gesetz?«

»Ich kann nicht so weit vorausdenken. Nicht, wenn dein Körper so dicht an meinem ist und deine Lippen so nahe sind, dass ich sie fast schmecken kann.«

»Tu dies nicht, Sam. Du bist meine Schwäche; nutz das nicht aus.«

»Leg die Arme um mich«, verlangte er mit belegter Stimme.

»Nein, ich ...«

»Küss mich.«

Sie atmete zitternd ein, blinzelte ein paar Mal und atmete dann langsam aus, kapitulierte. Sie schlang die Arme um ihn, als sich ihre Lippen trafen. Sie küssten und liebkosten sich, bis die Leidenschaft verlangte, dass sie sich vereinigten.

Sam rollte sich auf den Rücken und zog sie auf sich. »Reite mich, Liebste. Nimm mich tief in dich auf. Vergiss die Vergangenheit. Denk nur an jetzt.«

»Ich möchte ja vergessen. Oh, Sam, lass mich vergessen«, bat Lacey mit erstickter Stimme.

Sam hob sie an den Pobacken an und stöhnte vor Lust auf, als er tief in sie glitt und sie ihn fest umschloss. Dann begann sie sich zu bewegen, auf ihm in einem erotischen Rhythmus zu kreisen und sich zu wiegen, dass Sam seinen eigenen Namen vergaß. Es dauerte nicht lange, bis sie gleichzeitig die Erfüllung fanden. Sam dachte noch, bevor er sich der Ekstase ergab, dass dies nie enden sollte. Lacey gehörte ihm. Sie würde immer ihm gehören.

Im Schlaf eng umschlungen, ahnten Lacey und Sam nicht, dass der Morgen dämmerte. Ebenso wenig wussten sie, dass Yellow Bird das Tipi betrat, um ihnen das Frühstück zu bringen, und sie in intimer Vereinigung auf dem Schlaflager sah. Sie sagte nichts, aber ihre Miene spiegelte eine Fülle von Gefühlen wider. Ärger, Gekränktheit, Enttäuschung. Sie betrachtete sie durch zusammengekniffene Augen, stellte das Essen auf den Boden und eilte aus dem Tipi.

Sam erwachte als Erster. Er löste sich aus Laceys Armen und zog sich an. Der Morgen war kühl, und so machte er Feuer in der Mitte des Tipis, bevor er ging, um im Fluss zu baden. Auf dem Weg hinaus stolperte er über die Schale mit Essen, die nahe beim Eingang stand. Er runzelte die Stirn. Die Schale war in der vergangenen Nacht nicht da gewesen, was bedeutete, dass jemand sie am Morgen dort hingestellt haben musste. Yellow Bird. Er blickte zu Lacey, erinnerte sich, wie sie in intimer Umarmung geschlafen hatten, und fragte sich, ob Yellow Bird sie so gesehen hatte. Dann verdrängte er den Gedanken und ging hinaus.

Als ob seine Gedanken sie heraufbeschworen hätten, tauchte Yellow Bird neben ihm auf. »Wohin gehst du, Sam?«

»Zum Fluss«, erwiderte er. »Bald wird es zu kalt sein, um im Fluss zu baden. Ich möchte es genießen, solange ich das noch kann.«

»Ich begleite dich.« Es folgte ein Moment Schweigen. Dann sagte sie: »Hast du dich in der Nacht mit deiner Frau vergnügt? Dein Zorn muss schnell verraucht sein. Ich dachte, du magst La-cey nicht.«

»Ich habe mir schon gedacht, dass du es warst, die heute Morgen das Essen ins Tipi gestellt hat. Es gibt Dinge über mich und Lacey, die du nicht verstehst, Yellow Bird. Es gibt Dinge, die ich selbst nicht verstehe.«

»Wird sie nach Hause zurückkehren?«

»Ich weiß es nicht. Es gibt Probleme zwischen uns, die gelöst werden müssen, bevor irgendetwas entschieden werden kann. Lacey weigert sich, das Lager ohne Andy zu verlassen.«

»An-dy wünscht, bei dir zu bleiben«, sagte Yellow Bird heftig. »Du bist hier sicher, Sam. Die Männer, die uns angegriffen haben, sind Feiglinge; sie werden nicht zurückkehren. Außerdem wird Running Buffalo unser Volk bald nach Süden zu unserem Winterlager bringen.«

»Ich weiß nicht, ob ich Andy tatsächlich seiner Mutter wegnehmen will«, sagte Sam nach längerem Überlegen. »Andererseits weiß ich nicht, wie ich ihn bei ihr lassen kann, wenn sie schließlich Taylor Cramer oder einen anderen Mann seiner Art heiraten wird. Andy verdient Besseres.«

»Schick die böse Frau fort«, riet Yellow Bird. »Komm mit uns in unser Winterlager. Ich werde mich um dich kümmern, Sam Gentry.«

Sie waren an den Fluss gelangt, doch Yellow Bird schien es nicht eilig zu haben, sich zu verabschieden. »Geh zurück zum Lager, Yellow Bird. Ich werde jetzt baden.«

»Ich habe alles von dir gesehen, Sam Gentry.«

Sie schob sich näher an ihn heran, so nahe, dass sich ihre Körper fast berührten. Sie schlang die Arme um Sams Nacken. Sie sank gegen ihn, und er legte die Arme um ihre Hüften, um sie zu stützen.

»Ich werde dich behandeln, wie ein Mann behandelt werden sollte«, versprach Yellow Bird. »Schick die böse Frau heim.«

Weder Sam noch Yellow Bird sahen Lacey hinter sich stehen. Sie war erwacht, als Sam das Tipi verlassen hatte, und sofort aufgestanden. In dem Moment, in dem Sam und Yellow Bird auf dem ausgetretenen Pfad verschwunden waren, der zum Fluss führte, war sie aus dem Tipi getreten. Sie war ihnen dichtauf gefolgt und verharrte abrupt, als sie sah, dass Yellow Bird Sam umarmte. Sie stieß einen erstickten Schrei aus, fuhr herum und flüchtete. Sam musste sie gehört haben, denn er sah auf und erhaschte noch einen flüchtigen Blick auf sie, als sie davonrannte.

Sam stieß einen Fluch aus, löste Yellow Birds Arme von seinem Nacken und schob sie sanft von sich. »Geh ins Lager zurück, Yellow Bird. Ich will dich nicht kränken, aber es gibt keine gemeinsame Zukunft für uns.«

Yellow Bird starrte ihn an. Ihre Stimme war voller Emotion, als sie sagte: »La-cey wird dich verlassen, Sam. Sie ist nicht die Frau, die du brauchst.« Dann machte sie auf dem Absatz kehrt und eilte davon.

Sam zog sich aus und tauchte ins kalte Wasser. Wie, zum Teufel, hatte er sich in diese missliche Lage gebracht? Seine Brüder hatten ihn immer gehänselt, weil er das Talent hatte, in Schwierigkeiten zu geraten, und er nahm an, dass ihr Spott berechtigt war. Von den drei Brüdern war er der unberechenbarste.

Yellow Bird hatte ihm das Leben gerettet. Er stand in ihrer Schuld, aber das war kein Grund, mit ihr zu schlafen. Nach der Liebesnacht mit Lacey konnte er sich nicht vorstellen, ohne sie durchs Leben zu gehen. Wie lange konnte ihr Beziehung ohne gegenseitiges Vertrauen überleben? Würde der gemeinsame Sohn den Mangel an Vertrauen wettmachen?

Sam duckte sich unter Wasser und kam prustend wieder hoch. Dann watete er ans Ufer und zog sich an. Seine

Gedanken drehten sich um die Möglichkeiten und Alternativen, die schrecklich begrenzt waren. Er wurde immer noch steckbrieflich gesucht – als Bandit. Ein Mann in dieser Lage hatte kein Recht, eine Frau und ein unschuldiges Kind auf der Flucht vor dem Gesetz mitzuschleppen. Aber er konnte Andy nicht aufgeben – nicht, nachdem er ihn zu lieben begonnen hatte.

Als Sam ins Lager zurückkehrte, war er zu einer Art Entscheidung gelangt. Er würde Andy behalten. Wenn Lacey sich weigerte, ohne ihren Sohn fortzugehen, war das ihr Problem. Wenn er und Andy nach Kalifornien aufbrachen, konnte Lacey sie begleiten oder nicht; sie hatte die Wahl.

Sam fand Lacey im Tipi mit Andy und Yellow Bird. Sie saßen beisammen und aßen das Essen, das Yellow Bird gemacht hatte. Sam setzte sich neben Lacey. Sie versteifte sich und rückte etwas von ihm fort. Er nahm eine Schale mit Essen von Yellow Bird entgegen und begann zu essen.

»Es ist schön, dass wir Mama bei uns haben, nicht wahr, Papa?«, meinte Andy. »Sie will noch nicht heimkehren. Ich will erst nach Hause, wenn wir alle zusammen sind.«

»Ist deine Mutter darauf vorbereitet, mit uns nach Kalifornien zu reisen?«

Andy schaute Lacey hoffungsvoll an. »Bist du das, Mama?«

»Darüber reden wir später, Schatz«, erwiderte Lacey und blickte anzüglich zu Yellow Bird. »Wenn wir allein sind.«

»Kann ich jetzt mit Sitting Bear spielen gehen? Running Buffalo hat einen Bogen gemacht und wird mir zeigen, wie man damit umgeht.«

»Ein Bogen? Ich weiß nicht …«

»Lass ihn gehen, Lacey. Running Buffalo passt schon auf, dass nichts passiert.«

»Also gut. Sei vorsichtig, Schatz.«

Andy flitzte los. Stille herrschte, bis Yellow Bird die Schalen nahm und das Tipi verließ. Ihr Verhalten gegenüber Lacey war unfreundlich, doch Sam ging darüber hinweg. Sofort als Yellow Bird fort war, wandte er sich an Lacey.

»Es ist nicht das, was du denkst, Lacey. Was du gesehen hast, hat nichts zu bedeuten.«

Lacey schmollte. »Wie kommst du auf den Gedanken, dass es mich interessiert?«

»Vielleicht interessiert es dich nicht, aber ich möchte das klarstellen. Was du am Fluss gesehen hast, war nur eine Zurschaustellung von Yellow Birds Zuneigung. Sie wurde nicht erwidert.«

Lacey blickte auf ihre Hände hinab. »Nach der vergangenen Nacht dachte ich ...« Ihre Stimme verlor sich.

»Was hast du gedacht?«

Sie blickte zu ihm auf. »Dass du Andy mit mir heimkehren lässt.«

Sams Miene nahm einen härteren Zug an. »War es das, was du letzte Nacht erreichen wollest, als du dich mir hingegeben hast? Hast du meine Schwäche ausgenutzt, um deinen Willen durchzusetzen? Es wird nicht klappen, Lacey. Ich leugne nicht, dass ich dich begehre, aber ich verzichte nicht auf meinen Sohn.«

»Nein! So war es überhaupt nicht«, beteuerte Lacey. »Was zwischen uns geschah, war spontan. Ich hätte es nicht verhindern können; das wissen wir beide.«

»Und was machen wir dagegen?«, fragte Sam leise.

Sie hob trotzig das Kinn. »Ich nehme Andy mit nach Hause. Du kannst deine Squaw haben. Yellow Bird hasst mich. Es ist vielleicht nichts Sexuelles zwischen euch beiden, aber das kommt bestimmt.«

»Yellow Bird würde dich nicht verletzten. Sie ist eine Heilerin. Sie schätzt das Leben hoch. Wie schon gesagt, es steht dir frei, zu gehen, wann immer du willst, aber Andy bleibt bei mir.« Er hoffte, dass sie ihn begleiten würde, aber er würde sie nicht aufhalten, wenn sie ihn ohne Andy verlassen würde.

In ihren haselnussbraunen Augen blitzte es auf, und Sam wartete auf ihren Ausbruch.

»Verdammt, Sam Gentry! Ich gehe nicht ohne meinen Sohn. Du kannst es mit Yellow Bird treiben, wie du willst, aber erwarte nicht von mir, dass ich dir wieder verfalle. Beim nächsten Mal werde ich auf der Hut sein.«

»Darf ich annehmen, dass du uns nach Kalifornien begleiten wirst?«

»Du kannst annehmen, was du willst, aber eines sollst du wissen: Ich gehe so oder so, und es wird nicht ohne Andy sein.« Sie erhob sich abrupt, schnappte sich einen Wasserschlauch, der hinten im Tipi lag, und stürmte davon.

Sam starrte ihr mit gerunzelter Stirn nach. Er wusste, dass er starrsinnig war, doch diesmal würde er bei Lacey nicht nachgeben. Wenn sie Andy haben wollte, dann konnte sie mit ihnen nach Kalifornien gehen.

Lacey beobachtete aus der Ferne, wie Andy und Sitting Bear mit ihren kleinen Bogen spielten. Ihre Pfeile flogen nicht weit, und Lacey stellte erleichtert fest, dass sie sich keine Sorgen zu machen brauchte. Sie wanderte über den Pfad zum Fluss und füllte den Wasserschlauch. Sie musste sich gründlich waschen und wollte baden. Allein und ungestört. Im Gegensatz zu Sam war sie auf Sittsamkeit bedacht.

Als sie zum Tipi zurückkehrte, war Sam fort, sehr zu Laceys Erleichterung. Sie fand einen Eisenkessel und erhitzte Wasser über dem Feuer. Sie hörte ein Geräusch hinter sich und fuhr herum. Es überraschte sie nicht, Yellow Bird zu sehen. Dies war schließlich ihr Tipi.

Yellow Bird vergeudete keine Zeit mit einleitenden Worten. »Warum bist du noch hier? Du bist nicht gut für Sam.«

Auch Lacey redete nicht um den heißen Brei herum. »Ich gehe nicht ohne Andy, und Sam weigert sich, ihn mir mitzugeben.«

»Du hast Sam verletzt«, hielt Yellow Bird ihr vor. »Er liebt dich nicht.«

In Lacey stieg Zorn auf. »Was hat dir Sam über mich erzählt?«

»Sehr wenig, aber ich weiß, dass er nicht glücklich mit dir ist. Ich kann ihm seine Traurigkeit nehmen. Du wirst ihm nichts als Kummer machen.«

»Du kannst Sam haben«, erwiderte Lacey. »Ich habe sechs Jahre ohne ihn gelebt, als ich ihn für tot gehalten habe, und ich brauche ihn auch jetzt nicht. Andy ist alles, was ich brauche, damit mein Leben komplett ist.«

»Du hast einen anderen Mann«, sagte Yellow Bird. »Einen, den An-dy nicht leiden kann.«

»Dieser Mann ist nicht mehr in meinen Leben oder meiner Zukunft – nicht, dass dich dies was anginge. Sieh mal, Yellow Bird, ich möchte nicht, dass du meine Feindin bist. Nimm Sam, wenn er dich haben will, aber Andy gehört mir. Bitte geh jetzt, damit ich ungestört baden kann.«

Yellow Bird forschte in Laceys Gesicht, als versuche sie, zu ergründen, ob ihre Worte aufrichtig waren; dann nickte sie und zog sich hastig zurück.

Lacey wusste wirklich nicht, was sie von Yellow Bird halten sollte. Sie schien Andy ehrlich zu mögen, und es war klar, dass sie in Sam verliebt war. Aber sonderbarerweise sah sie keine echte Bedrohung in der Indianerin. Sie hatte jedoch ein unbehagliches Gefühl. Schließlich war sie ein Eindringling in eine fremde Welt. Sie befürchtete, dass das Wohlwollen der Indianer zum größten Teil vom Respekt für Sam abhing.

Die folgenden Tage vergingen, ohne dass das Problem zwischen Lacey und Sam gelöst wurde. Lacey weigerte sich, Andy aus den Augen zu lassen. Obwohl sie sich Sorgen wegen der Ranch machte, traf sie keine Anstalten, das Indianerlager zu verlassen, denn Sam würde sie stoppen, wenn sie versuchen würde, Andy mitzunehmen. Sie wartete auf den Tag, an dem Sams Wachsamkeit nachließ. Und dann würde sie die Gelegenheit beim Schopf packen.

Laceys größte Sorge war, dass Taylor mit dem Sheriff zurückkehren würde. Sie konnte nicht vergessen, dass Sam vom Gesetz gesucht wurde und Taylor nicht vor Heimtücke oder Gewalt zurückschreckte, um zu bekommen, was er haben wollte. Und er wollte die Ranch haben. Warum?

Als weder Taylor noch das Gesetz auftauchten, begann Lacey aufzuatmen. Sie wusste, dass Running Buffalos Wachsamkeit nicht nachgelassen hatte, denn jeden Abend schickte er Krieger als Patrouille in den Wald. Lacey gewöhnte sich an das Alltagsleben im Indianerlager. Sie hatte es sogar übernommen, das Essen zu kochen, das Sam für sie besorgte.

Aber sie hatte Sam seit jener ersten Nacht keinen Sex mehr gewährt. Sie schliefen im selben Tipi, wann immer sich Sam entschied, einen Besuch zu machen, aber das war auch alles. Sie fragte ihn nie, wenn er nicht zurückkehrte, und sie hatte keine Ahnung, wo er war oder mit wem er schlief. Sam hatte nichts dagegen eingewendet, als sie darauf bestanden hatte, dass Andy jede Nacht neben ihr schlief.

Er brauchte auch nichts zu sagen. Seine finstere Miene sagte alles.

Lacey kochte Bohnen und bereitete die Kaninchen zu, die Sam an diesem Morgen gejagt hatte. Die Hitze vom Feuer tat ihr gut, denn die Abende waren äußerst kalt geworden. Lacey hoffte, dass sie und Andy vor dem ersten Schneefall sicher daheim sein würden.

»Das riecht gut.«

Lacey täuschte Gleichgültigkeit vor, doch ihr Herz pochte schneller, als Sam hinter ihr auftauchte. Sein Haar war noch nass vom Waschen im Fluss, und der Gedanke an ein kaltes Eintauchen in den Fluss an diesen eisigen Abenden ließ sie erschauern.

»Das Essen wird fertig sein, sobald ich das Brot gebacken habe.« Yellow Bird hatte ihr widerstrebend gezeigt, wie indianisches Brot gebacken wurde, und sie war ziemlich gut darin geworden.

Sam ließ sich auf den Boden neben das Feuer sinken. Mit mürrischer Miene starrte er in die Flammen. »Running Buffalo wird in ein paar Tagen seinen Stamm für den Winter nach Süden bringen ...«, begann er. »Es ist an der Zeit für mich und Andy, aufzubrechen.«

Lacey fiel der Löffel aus der Hand, und sie starrte Sam an.

»Du wusstest die ganze Zeit über, dass wir fortgehen werden«, sagte Sam. »Du musst dich jetzt entscheiden, was du tun wirst. Du kannst mitkommen, aber es wird keine leichte Reise sein. Ich habe nicht genügend Geld für drei Fahrkarten, und so werden wir die Postkutsche vergessen müssen.« Er sah sie an. »Du kannst immer noch zur Ranch zurückkehren und Cramers Frau werden. Der Himmel weiß, dass du mir so gut wie keine Frau gewesen bist.«

Lacey warf ihm einen giftigen Blick. »Es war ein Fehler,

zuzulassen, dass du es mit mir tust. Es gibt keine Liebe zwischen uns. Ohne Liebe ist es sinnlos, miteinander zu schlafen.«

»Bist du dir sicher, dass es keine Liebe zwischen uns gibt? Da gibt es etwas zwischen uns. Etwas, das keiner von uns zugeben will.«

Seine Worte verblüfften sie. Ihre Beine wurden weich, und sie plumpste neben ihn. »Heißt das, du liebst mich, Sam?«

»Es wäre leicht, dich zu lieben, Lacey. Du bist die Mutter meines Kindes. Einst verband uns eine tiefe Liebe. Ich weiß nicht, ob dieses tiefe Gefühl jemals wiederkehren wird, oder ob ich das will, aber du bist mir nicht gleichgültig. Das habe ich dir bei zahlreichen Gelegenheiten bewiesen.«

»Heißt das, du bist bereit, mir zu glauben, dass ich dich nicht an die Yankees verraten oder dir das Aufgebot auf den Hals geschickt habe?«

Sam blickte fort. »Vielleicht. Ich bin mir bei einigen Dingen noch nicht im Klaren.«

Lacey versteifte sich. »Du widersprichst dir, Sam. Du kannst mich nicht lieben, wenn du mir nicht vertraust. Ich werde mit dir und Andy nach Kalifornien gehen, aber nicht als deine Frau. Was du für mich empfindest, ist sexuelle Lust; ich bin mir nicht sicher, ob du mich jemals geliebt hast.«

Ihre Worte hingen in der Luft wie Herbstnebel, dicht und erstickend.

13

Nach ihrem belastenden Gespräch kehrte Sam nicht zum Schlafen ins Tipi zurück. Lacey hatte keine Ahnung, wo er seine Nächte verbrachte, doch sie argwöhnte, dass er mit Yellow Bird zusammen war. Die Squaw wirkte in jüngster Zeit viel zu selbstgefällig, als freue sie sich über etwas. Lacey hatte nicht vor, Sam zu fragen, wo er schlief. Sie befürchtete, es bereits zu wissen.

Das gesamte Lager bereitete sich auf den Umzug nach Süden vor. Jeder, einschließlich Lacey, hatte eine Aufgabe. Zu ihren Pflichten zählte es, die späten Beeren zu sammeln und in die Sonne zum Trocknen auszulegen. Zu ihrem Bedauern durfte Andy sie und die anderen Frauen niemals begleiten, so war ihr diese Fluchtmöglichkeit versagt.

Eines Tages schaffte es Yellow Bird, sie für ein Gespräch unter vier Augen wegzulocken. »Wir brechen in drei Sonnen zu unserem Winterlager auf«, sagte Yellow Bird. »Ich weiß, dass du nicht mit Sam nach Kalifornien gehen willst, und deshalb werde ich dir helfen, ihn zu verlassen.«

Sofort war Laceys Misstrauen geweckt. »Warum solltest du mir helfen? Du kannst mich ja nicht mal leiden.«

»Sam Gentry und ich sind Geliebte«, log sie. »Wir waren Geliebte, bevor du in unser Lager kamst. Du weißt, dass ich nicht lüge, denn er hat dein Schlaflager um meinetwillen verlassen. Er will dich nicht.«

»Ich gehe nicht ohne Andy, und Sam weigert sich, ihn mir zu überlassen.«

Yellow Bird neigte sich näher. »Du wünschst doch, wegzugehen, oder nicht?«

»Ich habe dir gesagt, nicht ohne …«

»Du kannst An-dy mitnehmen. Ich werde Sam Söhne schenken, viele Söhne. Er braucht deinen nicht.«

Lacey forschte in Yellow Birds Gesicht. Sie wirkte aufrichtig, aber konnte sie ihr trauen? »Wie kannst du mir helfen? Andy und ich werden selten allein gelassen. Wir brauchen Pferde und …«

»Ich werde für alles sorgen, vertrau mir. Morgen reiten die Männer auf einen Jagdausflug. Sam begleitet sie. Er hat mich gebeten, während seiner Abwesenheit auf dich und Andy aufzupassen.«

In Lacey stieg Aufregung auf. Dies war die Chance, auf die sie gewartet hatte. »Wie lange wird Sam fort sein?«

»Die Männer werden weit fort auf der Suche nach Wild sein. Sie werden zwei Sonnen fort sein. Bevor sie zurückkehren, könntest du längst daheim sein.«

Lacey war immer noch nicht überzeugt. »Wenn du mir hilfst, wirst du dir bestimmt Sams Zorn zuziehen. Es überrascht mich, dass du bereit bist, das zu riskieren.«

»Ich bin nicht dumm. Ich werde die Dinge so arrangieren, dass er mich nicht dafür verantwortlich halten wird. Wenn du erst fort bist, wird er sich mir zuwenden, um seine Bedürfnisse zu befriedigen.«

»Du irrst dich. Sam geht nach Kalifornien.«

Yellow Bird lächelte. »Er wird bleiben. Running Buffalo mag Sam. Gemeinsam werden wir ihn überreden, bei unserem Volk zu bleiben. Das Gesetz des Weißen Mannes kann ihn nicht erreichen, während er bei uns ist.«

Trotz ihres Misstrauens gegenüber Yellow Bird hatte Lacey das Gefühl, keine Wahl zu haben. »Sag mir, was ich tun muss.«

Lacey hörte genau zu und nickte dann zustimmend. Wenn alles verlief wie geplant, würden sie und Andy bald zu Hause sein. Und sie würde Sam niemals wiedersehen. Bei diesem Gedanken schwindelte ihr. Sie hatte sich allmählich wieder in Sam verliebt. Es hatte bald nach seinem Auftauchen auf der Ranch angefangen. Sie wollte ihn hassen, hatte sich immer wieder all seine Schuld und seine Charakterfehler in Erinnerung gerufen, doch es hatte nichts genutzt. Er war trotzdem der gleiche Sam, in den sie vor sechs Jahren verliebt gewesen war, und nichts konnte das ändern.

Oh, er hatte sich in vielem verändert, doch der Sam, den sie einst geliebt hatte, war noch da. Er war misstrauischer geworden, härter, begieriger darauf, ungerechtfertigt zu verdammen, doch ihr Herz weigerte sich, auf ihre Argumente zu hören. Der Liebesakt mit Sam war wie ein Stück Himmel für sie. Doch sie durfte sich nicht durch ihre Liebe zu Sam von ihren Zielen abbringen lassen. Sie musste tun, was das Beste für Andy war. Einen Schritt vor dem Gesetz durch das Land zu flüchten, war zweifellos nicht das Beste für Andy. Angenommen, Sam wurde gefasst und ins Gefängnis gesteckt? Was würde dann aus Andy werden?

War würde aus ihr werden?

Plötzlich kam ihr in den Sinn, dass sie noch eine Nacht mit Sam hatte. Eine weitere Nacht ...

Sam war begierig darauf, nach Kalifornien aufzubrechen. Er hatte den Aufbruch widerstrebend aufgeschoben, weil Running Buffalo ihn gebeten hatte, sich am nächsten Tag einem Jagdtrupp anzuschließen. Er wusste, dass Lacey seine Abwesenheit als eine Gelegenheit betrachten würde, mit Andy zu fliehen, und so bat er Yellow Bird, Lacey und Andy jederzeit getrennt und unter Beobachtung zu halten. Yellow Bird hatte bereitwillig zugestimmt, doch eine unerklärliche Unruhe erfasste ihn. Er wusste, dass Lacey nach einer Gelegenheit zur Flucht mit Andy suchte, aber er vertraute Yellow Bird, und er wollte Running Buffalo nicht beleidigen, indem er es ablehnte, sich dem Jagdtrupp anzuschließen.

An diesem Abend kehrte Sam ins Tipi zurück, um mit Lacey zu Abend zu essen. In den vergangenen Tagen hatten sie nur kurz miteinander gesprochen, und er hatte das dringende Bedürfnis, die Dinge zwischen ihnen zu glätten. Er hatte widerstreitende Gefühle, was Lacey anbetraf. Es würde ihm schwer fallen, ihr angesichts der Ereignisse in der Vergangenheit wieder zu vertrauen, aber es würde leicht sein, sie zu lieben.

Er traf Lacey allein an. »Darf ich heute mit dir zu Abend essen?«

»Wenn du magst. Ich koche immer, auch wenn du es vorziehst, deine Mahlzeiten sonstwo einzunehmen.«

»Wo ist Andy?«

»Sitting Bear hat Andy gebeten, heute bei ihm zu übernachten, und ich habe es nicht übers Herz gebracht, ihm das abzuschlagen.« Sie servierte eine Schale mit Wildeintopf und gab ihm dazu eine Scheibe indianisches Brot.

Sam nahm das Essen und setzte sich ihr gegenüber hin. »Dies schmeckt sehr gut«, sagte er genussvoll kauend.

Lacey sah ihn über das Feuer hinweg an. »Gibt es irgendetwas Besonderes, was du mit mir besprechen willst?«

»Ich reite morgen mit dem Jagdtrupp. Versprichst du mir, hier zu sein, wenn ich zurückkehre?«

»Ich habe gesagt, ich gehe mit dir nach Kalifornien«, erwiderte Lacey ausweichend.

»Ich weiß, was du gesagt hast«, bemerkte Sam anzüglich. »Ich möchte wissen, ob ich dir vertrauen kann und du nicht mit Andy flüchtest, während ich fort bin.«

»Erwarte nicht, dass ich dir darauf eine Antwort gebe.«

»Ich gehe davon aus, das ich dir dieses Mal vertrauen kann«, sagte Sam, und es war ihm bewusst, das er mehr Vertrauen in Lacey legte, als sie verdiente. Wenn sie gemeinsam nach Kalifornien gehen würden, dann musste das Misstrauen zwischen ihnen aufhören, und wenn sie bereit war, ihm ihr Wort zu geben, würde er sich darauf verlassen, dass sie es hielt.

Lacey nagte an der Unterlippe, als sie sich ihre Antwort auf Sams Frage überlegte. Wenn sie sich weigerte, ihm ihr Wort zu geben, konnte Sam sich entscheiden, nicht mit dem Jagdtrupp fortzureiten und damit eine gute Fluchtmöglichkeit verderben. Andererseits, wenn sie ihr Wort gab und es brach, würde die Lüge jegliche Hoffnung auf eine zukünftige Beziehung zerstören. Wie auch immer sie sich entschied, Sam würde einen weiteren Grund haben, sie zu hassen. Schließlich tat Lacey, was sie tun musste. Sie log.

»Ich werde hier sein, wenn du zurückkehrst, Sam.«

Sam entspannte sich sichtlich, aber Lacey senkte schuldbewusst den Blick. Sie konnte ihm nicht die Augen schauen, weil sie befürchtete, er würde ihr ansehen, dass sie log. Zu ihrer Erleichterung nickte Sam nur und widmete sich weiter seinem Essen.

Laceys Blick kehrte zu Sam zurück, und es war ihr bewusst, dass sie ihn vermutlich zum letzten Mal sah, dass sie zum letzten Mal zusammen waren. Ihr Blick verweilte auf seinem Gesicht, und sie prägte sich jeden Zug ein und bewahrte den Anblick in ihrer Erinnerung, aus der sie ihn während der kommenden langen einsamen Tage und Nächte hervorholen konnte.

Sams Gesicht hatte Charakter. Stark und markant. Es spiegelte die Unbeugsamkeit eines Mannes wider, der selten eine einmal getroffene Entscheidung zurücknahm.

Vor sechs Jahren hatte Sams Äußeres nur erahnen lassen, welche Kraft eines Tages in ihm stecken würde, und das Versprechen war Realität geworden. Sams muskulöser Körper gab Zeugnis von seiner Kraft und Männlichkeit. Bei dem Gedanken an Sams Manneskraft wurde Laceys Mund trocken. Sam war der einzige Mann, der sie geliebt hatte, aber sie wusste intuitiv, dass ihr kein anderer Mann gefallen würde.

Sie begehrte ihn. Das zu leugnen, würde eine Lüge sein. Wenn doch nur ... plötzlich kam ihr ein unerhörter Gedanke. Warum nicht? Sie und Sam waren allein, und die Nacht lag vor ihnen. Wenn er sie noch einmal nehmen würde, konnte sie die Erinnerung für immer in ihrem Herzen bewahren. Es würde eine wundervolle erotische Erinnerung sein, in der sie in den kommenden Jahren schwelgen konnte.

Sam stellte seine Schale ab. Sein Blick war verhangen, als er in ihrem Gesicht forschte. *Kann er mein Verlangen spüren?*, dachte Lacey.

»Ich mag die Kälte zwischen uns nicht, Lacey«, sagte er leise. »Wir haben einen gemeinsamen Sohn. Wir sind immer noch verheiratet, bis die Ehe aufgehoben wird. Ich wünsche mir ...«

Eine verräterische Wärme begann sich in ihr auszubreiten. »Sag es mir, Sam. Vielleicht wünschen wir das Gleiche.«

Ein zögerndes Lächeln stahl sich um seine Lippen. »Vielleicht.«

Er starrte auf ihren Mund. Lacey befeuchtete ihre plötzlich trockenen Lippen, sich nicht bewusst, dass ihre unschuldige Tat aufreizend wirkte. Sie dachte sich auch nichts dabei, als sich ihre Lippen in einer offenkundigen Einladung öffneten. Sam schien von dem gleichen Verlangen erfüllt zu sein, denn er stand auf und zog sie in seine Arme.

»Was auch immer sonst zwischen uns steht, Liebling, wir werden immer dies haben«, flüsterte er. »Unsere Körper wissen, was sie wünschen, ob unser Verstand zustimmt oder nicht. Wirst du dich heute Nacht von mir lieben lassen? Du hast mir gefehlt.«

Ihn lassen? Sie würde sterben, wenn er es nicht tun würde. »Liebe mich, Sam, bitte liebe mich.«

Seine Hände spannten sich um ihre Schultern, und er war bereits erregt, als er ihren Mund in Besitz nahm und sie hart und fordernd küsste. Lacey hörte ihn aufstöhnen, als er die Zunge in ihren Mund stieß, und ihr Puls raste. Sam brauchte sie nur zu berühren, und sie entflammte.

Seine Hand umschloss eine ihrer Brüste, und er flüsterte ein weiteres Aufstöhnen der Lust in ihren Mund, ein Laut, der bis ins Zentrum ihrer Weiblichkeit einzudringen schien. Sie spürte, wie er ihr Mieder öffnete, wie seine warme, raue Handfläche ihre Brust umfasste. Getrieben von Verlangen nach diesem Mann, fuhr sie ihm mit den Fingern durchs Haar, streichelte seine Wange. Sie konnte seine Bartstoppeln und die Wärme seiner Haut spüren.

Ihre Hand glitt tiefer, und sie nahm seinen starken Herzschlag war. Dann war sie im leidenschaftlichen Rhythmus seines tiefen Kusses verloren und bemerkte kaum, wie er sie auf das Schlaflager zog. Seine Hände zitterten leicht, als er ihr das Unterhemd und den Schlüpfer abstreifte. Sie keuchte seinen Namen, als er ihre empfindlichste Stelle streichelte.

Nach einer Weile zog er die Hand zurück, um seine Hose aufzureißen. »Du bist bereit für mich, Liebling. Lass uns nicht mehr warten.«

Mit einer flüssigen Bewegung zog Sam sie auf seinen Schoß, und sie setzte sich rittlings auf ihn. Ein erstickter Schrei stieg aus ihrer Kehle, als sie ihn hart und tief in sich spürte.

Er umfasste ihre Pobacken mit beiden Händen, wiegte sie auf und ab. Sie umschloss ihn, schloss die Augen und gab sich dem Rhythmus ihrer Vereinigung hin, wusste, dass dies die letzte Erinnerung war, die sie für immer bewahren würde.

Gefühle bauten sich in ihr auf, bis die Spannung nicht mehr zu ertragen war. Mit einem Aufschrei fand sie die Erfüllung. Sam rief ihren Namen und erreichte einen Augenblick später den Höhepunkt.

Die Glut in der Feuerstelle brannte herunter. Aufkommender Wind heulte um das Tipi. Regen prasselte herab, doch die Liebenden spürten keine Kälte, nahmen nichts außer ihrem Herzschlag wahr.

Eine kalte, feuchte Morgendämmerung begrüßte Sam, als er Galahad sattelte. Er verließ das Tipi früh, um noch einen ungestörten Moment mit Yellow Bird zu verbringen, bevor er wegritt. Er sah sie mit ihrem Bruder sprechen. Als sie Sam bemerkte, ging sie zu ihm.

»Ich habe Essen für dich zubereitet«, sagte sie zaghaft.

Sam nahm den Hautbeutel mit Proviant für den Ritt an und verstaute ihn in seinen Satteltaschen. »Danke, Yellow Bird. Ich bin froh, dass du schon auf bist. Ich wollte mit dir sprechen, bevor ich reite.«

»Mach dir keine Sorgen, Sam. Ich werde auf Andy und Lacey aufpassen.«

»Lacey hat versprochen, hier zu sein, wenn ich zurückkehre. Es wird nicht nötig sein, sie während meiner Abwesenheit zu bewachen.«

Yellow Bird kniff die Augen zusammen. »Hat Lacey dir das gesagt? Vertraust du ihr?«

Nach kurzem Zögern sagte Sam: »Ich könnte es bereuen, aber dieses Mal urteile ich im Zweifelsfall zu ihren Gunsten.«

»Ich hoffe, du begehst keinen Fehler, Sam«, sagte Yellow Bird und ließ sich ihre freudige Erregung nicht anmerken.

Sam forschte in ihrem Gesicht, dann nickte er und ritt los, um sich Running Buffalo anzuschließen.

Bald darauf schritt Yellow Bird zielstrebig zu Laceys Tipi, machte sich nicht die Mühe, sich anzukündigen, und trat ein. »Warum schläfst du noch? Willst du nicht fort? Warum hast du Sam versprochen, bei seiner Rückkehr hier zu sein?«

Lacey streckte sich schläfrig unter der Decke. Sie hatte nicht mit Yellow Birds Erscheinen gerechnet, bevor sie Zeit hatte, sich zu waschen und anzukleiden. »Ist es schon Zeit?« Sie stemmte sich auf die Ellenbogen. »Ich habe Sam gesagt, was er hören wollte. Ich bedaure, dass es gelogen war, aber mir blieb nichts anderes übrig.«

Yellow Bird schnüffelte und rümpfte die Nase. »Du hast die Nacht mit Sam verbracht. Der Beweis eurer Vereinigung hängt in der Luft. Vielleicht hast du Sam nicht belogen. Vielleicht wünschst du nicht mehr, fortzureiten.«

Lacey starrte Yellow Bird an. »Sam ist mein Ehemann.

Was wir tun, geht dich nichts an. Ich habe um Andys willen gelogen. Andy würde sich unglücklich fühlen, wenn Sam ihn aus Texas fortbringen würde. Er ist zu jung für das Leben, das Sam für ihn geplant hat. Sam wird immer auf der Flucht vor dem Gesetz sein, und Andy braucht Beständigkeit.«

»Du hast eine kluge Wahl getroffen«, sagte Yellow Bird selbstzufrieden. »Ich hole dein Pferd und bringe dir Andy.«

»Wie wirst du mit Sams Zorn fertig werden?«

»Mach dir keine Sorgen wegen Sam. Ich werde seinen Kummer lindern und dafür sorgen, dass er dich oder deinen Sohn nicht vermisst.«

Yellow Bird macht abrupt kehrt und verließ das Tipi, und ihre Worte schienen Lacey zu verhöhnen. *Hat sie Recht?*, fragte sie sich. Vermutlich. Warum sollte Sam sie vermissen, wenn Yellow Bird mehr als begierig darauf war, ihn zu trösten?

Lacey verdrängte ihre schmerzlichen Gedanken, zog sich hastig an und verließ das Tipi. Es gab nichts mitzunehmen; alles was sie besaß, trug sie am Leib.

Andy stand mit verwirrter Miene neben Yellow Bird.

»Mama, Yellow Bird sagt, wir verlassen sie. Wohin reiten wir? Warum können wir nicht auf Papa warten?«

Lacey breitete die Arme aus, und Andy lief hinein. »Wir können nicht auf deinen Papa warten, Schatz. Wir müssen jetzt aufbrechen.«

»Wohin reiten wir?«

»Nach Hause.«

»Zur Ranch? Ohne Papa?«

»Ich werde dir das später erklären«, sagte Lacey und hob ihn in den Sattel.

»Aber … aber Mama, was ist mit Papa?«

Lacey saß hinter Andy auf. »Es ist zu kompliziert, um dir das jetzt zu erklären.«

Aufgeweckt wie stets, fragte Andy: »Papa weiß nicht, dass wir das Lager verlassen, nicht wahr? Muss ich Sitting Bear verlassen? Auf der Ranch habe ich keine Freunde zum Spielen.«

»Und was ist mit Rusty und den Cowboys? Das sind alles deine Freunde.«

»Das ist nicht das Gleiche«, meinte Andy verdrossen. »Reite ohne mich. Ich warte hier auf Papa.«

Lacey seufzte. »Mach keine Schwierigkeiten. Es gibt Gründe dafür, weshalb wir jetzt reiten müssen.«

»In den Satteltaschen ist Proviant«, sagte Yellow Bird. »Pass auf An-dy auf. Er ist ein guter Junge, und ich habe ihn in mein Herz geschlossen.«

Lacey trieb ihre Stute an und ritt los, ließ das Indianerlager und die Erinnerungen an die Liebesnacht mit Sam zurück. Vielleicht bekam sie sogar ein Kind von ihm. Sie würde es nicht bereuen, denn dann würde sie eine weitere Erinnerung an ihn haben.

Dunkelheit senkte sich über das Land, als Lacey mit dem erschöpften Andy auf der Ranch eintraf. Niemand war zu sehen, es war die Zeit des Abendessens, und der Küchenbau war hell erleuchtet. Lacey überlegte, ob sie ihre Anwesenheit sofort bekannt machen oder warten sollte, bis die Cowboys gegessen hatten. Die Entscheidung wurde ihr abgenommen, denn die Tür des Küchengebäudes wurde geöffnet, und Rusty trat heraus. Er ging zum Stall, sah Lacey und verharrte abrupt.

»Miss Lacey, sind Sie das? Gott sei Dank, Sie sind daheim.«

Er eilte zu ihr, hob Andy aus dem Sattel und half ihr beim Absitzen. »Alles in Ordnung?«

»Es geht uns beiden gut, Rusty. Kommen Sie ins Haus und erzählen Sie mir, was los war, während ich fort war.«

»Ich trage den Jungen«, sagte Rusty und nahm Andy auf die Arme. »Der arme Kerl sieht total erledigt aus.«

»Ich habe einen Freund namens Sitting Bear, Rusty«, sagte Andy. »Er ist in meinem Alter. Ich habe nie einen gleichaltrigen Freund gehabt.«

»Das klingt, als hättest du dich prächtig amüsiert, Andy«, meinte Rusty.

Sie hatten gerade die Veranda erreicht, als Haustür aufflog und Rita herauseilte. »Señora! Andy! Por Dios, ihr kommt heim.«

»Rita, was machst du hier so spät?«

»Rita ist im Haus geblieben, seit Sie die Ranch verlassen haben«, erklärte Rusty. »Sie wollte hier sein, wenn Sie zurückkehren. Wir sind alle mächtig froh, Sie wieder daheim zu haben, Miss Lacey.«

»Sí, Señora«, stimmte Rita zu. »Es stimmt. Haben Sie Hunger? Ich kann sofort etwas fertig machen.«

»Bringe Andy in die Küche und füttere ihn, Rita. Ich esse später. Rusty wird mich ins Bild setzen, was während meiner Abwesenheit auf der Ranch los war.«

»Sí, Señora.« Rita blickte an Lacey vorbei und runzelte die Stirn. »Ist Señor Sam nicht bei Ihnen?«

Lacey stieg das Blut in die Wangen, und sie blickte fort. »Nein. Sam wird nicht zur Ranch zurückkehren.«

Andy schnappte ihre Antwort auf. »Das stimmt nicht, Mama. Papa würde nicht zulassen, dass du mich ihm wegnimmst, wenn er wüsste, dass er mich nicht wiedersehen wird.«

»Das reicht, Andy«, sagte Lacey gereizt. Als sich Andys Gesicht verzog und er den Tränen nahe war, erkannte Lacey, dass sie zu schroff zu ihm gewesen war, und bereute es sofort.

»Es tut mir Leid, Schatz. Mama ist müde. Ich muss erst mit Rusty sprechen! Dann werde ich erklären, warum wir ohne deinen Papa zurückkehren mussten. Geh mit Rita. Ich weiß, dass du Hunger hast.«

»Ja, Mama.« Andy schniefte, als er sich von Rita an die Hand nehmen und fortführen ließ.

»Kommen Sie in mein Büro, Rusty. Ich kann mir vorstellen, dass allerhand passiert ist, während ich weg war.«

Lacey setzte sich hinter den Schreibtisch. Rusty ließ sich in den Sessel sinken, auf den Lacey wies. »Fangen Sie mit der Herde an. »Wie steht es um sie? Weitere Versuche, Rinder zu stehlen?«

»Der Herde geht's prima. Die Rinder sind für den Winter von den Weiden herabgetrieben worden. Sie werden im Frühjahr zum Markt gebracht werden können. Ich weiß, dass Sie das Geld brauchen.«

»Leider wird das Geld vom Verkauf der Rinder nicht reichen. Meine einzige Hoffnung ist, dass die Bank den zu erwartenden Erlös aus dem Verkauf als Sicherheit für einen Kredit akzeptieren wird, damit ich meine Steuernachzahlungen leisten kann. Ist Taylor Cramer hier gewesen?«

»Er kam einmal her, nach seinem misslungenen Angriff auf das Indianerlager. Er erzählte, Sam würde Andy nicht gehen lassen und dass Sie nicht ohne Andy gehen würden. Er sagte, Sam forderte Sie zum Verlassen des Lagers auf, doch sie hätten sich geweigert. Seither haben wir nichts mehr von ihm gesehen. Ich kann verstehen, weshalb Sie Andy nicht verlassen haben, und ich wusste, dass Sam euch beiden nicht schaden würde, aber Cramer war mächtig sauer.«

»Das kann ich mir vorstellen«, bemerkte Lacey trocken. »Ich traf gerade noch rechtzeitig bei den Indianern ein, Rusty. Taylor und seine Spießgesellen griffen kurz nach meiner Ankunft an, doch es war keine Überraschung mehr, denn Sam hat meine Warnung beachtet. Ich bin überzeugt, dass Taylors Männer wahllos getötet hätten, ohne Rücksicht auf Andy zu nehmen. Wenn ich nicht rechtzeitig dort eingetroffen wäre, dann wären unschuldige Menschen ohne Warnung abgeknallt worden, und ich hätte Andy verlieren können . . . und Sam.«

»Es überrascht mich, dass Cramer nicht zum Indianerlager zurückgekehrt ist und es noch einmal versucht hat. Und ich frage mich, warum er sich nicht an den Sheriff um Hilfe wandte. Sam wird schließlich vom Gesetz gesucht.«

»Das ist rätselhaft«, sagte Lacey. »Ich kann verstehen, warum die angeheuerten Revolvermänner nicht gegen die Indianer kämpfen wollten, nachdem die Überraschung dahin war, aber das erklärt nicht, warum Taylor darauf verzichtet hat, das Gesetz einzuschalten. Das Indianerdorf ist klein, und ein Aufgebot des Sheriffs hätte es leicht einnehmen können.«

»Vielleicht hat Cramer den Zwischenfall niemals dem Sheriff gemeldet«, meinte Rusty.

»Ich werde morgen oder übermorgen zur Stadt reiten und versuchen, etwas über Taylors Pläne herauszufinden. Aus irgendeinem unbekannten Grund will er die B&G unbedingt haben.«

»Das Gras ist gut, wenn wir genug Regen haben, aber nicht besser als auf Cramers Land«, sagte Rusty. »Wasser könnte eine Rolle spielen, aber derselbe Fluss fließt über das Land der B&G und Cramers Land. Es ist mir wirklich schleierhaft, was ihn an Ihrer Ranch interessieren könnte, Miss Lacey.«

»Mir ist es ebenso rätselhaft.« Lacey seufzte. »Ich frage mich, ob meine Ehe mit Sam schon annulliert ist.«

»Ich weiß es nicht, aber ich wäre traurig, wenn es geschehen würde. Wie haben Sie Sam überredet, dass er Ihnen Andy überlassen hat?«

Lacey interessierte sich plötzlich für ihre Fingernägel. »Ich habe ihn nicht überredet. Er ritt mit einem Jagdtrupp fort. Ich versprach, im Indianerlager zu bleiben, bis er zurückkehrt.«

»Sie haben gelogen?« Rusty starrte sie ungläubig an. »Das passt gar nicht zu Ihnen, Miss Lacey.«

»Ich habe es für Andy getan«, verteidigte sich Lacey. »Sam wird vom Gesetz gesucht. Andys Zukunft steht auf dem Spiel. Was für ein Leben hätte mein Sohn mit einem Mann auf der Flucht?«

»Ich nehme an, Sie haben das Richtige getan«, gab Rusty widerstrebend zu, »aber ich bin mir nicht so sicher, dass Sam das ebenfalls so sieht. Er könnte auf der Ranch auftauchen und wütend wie ein gereizter Stier sein.«

Lacey sah vor ihrem geistigen Auge Sam mit Yellow Bird in intimer Umarmung auf dem Schlaflager. »Das wird nicht geschehen. Sam schätzt seine Freiheit zu sehr, um zurückzukehren. Es wäre gefährlich für ihn, sich in der Gegend zu zeigen.«

»Was ist mit Cramer? Sie werden ihn doch nicht heiraten, oder?«

Laceys Miene nahm einen härteren Zug an. »Nein, aber vielleicht lasse ich ihn in dem Glauben. Taylor führt etwas im Schilde, Rusty, ich bin mir nur nicht sicher, was. Machen Sie sich keine Sorgen, eher würde ich die Ranch aufgeben als Taylor heiraten. Wenn ich nicht eingegriffen hätte, dann hätte er seine Handlanger Andy töten lassen. So einen Mann kann ich nicht heiraten.«

»Die Worte erwärmen mein Herz, Miss Lacey. Ich weiß zu schätzen, dass Sie mich ins Vertrauen ziehen.« Er musterte sie forschend. »Sie sehen erschöpft aus. Sie sollten etwas essen und zu Bett gehen.«

»Das werde ich tun, Rusty. Sie sind für mich und Andy ein guter Freund gewesen.«

»Hob hat mich vor seinem Tod gebeten, auf Sie aufzupassen, und das habe ich vor.« Er erhob sich. »Stellen Sie in der Stadt keine zu neugierigen Fragen über Taylor. Es könnte gefährlich sein.«

»Ich werde vorsichtig sein, Rusty.«

Als Rusty fort war, ging Lacey in die Küche, um ihren Sohn zu holen und ins Bett zu bringen. Sie traf Rita jedoch allein an.

»Wo ist Andy?«

Rita lächelte. »Das arme Kind ist eingeschlafen, bevor es fertig gegessen hatte. Sie waren mit Rusty zusammen, und so habe ich ihn selbst raufgetragen und ins Bett gelegt. Nehmen Sie Platz, Señora. Ich habe Ihr Essen warm gehalten. Und dann müssen Sie ins Bett.«

Lacey schätzte Rita aus vielerlei Gründen, ebenso wie Rusty und die Cowboys. Sie waren nicht nur beschützerisch bei ihr und Andy, sie hatten auch über ihren Mangel an Kenntnissen über die Rancharbeit hinweggesehen. Aber sie lernte, und mit Gottes Willen würde sie die Ranch behalten, die sie so liebte.

Lacey aß, was Rita ihr auftischte, und ging dann müde nach oben in ihr Schlafzimmer. Sie hatte in der vergangenen Nacht wenig geschlafen und war scharf geritten, um bis zum Einbruch der Dunkelheit auf der Ranch zu sein. Ohne sich auszukleiden, sank sie auf das Bett und schief sofort ein.

Sam und der Jagdtrupp kehrten erfolgreich ins Lager zurück. Die Jagdbeute war gut, und die Frauen machten sich sofort an die Arbeit, zerlegten das Fleisch und brieten es, um es als Proviant mitzunehmen, wenn sie nach Süden ziehen würden. Sam hielt Ausschau nach Lacey, konnte sie jedoch nicht finden. Als Yellow Bird zu ihm eilte, um ihn zu begrüßen, stieg eine böse Vorahnung in ihm auf.

Yellow Bird wirkte zerknirscht. »Es tut mir Leid, Sam.«

Sam schwang sich vom Pferd und packte Yellow Bird an den Schultern, so hart, dass sie schmerzerfüllt aufstöhnte. Sofort ließ er die Hände sinken.

»Was ist, Yellow Bird? Sag es mir. Ist etwas mit Lacey oder Andy passiert?«

»Du hast mir gesagt, La-cey hat versprochen, sie würde hier bleiben und auf deine Rückkehr warten.«

Sams Gedanken jagten sich. »Lacey ist fort? Bist du dir sicher? Ist Andy mit ihr weggeritten?«

Yellow Bird nickte. »La-cey hat An-dy mitgenommen.«

Sam fluchte. »Sie hat versprochen, zu bleiben! Ich habe ihr vertraut, verdammt! Sie hat gelogen. Sie hat mir in die Augen gesehen und mich belogen!«

Sam schob den Fuß in den Steigbügel und wollte aufsitzen.

»Wohin willst du?«

»Ich hole meinen Sohn.«

Yellow Bird klammerte sich an Sams Bein. »Du denkst nicht klar, Sam. Willst du dein Leben im Gefängnis verbringen? Das wird geschehen, wenn du zu deinem Sohn zurückkehrst. Lass sie beide gehen.«

»Du verstehst nicht, Yellow Bird. Bis vor ein paar Monaten wusste ich nicht, dass ich einen Sohn habe. Ich liebe diesen Jungen und will mein Leben nicht ohne ihn verbringen.«

»Du hast keine Wahl, Sam. Lacey hat dich belogen. Du kannst ihr nicht vertrauen. Sie hat mir gesagt, dass sie dich nicht will. Sie wird einen anderen Mann heiraten.«

Sam zog seinen Fuß aus dem Steigbügel. »Das hat Lacey dir gesagt? Wann?«

»Oftmals. Wenn wir zusammen gesprochen haben, hat sie nicht versucht, ihre Verachtung für dich zu verbergen. Ich sah sie, kurz bevor sie wegritt. Ich bat sie, zum Fluss zu gehen und mir Wasser zu holen. Sie weigerte sich. Wenn ich eine Ahnung gehabt hätte, dass sie flüchten wollte, hätte ich sie nicht verlassen. Sie und Andy waren fort, bevor ich zurückkehrte.«

Eine Fülle von Gefühlen wallte in Sam auf, doch er konnte nicht genau sagen, welches am schmerzlichsten war. Wieder einmal hatte er ihr vertraut, und wieder hatte Lacey ihn verraten. Nach der leidenschaftlichen Nacht, die sie zusammen verbracht hatten, war er so sicher gewesen, dass alles für sie gut werden würde. Diesen Fehler würde er nicht noch einmal machen.

Er war begierig drauf gewesen, zum Lager zurückzukehren und Lacey zu sagen, dass er ihr alles glaubte, ihr voll vertraute. Er hatte bereits akzeptiert, dass sie ihn nicht an die Yankees verraten und dass der Sheriff aus einer anderen Quelle von dem Bankraub erfahren hatte, doch sein Vertrauen war vergebens gewesen. Er war Lacey bereits so verfallen, dass er ihr alle Lügen geglaubt hatte. Wie hatte er so naiv sein können?

Yellow Bird zog an Sams Arm. »Komm mit mir. Ich habe Essen zubereitet. Du bist müde und denkst nicht klar. Wenn du Zeit zum Denken gehabt hast, wirst du erkennen, dass es so das Beste ist. Ich kann dir alles sein, was sie dir nicht gewesen ist, Sam.«

Sam schüttelte ihre Hand ab. Nichts, was Yellow Bird

sagte, konnte den Zorn mildern, der in ihm tobte. Er schätzte ihre Freundschaft, doch sie konnte ihn nicht auf einer persönlichen Ebene erreichen. Nicht wie Lacey, die ihn auf jeder möglichen Ebene zwischen einem Mann und einer Frau erreicht hatte. *Welch ein Narr bin ich gewesen*, dachte er, als er ärgerlich zu der lockenden Stille des Waldes ging.

»Sam, wohin gehst du?«

»Irgendwohin zum Nachdenken.«

»Ich komme mit.«

»Wie du willst, aber ich warne dich. Ich werde keine gute Gesellschaft sein.«

»La-cey ist eine böse Frau«, sagte Yellow Bird und lief, um mit ihm Schritt zu halten. »Lass dich von mir trösten.«

Sam stürmte in den dunkelsten Teil des Waldes und ließ sich dann abrupt unter eine Ulme sinken. Er schenkte Yellow Bird wenig Beachtung, als sie sich neben ihn setzte. Seine Gedanken liefen Amok. Wenn er nach Kalifornien ritt, würde er Andy nie wiedersehen. Wenn er hier in der Gegend blieb, konnte er jedoch im Gefängnis enden. In welch einen Schlamassel hatte er sich nur gebracht! Er wäre besser dran gewesen, wenn er Lacey nie wiedergesehen und nie erfahren hätte, dass er einen Sohn hatte. Aber er hatte einen und konnte ihn nicht verlassen.

»Woran denkst du, Sam?«

»Daran, wie grausam das Leben ahnungslosen Narren mitspielt.«

»Es wäre nicht grausam für dich, Sam. Reite nicht weg. Komm mit mir in unser Winterlager. Lass mich die Frau sein, die du brauchst.«

Sam starrte sie an, sah die Frau, die ihm das Leben gerettet hatte, eine Frau, die ihn niemals verraten würde, eine Frau, die ihm offen die Liebe anbot, die Lacey ihm versagte. Konnte Yellow Bird ihm den Trost geben, nach dem er sich sehnte?

Er packte sie an den Schultern, zog sie an sich und drückte ihren weichen Körper an seinen. Kein Zeitpunkt ist geeigneter als der gegenwärtige, um das herauszufinden, dachte er, als er den Kopf neigte und ihre bereitwilligen Lippen küsste.

14

Es war ein Fehler, Yellow Bird zu küssen. Da war kein Feuer, keine hemmungslose Leidenschaft, keine Empfindung außer dem angenehmen Gefühl, weiche Lippen unter seinen zu spüren. Selbst als sich ihr Körper sinnlich an ihm bewegte, begann sein Verstand, sie abzulehnen. Er war kein bisschen erregt. Vielleicht war er müde.

Er versuchte es von neuem, zog Yellow Bird unter sich, berührte ihre Brüste, strcichelte sie zwischen den Beinen. Immer noch nichts. Was, zum Teufel, war mit ihm nicht in Ordnung? Er hatte nie zuvor ein Problem bei Frauen gehabt, ganz gleich wie erschöpft er gewesen war. Verdammte Lacey! Was hatte sie bei ihm angerichtet? Er wälzte sich fort, drehte sich auf den Rücken und legte einen Arm über die Augen.

»Sam, bitte hör nicht auf.«

»Es ist nicht gut, Yellow Bird. Ich kann das nicht tun. Jeder Mann wäre stolz darauf, dich zu seiner Frau zu machen. Es liegt nicht an dir, es liegt an mir.«

»Ich werde nicht aufgeben, Sam. Ich kann warten. Eines Tages wirst du zu mir kommen. Ich will nicht, dass du nach Kalifornien reitest.«

Sam setzte sich auf und blickte geistesabwesend in die Ferne. Nach langem Schweigen sagte er: »Ich kann nicht nach Kalifornien reiten und Andy zurücklassen. Vielleicht werde ich tatsächlich mit deinem Volk ins Winterlager ziehen. Es ist nicht annähernd so weit entfernt wie Kalifornien.«

»Running Buffalo wird erfreut sein. Du machst mich sehr glücklich, Sam Gentry.«

»Mach dir keine falschen Hoffnungen, Yellow Bird. Ich kann dir nicht geben, was du dir wünschst.«

»Eines Tages wirst du deine Meinung ändern, Sam. Ich werde dich niemals aufgeben.«

Sam empfand Mitleid mit Yellow Bird. Er war nicht fähig, sie zu lieben, weder gefühlsmäßig noch körperlich. Er hatte es lange Zeit vermutet, und jetzt wusste er es mit Sicherheit. Und er kannte auch den Grund: Er hatte nie aufgehört, Lacey zu lieben, obwohl sie ihn verraten hatte, obwohl er jahrelang versucht hatte, sie zu vergessen.

»Geh schlafen«, sagte Sam mit belegter Stimme. »Es ist spät.«

Seit Laceys Rückkehr zur Ranch waren die Tage für sie eintönig. Sie vertiefte sich in die Buchhaltung, versuchte die Verluste gegen die mageren Gewinne aufzurechnen, aber nichts hatte sich geändert, seit sie zum letzten Mal die Zahlen durchgegangen war. Sie hatte immer noch fünf Jahre Steuerschulden, die am Monatsende, in nur drei Wochen, fällig waren. Wenn Onkel Hob ihr vor seinem Tod von seinen finanziellen Sorgen erzählt hätte, wäre sie nicht so schockiert gewesen, als sie die Wahrheit erfahren hatte.

Andy ließ den Kopf hängen, als hätte er seine besten Freunde verloren, und nichts, was Lacey sagte oder tat, schien ihn aufzuheitern. Er fragte so oft nach Sam, dass Lacey gezwungen war, ihm zu erzählen, dass Sam Texas hatte verlassen müssen, um nicht ins Gefängnis zu kommen. Sie rechnete es Andy hoch an, dass er sich standhaft weigerte, zu glauben, dass Sam zu einem Verbrechen fähig war.

Lacey wählte einen milden, sonnigen Tag, um in die Stadt zu reiten und zu versuchen, einen Kredit zu bekommen. Als sie das erste Mal um einen ersucht hatte, war sie abgewiesen worden, doch diesmal konnte sie mit dem baldigen Verkauf einer gesunden Herde aufwarten. Sie betrachtete das als eine gute Verhandlungsgrundlage, aber würde die Bank das auch so sehen? Nach dem Verkauf der Herde im Frühjahr würde sie Bargeld als Beweis haben, dass die Ranch profitabel war. Aber das würde erst im Frühjahr der Fall sein und nicht jetzt.

Lacey ging zum Stall, um ihr Pferd zu holen. Andy rannte herbei, um sie zu begleiten. »Reitest du irgendwohin, Mama?«

»Ich muss Geschäfte in der Stadt erledigen, Schatz. Es wird nicht lange dauern.«

»Kann ich mitkommen?«

»Diesmal nicht. Rita wird ein Auge auf dich halten.«

»Was ist, wenn Papa kommt und mich wieder mitnehmen will?«

Lacey ging in die Hocke und umfasste Andys schmale Schultern. »Ich habe dir erklärt, warum Sam nicht zur Ranch zurückkehren wird, Andy. Du machst dir vergebliche Hoffnungen.«

»Papa ist kein Bandit«, sagte Andy überzeugt.

»Ich glaube das auch nicht, aber das Gesetz glaubt es. Warum gehst du nicht in die Küche und schaust nach, ob Rita die Plätzchen fertig gebacken hat? Ich wette, sie gibt dir frische Milch dazu.«

»Meinst du?« Andys Augen leuchteten erfreut auf. »Ich hoffe, sie hat die Plätzchen mit viel Schokolade gemacht.«

»Das würde mich nicht überraschen«, sagte Lacey, als Andy davonrannte. Sie wünschte, sie hätte sich so leicht ablenken können. Ihre Sorgen schienen kein Ende zu nehmen. Wenn sie sich nicht um die Ranch drehten, galten sie Sam.

Sam. Hasste er sie, weil sie ihn belogen hatte? Hatte er sich Yellow Bird zugewandt, um Trost zu suchen? Lacey war hin und her gerissen gewesen zwischen der Entscheidung zum Besten ihres Sohnes und ihrer Liebe zu einem Mann, der sie nicht verdiente. Am Ende hatte sie sich für ihren Sohn entschieden. Sie hatte ihre eigenen Gefühle verleugnet, um zu verhindern, dass Andy seelischen Schaden nahm. Das tat eine Mutter, selbst wenn es ihr das Herz brach.

Lacey ritt gemächlich, denn sie wollte erst bei der Bank sein, wenn sie geöffnet war. Das Rollo wurde soeben hochgezogen, als Lacey die Stute vor dem Eingang der Bank zügelte. Sie saß ab, schlang die Zügel an den Haltebalken und wartete darauf, dass der Bankangestellte die Tür aufschloss.

»Lacey! Bist du das? Gott sei Dank bist du zurückgekehrt!«

Lacey fuhr herum und versteifte sich, als sie Taylor Cramer auf der anderen Straßenseite sah. Er stand vor dem Saloon und sprach mit einigen rau wirkenden Cowboys. Sie hielt ihren Abscheu unter Kontrolle, als er zu ihr eilte.

»Lacey, ich bin so froh, dass du in Sicherheit bist! Ich habe mir schreckliche Sorgen um dich gemacht und mich entschieden, Männer für einen erneuten Rettungsversuch anzuheuern.« Er wies zu den Cowboys. »Wir besprachen soeben die Strategie.« Seine Stimme hatte einen beißenden Unterton, als er sagte: »Es überrascht mich, dass Gentry dich freigelassen hat.«

»Ich bin hier – nur das zählt«, erwiderte Lacey. »Du brauchst diese Männer nicht mehr. Zahl sie aus und lass sie gehen.«

»Und was ist mit Andy? Ist er noch bei Gentry?«

»Nein. Andy ist daheim bei mir.«

»Na wunderbar«, sagte Cramer mit wenig Begeisterung. »Ich habe gute Nachrichten für dich. Darum war ich so scharf darauf, dich von Gentry fortzubekommen. Die Annullierung der Ehe ist entschieden. Du bist frei, Lacey. Wir können sofort heiraten. Heute, wenn du willst.«

Lacey wurde es schwindelig. Sie war nicht mehr mit Sam verheiratet. Nach sechs Jahren war sie wirklich frei. Warum stimmte sie das so traurig?

»Ich kann dich nicht heiraten, Taylor.«

Cramer kniff die Augen zu Schlitzen zusammen. »Natürlich kannst du das.«

»Nein, das kann ich nicht. Nicht nach der Art, wie du mit deinen Handlangern das Indianercamp angegriffen hast. Andy hätte ums Leben kommen können.«

Cramer ballte die Hände zu Fäusten. »Ich hätte auf Andy aufgepasst. Ich war wütend, weil du Gentry gewarnt hast, aber ich habe dir verziehen.«

»Du hast mir verziehen?«

Er senkte die Stimme. »Ich will dich immer noch haben, Lacey.«

»Warum?«, fragte Lacey. »Du willst mein Land, nicht wahr? Was ist so Besonderes an der B&G?«

»Nichts. Überhaupt nichts. Es ist mir immer nur um dich gegangen.«

»Lügner!«

Cramer wurde rot. »Sieh mal, Lacey, wenn du bis zum Ende des Monats nicht die Steuern nachzahlen kannst, verlierst du deine Ranch. Du wirst vor dem Nichts stehen. Der Winter kommt. Denk an Andy. Wohin wollt ihr? Was wirst du tun? Wenn du mich heiratest, ist das eine einfache Lösung. Ich kann deine Steuern bezahlen.«

»Ich habe die Hoffnung auf einen Bankkredit noch nicht aufgegeben«, sagte Lacey. »Ich werde heute noch mal einen beantragen. Rindfleisch ist im Osten nach den mageren Kriegsjahren gefragt, und meine Herde wird im Frühjahr einen guten Erlös erzielen. Ich hoffe, das wird Mr. Markle dazu bringen, seine Meinung zu ändern und mir einen Kredit zu geben.«

»Verlass dich nicht darauf«, sagte Cramer. »Wenn du dann zu mir kommst, um Hilfe zu finden, wirst du feststellen müssen, dass mein Angebot nicht mehr so großzügig sein wird wie jetzt.« Er tippte an seine Hutkrempe. »Guten Tag, Lacey.«

Lacey hoffte inbrünstig, dass sie Taylor Cramer niemals um Hilfe bitten musste. Mit diesem Gedanken straffte sie die Schultern und marschierte in die Bank. Sie fragte nach Mr. Markle, und nach kurzem Warten wurde sie ins Büro des Bankiers geführt.

Markle erhob sich höflich. »Was kann ich für Sie tun, Mrs. Gentry?«

Lacey räusperte sich. »Sie haben mir einmal einen Kredit versagt, aber ich hoffe, Sie werden es sich nochmals überlegen.«

Markle seufzte. »Bitte nehmen Sie Platz, Mrs. Gentry, und sagen Sie mir, warum ich meine Meinung ändern sollte.«

»Ich habe fünfhundert Rinder, die auf den Verkauf im Frühjahr warten. Ich rechne mit mindestens fünfzehn Dollar pro Kopf, vielleicht mehr. Der Markt ist im Augenblick gut. Aber das Geld wird zu spät kommen und nicht für fünf Jahre Steuern ausreichen, die Onkel Hob schuldet. Die Steuernachzahlung ist am Ende des Jahres fällig.

»Ich bin mir Ihrer Lage bewusst«, sagte Markle.

»Ich hoffe, der Verkauf der Herde im Frühjahr wird als Sicherheit für einen Kredit ausreichen.«

»Wie hoch soll der Kredit sein?«

»Dreitausendfünfhundert Dollar. Genug, um die Schulden und die Löhne für die Cowboys und andere Verbindlichkeiten zu bezahlen.«

Markle räusperte sich. »Das ist eine beträchtliche Summe.«

»Wenn mir die Bank keinen Kredit bewilligt, werde ich meine Ranch verlieren.«

»Sie müssen die Position der Bank in dieser Angelegenheit verstehen«, sagte Markle salbungsvoll. »Das Risiko ist für die Bank einfach zu groß. Vieles könnte verhindern, dass Ihre Herde den Verladebahnhof erreicht. In Kansas sind viele Diebesbanden aktiv, die ganze Herden stehlen, oder Wegzoll kassieren, damit sie Ihre Herde unbehelligt passieren lassen. Das Wetter ist ein weiterer Unsicherheitsfaktor. Es könnte Stampeden geben, und Flüsse müssen durchfurtet werden. Sie könnten einen Teil ihrer Herde verlieren, die nach texanischem Maßstab ziemlich klein ist.«

»Unsere Herde ist klein, weil sie durch die Trockenperiode und Krankheit dezimiert wurde. Onkel Hob konnte den Viehbestand nicht vergrößern, weil es ihm an Geld mangelte.«

»Ich hörte, dass Ihr Mann vor kurzem nach längerer Zeit der Entfremdung wieder aufgetaucht ist«, sagte Markle. »Wenn er den Kredit in seinem Namen beantragen würde, könnte die Direktion vielleicht geneigt sein, ihn zu gewähren. Die Bank gewährt einer Frau nur ungern einen Kredit. Sie hat das in der Vergangenheit ein paar Mal getan und ernste Verluste erlitten.«

Lacey betrachtete ihre Fingernägel. »Mr. Gentry und ich

sind nicht mehr verheiratet. Unsere Ehe ist annulliert worden.«

»Ich verstehe. Wollten Sie nicht Taylor Cramer heiraten, bevor Ihr Mann kam? Wenn Sie erst mit Cramer verheiratet sind, werden Sie keinen Bankkredit mehr benötigen. Mr. Cramer ist ein wohlhabender Mann.«

»Gegenwärtig habe ich keine Pläne, wieder zu heiraten. Ist das Ihr letztes Wort, Mr. Markle?«

»Es tut mir Leid, Mrs. Gentry, aber ich kann leider nichts mehr für Sie tun. Vielleicht ist eine größere Bank in einer anderen Stadt bereit, den Verlust zu tragen, sollten Sie nicht in der Lage sein, den Kredit zurückzuzahlen.«

Lacey erhob sich mit Würde, obwohl sie bitter enttäuscht war. »Ich möchte nicht mehr Ihre Zeit verschwenden, Mr. Markle. Guten Tag.«

Benommen verließ sie die Bank. Sie fühlte sich, als wäre ihre Welt zusammengebrochen. Sam war fort, es gab keine Hoffnung, die Ranch zu retten, und Andy machte ihr Vorwürfe, weil sie ihn seinem Vater weggenommen hatte. Die Dinge konnten kaum schlimmer werden.

Einer Sache war sich Lacey sicher: Sie würde Taylor nicht heiraten oder ihm die Ranch verkaufen. Sie würde Pläne für die Zukunft machen müssen, wenn die Ranch zwangsversteigert werden würde, aber diese Pläne schlossen Taylor Cramer nicht ein. Wenn er die Ranch unbedingt haben wollte, sollte er dafür bei der Versteigerung bieten, bis sie zum Bezahlen der Steuern verkauft war.

Lacey musste noch etwas erledigen, bevor sie heimkehren würde. Sie wollte das Grundbuchamt besuchen. Es musste einen Grund geben, weshalb Taylor ihr Land haben wollte. Sie führte ihre Stute über die Straße, als der Sheriff sie rief.

»Mrs. Gentry, haben Sie eine Minute für mich Zeit?«

Lacey wartete, bis der Sheriff sie einholte. »Sie möchten mit mir sprechen, Sheriff?«

»Ja, das möchte ich. Ich wette, sie waren froh, zu erfahren, dass Ihr Mann nicht mehr des Bankraubs in Dodge beschuldigt wird. Ich wollte mich persönlich für den Fehler des Gesetzes bei Ihnen entschuldigen. Haben Sie ihn gesehen? Ich hoffe, er war nicht ernsthaft verletzt. Es war ein schrecklicher Irrtum.«

Lacey starrte ihn an. »Ich ... ich verstehe nicht. Wollen Sie damit sagen, dass Sam nicht mehr vom Gesetz gesucht wird? Wann haben Sie davon erfahren?«

Hale runzelte die Stirn. »Vor einigen Wochen. Ich erhielt ein Telegramm von Sheriff Diller in Dodge, in dem er mitteilte, dass die Gentry-Brüder rehabilitiert sind. Er dachte, ich sollte das wissen, weil Denison die letzte Stadt war, in der Sam Gentry gesehen wurde. Ihr Mann hat nichts vom Gesetz zu befürchten.«

»Warum haben Sie mir das nicht gesagt?« Ihre Stimme bebte vor kaum unterdrücktem Zorn. »Sie hatten kein Recht, mir so etwas Wichtiges zu verschweigen.«

Hale blickte sie fassungslos an. »Es tut mir sehr Leid, Mrs. Gentry, aber ich dachte, Sie wüssten es.«

»Wie hätte ich das wissen sollen? Sie haben es mir nie gesagt.«

»Sofort als ich die Nachricht erhalten hatte, wollte ich zu Ihrer Ranch reiten, um sie Ihnen mitzuteilen. Dann traf ich zufällig Mr. Cramer. Er sagte, er sei ohnehin auf dem Weg zur B&G und werde es Ihnen persönlich sagen. Da wollte ich mir den Ausflug dorthin sparen und stimmte zu. Ich hatte keinen Grund zu der Annahme, dass Mr. Cramer Ihnen die Information verschweigt.«

Lacey erster Gedanke war, dass Sam es erfahren musste.

Es konnte sein weiteres Leben verändern. Ihrer beider Leben.

»Danke, Sheriff. Ich werde dafür sorgen, dass Sam die gute Nachricht erhält.«

»Sagen Sie ihm, dass er in Denison wieder willkommen ist und dass ich hoffe, er hegt keinen Groll gegen mich oder das Aufgebot. Wir haben nur unseren Job getan.«

Lacey nahm seine Worte kaum wahr, während sie sich in den Sattel schwang und davonritt. Statt geradenwegs nach Hause zu reiten, machte sie einen kleinen Umweg zu Taylor Cramers Ranch. Sie zügelte die Stute in einer Staubwolke und sprang aus dem Sattel. Ohne die neugierigen Blicke zu beachten, die ihr folgten, betrat sie die Veranda und hämmerte gegen die Tür.

Cramer öffnete persönlich. Seine Lippen verzogen sich zu einem Lächeln. »Lacey, ich sehe, du bist zur Vernunft gekommen. Was wird es sein? Heiratest du mich oder willst du mir die Ranch verkaufen?«

Lacey schob die Tür auf und schritt an ihm vorbei. Dann fuhr sie zu ihm herum, und ihr Gesicht war eine Maske des Zorns. »Zum Teufel mit dir, Taylor Cramer! Warum hast du mir nicht gesagt, dass Sam entlastet worden ist?«

Cramers Miene wurde sofort lauernd. »Wo hast du das gehört?«

»Ich bin in der Stadt dem Sheriff begegnet. Er sagte, du hättest mir diese Information weitergeben sollen. Aber das passte nicht in deine Pläne, wie? Du wolltest mich in dem Glauben lassen, dass Sam immer noch vom Gesetz gesucht wird. Weißt du, was mich dein Versäumnis gekostet hat? Dass es mich Sam gekostet hat? Du wirst niemals meine Ranch bekommen, Taylor. Ich werde mir das Geld erbetteln, leihen oder stehlen, damit *du* meinen Besitz nicht bekommst.«

»Reg dich nicht auf, Lacey!«, sagte Cramer schmeichlerisch. »Du bist Gentry gut los. Der Mann liebt dich nicht. Wenn er sich etwas aus dir machen würde, hätte er dich nicht verlassen.«

»Was mit mir und Sam vor langer Zeit geschah, hat damit nichts zu tun – mit uns. Was hast du zu gewinnen erwartet, indem du Sam in dem Glauben gelassen hast, er wird noch vom Gesetz gesucht?«

»Du weißt verdammt genau, was ich wollte«, schnarrte Cramer. »Ich wollte, dass Sam Gentry aus deinem Leben verschwindet. Er war eine Komplikation, mit der ich nicht gerechnet hatte. Und anscheinend habe ich Erfolg gehabt. Gentry ist fort, und du bist nicht länger mit ihm verheiratet.«

Sein Verhalten änderte sich abrupt, und er schob sich näher an sie heran. »Lass uns all dies vergessen, meine Liebe. Ich will dich wirklich haben, Lacey. Es geht mir mehr um dich als um das Land.«

»Das bezweifle ich«, stieß Lacey hervor. »Ich werde dir das niemals verzeihen, Taylor. Wenn du die B&G haben willst, musst du vor Gericht dafür bieten. Geh mir aus dem Weg.«

Lacey schob ihn zur Seite und schritt zur Tür. »Halte dich von mir fern, Taylor. Meine Cowboys haben Anweisungen, auf Unbefugte zu schießen.«

Auf dem gesamten Nachhauseweg kochte Lacey vor Zorn. Sie konnte gar nicht aufzählen, was Taylor sie alles gekostet hatte. Seinetwegen war ihre Ehe mit Sam annulliert worden. Wenn Sam gewusst hätte, dass er nicht mehr vom Gesetz gesucht wurde, hätte er keinen Grund gehabt, sich zu verstecken. Er wäre nicht gejagt und verletzt worden wegen eines Verbrechens, das er nicht begangen hatte, und Taylor hatte die ganze Zeit über gewusst, dass Sam unschuldig war. Wie hatte sie jemals annehmen können, dass er an ihrem Wohlergehen interessiert war? Wie dumm war sie gewesen, zu glauben, dass er sie liebte!

Lacey ritt auf den Hof und saß ab. Lefty lief herbei, um die Zügel zu übernehmen.

»Ist Rusty da, Lefty?«

»Er ist in der Sattelkammer, Miss Lacey.«

»Danke.« Lacey eilte davon. Sie musste mit jemandem reden, und Rusty war der Einzige, der sie verstehen würde.

Lacey betrat die Sattelkammer. Der Geruch von Leder und Pferden war überwältigend, aber sie fand ihn angenehm. Sie wusste, dass ihr all dies fehlen würde, wenn sie die Ranch verlieren würde.

Rusty sah sie sofort. »Haben Sie den Kredit bekommen, Miss Lacey?«

»Ich muss mit jemandem reden, Rusty.«

Er blickte sie besorgt an. »Was ist los? Ist in der Stadt etwas passiert?«

»Ja. Etwas Gutes. Ich habe mit dem Sheriff gesprochen. Sam und seine Brüder sind vor einiger Zeit rehabilitiert worden. Sam wird nicht mehr vom Gesetz gesucht.«

Ein Lächeln erhellte Rustys zerfurchte Gesichtszüge. »Gott sei Dank! Hat Sheriff Hale das soeben erfahren?«

»Nein, und das ist das Problem. Er weiß es seit längerem. Taylor Cramer sollte es mir ausrichten, doch er hat es mir verschwiegen. Alles, was seither geschehen ist, hätte überhaupt nicht zu passieren brauchen.«

Rusty stieß einen Fluch aus. »Habe ich die Erlaubnis, Cramer zu erschießen, wenn er hier wieder auftaucht?«

»Sie können ihn von meinem Land vertreiben, aber wenn Sie ihn erschießen, werden Sie nur Schwierigkeiten bekommen.«

»Was werden Sie tun? Sam muss wissen, dass er nicht mehr gesucht wird.«

»So denke ich auch. Ich werde ins Indianerdorf zurückkehren und es ihm sagen. Er wird vielleicht nicht erfreut sein, mich zu sehen, aber er wird sich sicherlich über die Neuigkeit freuen, die ich ihm bringe.«

»Ich werde Sie begleiten.«

»Das ist nicht nötig. Ich kann das Lager selbst finden.«

»Ich lasse Sie nicht allein reiten, Miss Lacey, und das ist mein letztes Wort. Wann wollen Sie aufbrechen?«

»Gleich am Morgen. Jetzt ist es zu spät. Ich hoffe und bete, dass Sam noch dort ist. Vielleicht ist er inzwischen schon unterwegs nach Kalifornien, und die Indianer ziehen in ihr Winterlager.«

»Ich werde die Pferde satteln und morgen früh zum Aufbruch bereit sein«, sagte Rusty.

Lacey ging zum Stalltor. »Bis dann.«

»Miss Lacey, bevor Sie gehen, haben Sie in der Stadt etwas über Ihr Land erfahren oder warum Cramer so scharf darauf ist?«

»Ich bin nicht bis zum Grundbuchamt gekommen. Aber ich war bei der Bank – nicht, dass es mir etwas genutzt hätte. Mr. Markle hat den Kredit verweigert. Dann erfuhr ich das mit Sam und war begierig darauf, nach Hause zu kommen und Pläne zu machen. Wenn ich zurückkehre, werde ich als Erstes herauszufinden versuchen, warum Taylor so begierig auf mein Land ist.«

Lacey ging ins Haus. Sie konnte es kaum erwarten, mit Andy zu sprechen. Er saß in der Küche vor einem großen Stück Kuchen. Seine Augen leuchteten auf, als er sie sah.

»Mama! Du bist heimgekommen. Hast du deine Geschäfte erledigt?«

»Ja, Schatz, das habe ich. Ich habe auch etwas erfahren, das dich freuen wird.«

»Du hast Papa gesehen!«

»Nein, Schatz, aber ich habe erfahren, dass Sam nicht mehr vom Gesetz gesucht wird. Er ist rehabilitiert.«

Andy blinzelte. »Rehabi – ... was heißt das, Mama?«

»Es heißt, dass dein Papa heimkommen kann, ohne befürchten zu müssen, ins Gefängnis zu kommen. Das Gesetz sucht ihn nicht mehr. Er ist ein freier Mann.«

Andy stieß einen Freudenschrei aus. »Können wir in Running Buffalos Lager reiten und es ihm sagen?«

»Rusty und ich brechen morgen früh gleich nach dem Sonnenaufgang auf. Ich kann dich diesmal nicht mitnehmen.«

»Ah, Mama, ich möchte Papa erzählen, dass er heimkommen kann.«

»Tut mir Leid, Schatz, aber ich erzähle es ihm. Er wird dich bestimmt sehen wollen, wenn er weiß, dass er frei ist und zurückkehren kann.«

»Versprochen?«, fragte Andy.

»Versprochen.«

Lacey betete, dass sie ihr Versprechen einhalten konnte. Was war, wenn Sam sich entschied, nicht zurückzukehren? Wenn er bereits nach Kalifornien aufgebrochen war, weil er glaubte, immer noch gesucht zu werden? Was war, wenn er Yellow Bird liebte?

Nach dem Abendessen brachte Lacey ihren Sohn ins Bett und legte sich selbst schlafen. Sie wollte gut ausgeruht sein, wenn sie am Morgen zum Indianerlager reiten würde. Und sie musste sich auf die Enttäuschung vorbereiten, falls Sam bereits nach Kalifornien unterwegs war.

Lacey und Rusty ritten früh am nächsten Morgen los. Bei Sonnenuntergang trafen sie im Indianerlager ein. Lacey wurde es schwer ums Herz, als sie sah, dass nur kalte Feuerstellen vom Lager übrig geblieben waren.

»Hier muss es gewesen sein, da bin ich mir ganz sicher«, meinte Lacey, den Tränen nahe.

»Ja, sie waren hier«, stellte Rusty fest, als er vom Pferd gestiegen war und eine der Feuerstellen untersucht hatte. »Ich schätzte, sie haben das Lager vor drei, vielleicht vier Tagen verlassen. Die Frauen und Kinder werden zu Fuß gehen. Ich könnte sie leicht einholen.«

Gewissensbisse trieben Lacey Tränen in die Augen. »Zu welchem Zweck? Sam wird nicht bei ihnen sein.«

»Vielleicht nicht, vielleicht doch. Wenn er nicht bei ihnen ist, können sie mir wenigstens sagen, ob er nach Westen geritten ist, wie er es geplant hatte.«

Lacey schüttelte den Kopf. »Es ist zu spät. Wir werden hier übernachten und morgen heimreiten. Ich hoffe, ich kann die Worte finden, um Andy zu erklären, warum sein Papa nicht heimkommt.«

Je weiter Sam von der B&G-Ranch fortritt, desto mehr grämte er sich. Nichts war richtig in seiner Welt. Er war kein Bandit, und er sollte nicht auf der Flucht sein und sich vor dem Gesetz sorgen. Er sollte bei Andy sein und ihm das Reiten und all die anderen Dinge beibringen, die Söhne von ihren Vätern lernen.

Sam versuchte, Lacey die Schuld an den Problemen zu geben, die er in Texas gehabt hatte, aber im Grunde seines Herzens wusste er, dass dies nicht stimmte. Früher oder später hätten ihn die Steckbriefe eingeholt. Je mehr er darüber nachdachte, dass Lacey ihn belogen und ihm Andy weggenommen hatte, desto klarer wurde ihm, dass sie nur das Beste für Andy gewollt hatte. Er war ärgerlich, aber er verstand. Er hatte Andy ohne Laceys Erlaubnis mitgenommen, und das war genauso schlimm. Natürlich hatte er einen guten Grund gehabt. Taylor Cramer würde Andys Leben unglücklich machen, und das hatte er seinem Sohn ersparen wollen.

Sam blickte über die Schulter zu der langen Kolonne von Frauen und Kindern, die hinter den Packpferden gingen. Drei Tage Marsch hatten sie erschöpft. *Das Leben einer Indianerin ist hart*, dachte Sam. Es wurde von ihnen erwartet, dass sie jeden Abend die Tipis aufschlugen und am Morgen abbrachen und Essen für ihre Männer machten. All die manuelle Arbeit in Zusammenhang mit dem Alltagsleben – abgesehen von der Jagd – lastete auf ihren Schultern. Er bewunderte sie sehr. Aber er bewunderte ebenso Lacey, die sich ohne ihn durchgeschlagen hatte, nachdem sie Andy geboren hatte. Es konnte nicht leicht für sie gewesen sein.

»Deine Gedanken sind weit fort, Freund«, bemerkte Running Buffalo, als er sein Pferd neben das Sams getrieben hatte. »Deine Frau und dein Sohn sind weg, und du bist verbittert.«

»Lacey wird sich gut um Andy kümmern«, erwiderte Sam. »Aber ich werde ihn vermissen. Ich würde jetzt zu ihm reiten, wenn ich es wagen könnte.«

»Du hast Recht, die Justiz des Weißen Mannes zu fürchten«, sagte Running Buffalo weise. »Wirst du bei uns bleiben? Yellow Bird liebt dich. Sie würde dich zum Mann nehmen, wenn du es möchtest.«

»Yellow Bird verdient einen Mann, der sie versorgen kann. Ich bin nicht der Richtige für sie.«

»Deine Ehrlichkeit spricht für dich, Sam, und ich schätzte deine Freundschaft, aber ich glaube, du hast Recht.

Meine Schwester sollte einen Mann aus meinem Volk wählen. Viele Krieger haben um ihre Hand angehalten, aber sie hat alle abgewiesen. Ich habe sie nicht gezwungen, einen von ihnen zu akzeptieren, denn ich respektiere ihren Wunsch, sich selbst den Mann auszusuchen.«

»Mach dir keine Sorgen, Running Buffalo, ich stimme dir aus ganzem Herzen zu. Deine Schwester kann sich glücklich preisen, dich als Bruder zu haben.«

»Meine Schwester ist eigensinnig. Sie wird dich nicht leicht aufgeben.«

»Ich möchte keine Probleme machen, Running Buffalo. Ich habe versucht, sie zu entmutigen, aber ich befürchte, du hast Recht. Sie ist so entschlossen wie eigensinnig. Mir ist aufgefallen, dass einige der jungen Krieger nicht mehr so freundlich zu mir sind, wie sie es zu Anfang waren. Sie betrachten mich als Konkurrenten. Ich will mir keine Feinde unter deinem Volk machen. Vielleicht reite ich nach Kalifornien, wie ich es ursprünglich geplant hatte.«

»Es ist deine Entscheidung, Sam Gentry.«

Obwohl ihn der Häuptling nicht zum Gehen aufgefordert hatte, gab es für Sam wenig Zweifel daran, dass Running Buffalo die Verliebtheit seiner Schwester in Sam als schädlich für den Stamm betrachtete. Aber nachdem Lacey ihm Andy weggenommen hatte, war er zu gekränkt gewesen, um klar zu denken. Das Wissen, dass Lacey ihm in die Augen gesehen und ihn absichtlich belogen hatte, war zu niederschmetternd gewesen und hatte ihn mutlos gemacht.

Plötzlich wurde Sam klar, welche Entscheidung er treffen musste. »Es ist an der Zeit, dass ich euch verlasse. Wenn ich fort bin, sag bitte Yellow Bird, dass ich weggeritten bin, weil ich nicht der richtige Mann für sie bin.«

»Ich werde es ihr sagen. Wirst du nach Kalifornien reiten? Ist es sehr weit?«

»Kalifornien ist weiter fort, als ich sein möchte«, antwortete Sam, »aber dort werde ich sicher sein. In ein paar Monaten werde ich nach Denver in Colorado gehen, um mich mit meinen Brüdern zu treffen. Ich bete, dass bei ihnen alles in Ordnung ist.«

»Eine Familie ist etwas Gutes«, meinte Running Buffalo. Er forschte in Sams Gesicht. »Mein Herz sagt mir, dass du nicht nach Kalifornien reiten willst.«

»Du musst Gedankenleser sein. Du hast Recht. Ich möchte Andy nicht zurücklassen. Vielleicht sehe ich ihn niemals wieder.«

»Ich glaube, es ist deine Frau, die du nicht verlassen möchtest. Reite zu ihr, Sam. Dein Herz wird erst Ruhe geben, wenn du mit ihr Frieden gefunden hast.«

Den Rest des Tages dachte Sam über Running Buffalos Worte nach. Er war immer noch in Gedanken versunken, als er am Abend abseits vom Hauptlager ein stilles, einsames Fleckchen fand und in seinen Schlafsack kroch. Eine schlaflose Stunde später wusste Sam genau, was er tun würde. Er würde nicht nach Kalifornien reiten, sondern nach Dodge City und versuchen, seinen Namen reinzuwaschen. Er und seine Brüder waren unschuldig, und er war entschlossen, es zu beweisen. Irgendwie wollte er den Bankier Wingate dazu bringen, zuzugeben, dass der Bankraub nur erfunden war.

Sam war fast eingedöst, als er ein Rascheln im Gras wahrnahm. Seine Hand schloss sich um den Revolvergriff, doch er brauchte keine Waffe, denn Sekunden später hörte er eine Stimme leise rufen:

»Sam, ich möchte mit dir sprechen. Bist du wach?«

Sam fluchte lautlos. »Verdammt, Yellow Bird, du weißt es besser, als dich mitten in der Nacht anzuschleichen. Kann es nicht bis morgen warten?«

»Nein. Es ist etwas, das ich in meinem Herzen spüre.«

Sam lächelte Yellow Bird durch die Dunkelheit an, die nur ein wenig vom Mondschein erhellt wurde, der durch das Blätterdach der Bäume oberhalb von ihm fiel. »Ich werde dich immer in guter Erinnerung behalten, Yellow Bird.«

»Du gehst du ihr zurück.«

»Ich weiß es nicht«, sagte Sam ehrlich. »Ich weiß, dass ich nicht nach Kalifornien reiten werde. Ich bin kein Bandit, und ich mag nicht mehr auf der Flucht sein.«

»Ich habe Angst um dich, Sam.«

Er berührte ihre Wange. »Ich werde nach Dodge City reiten und versuchen, meinen Namen reinzuwaschen.«

»Was du vorhast, ist gefährlich.«

»Keine Sorge, ich werde es überleben. Ich will, dass mein Sohn stolz auf mich ist. Er soll seinen Vater nicht für einen Verbrecher halten.«

»Was ist mit La-cey? Ich glaube, du liebst sie mehr als mich.«

»Es ist wirklich sonderbar, Yellow Bird. Jahrelang habe ich mir eingeredet, dass ich sie vergessen muss. Doch dann habe ich sie wiedergesehen, und meine Gefühle für sie sind wieder wach geworden. Ich wollte sie hassen und hätte es fast geschafft. Vielleicht hat sie mich an die Yankees verraten, vielleicht auch nicht. Vielleicht hat sie mir das Aufgebot auf den Hals gehetzt, vielleicht auch nicht. Sie hat mich belogen, und ich kann das verstehen. Sie wollte nur das Beste für Andy.«

»La-cey wird einen Mann heiraten, den ihr Sohn hasst.«

»Da bin ich mir nicht so sicher«, sagte Sam nachdenklich. »Lacey ist nicht dumm. Sie hat uns vor Cramers Angriff gewarnt, weil sie wusste, dass es ein Blutbad geben würde. Der Bastard wollte mich und Andy tot sehen, und sie würde niemals einen solchen Mann heiraten.«

»Ich hätte alles für dich getan, Sam, aber jetzt weiß ich, dass ich dich niemals haben kann.«

»Du bist ohne mich besser dran, Yellow Bird. Viele gute Krieger sind begierig darauf, dich zu bekommen.«

»Vielleicht eines Tages«, sagte Yellow Bird ohne Überzeugung. »Es ist sehr traurig, dass ich dir sagen muss, was ich getan habe.«

Sam spannte sich unwillkürlich an. »Wovon redest du? Was hast du getan?«

»Ich habe deiner Frau und deinem Sohn geholfen, das Lager zu verlassen. Ich habe Lacey erzählt, dass wir beide Geliebte seien und dass du sie nicht willst.«

Sam setzte sich ruckartig auf. »Das war eine Lüge! In der Nacht, bevor ich mich dem Jagdtrupp anschloss, hatten wir uns versöhnt. Ich hatte gehofft ...« Er seufzte schwer. »Was geschehen ist, lässt sich nicht rückgängig machen. Es ist zu spät für Schuldzuweisungen.«

»Verzeih mir, Sam«, sagte das Indianermädchen gepresst. »Es war falsch von mir.«

»Ich verzeihe dir, Yellow Bird. Wenn Lacey mich nicht hätte verlasen wollen, wäre sie geblieben.«

»Lebewohl, Sam. Ich werde dich nie vergessen.«

»Lebewohl, Yellow Bird. Ich werde dir immer dankbar sein. Du hast mir das Leben gerettet, und dein Volk hat mir Unterschlupf gewährt.«

Yellow Bird verschwand so lautlos, wie sie gekommen war. Sam schloss die Augen. Er dachte an Lacey und an das, was er verloren hatte. Er hatte keine Ahnung, was die Zukunft für sie bringen würde oder ob sie überhaupt eine gemeinsame Zukunft haben würden, aber er wusste, dass er nicht weiter auf der Flucht vor dem Gesetz leben konnte.

15

Lacey und Rusty kehrten deprimiert zur Ranch zurück. Sehr zu Laceys Erleichterung blieben ihnen wegen ihrer finsteren Mienen Fragen erspart. Sie war zu aufgewühlt, um mit irgendjemandem über das Geschehene zu sprechen. Leider kam sie nicht darum herum, Andy gegenüberzutreten.

Wie es das Pech wollte, spielte Andy auf dem Hof, als sie mit Rusty eintraf. Sein Gesicht hellte sich auf, und er rannte zu ihnen. Lacey saß ab und wartete auf ihn.

»Wo ist Papa?«

»Sprechen Sie mit dem Jungen«, sagte Rusty und übernahm die Zügel ihrer Pferde.

Lacey wurde es schwer ums Herz. Sie hasste es, Andys Hoffnungen zunichte zu machen, doch es blieb ihr nichts anderes übrig. Sam würde niemals zurückkommen, und je eher Andy der Wahrheit ins Auge sah, desto besser.

»Wo ist Papa?«, wiederholte Andy.

»Das besprechen wir drinnen, mein Sohn«, sagte Lacey.

Andy trottete neben ihr her, doch sie konnte ihm ansehen, dass er bereits argwöhnte, dass etwas nicht in Ordnung war. Lacey ging direkt ins Wohnzimmer, setzte sich auf das Sofa und zog Andy auf ihren Schoß.

»Dies ist nicht leicht für mich, Schatz«, begann sie, »denn ich weiß, dass es für dich schmerzlich ein wird.«

Andys Lippen zitterten. »Wollte Papa nicht heimkommen?«

»Wir haben ihn nicht gefunden. Er war bereits nach Kalifornien aufgebrochen.«

»Werden wir ihn nie mehr wiedersehen?«

»Ich würde nicht so weit gehen, das zu sagen«, wich Lacey aus. »Sam könnte auftauchen, wenn wir es am wenigsten erwarten.«

Eine Träne löste sich aus Andys Augenwinkel. »Können wir nach Kalifornien reisen und Papa suchen?«

»Ich fürchte, nein.«

»Ich werde Papa nie wiedersehen«, schluchzte Andy. »Du hast mich belogen.«

»Es tut mir Leid, Andy. Ich hätte nichts versprechen sollen, dessen ich mir nicht sicher war. Du bist ohne Vater ausgekommen, bis Sam aufgetaucht ist; du kannst es wieder ohne Vater schaffen.«

Andy sprang von Laceys Schoß. »Ich will nicht mehr darüber sprechen. Du hast mich belogen!«

Er warf sich herum und lief aus dem Zimmer.

»Andy, warte!«

Sie hörte die Haustür zuknallen und rannte hinter ihm her. Als sie die Tür aufriss, war er bereits außer Sicht. Sie starrte in die Dämmerung und versuchte sich zu entscheiden, ob sie ihn suchen sollte oder nicht. Schließlich wurde ihr klar, dass er nicht in der Stimmung war, um zu reden oder ihr zuzuhören, und so entschied sie sich, ihn in Ruhe zu lassen, bis er sich von selbst beruhigte. Andy war gekränkt und noch nicht bereit, Vernunft anzunehmen. So sehr sie auch wünschte, ihn in die Arme zu nehmen, sie wusste, dass er nicht empfänglich dafür war.

Sie seufzte verzagt, und verfluchte lautlos Taylor Cramer für das Chaos in ihrem Leben. Wenn Andy bis zum Abendessen nicht auftauchte, würde sie nach ihm suchen.

Zwei Stunden später, als Lacey ihn zum Abendessen rief,

kam Andy zum Haus zurück. Zu ihrer enormen Erleichterung erwähnte er nichts von ihrer früheren Unterhaltung, während er sich auf der Veranda wusch und sich dann auf seinen Platz am Tisch setzte. Während des Essens blieb er jedoch merkwürdig geistesabwesend und verschlossen, was Lacey beunruhigte. Er nickte nur, wenn er angesprochen wurde, und blickte auf seinen Teller.

»Ich bin fertig, Mama. Kann ich bitte gehen?«, fragte er schließlich mit schwacher Stimme.

»Wir müssen miteinander reden, Schatz.«

»Nicht jetzt, Mama. Ich bin müde.«

»Ich komme später hoch und decke dich zu. Wir reden dann morgen, wenn du das lieber hast.«

Sie beobachtete, wie Andy mit gesenktem Kopf die Treppe hochstapfte, und ihr brach das Herz.

Andy ging nicht sofort ins Bett. Mit grimmiger Entschlossenheit, ähnlich der seines Vaters, entfernte er den Kissenbezug und stopfte Kleidung und seine liebsten Spielsachen hinein. Dann versteckte der die Sachen unter dem Bett und legte sich unter die Decke. Als Lacey heraufkam, um ihn zuzudecken, stellte er sich schlafend. Er wartete, bis sie gegangen und das Haus dunkel war, bevor er aufstand, seinen Kissenbezug darunter hervorzog und die Treppe hinunterschlich. Er ging in die Küche, um nach Essbarem zu suchen.

Er fand zwei Äpfel, einen halben Laib Brot, ein Stück Käse und eine Hand voll Plätzchen und steckte alles in den Kissenbezug zu der Kleidung und den Spielsachen. Er wusste, dass Kalifornien weit weg war, doch er hoffte, in ein paar Tagen dort zu sein. Leise verließ er das Haus.

Andy erinnerte sich, gehört zu haben, dass Kalifornien

westlich von Texas lag, und er wanderte ziellos bis zum Sonnenaufgang. Dann wandte er sich nach Westen, fort von der aufgehenden Sonne, weil er sich erinnerte, dass die Sonne im Osten aufgeht.

Nach stundenlangem Wandern verspürte er den ersten Durst. Er hatte völlig vergessen, Wasser mitzunehmen, doch er war noch nicht zu besorgt. Es gab viele Bäche in Texas und sogar einige Flüsse. Bald würde er auf Wasser stoßen.

Das Glück war ihm hold. Er fand tatsächlich ein Flüsschen. Der voll gestopfte Kissenbezug war schwer, und er stellte ihn ans Ufer, als er sich hinkniete und seinen Durst stillte. Danach setzte er sich hin, um sich an einen Baumstamm zu lehnen und auszuruhen. Er war müde. Gewiss musste er jetzt nahe bei Kalifornien sein. Erfreut über sein Vorankommen schloss er die Augen und döste ein.

Sein Schlaf war tief und friedlich. Er hörte nicht, dass sich Reiter näherten, und er bekam auch nicht mit, dass einer der Reiter absaß und nachdenklich sein Gesicht betrachtete.

»Ist das nicht Lacey Gentrys Sohn, Boss?«

Taylor Cramer warf einen Blick zu seinem Vormann und nickte. »Das ist er tatsächlich, Harper. Ich frage mich, was er ganz allein hier draußen treibt.«

»Wecken wir ihn auf und fragen ihn«, schlug Harper vor.

»Gute Idee«, meinte Cramer und stieß Andy mit der Stiefelspitze an.

Andy schreckte aus dem Schlaf. Er blinzelte, rieb sich die Augen und rappelte sich auf, als er Cramer und seinen Vorarbeiter sah.

»Was machst du hier, Junge?«, fragte Cramer.

»Ich gehe nach Kalifornien, um meinen Papa zu suchen. Reiten Sie auch nach Kalifornien?«

»Wie kommst du darauf?«

»Dies ist doch der Weg nach Kalifornien, oder nicht?«

Harper kicherte.

Cramer ignorierte Andys Frage. »Bist du von zu Hause weggelaufen, Sohn?«

Andys Unterlippe zitterte. »Ich wollte meinen Papa finden.«

Cramer starrte Andy durch zusammengekniffene Lider an. Plötzlich grinste er. »Wie würde es dir gefallen, wenn ich dich nach Kalifornien bringe?«

»Warum würden Sie das tun?«, fragte Andy misstrauisch.

»Weil ich dich mag.«

Andy packte seinen Kissenbezug und wich zurück. »Sie mögen mich nicht, und ich kann Sie nicht leiden. Ich kann allein nach Kalifornien gehen.«

»Das bezweifle ich. Schnapp ihn dir, Harper!«

Andy war erst fünf, doch er war schlau genug, um zu erkennen, dass er in Schwierigkeiten steckte. Er ließ sein Bündel fallen, warf sich herum und rannte. Harper trieb sein Pferd an, packte Andy und hielt das zappelnde Bündel wie einen Sack Kartoffeln unter dem Arm.

»Was soll ich mit ihm machen, Boss?«

»Bring ihn zum Haus und sperr ihn in das Gästezimmer. Halte ihn außer Sicht. Er soll von keinem gesehen werden. Ich habe Pläne mit dem jungen Gentry. Er hätte keinen besseren Zeitpunkt wählen können, um auszureißen.«

»Sie werden ihm doch nichts tun, oder?«, fragte Harper. »Sie wissen, dass ich alles für Sie tun würde, aber bei einem Baby, das kaum aus den Windeln raus ist, ziehe ich eine Grenze.«

»Lassen Sie mich los!«, schrie Andy aus Leibeskräften. »Ich bin kein Baby! Ich will heim!«

»Keine Sorge, Harper. Ich werde dem jungen Mister Gentry kein Härchen krümmen.«

Harper ritt davon, offensichtlich zufrieden mit Cramers Antwort.

Lacey fand es merkwürdig, dass Andy nicht zum Frühstück herunterkam, doch sie nahm an, er schmollte noch in seinem Zimmer. Sie entschied sich, ihn noch eine Weile schmollen zu lassen. Als er sich zur Frühstückszeit und danach immer noch nicht blicken ließ, begann sie sich ernsthaft Sorgen zu machen. Mit einem mulmigen Gefühl stieg sie die Treppe zu Andys Zimmer hoch.

Sie öffnete die Tür, sah das leere Bett und geriet in Panik. Andy war verschwunden! War er früh aufgestanden und hatte das Haus verlassen, bevor jemand auf gewesen war? Ihr Puls begann zu rasen, und sie rannte die Treppe hinab und rief nach Andy. Rita kam aus der Küche und wischte sich die Hände an der Schürze ab.

»Was ist, Señora? Ist Andy immer noch ärgerlich?«

»Er ist weg, Rita! Könnte er bei Rusty sein? Oder bei einem der Cowboys?«

»Sí. Wohin sonst könnte er gegangen sein?«

Andy war nicht bei Rusty. Ebenso wenig bei einem der Cowboys. Sie durchsuchten den Stall, den Küchenbau, das Mannschaftsquartier und die Sattelkammer. Lacey schaute sogar im Keller und auf dem Speicher nach, während Rita Andys Zimmer durchsuchte, um Hinweise zu finden.

Lacey hörte auf dem Speicher, wie Rita sie rief und eilte die Treppe hinab. »Was ist, Rita?«

»Einige Kleidungsstücke von Andy fehlen. Und der Kissenbezug ist verschwunden. Madre de Dios, der Junge ist ausgerissen!«

Aus Laceys Gesicht wich alle Farbe. Bei der Vorstellung, dass sich Andy in der texanischen Wildnis verirrte, wurde ihr flau.

»Nein, das würde Andy nicht tun.«

Ritas dunkle Augen spiegelten Mitleid wider. »Er wünschte sich seinen Papa. Er kannte niemals Vaterliebe, bis Señor Sam auftauchte.«

»O Gott«, schluchzte Lacey. »Andy wollte nach Kalifornien gehen, um Sam zu suchen. Er kann nicht weit gekommen sein. Ich werde sofort Rusty und die Cowboys nach ihm suchen lassen. Unser Andy wird bald wieder bei uns sein, Rita. Das verspreche ich.«

Lacey betete, dass sie Recht hatte, als sie davoneilte, um Rusty und die Cowboys zu alarmieren. Sie fand sie versammelt vor dem Stall, wo sie den Ausgang der Suche im Haus abwarteten.

»Haben Sie Andy gefunden, Miss Lacey?«, erkundigte sich Rusty.

»Nein, Rusty, wir haben ihn nicht gefunden, aber ich glaube, ich weiß, was geschehen ist.«

»Sie glauben doch nicht, das Sam ihn geholt hat, oder?«

»Nein, diesmal nicht. Sam ist für immer fort. Einige Kleidungsstücke von Andy fehlen; ebenso der Kissenbezug von seinem Bett. Ich glaube, er ist ausgerissen. Er wollte nach Kalifornien und seinen Vater suchen. Er ist nur ein Kind; Entfernung hat keine Bedeutung für ihn. Er ist irgendwo dort draußen, verirrt und ängstlich. Wir müssen ihn finden.«

»Sattelt, Jungs«, befahl Rusty. »Bringen wir den Jungen zu seiner Mutter zurück.«

»Ich reite mit«, sagte Lacey.

Es war später Nachmittag, als Rusty den Kissenbezug mit Andys Habe entdeckte. Erfreut suchte er weiter, in der Hoffnung, Andy in der Nähe zu finden. Kurz vor der Abenddämmerung stieß er auf Lacey und zeigte ihr den Kissenbezug mit Andys Sachen.

»Wo kann er sein?«, fragte Lacey klagend. »Es wird dunkel. Er wird Angst haben.«

»Warum reiten Sie nicht heim, Miss Lacey? Vielleicht ist der Junge hungrig zum Haus zurückgekehrt. Ich und die Jungs werden weitersuchen. Die ganze Nacht über, wenn es sein muss.«

»Ich weiß nicht, Rusty...«

»Bitte, Miss Lacey. Sie tun Ihrem Sohn nichts Gutes, indem Sie sich erschöpfen.«

Lacey seufzte. »Vielleicht haben Sie Recht. Vielleicht ist Andy jetzt daheim und wartet auf mich.«

Sie schöpfte neuen Mut, als sie zur Ranch zurückritt. Sicherlich war Andy bei Einbruch der Dunkelheit heimgekehrt, und sie würde ihn in der Küche bei Rita finden, wo er sich vermutlich voll stopfte, nachdem er kein Frühstück und Mittagessen gehabt hatte. Sie lächelte bei dem Gedanken, als sie auf den Hof ritt und ihre Stute in den Stall führte.

»Tut mir Leid, Mädchen«, sagte sie und gab der Stute einen Klaps auf die Kruppe. »Heute Abend habe ich leider keine Zeit, um dich abzureiben.« Sie nahm sich gerade noch die Zeit, um abzusatteln, und rannte dann ins Haus.

»Rita!«, rief sie, als sie die Tür aufriss. »Ist Andy wieder da?«

Rita tauchte sofort auf. »Nein, Señora, haben Sie ihn nicht gefunden?«

Laceys Schultern sanken herab. »Ich dachte ... ich hoffte ... Nein, wir haben ihn nicht gefunden. Wir haben den Kissenbezug mit seinen Sachen entdeckt, aber nicht Andy.«

Rita sah sie betroffen an. »Der arme Kleine.«

»Die Männer werden weitersuchen. Sie werden ihn bestimmt bald finden. Wie weit kann ein kleiner Junge zu Fuß gekommen sein?«

»Gehen Sie zu Bett, Señora. Ich werde Sie wecken, wenn sie zurückkehren.«

»Ich könnte kein Auge zutun. Ich werde im Wohnzimmer warten.«

»Ich bin in der Küche, wenn Sie mich brauchen.«

»In Ordnung, Rita. Im Augenblick können wir nichts tun.«

»Möchten Sie etwas zu essen? Oder einen Kaffee?«

»Nichts, Rita, danke.«

Lacey sank im Wohnzimmer aufs Sofa, lehnte den Kopf gegen die Rückenlehne und lauschte in die Stille. Das Haus wirkte wie tot ohne Andy. Er war so klein, so jung; vielerlei konnte ihm dort draußen passieren. Er war wehrlos in einer Welt voller Gefahren. Ein Schluchzen kam aus ihrer Kehle; sie schloss die Augen und begann zu beten.

Als Rita kurze Zeit später nach ihr sah, fand sie Lacey tief schlafend vor. Rita zog eine Decke über sie und schlich auf Zehenspitzen aus dem Zimmer.

Der Klang von Stimmen weckte Lacey. Sie schlug die Augen auf und stellte überrascht fest, dass Sonnenschein ins Wohnzimmer fiel. Ihr Blick fand Rusty, der in gedämpftem Tonfall mit Rita sprach. Sie sprang auf.

»Rusty! Habt ihr Andy gefunden?«

Rusty antwortete vorsichtig auf die Frage. »Es tut mir Leid, Miss Lacey. Wenn Andy dort draußen wäre, hätten wir ihn gefunden.«

»Was wollen Sie damit sagen?«

»Die Jungs und ich haben das Gebiet abgesucht. Wie Sie schon sagten, kann Andy nicht sehr weit gekommen sein. Erst heute Morgen kehrte ich an die Stelle zurück, wo Andy den Kissenbezug fallen gelassen hatte. Bei Tageslicht sah ich Spuren, die mir in der Dunkelheit entgangen waren.«

»Welche Spuren?«

»Hufabdrücke. Mindestens zwei Reiter sind vor mir dort gewesen. Ich studierte die Spuren lange Zeit und gelangte zu dem Schluss, dass jemand Andy gefunden und mitgenommen hat. Die Jungs und ich sind zurückgekehrt, um Ihnen das zu melden.«

In Lacey stieg Hoffnung auf. »Gott sei Dank. Die einzige Erklärung ist, dass Andy von einem Nachbarn gefunden worden ist. Er wird bald bei uns sein, Rusty.«

»Das dachte ich mir ebenfalls«, stimmte Rusty zu.

»Sagen Sie den Cowboys, dass sie nach dem Frühstück ins Bett gehen können. Sie legen sich auch schlafen, Rusty. Sie waren die ganze Nacht auf. Sagen Sie den Männern, dass ich ihre Bemühungen zu schätzen weiß. Ich bin überzeugt, dass es Andy prima geht.«

»Wenn Sie sicher sind, Miss Lacey.«

»Ganz sicher. Ruhen Sie sich ein bisschen aus.«

»Sie haben noch genug Zeit, um sich vor dem Frühstück frisch zu machen und umzuziehen, Señora«, sagte Rita, nachdem sie Rusty hinausgelassen hatte.

»Ja, vielleicht ist es das Beste« stimmte Lacey zu. »Ruf mich, wenn Andy zurückkehrt, während ich oben bin.«

»Sí, Señora.«

Lacey wusch sich und zog sich schnell um, begierig darauf, nach unten zurückzukehren und auf Andy zu warten. Sie würde erst Ruhe finden, wenn er sicher in ihren Armen war. Ein Rest von Besorgnis blieb, und sie versuchte erfolglos, ihn zu verdrängen. Was war, wenn Andy nicht von einem Nachbarn gefunden worden war? Wenn er stattdessen Banditen in die Hände gefallen war?

Nachdem sie das lange, blonde Haar mit einem Band zurückgebunden hatte, eilte sie nach unten. Sie hatte die Mitte der Treppe erreicht, als sie aufgeregte Stimmen an der Haustür hörte. Ein Lächeln spielte um ihre Lippen, und ihre Augen leuchteten auf, als die restlichen Stufen hinuntereilte und die Tür aufriss.

»Andy…«

Ihr Lächeln verschwand schlagartig. »Was machst du hier? Ich habe dir gesagt, dass du dich nie wieder hier blicken lassen sollst.« Sie wollte die Tür schließen.

Taylor Cramer schob die Tür weiter auf und schob sich an Lacey vorbei ins Haus. »Ich denke, du möchtest hören, was ich zu sagen habe«, sagte er und fuhr zu ihr herum.

»Das bezweifle ich.«

»Sollen wir über Andy reden?«

Lacey stockte der Atem, und sie wurde blass. Sie brachte kein Wort heraus, obwohl sie unzählige Fragen hatte.

»Andy wird vermisst, nicht wahr?«, fragte Cramer hämisch.

Lacey fand die Stimme wieder und flüsterte: »Was weißt du über Andy?«

»Er ist in Sicherheit«, sagte Cramer.

Erleichterung erfüllte Lacey, doch eine andere Sorge stieg in ihr auf. »Wo ist er?«

»Wo er unsere Pläne nicht stören kann.«

»Pläne? Zum Teufel mit dir, Taylor Cramer! Was hast du mit meinem Sohn gemacht?«

»Lass uns ins Wohnzimmer gehen, meine Liebe. Wir müssen über unsere Zukunft sprechen.«

Cramer schritt ins Wohnzimmer. Lacey folgte ihm wie in Trance.

»Es gibt keine gemeinsame Zukunft, Taylor.«

Er setzte sich aufs Sofa und klopft auf den Platz neben sich. »Setz dich, Lacey.«

»Erst wenn du mir sagst, was du mit meinem Sohn gemacht hast.«

»Ich habe dir schon gesagt, er ist sicher. Viel sicherer, als wenn er im Dunkeln durch die Gegend wandern würde. Warum ist er dir weggelaufen?«

»Wer hat dir sagt, dass er weggelaufen ist?«

»Er sagte, er will nach Kalifornien. Dieser Bastard Gentry verdient diese Art von Hingabe nicht.«

»Wenn du auch nur eine Spur von Erbarmen hättest, dann würdest du Andy heimbringen. Sofort. Ich werde das Gesetz einschalten, wenn es sein muss.«

»Nein, das wirst du nicht, meine Liebe. Du kannst nicht beweisen, dass ich Andy habe. Der Junge ist ausgerissen. Er könnte überall sein. Er könnte auf einen Kojoten, einen Bären oder auf einen Wolf gestoßen sein. Alle Arten von wilden Tieren schleichen des Nachts herum.«

»Und du bist das Schlimmste davon!«, stieß Lacey hervor. »Was willst du von mir, Taylor? Was muss ich zahlen, um Andy zurückzubekommen?«

»Ah, jetzt kommen wir auf den Kern der Sache.«

»Du hast gewonnen, Taylor. Ich werde dir die Ranch verkaufen. Ich verlange nur genügend Geld, um mich und Andy über Wasser zu halten, bis ich Arbeit finden kann.«

»Warum sollte ich etwas zahlen, wenn ich alle Trümpfe in der Hand habe?« Cramer lachte hässlich. »Die Steuern – die nicht unerheblich sind, möchte ich hinzufügen – muss ich aus meiner eigenen Tasche bezahlen. Nein, Lacey, ich werde die Ranch nicht kaufen.«

»Du erwartest von mir, dass ich sie dir schenke?« Lacey schnappte nach Luft.

»In gewisser Weise. Wenn wir erst verheiratet sind, wird sie mir gehören.«

»Bei dem Gedanken, dich zu heiraten, wird mir schlecht.«

»Du warst einmal verdammt scharf darauf, mich zu heiraten.«

»Das war, bevor ...«

»Vor Gentry?«

»Bevor, du dein wahres Gesicht gezeigt hast. Du hast meinen Sohn nie gemocht. Du wolltest ihn fortschicken.«

»Andy war mir lästig. Aber jetzt bleibt dir keine Wahl, Lacey. Wir werden heiraten, und zwar schnell. Bevor ...« Er verstummte abrupt.

Lacey war sofort alarmiert. »Bevor was? Hat deine Hast, zu heiraten, etwas mit meinem Land zu tun?«

»Du stellst zu viele Fragen. Du liebst deinen Sohn, nicht wahr?«

»Das weißt du.«

»Gut. Wir heiraten am Samstag. Also in drei Tagen. Überlass alle Vorbereitungen mir. Ich werde dich am Samstagmorgen mit meinem Buggy abholen.«

Laceys Kinn zitterte, doch ihre Stimme klang fest. »Ich werde dich nicht heiraten, Taylor, du kannst also Andy heimbringen.«

Taylor lächelte sie überheblich an. »Du wirst mich heiraten. Sonst wirst du deinen Sohn niemals wiedersehen. Erwarte mich am Samstag gegen zehn Uhr, meine Liebe.« Er senkte die Stimme, als er sich erhob, um zu gehen. »Weißt du, ich freue mich darauf, mit dir zu schlafen.« Er richtete den Blick auf ihre Brüste. »Ich habe die Wahrheit gesagt, als ich dir erklärt habe, dass ich auf dich ebenso scharf bin wie auf dein Land. Es sollte interessant sein, dich zu zähmen.«

»Du hast nie die Wahrheit gesagt!«, erwiderte Lacey zornig. »Vergiss die Heirat. Ich werde dir die Ranch überschreiben. Bring nur Andy heim.«

Seine Augen glitzerten vor Begierde. »Ich will mehr als das. Ich brauche das Land, aber du bist der Bonus. Drei Tage, Lacey. Finde dich damit ab. Ich will eine Vollblutfrau in meinem Bett, keine Marmorstatue. Gib dir nicht die Mühe, mich zur Tür zu bringen. Ich finde den Weg alleine.«

»Bastard!«

Sein Gelächter schien noch lange in der Luft zu hängen, als er fort war.

Lacey wartete, bis Cramer fort war, bevor sie handelte. Sie hatte keine Angst vor ihm. Trotz seiner Drohungen würde sie den Sheriff informieren.

Sie sattelte ihr Pferd und ritt in die Stadt, ohne jemandem von ihrem Vorhaben zu erzählen. Rusty und die Cowboys schliefen noch, und Rita würde sich nur Sorgen machen. Als sie in der Stadt eintraf, ritt sie geradenwegs zum Sheriff's Office. Sheriff Hale saß hinter seinem Schreibtisch und blätterte in Steckbriefen. Er blickte auf und begrüßte sie mit einem Lächeln.

»Was kann ich für Sie tun, Mrs. Gentry? Ist Sam Gentry schon zurückgekehrt?«

»Leider nicht. Andy ist verschwunden, Sheriff. Er war die ganze Nacht fort.«

Hale runzelte die Stirn. »Verschwunden, sagen Sie?«

»Entführt. Er ging gestern Abend fort und kam nicht zurück.«

»Wie kommen Sie darauf, dass der Junge entführt worden ist? Vielleicht hat er sich verirrt und kann den Nachhauseweg nicht finden.«

»Andy ist ausgerissen«, gab Lacey zu. »Er wollte nach Kalifornien, um seinen Vater zu suchen.«

»Da haben Sie's«, sagte der Sheriff selbstgefällig. »Der

Junge kann nicht weit sein. Lassen Sie Ihre Cowboys nach ihm suchen. Wenn er die ganze Nacht fort war, ist er vermutlich mehr als bereit, um zurückzukehren.«

»Die Suche begann gestern und wurde die ganze Nacht fortgesetzt. Ich habe soeben herausgefunden, was mit ihm geschehen ist.«

»Dann sollte es einfach sein, ihn zurückzuholen«, sagte Hale, sichtlich ärgerlich.

»Sie hören mir nicht zu, Sheriff. Ich sagte, Andy wurde entführt. Taylor Cramer hat ihn ohne Erlaubnis mitgenommen.«

»Das ist eine ziemlich harte Anschuldigung, Mrs. Gentry. Haben Sie einen Beweis?«

»Nur mein Wort. Mr. Cramer kam heute Morgen zur Ranch raus und erzählte mir, dass er meinen Sohn hat. Ich bat Taylor, Andy heimzubringen, doch er weigerte sich.«

»Warum sollte er sich weigern?«

»Er hält Andy als Geisel, bis ich zustimme, ihn zu heiraten.«

Hale starrte sie an. »Da ist ja ein Ding! So etwas habe ich ja noch nie gehört!«

»Es ist die Wahrheit. Ich brauche Ihre Hilfe, Sheriff. Taylor wird Andy freilassen müssen, wenn Sie mit mir zu seiner Ranch reiten und seine Freilassung verlangen.«

»Ich würde mir mächtig blöde vorkommen, wenn Sie sich irren«, gab Hale zu bedenken. »Taylor Cramer ist ein angesehener Bürger dieser Gemeinde. Da sollten wir Vorsicht walten lassen.«

»Bitte, Sheriff, lassen Sie mich nicht im Stich. Sie wurden gewählt, um das Gesetz zu vertreten.«

Hale erkannte Laceys Verzweiflung, denn er stand auf und schnallte seinen Revolvergurt um. »Sie haben gewonnen, Mrs. Gentry. Ich werde mit Ihnen zu Taylors Ranch reiten, aber erwarten Sie nicht, dass dabei etwas herauskommt.«

Auf dem Ritt zur Ranch stieg Laceys Furcht. Hatte Taylor Andy etwas angetan? Bekam ihr Sohn etwas zu essen? Er war in der Wachstumsphase und brauchte nahrhaftes Essen und ausreichenden Schlaf.

Lacey ritt vor dem Sheriff auf den Hof und zügelte an Taylors Haustür das Pferd. Sie sprang aus dem Sattel und lief auf die Veranda, bevor Hale sich von seinem Pferd schwang. Verzweifelt hämmerte sie gegen die Haustür und rief Andys Namen.

»Lacey, Sheriff Hale. Was führt euch her?«

Lacey fuhr beim Klang von Cramers Stimme herum. Er stand hinter ihnen, die Hände auf den Hüften, seine Lippen waren zu einem Lächeln verzogen.

»Ich war im Stall. Einer meiner Cowboys informierte mich, dass ich Besuch habe. Was kann ich für euch tun?«

»Du weißt genau, was du für mich tun kannst«, zischte Lacey. »Lass Andy frei. Ich nehme ihn mit nach Hause.«

Taylor blickte Sheriff Hale erstaunt an. »Wovon redet meine Verlobte, Sheriff?«

Sheriff Hale nahm seinen Hut ab und wischte sich mit dem Ärmel über die Stirn. »Mrs. Gentry sagt, Sie haben ihren Sohn gekidnappt. Was haben Sie dazu zu sagen?«

Lacey unterdrückte den Wunsch, Cramer ins Gesicht zu schlagen, als er in schallendes Gelächter ausbrach. »Ich nehme an, meine Verlobte hat Wahnvorstellungen, Sheriff. Wie kommt sie auf den Gedanken, dass ich ihren Sohn gekidnappt habe?«

»Weil du es mir gesagt hast!« Lacey schrie fast. »Du hältst ihn als Geisel!«

»Welch eine lächerliche Vorstellung. Fühlst du dich nicht gut, meine Liebe?«

»Unternehmen Sie etwas, Sheriff! Durchsuchen Sie das Haus. Ich weiß, dass Andy hier ist.«

Cramer seufzte. »Nur zu, Sheriff. Lacey wird erst glücklich sein, wenn Sie das Haus auf den Kopf stellen. Wenn Sie damit fertig sind, können Sie gern auch noch die Nebengebäude durchsuchen.«

Hale nickte widerwillig. »Ich hoffe, Sie nehmen mir das nicht übel, Mr. Cramer, aber Sie sehen ja, wie durcheinander Mrs. Gentry ist. Ich hoffe, Ihre Heirat wird eine beruhigende Wirkung auf sie haben.«

Cramers Lächeln erreichte nicht seine Augen. »Darauf können Sie sich verlassen.«

Lacey durchsuchte persönlich jeden Winkel von Cramers Haus. Ohne Erfolg. Aber sie weigerte sich, aufzugeben, als Sheriff Hale vorschlug, die Ranch zu verlassen, und bestand darauf, die Nebengebäude durchsuchen zu lassen und die Cowboys zu befragen. Stunden später räumte sie ein, dass Andy sich nicht auf dem Grundstück befand und dass keiner der befragten Arbeiter etwas über ihren Sohn wusste. Aber das bewies nicht, dass Taylor ihn versteckt hatte, wo er nicht gefunden werden konnte. Und das jagte ihr Furcht ein. Taylor war der Sieger.

Er hatte den Sheriff überzeugt, dass sie unter Wahnvorstellungen litt, aber die Tatsache blieb, dass Andy verschwunden war. Hale konnte nur versprechen, mit seinem Deputy nach Andy zu suchen. Dann verabschiedete er sich.

»Bist du nun zufrieden, meine Liebe?«, sagte Cramer, als der Sheriff fortgeritten war.

»Wo ist er?«

»In guter Obhut. Wenn du mir keine weiteren Probleme machst, könnest du ihn nach unserer Trauung sehen.«

»Bastard!«

»Aber, aber, das ist nicht das, was ich von meiner zukünftigen Frau hören will. Soll ich dich nach Hause begleiten?«

»Untersteh dich!«, zischte Lacey. »Wenn du Andy etwas antust, werde ich dich töten, das schwöre ich!«

Cramers Finger gruben sich in ihre Schultern, als er sie an sich zog. »Du wirst deinen Ton ändern, wenn du erst in meinem Bett bist. Ich werde dich erobern, Lacey, merk dir das. Eines Tages wirst du wie ein braves Kätzchen schnurren.«

»Nie im Leben!«, stieß Lacey hervor.

Ihr stockte der Atem, als er die Lippen auf ihren Mund presste. Sein Kuss war brutal, besitzergreifend, ohne eine Spur von Wärme. Als sie erkannte, dass ihn ihr Widerstand erregte, wurde sie schlaff in seinem Armen. Mit einem Fluch stieß er sie von sich. »Ich werde dich lehren, richtig zu reagieren, wenn du mir gehörst. Reite heim und bereite dich auf unsere Hochzeit vor.«

Das Kinn erhoben, die Schultern gestrafft, ging Lacey, bevor der Drang, Taylor umzubringen, sie in Schwierigkeiten bringen konnte. Er mochte sie zwingen, ihn zu heiraten, aber sie schwor, dass er es bereuen würde. Er konnte ihr Land haben – es war nicht mehr wichtig, solange Andy sicher zu ihr zurückkehrte.

Auf dem Nachhauseritt hatte sie das Gefühl, alle Last der Welt auf den Schultern zu tragen. *Wenn Sam hier wäre, würde er diese Farce nicht zulassen*, sagte sie sich. Plötzlich war sie froh, dass er nicht da war. Er würde voller Zorn auf Taylor losgehen, auch wenn es bedeutete, gegen das Gesetz zu verstoßen. Und das wollte sie nicht. Er war gerade erst ein freier Mann geworden; sie konnte nicht zusehen, wie er das wegwarf. Es war gut, dass er fort war. Sie war zuvor auf sich allein gestellt gewesen, und sie würde es wieder schaffen. Taylor mochte sie heiraten, aber er würde sie niemals besitzen.

Rusty rannte herbei, als er sie auf den Hof reiten sah. »Wo sind Sie gewesen, Miss Lacey. Wo ist Andy?«

»Andy wird noch nicht zurückkehren.« Sie erstickte fast an den Worten, aber Rusty verdiente eine Antwort.

»Wieso nicht?«

Lacey ignorierte die Frage. »Ich werde am Samstag Taylor Cramer heiraten. Nach der Trauung wird Andy heimkommen.«

Langsam dämmerte es Rusty, und dann heulte er vor Wut auf. »Cramer hat Andy! Der Dreckskerl! Ich nehme ihn mir vor, Miss Lacey!«

»Nein, Rusty. Sie tun nichts, sagen nichts, nicht einmal bei den Cowboys. Ich möchte, dass dies zwischen uns bleibt.«

»Aber …«

»Bitte, Rusty, Sie müssen mir das versprechen. Niemand darf davon erfahren.«

»Gar keiner?«

»Gar keiner.«

»Wenn Sie das wollen.«

»Genau das will ich. Ich werde mit Taylor auf meine Weise fertig werden, und glauben Sie mir, es wird ihm nicht gefallen.«

16

Sam fror und war müde und hungrig. Er hatte vorgehabt, die B&G-Ranch links liegen zu lassen und geradenwegs nach Dodge City zu reiten, doch Galahad zerrte an den Zügeln, als spüre er, dass ein warmer Stall und Futter in der Nähe waren. Als Sam die Indianer verlassen hatte, war er entschlossen gewesen, Lacey oder Andy erst wiederzusehen, wenn sein Name reingewaschen war, doch je mehr er sich der Ranch näherte, desto klarer wurde ihm, wie unmöglich das sein würde.

Etwas, das stärker war als sein Wille, zwang ihn, Galahad zur Ranch zu lenken. Wenn er Glück hatte, würde er eine Mahlzeit von Resten im Küchenbau finden, und Galahad konnte die Nacht im warmen Stall verbringen.

Licht fiel aus dem Küchenbau, als Sam in den Stall ritt und absaß. Er ignorierte seinen knurrenden Magen und sattelte Galahad ab, striegelte ihn und sorgte für ausreichend Futter. Dann schritt er zum Küchenbau, nicht sicher, ob er willkommen sein würde. Er hätte sich keine Sorgen zu machen brauchen. Nur drei Männer hielten sich darin auf – Luke, der Koch, Rusty und Lefty. Alle drei hockten vor Bechern mit dampfendem Kaffee.

»Kann ein hungriger Mann was zu essen bekommen?«, fragte Sam von der Türschwelle aus. Drei Köpfe ruckten in seine Richtung.

Rusty sprang sofort auf. »Sam! Wir dachten alle, du wärst auf halbem Weg nach Kalifornien.«

»Ich hab's mir anders überlegt.«

»Setz dich«, sagte Luke, bereits auf dem Weg zum Herd. »Du hast Glück. Da ist noch ein Steak übrig, und ein Topf Bohnen steht auch noch auf dem Herd.« Er griff nach der Kaffeekanne. »Trink was. Das wärmt deine Knochen auf.«

»Genau das, was ich brauche, Luke, danke.«

Sam wärmte sich die Hände an dem heißen Kaffeebecher, bevor er ihn an die Lippen hob. Der starke Kaffee rann seine Kehle hinab. Und die Wärme breitete sich im leeren Magen aus.

»Schmeckt prima. Ich wollte eigentlich im Bogen um die Ranch reiten, aber ich bin froh, dass ich es nicht gemacht habe.«

Rusty runzelte die Stirn. »Einen Bogen um die Ranch? Ist das keine Rückkehr?«

»Ich bin unterwegs nach Norden, nach Dodge City, um meinen Namen reinzuwaschen. Ich bin kein Bandit, und ich hoffe, das zu beweisen, bevor ich zur B&G zurückkehre.«

»Dodge!«, stieß Rusty hervor. »Ich dachte, du wärst gekommen, weil du erfahren hast, dass Miss Lacey Taylor Cramer heiraten wird.«

»Was?« Sam setzte seinen Becher so hart auf, dass Kaffee herausschwappte. »Das werden wir sehen!« Er sprang auf. Der Stuhl kippte um und polterte zu Boden, als Sam aus der Tür stürmte.

»Ich dachte, du hast Hunger!«, rief Luke ihm nach.

»Warte Sam, da ist etwas, das du wissen musst!«, rief Rusty und stürzte hinter ihm her.

»Lass ihn gehen«, riet Lefty. »Lass Miss Lacey es ihm sagen.«

»Ich hoffe bei Gott, dass sie ihm alles erzählt«, murmelte Rusty.

Sam schenkte den Stimmen hinter ihm kaum Beachtung. Er war immer noch wie betäubt von der niederschmetternden Neuigkeit. Wie konnte Lacey das tun? Wie konnte sie Cramer heiraten, obwohl sie wusste, was für ein verkommener Typ er war?

Mit jedem Schritt wuchs sein Zorn. Hatte Lacey den Verstand verloren? Welche Art Frau war sie, dass sie ihren Sohn ignorierte ... das Wohlergehen seines Sohnes? Er stürmte zur Tür und hämmerte voller Zorn dagegen.

Plötzlich wurde die Tür geöffnet. Lacey, in Nachthemd und Morgenrock, trat zurück, als Sam ins Haus stürmte.

»Sam! Oh, mein Gott! Du bist nicht nach Kalifornien geritten! Du bist zurückgekommen!«

»Und keinen Moment zu früh!«, knirschte Sam und trat die Tür mit dem Stiefelabsatz zu.

Lacey wurde blass. »Du hast mit Rusty gesprochen. Was hat er dir gesagt?«

»Ich wäre fast vorbeigeritten, ohne Halt zu machen«, stieß Sam hervor. »Das mit Kalifornien habe ich mir anders überlegt. Es gefällt mir nicht, als Bandit zu gelten. Ich wollte geradenwegs nach Dodge reiten und den Bankier Wingate zwingen, die Wahrheit über den Bankraub zu erzählen. Ich wollte als freier Mann zu dir und Andy zurückkehren.«

»Rusty hat es dir nicht gesagt?«

»Was gesagt?«

»Du bist ein freier Mann. Die Anschuldigungen gegen dich und deine Brüder bestehen nicht mehr.«

Sam starrte sie entgeistert an. »Wer hat dir das erzählt?«

»Sheriff Hale. Er erhielt ein Telegramm vom Sheriff aus Dodge. Hale weiß nicht alle Einzelheiten; in dem Telegramm steht nur, dass die Gentry-Brüder nicht mehr wegen Bankraubs gesucht werden. Du bist ein freier Mann, Sam.«

Sam fühlte sich, als sei alle Last der Welt soeben von seinen Schultern genommen worden. Sein Sohn brauchte sich seiner nicht mehr zu schämen und konnte stolz auf ihn sein. Die Freude ließ ihn seinen Zorn und den Grund dafür vergessen. Er wusste nur, dass er Grund zur Freude hatte und dass Lacey hier war, um sich mit ihm zu freuen. Nie hatte er sie mehr begehrt.

»Gott, Lacey, jetzt kann ich nur daran denken, wie sehr ich dich lieben möchte.«

Er breitete die Arme aus. Wie eine Schlafwandlerin ging sie zu ihm. Seine Arme schlossen sich um sie. Er neigte sich zu ihr, um sie zu küssen, umfasste ihren Kopf, als sich ihre Lippen in einem tiefen, leidenschaftlichen Kuss vereinigten.

Lacey konnte nicht leugnen, dass sie Sam begehrte, sich nach ihm sehnte. Morgen, nach ihrer Trauung mit Taylor, würde er sie hassen. Sie brauchte dies, wollte dies, denn aller Wahrscheinlichkeit nach würde sie danach nie mehr die Liebe mit Sam erleben können. Sie klammerte sich verzweifelt an ihn, als er sie küsste, betete, dass seine Leidenschaft stärker als sein Zorn sein würde, denn sie wusste, dass er ins Haus gestürmt war, weil Rusty ihm erzählt hatte, dass sie Taylor heiraten würde.

Sam durfte nicht erfahren, dass Andy als Geisel gehalten wurde, dass sie Taylor nur heiratete, um ihren Sohn zu retten. Je länger er durch seine Leidenschaft abgelenkt war, desto unwahrscheinlicher war es, dass er ihr Fragen stellte. Lacey wusste nur zu gut um Sams Jähzorn. Wenn er die Wahrheit erfahren würde, dann würde er mit dem Revolver in der Hand auf Taylor losgehen.

Sie wurde aus ihren Gedanken gerissen, als Sam sie auf die Arme nahm und die Treppe hinauftrug. Er nahm jeweils zwei Stufen auf einmal. Die Tür zu ihrem Zimmer stand einen Spalt offen. Er stieß sie ganz auf, ging hinein und trat sie mit dem Absatz zu.

»Ich kann nicht warten«, keuchte er, als er sich aufs Bett setzte und sie rittlings auf sich zog. Er zog ihre Knie nahe an seine Hüften. »Erheb dich kurz.«

Sie erhob sich etwas, und er machte sich an seiner Hose zu schaffen. Dann spürte sie den heißen, harten Beweis seiner Erregung, während er ihren Morgenrock und das Nachthemd öffnete, um ihre Brüste zu entblößen. Während er daran saugte, streifte er ihr die Kleidungstücke ab, begierig darauf, mehr von ihrer nackten Haut zu spüren. Sie grub die Finger in seine Schultern, als er sein Ziel fand, stöhnte auf, und neigte sich zurück, als er sie ausfüllte.

Sie passte sich seinem Rhythmus an, und er umfasste ihre Pobacken und half ihr die Bewegungen zu erreichen, die ihnen am meisten Lust bereiteten. Sie ließ ihre Hüften kreisen; er reagierte auf diese neue Empfindung mit einem kehligen Stöhnen. Sie schrie leise auf, als er immer heftiger wurde, und sie ihn noch tiefer spürte.

Sie wünschte sich, dass dies nie enden würde, doch zugleich sehnte sie sich nach der Erlösung. Es war zu viel und dennoch nicht genug, wunderbar und trotzdem erschreckend.

Es war Liebe. Pure Lust und Glückseligkeit.

Wie berauscht von ihren Empfindungen schrie Lacey auf, und ihre Muskeln verkrampften sich, als Sam sich noch kraftvoller bewegte und ihre Spannung fast unerträglich wurde. Sam zog mit den Lippen eine feurige Spur über ihren Hals, die Schultern, über die zarte Stelle, an der ihr rasender Pulsschlag pochte, über die vollen Kurven ihrer Brüste. Sie spürte seinen warmen Atem an ihren harten Brustspitzen, bevor er sie in den Mund nahm und mit der Zunge umschmeichelte.

Laceys Schreie wurden ekstatisch, und die köstlichen Wonnen lösten einen Sturm in ihr aus, der sie erbeben ließ. Sam folgte ihr bald bei diesem köstlichen Höhepunkt. Zu schnell war es vorüber.

Sam schmiegte den Kopf zwischen ihre Brüste. Sie hörte ihn kaum, als er sagte: »Es tut mir Leid. Ich wollte dich nicht so schnell nehmen. Beim nächsten Mal werde ich langsamer sein.«

Seine Augen waren dunkle Seen von neu erwachtem Verlangen, als er sie anhob und sanft auf das Bett legte. Sein durchdringender Blick bannte sie; sie konnte nicht fortschauen. Ohne ihn in sich zu spüren, fühlte sie sich wie beraubt. Sie wusste, dass sie sich den Rest ihres Lebens so fühlen würde.

Er entledigte sich schnell seiner restlichen Kleidung und legte sich zu ihr.

»Du hast mir gefehlt«, wisperte er an ihren Lippen.

»Was ist mit Yellow Bird? Sie sagte . . .«

»Sie hat gelogen. Wir waren nie Geliebte. Vor meinem Wegritt hat sie mir gebeichtet, dass sie dich belogen hat, und sie hat mich um Verzeihung gebeten. Ich nehme an, sie hat endlich erkannt, dass sie nie mehr als eine Freundin für mich sein würde.«

»Hast du ihr verziehen?«

Abgelenkt durch das plötzliche Auf und Ab ihrer Brüste unter einem schweren Atemzug, antwortete Sam nicht sogleich.

»Sam, hast du ihr verziehen?«, wiederholte Lacey.

»Hm?« Er blickte von ihren Brüsten auf. »Oh, das meinst du. Sie hat mir das Leben gerettet. Trotz des Ärgers, den sie mit ihrer Lüge angerichtet hat, habe ich es nicht übers Herz bringen können, unversöhnlich zu sein.«

Lacey konnte sich nicht mehr auf ihre Gedanken konzentrieren, als er langsam über die Konturen ihres Körpers streichelte.

Er küsste ihre Nasenspitze, rieb dann mit den Lippen über ihren Mund. »Fast hätte ich nicht auf der Ranch Halt gemacht und wäre nach Dodge weitergeritten. Ich kann noch nicht glauben, dass es endlich vorüber ist, dass meine Brüder und ich freie Männer sind. Jetzt kann Andy auf seinen Vater stolz sein.«

Lacey schwieg. Andy war die letzte Person, über die sie mit Sam reden wollte. Wenn sie ihm die Wahrheit erzählte, würde das Andy schaden. Solange er Taylors Gefangener war, musste sie Sam von Taylor fern halten. Das konnte sie nur schaffen, wenn sie Sam zu beschäftigt hielt, um Fragen zu stellen.

»Du redest zu viel, Sam«, sagte sie und erhob sich.

»Was hast du vor?«, fragte Sam.

»Das wirst du sehen.«

Sie ging zum Waschständer. Sie spürte seinen Blicke auf sich, als sie Wasser in die Schüssel schüttete und ein Tuch hineintauchte. Dann begann sie alle Spuren von Sams Samen von ihrem Körper zu waschen. Sie spülte dass Tuch ab und ging damit zum Bett zurück. Sie spürte, wie sich Sam versteifte, als sie das Tuch sanft auf sein Glied legte. Nachdem sie ihn gründlich gesäubert hatte, legte sie sich aufs Bett zurück und lächelte.

Sie winkelte einladend ein Knie an. Er umfasste es sanft, und seine Hand glitt über die Innenseite ihres Oberschenkels. »Siehst du, was du mit deinem Reizen angerichtet hast.«

Seine Hand fand sie, spreizte sie, streichelte sie. Er neigte sich hinab, um ihren Mund in Besitz zu nehmen. Es war keine Eile in seinem Kuss, als sich seine Lippen langsam, liebkosend über ihren bewegten. Er schien es nicht eilig zu haben, die süße Qual zu beenden, als er eine intimere Stelle für seinen Mund und die Zunge fand. Er setzte seine Magie weiterhin bei ihrem erbebenden Körper ein, bis sie sich auf dem Laken wand und seinen Namen keuchte. Verzweifelt umfasste sie seinen Kopf und zog ihn hoch, drängte ihn über sich. Sie hatte das Gefühl, sterben zu müssen, wenn er sie nicht jetzt, sofort, endlich nehmen würde.

Er schob sich aufwärts und drang in sie ein. Ihre Hüften bäumten sich ihm entgegen und passten sich seinen kraftvollen Bewegungen an, bis ihr Rhythmus perfekt harmonierte.

In ihrer Welt war jetzt alles gut und richtig, doch sie wagte nicht, an den kommenden Tag zu denken. Morgen würde Sam sie hassen. Selbst wenn er ihr verziehen hatte, dass sie entgegen ihrem Versprechen das Indianerlager verlassen hatte, würde er ihr niemals verzeihen können, dass sie Taylor heiratete.

Ihre Gedanken stockten, als Sams Bewegungen heftiger wurden, und plötzlich glaubte sie, zu fliegen. Dann hörte sie wie aus weiter Ferne Sams Aufschrei, spürte, wie er sich auf ihr versteifte und sich langsam entspannte.

Lacey lag still, als die Erregung langsam abklang. Sie fühlte sich beraubt, als Sam erschlaffte und aus ihr glitt. Das Gefühl verstärkte sich noch, als er sich von ihr fortrollte und neben sie legte. Sie dachte, er sei eingeschlafen, bis er sich auf einen Ellenbogen stemmte und auf sie hinabstarrte. Sie hielt den Atem an und wartete auf seine Worte.

»Rusty muss sich geirrt haben.«

Sie gab vor, nicht zu verstehen. »Er hätte dir sofort sagen sollen, dass die Gentry-Brüder nicht mehr steckbrieflich gesucht werden.«

Der anklagende Ausdruck in seinen Augen schien bis in ihre Seele zu dringen. »Das meine ich nicht, Lacey. Rusty sagte, du wirst Taylor Cramer heiraten. Ich rannte voller Zorn zum Haus und wollte dir den schönen Hals umdrehen. Die gute Nachricht, die du mir gabst, zusammen mit dem dringenden Verlangen, dich zu lieben, ließ mich meinen Zorn vergessen. Ich konnte an nichts anderes denken, als an das nächste Bett und daran, es mit dir zu tun. Aber das ist nicht der Punkt, auf den ich hinauswill. Warum hat Rusty gedacht, dass du Cramer heiraten wirst?«

Gott sei Dank wusste er nicht, dass sie morgen heiraten würde. »Weil es stimmt. Können wir später darüber reden? Du bist erschöpft. Ich sehe dir das an.«

»Du warst also darauf vorbereitet, diesen Bastard zu heiraten? Ich bin froh, dass du dich anders besonnen hast. Du wirst Cramer nicht heiraten. Aber mach keinen Fehler. Wenn du meine Wünsche ignorierst und Cramer heiratest, werde ich dir Andy wegnehmen. Andy ist mein Sohn. Das Gesetz wird auf meiner Seite sein.«

Lacey hatte sich nicht anders besonnen. Sie biss sich auf die Lippen, um nicht mit dem schrecklichen Geheimnis herauszuplatzen, von dem sie gequält wurde. Nur Rusty und Rita kannten die Wahrheit. Den Cowboys war gesagt worden, dass Andy in Sicherheit war und bald heimkehren würde. Lacey wusste, dass sie sich Gedanken darüber machten, aber Rusty hatte sie davor gewarnt, zu neugierig zu sein.

»Lacey, ist unsere Ehe annulliert worden?«

Nach langem Schweigen sagte Lacey: »Wir sind nicht mehr verheiratet, Sam.«

»Du liebst mich, ich weiß das. Wie kannst du immer noch Cramer heiraten wollen, obwohl du weißt, was für ein Mann er ist?«

»Bitte, Sam, versuch es zu verstehen. Ich dachte, du wärst für immer fort. Ich bin im Begriff, die Ranch zu verlieren. Andy und ich würden in der Kälte sein und könnten nirgendwohin und hätten kein Geld für Essen oder Unterkunft. Ich war verzweifelt.«

»Jetzt bin ich da«, sagte Sam. »Mach dir keine Sorgen, ich werde einen Weg finden, um die Ranch zu retten. Wir heiraten morgen von neuem und beantragen gemeinsam einen Kredit. Wir werden ihn bekommen, und Andy wird seinen Vater wiederhaben. Ein Kind braucht beide Elternteile.«

Ich würde Andy niemals wiedersehen, wenn dies geschehen würde, dachte Lacey. »Willst du mich deshalb heiraten? Wegen Andy?«

»Verdammt, Lacey, verdreh mir nicht die Worte im Mund. Ist dir nicht klar, dass ich dich liebe? Ich hätte nie gedacht, das zu sagen, aber ich habe nie etwas ernster gemeint.«

»Bitte, Sam, sag nichts sonst.« Sie konnte es nicht ertragen, dass er seine Seele offenbarte, wenn sie nicht vorhatte, ihre Absicht, Cramer zu heiraten, aufzugeben. Andys Leben stand auf dem Spiel. Und vielleicht auch Sams Leben, wenn er erfahren würde, warum sie dies tun musste.

Sam runzelte die Stirn. »Irgendwas stimmt da nicht, das kann ich spüren. Du kannst mich nicht immer noch hassen. Du kannst mich nicht mit so viel Gefühl lieben, wenn ich dir gleichgültig wäre. Ich weiß, dass ich dir in der Vergangenheit Unrecht getan habe, aber ich hoffe, dass du mir verzeihst. Jetzt bin ich ein freier Mann, und wir können für die Zukunft planen und eine Familie sein.« Er starrte sie an. »Liebst du mich, Lacey?«

Unter allen anderen Umständen hätte Lacey ihre Liebe zum Himmel hinausgeschrien, doch jetzt war es ihr unmöglich, auf Sams Frage zu antworten. Sie wandte sich ab und wich seinem Blick aus. Er nahm ihren Kopf in beide Hände und zwang sie, ihn anzusehen.

»Sag mir, dass du mich nicht liebst.«

Sie schluchzte auf. »Ich liebe dich, verdammt. Bist du jetzt glücklich?«

Sam nickte. »Das wäre also geregelt. Kein weiteres Gerede über eine Heirat mit Cramer. Ich werde morgen zu seiner Ranch reiten und diese Sache beenden. Morgen, bei Einbruch der Dunkelheit, wirst du wieder meine Frau sein, und Andy wird ein Elternpaar haben, das ihn liebt.«

Lacey sagte nichts. Sollte er denken, was er wollte. Wenigstens bestand er nicht darauf, Andy heute noch zu sehen.

Als ob seine Entscheidung alle Probleme gelöst hätte, zog er Lacey an sich. »Leg dich schlafen, Liebling. Ich bin so müde, dass ich rund um die Uhr schlafen könnte, also weck mich bitte im Morgengrauen. Wir haben einen anstrengenden Tag vor uns.«

Lacey hatte anderes vor. Lange bevor Sam erwachte, war sie fort. Lange bevor die Cowboys im Mannschaftsquartier aufstanden. Um eine Konfrontation zwischen Sam und Taylor zu vermeiden, konnte sie nicht warten, bis Taylor in seinem Buggy zum Haus kam, um sie abzuholen. Sie traf die schnelle Entscheidung, vor Taylors angekündigter Ankunft zu seiner Ranch zu reiten. Sie konnte sich Taylor nicht widersetzen, solange er Andy in seiner Gewalt hatte.

Lacey tat kaum ein Auge zu, weil sie befürchtete, zu verschlafen. Sam schlief noch tief und fest, als sie sich vorsichtig aus seinen Armen löste und leise aufstand. Sie wusch sich, kleidete sich an, verließ das Zimmer und schloss leise die Tür hinter sich. Im Mannschaftsquartier war es still, als sie daran vorbei in den Stall schlich. Einen Augenblick später ritt sie auf ihrer Stute von der B&G, in eine Zukunft, die sie nicht gewählt hatte.

Die Sonne lugte hinter einer Wolke hervor, als sie auf Cramers Ranch eintraf. Sie saß vor dem Haus ab und klopfte hart an die Tür. Es dauerte eine Weile, bis Cramer wach wurde, und als er schließlich öffnete, war sein Oberkörper nackt und er nestelte noch an seiner Hose herum. Seine Überraschung war echt.

»Lacey? Was machst du so früh hier? Ich wollte dich erst in Stunden abholen.«

»Ich ... ich konnte nicht schlafen, und so wollte ich dir die Fahrt ersparen.«

Seine Lippen verzogen sich zu einem arroganten Grinsen. »Eine eifrige Braut – wie erfrischend. Es freut mich, dass du dich mit unserer Heirat abgefunden hast. Komm rein, komm rein. Meine Haushälterin wird uns Frühstück machen. Warte auf mich im Wohnzimmer, während ich mit ihr spreche. Das Frühstück wird fertig sein, wenn ich mich zu Ende angezogen habe.«

Lacey wartete, bis Taylor mit der Haushälterin gesprochen hatte und die Treppe hinauf verschwand, bevor sie in die Küche ging, um mit der Frau ein Wort unter vier Augen zu sprechen. Die Haushälterin hantierte am Herd. Lacey hatte Mrs. Beaver schon kennen gelernt und sprach sie mit Namen an.

»Guten Morgen, Mrs. Beaver. Ich hoffe, ich störe Sie nicht.«

Die mürrische Haushälterin knallte eine Bratpfanne auf die Herdplatte.

»Zu früh für Gäste. Keine anständige Frau besucht um diese frühe Morgenstunde einen Gentleman.«

Lacey ignorierte die kränkende Bemerkung. »Ich frage mich, ob Sie mir eine Frage beantworten können. Es würde mir viel bedeuten.«

»Sie können fragen, aber ich kann keine Antwort versprechen«, erwiderte sie mürrisch.

»Sie erinnern sich doch an meinen Sohn, nicht wahr?«

»Sie meinen diesen verflixten Bengel? Was hat er angestellt?«

»Er hat nichts angestellt. Ich frage mich, ob Sie ihn in jüngster Zeit hier gesehen haben.«

Mrs. Beaver warf ihr einen verdrossenen Blick zu. »Den habe ich nicht gesehen, seit er zum letzten Mal mit Ihnen hier gewesen ist.«

»Sind Sie sicher?«

»Wollen Sie mich als Lügnerin bezeichnen?«

»Natürlich nicht. Danke. Ich werde im Wohnzimmer auf Taylor warten.«

»Glauben Sie nur ja nicht, Sie könnten die Dinge hier ändern, wenn Sie Mr. Cramers Frau sind!«, rief Mrs. Beaver ihr nach. »Ich habe hier die Verantwortung, und das wird sich nicht ändern.«

Lacey würdigte sie keiner Antwort. Sie hatte nicht vor, Taylors Haushalt zu übernehmen oder die Art Frau zu werden, die er erwartete.

Kurze Zeit später erschien Cramer im Wohnzimmer, gekleidet in einem der Hochzeit angemessenen Anzug. Lacey sah ihn verächtlich an.

Obwohl er im schwarzen Anzug mit weißem Hemd und Krawatte geschniegelt aussah, fand sie nichts Attraktives an ihm. Ihre eigene Aufmachung ließ viel zu wünschen übrig. Weil sie diese Hochzeit nie gewollt hatte, hatte sie sich nicht die Mühe gemacht, sich dafür herauszuputzen – nicht, dass sie etwas Feines für eine Trauung besessen hätte.

»Sollen wir in das Esszimmer gehen?«, fragte Taylor. »Mrs. Beaver hat sicherlich ein festliches Frühstück für uns zubereitet.«

Lacey begleitete ihn ins Esszimmer, die Haltung steif und unversöhnlich. »Ich will vor der Hochzeit Andy sehen.«

»Ich befürchte, das ist unmöglich, meine Liebe. Alles zu seiner Zeit.«

Er rückte ihr den Stuhl zurecht. Lacey starrte ihn an und setzte sich dann. »Ist er wohlauf? Du hast ihm doch nichts getan, oder?«

»Es geht ihm prima. Das ist alles, was du zu wissen brauchst.«

Mrs. Beaver betrat das Zimmer und trug ein Tablett mit Tellern voller Rührei und Speck. Sie stellte das Tablett vor Cramer hin, verließ das Esszimmer und kehrte wenig später mit Brötchen und frischer Butter zurück.

»Ein Frühstück, wie es sich für einen König und seine Königin geziemt«, prahlte Cramer. »Ich hoffe, der Kaffee ist stark und schwarz, Mrs. Beaver. Ich möchte nicht, dass meine Braut während der Zeremonie einschläft. Machen Sie sich keine Mühe mit einem Hochzeitsabendessen. Ich werde meine Braut in ein Hotel bringen.«

»Ich hatte auch kein Abendessen geplant«, erwiderte die mürrische Frau.

Cramer kicherte, als Mrs. Beaver in die Küche zurückging. »Ich befürchte, meine Haushälterin ist verschnupft, weil ich heirate. Sie ist im Laufe der Jahre ziemlich besitzergreifend geworden. Ich bin sicher, dass du dich mit ihr arrangieren kannst.«

Cramer aß mit gutem Appetit, während Lacey nur in ihrem Essen herumstocherte. Sie hatte seit Andys Verschwinden keinen Appetit mehr gehabt – dank Taylor Cramer. Leider blieb ihr nichts anderes übrig, als die Forderung des Erpressers zu erfüllen und zu hoffen, Andy unversehrt wiederzubekommen.

Lacey nippte an ihrem Kaffee und versuchte, nicht an Sam zu denken. Sie hoffte, dass er noch fest schlief, doch sie wusste, dass er Rusty Fragen stellen würde, wenn er erwachte und sie vermisste. Der arme Rusty würde keine Chance gegen Sams Entschlossenheit haben. Sie wollte die Forderung des Erpressers erfüllen, bevor die Hölle los sein würde.

»Können wir jetzt zur Stadt aufbrechen?«, fragte Lacey, als Taylor zu Ende gegessen hatte.

»Bist du so wild darauf? Du überraschst mich, Lacey. Ich hätte gedacht, dass du eine widerwillige Braut bist.«

»Wenn du meinst, ich wäre wild darauf, deine Frau zu werden, so irrst du dich. Je eher wir dies hinter uns bringen, desto früher wirst du mir Andy zurückgeben.« Sie schob ihren Stuhl zurück.

»Sehr gut. Wir können fahren, sobald die Pferde eingeschirrt sind. Aber ich warne dich, erwarte nicht, deinen Sohn vor der Hochzeitsnacht wiederzusehen.«

Taylors Worte hallten auf der ganzen Fahrt zur Stadt in Laceys Kopf wider. Die Hochzeitsnacht. Sam war der einzige Mann, dem sie sich jemals hingegeben hatte. Wie konnte sie sich von einem anderen Mann berühren lassen? Ein Schauer rann ihr über den Rücken. Konnte sie es für Andy tun? Die Antwort war schwierig, denn sie hatte keine Ahnung, was sie tun würde, wenn es so weit sein würde. Die Vorstellung, mit Taylor zu schlafen, war abstoßend, doch Andy zu verlieren, war unerträglich.

Gott sei mir gnädig, flehte sie stumm.

Sie trafen viel zu früh in der Stadt ein. Taylor fuhr direkt zur Kirche. Lacey hoffte, dass der Prediger sie trotz der frühen Stunde trauen würde. Sie musste verheiratet sein, bevor Sam kam. Und er würde kommen, daran hatte Lacey wenig Zweifel. Und er würde einen mörderischen Zorn haben.

Sam wälzte sich im Bett auf die Seite und wollte nach Lacey greifen. Er griff ins Leere und riss die Augen auf. Sonnenschein strömte durchs Fenster herein. Mein Gott, wie lange hatte er geschlafen? Wo war Lacey? Eine böse Vorahnung stieg in ihm auf und wollte nicht weichen.

Sie hatte doch nicht ... würde doch nicht ... nicht heute ... Seine Gedanken überschlugen sich. Er sprang aus dem Bett, zog sich an und rannte die Treppe herunter, wobei er nach Lacey rief. Rita tauchte aus der Küche auf, und ihre Miene spiegelte ihren Schock wider.

»Señor Sam! Ich wusste nicht, dass Sie hier sind. Wir alle dachten, Sie wären nach Kalifornien geritten.«

»Ja, das ist meine Absicht gewesen«, sagte Sam ungeduldig. »Ist Lacey in der Küche?«

Rita wirkte den Tränen nahe. »Nein, Señor. Ich ... es tut mir Leid.«

»Ich werde sie finden.«

»Möchten Sie nicht erst etwas essen?«

Sam war bereits auf dem Weg zur Tür. »Keine Zeit, Rita.«

Er rannte zum Stall, hoffte, Lacey dort zu finden. Sie war nicht da, und ihre Stute fehlte. Dann begegnete er Rusty vor dem Küchenbau.

»Sam! Du bist noch hier. Hast du Miss Lacey zur Vernunft bringen können?«

»Du meinst, ob ich ihr ausgeredet habe, Cramer zu heiraten?« Sam zuckte die Achseln. »Gestern Nacht dachte ich, alles wäre geregelt, doch jetzt bin ich mir nicht mehr so sicher. Lacey ist verschwunden – und ihre Stute ebenfalls. Wann soll die Trauung sein?«

Rusty starrte ihn an. »Mein Gott, sie hat es dir nicht gesagt?«

Die böse Vorahnung, die Sam gehabt hatte, wurde zur Panik. »Was gesagt?«

Rusty konnte Sam nicht in die Augen sehen. »Ich habe versprochen, kein Wort zu verraten.«

»Wo ist Andy? Vielleicht kann er mir was sagen. Was, zur Hölle, geht hier vor, Rusty?«

Rusty wirkte hin und her gerissen, als ob er Sam einweihen wollte, jedoch davor aus Loyalität gegenüber Lacey zurückschreckte.

»Wenn Lacey in Gefahr ist, will ich das wissen. Hast du heute Morgen Andy gesehen? Er war nicht im Haus, und ich bezweifle, dass er noch schläft.«

»Vergiss es, Sam, du sollst es nicht erfahren.«

Eine eisige Hand schien über Sams Wirbelsäule zu kriechen. »Was soll das heißen? Ist Andy etwas passiert? Rede schon, Rusty!«

Nach langem Schweigen sagte Rusty schließlich: »Du bist der Vater des Jungen – du hast ein Recht, es zu wissen. Andy verschwand vor drei Tagen. Er packte einige Sachen und riss aus. Er hatte ein paar Stunden Vorsprung, aber wir hätten ihn finden müssen. Wir entdeckten jedoch nur einen Kissenbezug mit seinen Sachen. Später fand ich Spuren, die darauf hinwiesen, dass jemand ihn gefunden hat. Überall waren Hufabdrücke.«

Sams Augen verengten sich. »Weiter! Wer hat ihn gefunden?«

»Es wird dir nicht gefallen, Sam. Taylor Cramer hat Andy. Er hat Lacey gedroht. Er will den Jungen nur freilassen, wenn sie ihn heiratet. Die Trauung soll heute stattfinden.«

»Heute! Verdammt! Lacey hat mir nicht erzählt, dass die Trauung heute sein soll. Warum ist sie nicht zum Gesetz gegangen?«

»Das hat sie getan. Der Sheriff ritt zu Cramers Ranch und durchsuchte sie gründlich, Andy war nicht dort. Natürlich hat Cramer geleugnet, den Jungen gefangen genommen zu haben, und Sheriff Hale hat ihm geglaubt. Lacey glaubte, keine andere Wahl zu haben, als den Bastard zu heiraten.«

»Warum hat sie mir das gestern Nacht nicht erzählt?«

»Ich nehme an, sie hat befürchtet, dass du mit dem Revolver auf Taylor losgehst.«

»Das werde ich verdammt noch mal tun. Er hat meinen Sohn gekidnappt.«

»Eine Konfrontation zwischen dir und Cramer ist genau das, was Miss Lacey verhindern will. Du bist ein freier Mann. Sam, und ich nehme an, das willst du bleiben. Wenn du Cramer tötest, wird dir das Andy nicht zurückbringen. Niemand weiß, wo der Kerl den Jungen hingebracht hat, also hätte es keinen Sinn, Cramer umzubringen.«

Mit grimmiger Miene wandte sich Sam abrupt um und rannte zum Stall, wobei er seine Waffen überprüfte.

»Wohin willst du?«

»Ich werde die Trauung verhindern und Cramer zwingen, mir zu sagen, wohin er Andy gebracht hat.«

»Ich hoffe, du weißt, was du tust«, sagte Rusty. »Miss Lacey wollte das selbst regeln.«

»Sie ist nicht in der Lage, mit Cramer fertig zu werden. »Ich lasse nicht zu, dass sie ihn heiratet, eher bringe ich den Bastard um!«

Es war nicht Sams Art, Probleme mit Gewalt zu lösen, doch in Cramers Fall würde er sich nicht beherrschen können. Er betete, dass es nicht zu spät war, Lacey davor zu bewahren, den größten Fehler ihres Lebens zu begehen.

Die Worte blieben Lacey im Hals stecken, als sie und Taylor vor dem Prediger standen. Ihr Mund war so trocken, dass sie ein paarmal schlucken musste, bevor sie die Worte wiederholen konnte, die sie an den Mann binden würden, den sie verabscheute. Sie schwieg so lange, dass der Prediger seine Frage wiederholte.

»Du musst etwas sagen, Lacey«, drängte Taylor. »Du weißt, dass du tun musst, was das Beste für deinen Sohn ist.«

Taylors kaum verhohlene Drohung gab den Ausschlag, und so flüsterte sie das Jawort.

Einen Augenblick später erklärte der Prediger sie zu Mann und Frau. Der Kuss, der folgte, war grob und besitzergreifend, und Lacey hatte Mühe, gegen die Übelkeit anzukämpfen, die in ihr aufstieg. Wie in Trance folgte sie dem Prediger, um nach Taylor die Heiratsurkunde zu unterzeichnen.

Es ist geschehen, dachte sie, als sie mit Taylor die Kirche verließ. Sie war Mrs. Cramer. Ihr schauderte bei dem Gedanken, dass sie ihn einst freiwillig geheiratet hätte, aber das war, bevor er sein wahres Gesicht gezeigt hatte. Im Moment konnte Lacey nur an Andy denken und daran, wie glücklich sie sein würde, ihn wiederzubekommen. Dann wurde sie von Taylors groben Worten abrupt aus ihrer Apathie gerissen.

»Wir werden direkt ins Hotel gehen, meine Liebe. Du gehörst jetzt mir. Wenn ich mit dir geschlafen habe, wirst du keinen Zweifel mehr daran haben, wer dein Herr ist.«

Lacey sträubte sich. »Ich will Andy sehen.«

»Alles zu seiner Zeit. Ich bin scharf darauf, unsere Ehe zu vollziehen.«

»Du hast es versprochen.«

»Ich habe versprochen, dass du ihn sehen wirst, aber ich habe nicht gesagt, wann. Mein Leben wird weniger komplizierst sein, ohne dass dein verwöhnter Balg Probleme macht.«

Zorn kochte in Lacey. »Ich habe dich nur geheiratet, weil du Andy als Geisel hältst. Ich habe meinen Teil der Abmachung gehalten, jetzt halt du deinen.«

»Wenn der Zeitpunkt richtig ist, werde ich Andy heimbringen. Vielleicht werde ich warten, bis dein Bauch von meinem Kind dick wird. Ich brauche einen Erben für den Reichtum, den ich angesammelt habe. Ich bin sogar noch reicher geworden, seit ich mir die B&G einverleibt habe«, prahlte er.

Lacey blieb abrupt vor dem wartenden Buggy stehen. »Was hast du da gesagt?«

»Ich sagte, dass ich noch reicher geworden bin ...«

»Nein, das nicht. Was hast du über Andy gesagt?«

»Ich habe mich entschieden, Andy eine Weile dort zu lassen, wo er ist.«

»Du Verbrecher!«, zischte Lacey. »Du sagst mir, wo Andy ist, oder ich werde ...«

Ein Schuss riss ihr das Wort von den Lippen. Entsetzt sah sie, dass Taylor eine Hand auf die Brust presste und zusammenbrach. Blut färbte das Hemd unter seiner Hand. Lacey fiel neben ihm auf die Knie, befürchtete, dass die Verletzung tödlich war. Panik erfasste sie.

»Taylor! Du darfst nicht sterben! Wo ist Andy? O Gott, bitte bleib am Leben. Sag mir, wohin du Andy gebracht hast!«

Taylor öffnete langsam die Augen. »Zu ... spät ...« Dann verdrehten sich seine Augen.

17

Auf dem Ritt zur Stadt trieb Sam den treuen Galahad bis zur Erschöpfung. Er musste verhindern, dass Lacey Cramer heiratete. Bei jeder Meile steigerte sich sein Zorn. Lacey hätte ihm sagen sollen, dass Cramer Andy als Geisel hielt, und ihm dann vertrauen sollen, dass er mit der Situation fertig wurde, anstatt die Dinge durch eigenes Handeln nur noch komplizierter zu machen.

Schaum flog von Galahads Maul, als das arme Tier in gestrecktem Galopp in der Stadt eintraf. Sam versammelte das Pferd und lenkte es auf Denisons Main Street. Von vorherigen Besuchen wusste er, dass sich die Kirche am Nordende der Stadt befand, und sein Herz klopfte wie rasend, als sie in Sicht kam.

Er entdeckte Lacey und Cramer sofort und zügelte Galahad in kurzer Entfernung. Die beiden standen neben einem Buggy und führten ein erhitztes Gespräch. Sam hatte keine Ahnung, ob sie in die Kirche gehen würden oder soeben herausgekommen waren. Lacey stand mit dem Rücken zu ihm. Cramer war so in die Unterhaltung vertieft, dass er Sam noch nicht bemerkt hatte. Sam wollte sich gerade mit einem Ruf bemerkbar machen, als er etwas sah, das ihm das Blut gefrieren ließ.

Ein Gewehrlauf reflektierte den Sonnenschein.

Das Gewehr zielte auf Lacey und Cramer. Sam konnte nicht sehen, wer das Gewehr hielt, denn der Schütze war hinter dichten Büschen versteckt. Furcht erfasste ihn. War die Kugel für Cramer oder Lacey bestimmt? Er wartete nicht, um es herauszufinden.

Er zog seinen Sechsschüsser und zielte in die Büsche. Sein Revolver krachte zum gleichen Zeitpunkt, an dem der Gewehrschütze feuerte. Sam hatte keine Ahnung, ob seine Kugel den Schützen traf, denn der Gewehrlauf verschwand sofort, doch die Kugel des Schützen hatte Cramer in die Brust getroffen. Sam gab Galahad die Sporen und preschte zu den Büschen, doch der Schütze war verschwunden.

Dann sah er Lacey bei Cramer knien und etwas schreien, das er nicht verstehen konnte. Er sprang vom Pferd, ließ Galahads Zügel hängen und rannte zu Lacey und den am Boden liegenden Cramer. Er hörte Lacey aufschreien. »Du darfst nicht sterben …! Bitte bleib am Leben!«

Sam ließ sich neben ihr auf die Knie fallen, seinen rauchenden Revolver immer noch in der Hand. Lacey wandte sich ihm zu, und Tränen rannen über ihr Gesicht. Der Prediger rannte aus der Kirche, stoppte einen Passanten und beauftragte ihn, den Sheriff und den Doc zu holen.

»Warum hast du es getan, Sam?«, schluchzte Lacey. »Jetzt werden wir Andy niemals finden.«

Sam blickte sie entgeistert an. »Ich habe nicht auf ihn geschossen, Lacey.«

Lacey Lippen zitterten. »Ist er … tot?«

Sam legte einen Finger auf Cramers Halsschlagader und spürte einen schwachen Puls. »Nein, aber er ist dem Tod nahe. Die Kugel hat ihn verdammt nahe beim Herzen getroffen.«

»Du hättest nicht auf ihn schießen sollen. Genau das habe ich zu verhindern versucht. Jetzt werde ich Andy niemals zurückbekommen.«

Sam knirschte mit den Zähnen. »Ich habe nicht auf ihn geschossen, ich schwöre es.«

Er hatte kaum ausgesprochen, als der Sheriff eintraf. Er blickte zu Cramer, sah den Revolver in Sams Hand und zog seine eigene Waffe. »Sie können sich wohl nicht aus Schwierigkeiten heraushalten, Gentry. Treten Sie von dem Opfer weg und lassen Sie Ihre Waffe fallen!«

»Ich habe nicht auf Cramer geschossen.«

»Ihre Waffe, Gentry!«

Sam ließ seinen Revolver fallen. Der Sheriff hob ihn auf, schnüffelte am Lauf und rieb dann mit der Hand darüber. »Der Lauf ist noch warm und riecht nach Schießpulver. Aus Ihrer Waffe ist vor kurzem geschossen worden, Mr. Gentry. Was haben Sie dazu zu sagen?«

»Ich habe auf den Mann geschossen, der auf Cramer gefeuert hat«, erklärte Sam. »Er hatte sich zwischen den Büschen versteckt. Ich bin mir nicht sicher, ob ich ihn getroffen habe, denn er war fort, als ich dort ankam.«

»Wie passend, aber ich kaufe Ihnen das nicht ab. Beim ersten Mordversuch haben Sie Cramer verfehlt, doch diesmal haben Sie getroffen.«

»Ich habe weder jetzt noch neulich auf Cramer geschossen«, stieß Sam hervor. »Ich hatte keinen Grund, ihn zu töten.«

»Wie wäre es mit Eifersucht? Das ist ein ausreichendes Motiv für mich, und ich nehme an, der Richter und die Jury werden sich meiner Meinung anschließen. Verbrechen aus Leidenschaft sind heutzutage alltäglich.«

In diesem Augenblick traf der Doktor ein. Er schob alle beiseite und kniete sich bei dem Opfer hin. »Das sieht nicht gut aus«, murmelte er vor sich hin.

»Lebt er?«, fragte Lacey. »Kann er sprechen?«

»Welche Beziehung haben Sie zu dem Opfer?«, wollte der Arzt barsch wissen.

Lacey wollte »keine« sagen, doch der Prediger kam ihr zuvor.

»Sie ist Mr. Cramers Gattin. Ich habe sie vor einer Viertelstunde getraut.«

Sam stöhnte, sagte jedoch nichts.

»Ich habe nicht viel Hoffnung, dass er durchkommt, Mrs. Cramer, aber ich werde mein Bestes tun. Ich werde mehr wissen, nachdem ich die Kugel herausgeholt habe. Bringen wir ihn in meine Praxis«, sagte er zu den Umstehenden.

Sofort traten vier Männer vor und hoben Cramer an. Lacey folgte ihnen, als sie ihn die Straße hinunter zur Praxis des Arztes trugen. Sam wollte sich anschließen, blieb jedoch abrupt stehen, als Sheriff Hale ihm seine Waffe gegen den Rücken drückte.

»Sie gehen ins Gefängnis, Gentry.«

»Wie oft muss ich Ihnen denn noch sagen, dass ich nicht auf Cramer geschossen habe?«

»Erzählen Sie das dem Richter und der Jury. Vorwärts, Gentry.«

»Mein Pferd ...«

»Darum wird sich mein Deputy kümmern.«

Lautlos fluchend ging Sam vor dem Sheriff her. Zorn tobte in ihm. Welch ein verdammtes Pech! Entlastet von einem Verbrechen und eines anderen beschuldigt. Rafe und Jess hatten Recht. Das Pech schien ihn zu verfolgen. Nicht nur der Sheriff hielt ihn des versuchten Mordes für schuldig, auch Lacey dachte das. Natürlich konnte Lacey im Augenblick nicht klar denken; das konnte er ihr nicht verübeln. Wenn Cramer starb, würden sie vielleicht niemals erfahren, wo er Andy versteckt hatte.

»Sie sehen dies alles falsch, Sheriff«, sagte Sam. »Jemand anderes hat auf Cramer geschossen, und Sie lassen ihn entkommen. Er hat vielleicht meine Kugel im Körper. Das sollte meine Unschuld beweisen.«

»Ich habe die Beweise abgewogen, und Sie sind der einzige wahrscheinliche Verdächtige. Sie gehören ins Gefängnis, wo Sie keinem etwas antun können.«

Sam stieß einen Fluch hervor. *Wie kann ich meine Unschuld aus einer Gefängniszelle heraus beweisen, wenn niemand, einschließlich Lacey, mir glaubt?*, dachte er. *Verdammt, das Leben ist unfair.*

Lacey wartete angespannt im Wartezimmer, während Dr. Larsen versuchte, ihrem Mann das Leben zu retten. Taylor musste lange genug leben, um ihr sagen zu können, wo sie Andy finden konnte.

Minuten wurden zu Stunden. Lacey ging nervös im Wartezimmer auf und ab, während ihre Gedanken durcheinanderwirbelten. Sie war so ärgerlich auf Sam, dass sie nicht klar denken konnte. Was hatte er sich nur dabei gedacht, auf Taylor zu schießen? Hatte Rusty ihm nicht von Andy erzählt? Hatte er nicht erklärt, warum sie Taylor heiraten musste? Das Letzte, was sie gewollt hatte, war Sams Einmischung. Jetzt rang Taylor dank Sam mit dem Tod, und die fand vielleicht niemals die Antworten, die sie suchte.

Die Tür wurde geöffnet. Lacey sah erwartungsvoll auf. Der Arzt betrat den Raum und wischte sich die Hände an seiner blutbespritzten Schürze ab.

»Es tut mir Leid, Mrs. Cramer. Ich konnte ihn nicht retten.«

Lacey stieß einen klagenden Laut aus und sank auf den nächsten Stuhl.

»Ich habe die Kugel herausgeholt. Sie hatte das Herz

gestreift. Er verschied, während ich ihn operierte. Er hat nichts mehr gespürt.«

»Hat er ... noch etwas gesagt?«

»Er ist nicht mehr aus der Bewusstlosigkeit erwacht. Was soll mit der Leiche geschehen?«

Sie sah ihn mit leerem Blick an. »Mit der Leiche?«

»Sie sind die nächste Angehörige. Wenn Sie möchten, lasse ich den Leichnam vom Leichenbestatter abholen. Sie können mit ihm alles für die Beerdigung besprechen, wenn Sie sich dazu jetzt schon in der Lage fühlen.«

»Nächste Angehörige«, wiederholte Lacey benommen. Was hieß das? Sie hatte nicht Taylors Frau werden wollen, geschweige denn seine nächste Angehörige. »Ja, lassen Sie die Leiche abholen, danke. Ich werde mit dem Leichenbestatter sprechen, wenn ich ... mich etwas beruhigt habe. Ich habe nicht viel Geld, aber ich werde dafür sorgen, dass Ihre Rechnung bezahlt wird.«

»Wissen Sie das nicht? Taylor Cramer ist ein reicher Mann. Sie sind seine Erbin. Sie werden sein Vermögen erben. Wenn ich Sie wäre, würde ich zur Bank gehen und mit Mr. Markle über das Vermögen Ihres Mannes reden. Sie haben doch die Heiratsurkunde, oder?«

»Taylor hatte sie bei sich«, antwortete Lacey hölzern. Ihr war immer noch schwindelig von der überraschenden Wende der Ereignisse. Erst vor kurzem hatte der Bankier ihr einen Kredit versagt, jetzt würde sie eine große Geldsumme erben.

»Ich werde Ihnen die persönliche Habe Ihres Mannes bringen. Bleiben Sie bitte hier.«

Lacey war ohnehin zu benommen, um die Praxis zu verlassen. Alles war so schnell geschehen, dass ihr immer noch schwindelig war. Sie versuchte, sich zu beruhigen und Ordnung in ihre Gedanken zu bringen. Bald kehrte der Arzt zurück und überreichte ihr ein Bündel, das in braunes Papier eingewickelt war.

»Ich habe die Taschen Ihres Gatten geleert. Er hatte allerhand Bargeld bei sich, und seine Schmuckstücke sind ebenfalls dort drin.«

Lacey starrte auf das Bündel, und Abscheu stieg in ihr auf. Dann überwand sie ihren Widerwillen und nahm das Bündel. »Danke, Dr. Larsen.«

Benommen verließ sie die Arztpraxis. Verheiratet und verwitwet am selben Tag. Zuerst die Trauung, die sie nicht gewollt hatte, dann der Mord an Taylor, bevor ihr Ehemann für fünfzehn Minuten hatte preisgeben können, wo sie Andy finden konnte. Wie hatte Sam ihn nur töten können!

Als sie die Bank betrat, erntete sie mitfühlende Blicke. Offenbar war ihr die Kunde von Taylors Tod vorausgeeilt. Sie fragte nach Mr. Markle und wurde sofort in sein Büro geführt.

»Lassen Sie mich im Namen der Bank mein Beileid aussprechen«, sagte Markle ernst. »Bitte nehmen Sie Platz und sagen Sie mir, was ich für Sie tun kann, Mrs. Cramer.«

»Dr. Larsen hat mir vorgeschlagen, Sie aufzusuchen, bevor ich auf die Ranch zurückkehre«, begann Lacey. »Taylor und ich haben geheiratet, kurz bevor er ... vor seinem Tod. Ich möchte eine Übersicht über das Guthaben meines verstorbenen Mannes haben.«

Lacey war es gleichgültig, ob ihre Bitte für den Bankier geldgierig klang. Wenn sie nicht das Geld für die Steuernachzahlung bis Ende nächster Woche haben würde, dann würde sie ihre Ranch verlieren.

»Für gewöhnlich treffe ich mich mit Erben nach der Beerdigung«, sagte Markle mit einer Spur von Tadel. »Aber wenn Sie darauf bestehen ...«

»Sagen Sie mir nur, ob genug Geld auf dem Konto meines verstorbenen Mannes ist, um meine Steuernachzahlung für die B&G zu bezahlen.«

Markle starrte sie an. »Sie haben keine Ahnung von dem Vermögen Ihres verstorbenen Gatten, nicht wahr?«

»Nicht die geringste. Ich bin jetzt nur daran interessiert, die Steuern zu bezahlen und ...« Fast hätte sie gesagt »und meinen Sohn zu finden«, doch sie entschied sich, das für sich zu behalten.

»Entschuldigen Sie mich bitte einen Moment, während ich die nötigen Papiere zu Ihrer Unterschrift hole. Es wird nicht lange dauern, das Guthaben Ihres verstorbenen Mannes auf Ihren Namen zu überschreiben. Ich nehme an, Sie haben die Heiratsurkunde dabei.«

»Ja, die habe ich«, sagte Lacey.

»Sehr gut. Ich bin gleich wieder da.«

Lacey nutzte die Zeit, um das Bündel mit Cramers persönlichen Dingen auszuwickeln und sich den Inhalt anzusehen. Die Heiratsurkunde befand sich unter zahlreichen Banknoten mit hohem Nennwert und verschiedenen Schmuckstücken. Lacey nahm die Heiratsurkunde und all die Geldscheine an sich und ließ alles sonst zurück, um es sich später genauer anzusehen.

Als Markle zurückkehrte, legte sie die Heiratsurkunde vor ihm auf den Schreibtisch. »Anscheinend ist alles in Ordnung«, sagte er mit einem flüchtigen Blick darauf. »Wenn Sie diese Papiere unterschrieben haben, wird das Geld auf dem Bankkonto ihres verstorbenen Mannes automatisch auf Sie überschrieben. Mr. Cramer hatte außer dem Bankguthaben andere Vermögenswerte. Sie sollten seinen Anwalt aufsuchen, um eine komplette Aufstellung des Grundbesitzes und solcherlei Dinge zu bekommen. Er wird alle juristische Arbeit für Sie erledigen.«

Lacey hatte wenig Interesse an Taylors Besitz außer dem

Geld, um ihre Steuern zu bezahlen. Sie unterzeichnete die Papiere und gab sie Markle zurück.

»Sehr gut«, sagte der Bankier. »Kann ich sonst noch etwas für Sie tun?«

»Ich möchte einen Scheck mit der Summe der Steuerschulden und tausendfünfhundert Dollar in bar. Bevor ich heimkehre, möchte ich gern die Steuern für die B&G bezahlen.«

»Welche Ranch werden Sie zu ihrem Wohnsitz machen?«, erkundigte sich Markle. »Sie besitzen jetzt zwei Ranches.«

Zwei Ranches? Der Gedanke war umwerfend. Was sollte sie mit zwei Ranches anfangen? Eine verkaufen, und es würde nicht die B&G sein.

»Ich kann jetzt nichts entscheiden«, sagte Lacey. »Ich werde mich gleich auf den Weg machen, wenn ich das erbetene Geld habe.«

»Möchten Sie den Kontostand Ihres verstorbenen Mannes wissen?«

»Also gut«, erwiderte Lacey, begierig darauf, zu gehen. »Wie reich bin ich?«

»Sehr reich«, sagte Markle. »Mr. Cramers Haben beläuft sich auf fünfundfünfzigtausend Dollar. Das ist eine beträchtliche Summe, selbst heutzutage.«

Lacey war sprachlos. Es dauerte eine Weile, bis sie wieder etwas sagen konnte.

»Habe ich richtig gehört? Wie kann jemand so reich sein?«

»Taylor Cramer war ein findiger Mann und ein schlauer Geschäftsmann. Sein Anwalt kann Ihnen mehr sagen als ich. Sie werden in Zukunft keine finanziellen Sorgen haben, junge Dame.«

Markle verließ das Büro und kehrte kurz darauf mit dem erbetenen Geld und Scheck zurück. Er zählte ihr tausendfünfhundert Dollar vor, und sie verließ damit benommen die Bank. Sie war immer noch wie in Trance, als sie das Büro des Steuereintreibers betrat und den Bankscheck einreichte, um ihre Steuern vollständig zu bezahlen. Sie erhielt eine Quittung, und man sprach ihr Beileid zum Tod ihres Mannes aus. Lacey wollte kein Beileid; sie wollte ihren Sohn.

Sheriff Hale fing Lacey ab, als sie die Straße überquerte. »Ihr Buggy steht vor dem Gefängnis, Ma'am. Einer meiner Deputys hat ihn für Sie von der Kirche dorthin gefahren.«

»Danke, Sheriff. Ich möchte Sam sehen, bevor ich heimfahre. Ist das möglich?«

»Ich habe nichts dagegen. Ich muss Ihnen ohnehin ein paar Fragen stellen, bevor Sie heimkehren.«

Lacey folgte Hale ins Gefängnis. Er hielt ihr die Tür auf, und sie trat ein. »Er ist in einer der Zellen für Untersuchungshäftlinge.« Er wies über den Zellengang. »Rufen Sie mich, wenn Sie mich brauchen.«

Lacey ging den Gang entlang und sah eine Reihe von Zellen. Nur eine war besetzt. Sam musste ihr Kommen gehört haben, denn er klammerte sich an die Gitterstäbe und schaute ihr besorgt entgegen.

»Lacey, Gott sei Dank bist du gekommen. Wie steht es um Cramer?«

»Er ist tot, genau wie du es gewollt hast«, sagte Lacey schluchzend. »Wie konntest du das tun, Sam? Hat Rusty dir nicht gesagt, dass Taylor Andy als Geisel hält? Warum musstest du das Gesetz in eigene Hände nehmen? Warum hast du mich das nicht auf meine Weise regeln lassen?«

»Ich gebe zu, dass ich die Ranch im Zorn verlassen habe. Ich war bereit, alles zu tun, um die Heirat zu verhindern. Aber ich habe niemanden kaltblütig getötet.«

»Wenn du Taylor nicht getötet hast, wer dann?«

»Verdammt, das weiß ich nicht, aber ich habe einen Schuss auf den Täter abgegeben. Wir haben gleichzeitig geschossen; deshalb war nur ein Knall zu hören gewesen. Ich wünschte, es gäbe eine Möglichkeit, Sheriff Hale von meiner Unschuld zu überzeugen.«

Lacey war halbwegs von Sams Unschuld überzeugt, aber ein Rest von Zweifel blieb.

»Lacey«, sagte Sam ernst, »du weißt, dass ich nichts tun würde, was meinem Sohn schaden könnte. Warum sollte ich Cramer umbringen, wenn er der Einzige war, der uns sagen konnte, wo wir Andy finden können?«

»Ich bin so durcheinander«, flüsterte Lacey. »Ich weiß nicht, wo ich Andy suchen soll. Ich weiß nicht mehr weiter. Taylor zu heiraten, war meine einzige Hoffnung, meinen Sohn wiederzubekommen.«

Sam griff durch die Gitterstäbe und streichelte über ihre Wange. »In dem Moment, in dem ich erfuhr, dass er Andy als Geisel hielt, wusste ich, warum du zugestimmt hast, Cramer zu heiraten. Ich wollte rechtzeitig bei der Kirche eintreffen, um dem Bastard einen Strich durch die Rechnung zu machen.«

»Es war bereits zu spät, als du eingetroffen bist. Als Taylor erschossen wurde, war ich bereits seine Frau.«

»Du bist seine Erbin«, sagte Sam nachdenklich. »Mein Gott, Lacey, weißt du, was das bedeutet? Deine Ranch ist gerettet. Du kannst deine Steuern bezahlen. Und du hast Geld, um deinen Sohn von Detektiven suchen zu lassen.«

Lacey schluckte. »Ich habe bereits daran gedacht und Geld von der Bank abgehoben, um die Steuern zu bezahlen. Was Taylors anderen Besitz anbetrifft, so ist er mir gleichgültig.«

»Einem geschenkten Gaul schaut man nicht ins Maul,

Liebling. Nimm alles, was dir zusteht. Du hast es verdient nach allem, das dir der Bastard angetan hat.«

»Ich kann nicht klar denken«, sagte Lacey. »Es ist heute so viel passiert.«

»Ich habe ihn nicht auf dem Gewissen, Liebling. Es hat sich wirklich ein Heckenschütze zwischen den Büschen versteckt.«

»Ich muss gehen«, sagte Lacey und trat zurück. »Ich weiß nicht, was ich denken soll. Selbst wenn ich dir glaube, musst du immer noch den Sheriff überzeugen.«

»Nichts kann mich hier halten«, stieß Sam hervor. »Ich muss unseren Sohn finden.«

»Tu nichts Dummes, Sam. Wenn du wirklich unschuldig bist, wird die Wahrheit ans Licht kommen. Ich muss jetzt gehen. Ich werde mir Taylors persönliche Papiere ansehen. Wenn ich Glück habe, finde ich etwas, das mich zu Andy führt. Ich komme morgen wieder und erzähle dir, was ich herausgefunden habe.«

»Du wirst das nicht allein durchstehen müssen, Liebling. Ich schwöre, dass ich hier bald raus sein werde, um dir zu helfen.«

Lacey versuchte ein Lächeln, doch es gelang ihr nicht. Sie verabschiedete sich mit erstickt klingender Stimme und verließ fluchtartig den Zellentrakt. Hoffentlich hatte Sheriff Hale nicht zu viele Fragen, denn sie war einem Zusammenbruch nahe.

»Haben Sie die Wahrheit von Sam Gentry erfahren, Mrs. Cramer?«, fragte Hale.

Dieser Name. Sie hasste ihn. »Bitte nennen Sie mich Lacey. Ich habe mit Sam gesprochen. Er leugnet, auf Taylor geschossen zu haben. Er schwört, dass es ein anderer Täter war.«

»Glauben Sie ihm?«

Tat sie das? Sie wollte es. Gott, sie wollte ihm glauben. »Sam ist kein kaltblütiger Mörder.«

»Ich nehme an, darüber entscheiden der Richter und die Jury.«

»Mein Sohn ist immer noch vermisst. Was werden Sie in dieser Sache unternehmen?«

»Meinen Sie immer noch, Mr. Cramer hatte etwas mit seinem Verschwinden zu tun? Nun, das ist wirklich verwirrend, wenn man bedenkt, dass Sie den Mann geheiratet haben.«

»Ich habe Taylor geheiratet, weil er Andy als Geisel gehalten hat, und aus keinem anderen Grund«, entgegnete Lacey. »Er hat gedroht, ich würde meinen Sohn nie wiedersehen, wenn ich ihn nicht heirate.«

Hale wirkte nicht überzeugt. »Sind Sie sich dessen sicher?«

»Ganz sicher.«

»Ich werde sehen, was ich tun kann. Ich werde herumfragen; vielleicht weiß jemand etwas über das Verschwinden Ihres Sohnes. Fahren Sie jetzt heim, Mrs. ... Lacey. Sie sehen mitgenommen aus. Das waren im Augenblick alle Fragen.«

»Was ist mit Sam?«

»Ich befürchte, er wird hier bleiben müssen, bis jemand einen anderen Täter präsentieren kann.«

Lacey nickte müde. »Ich werde morgen wiederkommen. Vielleicht hat dann einer von uns etwas über Andys Verschwinden herausgefunden.«

Der Buggy wartete auf der Straße vor dem Sheriff's Office mit dem Gefängnis. Sie kletterte auf den Sitz und nahm die Zügel. Sekunden später fuhr der Wagen über die Straße davon.

Rusty und die Cowboys scharten sich um den Buggy, als

er auf der Ranch hielt. Rusty half ihr. Seine Miene war grimmig.

»Es ist also geschehen? Wo ist der Bräutigam?«

Lacey stürzte fast vornüber, als Rusty sie losließ, doch er fing sie gerade noch rechtzeitig auf. »Was ist los, Miss Lacey? Ist etwas in der Stadt passiert? Haben Sie Sam gesehen?«

»Sam ist im Gefängnis«, erwiderte Lacey dumpf. »Er soll auf Taylor geschossen haben. Taylor starb Minuten nach unserer Trauung an der Schussverletzung, bevor er mir sagen konnte, wo er Andy versteckt hat.«

»Allmächtiger!«, flüsterte Rusty. »Sam sagte, er würde Taylor umbringen, aber ich hätte nie gedacht, dass er es tatsächlich tun wird. Er ist nicht der Typ, der jemanden kaltblütig erschießt. Sind Sie sicher, dass er es war, Miss Lacey?«

»Nein, das ist das Problem. Ich glaube nicht, dass er es getan hat. Zuerst hatte ich noch Zweifel, doch nachdem ich mit ihm gesprochen habe, denke ich anders darüber. Leider zählt nicht, was ich denke. Es gibt keinen anderen Verdächtigen, und der Sheriff hält ihn für den Täter.«

»Was können wir tun, Miss Lacey? Ich fühle mich so verdammt hilflos.«

»Ich möchte, dass Sie und Lefty zur Cramer-Ranch reiten und den Arbeitern alles erklären. Ich bin Taylors einzige Erbin. Die Ranch und all sein Besitz gehören mir. Es gibt vielleicht einige juristische Einzelheiten abzuwickeln, aber ich habe bereits Geld von seinem Bankkonto abgehoben, um meine Steuern zu bezahlen. Lefty, ich ernenne Sie zum Vormann der Cramer-Ranch, bis ich mich entschieden habe, was damit geschieht. Können Sie die Aufgabe schaffen? Rusty kann Ihnen helfen, wenn es mit den Cowboys irgendwelche Probleme gibt.«

Leftys Brust blähte sich vor Stolz. »Sie können sich auf mich verlassen, Miss Lacey. Einige der Cramer-Cowboys werden vielleicht kündigen, aber das macht nichts. Der Winter steht bevor, und da ist das Arbeitspensum ohnehin nicht so groß.«

»Ich werde morgen auf dem Weg zur Stadt vorbeikommen«, kündigte Lacey an.

»Was ist mit Andy?«, fragte Rusty. »Wir bekommen ihn doch wieder, nicht wahr?«

Lacey erinnerte sich an das Bündel mit Taylors persönlichen Dingen und holte es aus dem Buggy. »Ich hoffe, es befindet sich etwas bei Taylors Besitz, das uns zu Andy führen wird. Wenn nicht, stelle ich sein Haus auf den Kopf, bis ich etwas finde. Jemand muss wissen, wohin Taylor meinen Sohn gebracht hat.«

»Ich reite mit Lefty sofort los, Miss Lacey.«

»Sobald ihr zurückkehrt, lasst mich bitte wissen, wie die Männer auf Taylors Tod reagiert haben«, sagte Lacey. »Ich will keine Probleme.«

Lacey ging zum Haus. Es schien eine Ewigkeit her zu sein, seit sie ihr Bett verlassen hatte, in dem sie mit Sam geschlafen hatte, doch in Wirklichkeit waren seither weniger als zwölf Stunden vergangen. Die ereignisreichsten zwölf Stunden in ihrem Leben.

Sie fand Rita in der Küche und musste die ganze Geschichte noch einmal erzählen.

»Señor Sam hat es nicht getan, Señora«, verteidigte Rita Sam entschieden. »Er ist kein Killer.«

»Ich denke genauso, Rita, aber ich bin nicht der Richter oder die Jury. »Ich weiß nicht, was ich tun kann, um ihm zu helfen.«

»Señor Sam könnte Andy finden, ich weiß, dass er das könnte«, erklärte Rita. »Er liebt diesen Jungen.«

»Ich wünschte, ich hätte eine Ahnung, wer Taylors Tod wollte.«

Rita schnaubte. »Ein Mann wie Señor Cramer muss viele Feinde haben.«

»Du hast Recht, Rita, und ich werde jeden Einzelnen davon ausfindig machen, wenn es sein muss. Aber zuerst schaue ich mir Taylors Habe an, um vielleicht Hinweise auf Andys Aufenthaltsort zu finden.«

Sie legte das Bündel auf den Küchentisch und wickelte es langsam aus. Sie untersuchte ein Stück nach dem anderen. Ein Brief aus Washington, mit dem sie sich nicht näher befasste. Einige geschäftliche Notizen. Aber keine Anhaltspunkte darauf, wohin Andy gebracht worden war.

»Haben Sie irgendetwas gefunden?«, fragte Rita, als sich Lacey alles angesehen hatte.

»Nichts.« Lacey seufzte. »Vielleicht habe ich morgen mehr Glück in Taylors Haus. Ich gehe jetzt nach oben, Rita. Ruf mich, wenn das Abendessen fertig ist. Etwas Leichtes wird reichen, denn ich habe keinen großen Appetit.«

Lacey stocherte in ihrem Essen herum und schob schließlich ihren Teller von sich. Sie ging ins Wohnzimmer, während Rita den Tisch abräumte. Bald darauf traf Rusty von der Cramer-Ranch ein, um Bericht zu erstatten.

»Wie ist es gelaufen?«, fragte Lacey besorgt.

»Ziemlich gut. Zwei Cowboys kündigten sofort, als sie von Cramers Tod erfuhren, aber die anderen akzeptieren anscheinend Lefty als Vormann. Es half natürlich, dass der bisherige Vormann auf irgendeinem Botengang für Cramer unterwegs war. Wir wissen erst, was er zu erledigen hatte, wenn er zurückkehrt. Mit ihm könnte Lefty einige Schwierigkeiten bekommen, aber ich nehme an, damit kann er fertig werden.«

»Ich reite morgen dorthin und spreche selbst mit den Cowboys. Vielleicht schicke ich einige zusätzliche Männer von der B&G, um Lefty zu helfen.«

»Lassen Sie mich wissen, wenn ich sonst noch etwas tun kann. Gute Nacht, Miss Lacey.«

»Gute Nacht, Rusty.«

Lacey war todmüde, konnte jedoch nicht einschlafen. Sie hatte Andy seit Tagen nicht gesehen und vermisste ihn schrecklich. Was hatte Taylor mit ihm gemacht? So viele entsetzliche Szenarien kamen ihr in den Sinn, dass sie die Gedanken daran nicht ertragen konnte. Stattdessen dachte sie an Sam und das Schicksal, das ihn erwartete, wenn er der Ermordung Taylors für schuldig befunden wurde.

War es erst gestern Nacht gewesen, als sie ihm gesagt hatte, dass sie ihn liebte? Es schien eine Ewigkeit her zu sein. Liebte sie ihn immer noch? Liebe ist ein Gefühl, das man nicht nach Belieben an- und abschalten kann. Sie hatte nie aufgehört, Sam zu lieben, auch nicht, als er vorgegeben hatte, sie zu hassen, und auch jetzt nicht. Sam mochte zu vielem fähig sein, aber er war kein kaltblütiger Mörder. Er hatte gesagt, dass jemand anders Taylor erschossen hatte, und sie glaubte ihm das.

Schließlich fiel Lacey in unruhigen Schlaf, doch irgendwann in der Nacht erwachte sie aus einem furchtbaren Albtraum. Sie hatte geträumt, dass Sam an einem Baum hing, das Gesicht im Tod verzerrt. Im Traum hatte sie allein getrauert, was an sich noch erschreckender war, denn Andy war nicht bei ihr gewesen. Was hatte der Traum zu bedeuten?

Danach war es ihr unmöglich, wieder einzuschlafen. Wenn sie die Augen schloss, würde sie nur weitere schlimme Träume haben. Sie hatte das Gefühl, die Last der Welt auf den Schultern zu tragen und darunter zusammenzubrechen.

Beim ersten Tageslicht zog sie Reitkleidung an und ging nach unten. Rita war soeben eingetroffen, um mit der Arbeit zu beginnen.

»Für mich kein Frühstück, Rita«, sagte Lacey. »Ich könnte keinen Bissen herunterbekommen. Ich habe keine Ahnung, wann ich zurückkehren werde; es gibt so viel zu tun und so wenig Zeit.«

Sie eilte in den Stall, um ihre Stute zu satteln. Rusty war bereits dort.

»Ich habe für Sie gesattelt, Miss Lacey. Soll ich Sie begleiten? Es wäre kein Problem.«

»Nein, Rusty. Bleiben Sie hier, ich werde allein zurechtkommen.«

Sie saß auf und ritt davon.

Die Cramer-Cowboys hatten sich um Lefty geschart, als Lacey auf den Hof ritt. Sie nahm ihn zu einem Wort unter vier Augen zur Seite, bevor sie sich an die Arbeiter wandte.

»Sie alle wissen, was in der Stadt geschehen ist«, begann sie. »Obwohl unsere Ehe von kurzer Dauer war, waren Mr. Cramer und ich verheiratet, als er getötet wurde. Ich bin mir nicht sicher, was ich mit der Ranch machen werde, aber niemand wird wegen der Tragödie seinen Job verlieren. Ich habe Lefty die Leitung übergeben und erwarte, dass jeder mit ihm zusammenarbeitet. Wenn jemand zu gehen wünscht, steht ihm das frei. Er wird sofort seinen Lohn erhalten. Irgendwelche Fragen?«

Es gab zwar einiges Murren, aber niemand meldete sich zu Wort. Lacey wertete das als gutes Zeichen und ging ins Haus, um mit Mrs. Beaver zu sprechen. Sie fand die Haushälterin im Wohnzimmer, wo sie gerade Schonbezüge über die Möbel streifte.

»Es tut mir Leid, Mrs. Beaver«, sagte Lacey mitfühlend. »Ich weiß, wie sehr Sie Taylor gemocht haben.«

»Wenn Sie nicht gewesen wären, würde er noch leben!«, erwiderte Mrs. Beaver giftig.

Lacey zuckte unter ihrem heftigen Angriff zusammen. »Wie können Sie das sagen? Ich hatte nichts mit der Schießerei zu tun.«

»Ich hörte, dass Mr. Cramer von Ihrem Ex-Mann erschossen worden ist. Er war eifersüchtig auf Mr. Cramer und nahm ihm das Leben. Wenn das nicht Ihre Schuld ist, dann weiß ich nicht, was es sonst ist.«

Lacey straffte die Schultern. »Es tut mir Leid, dass Sie so denken, Mrs. Beaver. Zu Ihrer Information, Sam Gentry hat Taylor nicht erschossen.«

Die Haushälterin schnaubte verächtlich. »Da habe ich aber etwas anderes gehört. Einer der Cowboys ritt gestern Abend in die Stadt und erfuhr die ganze Geschichte.«

Lacey wurde zornig vor Empörung. »Unter diesen Umständen halte ich es für das Beste, wenn Sie gehen!«

»Ich hatte ohnehin nicht vorgehabt, zu bleiben. Ich habe bereits gepackt. Ich werde bei der Familie meines Bruders in der Stadt wohnen.«

»Einer der Cowboys wird Sie zur Stadt fahren. Folgen Sie mir in Taylors Büro, und ich werde dafür sorgen, dass Sie einen Scheck mit einer großzügigen Abfindung erhalten.«

Mrs. Beavers tief liegende, dunkle Augen glitzerten vor Feindseligkeit, als sie Lacey in Cramers Arbeitszimmer begleitete. Laceys Blick fiel sofort auf den Safe.

»Kennen Sie zufällig die Kombination von Mr. Cramers Safe, Mrs. Beaver?«

»Warum sollte ich die kennen?«

Lacey sagte nichts, als sie in ihre Rocktasche griff und ein Bündel Banknoten hervorholte. Sie nahm einen Hundert-Dollar-Schein und gab ihn der Haushälterin. Mrs. Beavers Augen quollen hervor. Es war vermutlich mehr Bargeld, als sie jemals auf einmal gesehen hatte.

»Warum geben Sie mir das?«

»Ich bin überzeugt, dass Sie es verdient haben.«

Ohne sich zu bedanken, rauschte die Haushälterin mit hoch erhobener Nase aus der Tür. Lacey verschwendete keinen Gedanken mehr an die Frau, sondern begann methodisch Cramers Schreibtisch zu durchsuchen. Eine halbe Stunde später, nachdem sie Schubladen herausgezogen und Papiere verstreut hatte, war ihr nichts in die Hände gefallen, was sie zu Andy führen konnte. Aber sie machte eine Entdeckung.

Sie fand die Kombination zu Taylors Safe auf einem Zettel, der unter den Schreibtisch geklebt war.

18

Laceys Hände zitterten, als sie sich vor den Safe kniete und nach den Zahlen auf dem Zettel die Kombination einstellte. Sie machte einen Fehler und musste von vorn anfangen. Erleichtert atmete sie auf, als sie an der Tür zog und sie sich öffnen ließ.

Stück für Stück räumte sie den Safe leer und legte den Inhalt auf den Schreibtisch. Dann schaute sie sich alles genau an. Die Grundstücksurkunden stellten sie vor ein Rätsel. Was hatte Taylor mit Grundbesitz in Texas, New Mexico und Arizona gewollt? Sie legte die Dokumente beiseite und nahm sich vor, Taylors Anwalt darüber zu befragen. Als Nächstes leerte sie die drei Leinenbeutel, die sie im Safe entdeckt hatte, und war wie betäubt, als sie die Goldmünzen sah.

Sie legte die Beutel zur Seite und las die Briefe, die sie im Safe gefunden hatte. Daraus erfuhr sie nichts, was sie weiterbrachte, und sie gab die Lektüre schnell auf. Die Briefe befassten sich überwiegend mit Eigentumsrechten der Eisenbahngesellschaft. Vielleicht würde sie sich später in die Briefe vertiefen. Der Safe hatte ebenfalls einige Schmuckstücke enthalten. Als sie sich alles angesehen hatte, legte sie es wieder in den Safe und verschloss die Tür. Sie wusste genauso wenig, wo sie Andy finden konnte, wie gestern.

Lacey verließ die Ranch und ritt zur Stadt, um Taylors Anwalt einen Besuch abzustatten, bevor sie Sam besuchen würde. Jemand musste etwas über Andy wissen. Sie entdeckte das Büro des Anwalts über dem Barbierladen. Sie stieg die Treppe hinauf, klopfte an die Tür und trat ein.

Der Anwalt blickte auf und begrüßte sie dann mit einem lüsternen Lächeln. »Kommen Sie herein, seien Sie nicht so schüchtern. Wenn Sie einen Anwalt brauchen, sind Sie bei mir genau richtig.«

Lacey war sofort alarmiert. Anwalt Oakley beeindruckte sie nicht, und er schien an ihr als Frau mehr interessiert zu sein als an geschäftlichen Dingen.

»Ich bin Lacey Gen – … äh … Cramer.«

»*Sie* sind Taylors Witwe. Schreckliche Sache, das mit seiner Ermordung. Ich hatte nicht erwartet, eine so schöne Frau wie Sie zu sehen.« Er wies auf einen Stuhl. »Nehmen Sie bitte Platz.«

Lacey setzte sich auf die Stuhlkante, während Oakley sie umkreiste wie ein Geier seine Beute. »Hat mein … Mann ein Testament hinterlassen?«, fragte sie, als er es anscheinend nicht eilig hatte, das Gespräch zu eröffnen.

Oakley winkte ungeduldig ab. »Ich habe ihm mehrmals dazu geraten, doch er wollte nichts davon wissen. Er war in der Blüte seiner Jahre und gesund wie ein Pferd. Er sagte, Testamente seien etwas für Tattergreise.«

»Was bedeutet das für mich? War es falsch, Geld von Taylors Bankkonto abzuheben?«

»Nein, keineswegs. Sie haben jedes Recht, Cramers Geld und seinen sonstigen Besitz zu beanspruchen. Sie sind seine nächste Angehörige. Ohne Testament, in dem er etwas anderes hätte verfügen können, erben Sie all seinen Besitz. Wenn Sie möchten, werde ich die notwendigen Papiere vorbereiten und sie dem Richter vorlegen, wenn Sie das nächste Mal in die Stadt kommen. Aber da es keine anderen Erben gibt, ist das nur eine Formsache. Zusätzlich zu seinem Geldkapital, habe ich ihm geholfen, gewisse Grundstücke zu erwerben, an denen er interessiert war. Er bewahrte die Kaufurkunden im Safe in seinem Haus auf.«

»Wissen Sie, warum er dieses Land gekauft hat?«

»Er hat mich nicht ins Vertrauen gezogen. Taylor Cramer war ein sehr verschwiegener Mann. Ich bezweifle, dass jemand in seine Transaktionen eingeweiht war.«

»Noch eines, Mr. Oakley. Hat mein ... Mann jemals etwas von meinem Sohn erwähnt?«

»Er hat den Namen vielleicht ein, zwei Mal beiläufig erwähnt. Warum fragen Sie?«

»Dies ist wichtig, also denken Sie bitte genau nach, bevor Sie antworten. Andy ist vermisst. Ich habe Grund zu der Annahme, dass Taylor ihn als Geisel gehalten hat. Wissen Sie, wo Taylor ihn versteckt hat?«

»Das ist eine schwere Anschuldigung, Mrs. Cramer. Welchen Beweis haben Sie?«

»Antworten Sie bitte nur auf meine Frage.«

»Die Antwort ist Nein. Ich habe seit einigen Wochen nicht mehr mit Ihrem Mann gesprochen.«

»Danke, Mr. Oakley. Bereiten Sie die entsprechenden Papiere vor. Mit Ihrem Honorar bin ich einverstanden.«

»Sehr gut«, sagte er und senkte die Stimme zu einem verführerischen Tonfall. »Mein Honorar können Sie ... auf vielerlei Weise bezahlen, wenn Sie verstehen, was ich meine. Sie sind eine schöne Frau, Mrs. Cramer. Es würde mir Spaß machen ... Geschäfte mit Ihnen zu machen. Einsame Witwen sind meine Spezialität.«

»Ich zahle in harter Währung, danke«, sagte Lacey empört. »Wenn Sie mich jetzt entschuldigen wollen, ich habe noch zu tun.«

Lacey erhob sich steif und schritt mit so viel Würde zur

Tür, wie sie aufbringen konnte. Wie konnte es der Mann wagen! *An wie viele arglose Witwen hat sich der Kerl schon herangemacht?*, fragte sie sich, als sie die Treppe hinabstieg und zum Gefängnis ging.

Lacey war begierig darauf, zu erfahren, ob Sheriff Hale seit ihrer letzten Begegnung etwas Neues über Andys Verschwinden herausgefunden hatte. Und sie wollte Sam sehen. Selbst wenn er Taylor erschossen hatte, hätte sie zu ihm gestanden. Taylor Cramer war ohne Skrupel gewesen, ein Mann, der einen unschuldigen kleinen Jungen gekidnappt hatte, um zu bekommen, was er hatte haben wollen.

Aber Sam hatte Taylor nicht erschossen, davon war sie inzwischen überzeugt. Der Mann, den sie liebte, war kein Killer.

Der Sheriff erhob sich bei ihrem Eintreten hinter seinem Schreibtisch, um sie zu begrüßen.

»Haben Sie etwas über Andys Verschwinden herausgefunden?«, fragte Lacey ohne Einleitung.

»Leider habe ich nichts in Erfahrung bringen können. Aber ich werde nicht aufgeben.«

Lacey sank deprimiert auf den nächsten Stuhl. »Aber jemand muss etwas darüber wissen.«

»Da stimme ich Ihnen zu, aber diesen Jemand habe ich noch nicht gefunden. Geben Sie nicht auf, Lacey.«

»Das werde ich nicht, und das kann ich nicht!«, stieß sie heftig hervor. »Ich will Sam sehen. Er muss krank vor Sorge um Andy sein. Haben Sie etwas erfahren, das Sam entlasten kann?«

»Nein, nichts. Ich nehme an, wir müssen uns einfach damit abfinden, dass er Taylor Cramer getötet hat.«

»Nie!«, sagte Lacey leidenschaftlich. »Sam ist unschuldig. Ich würde mein Leben darauf setzen.«

»Ihr Vertrauen ist lobenswert, Lacey, doch wenn es keinen weiteren Tatverdächtigen gibt, wird Gentry vor Gericht kommen.«

Lacey seufzte. Die ganze Welt schien sich gegen sie verschworen zu haben. Vielleicht würde sie ihren Sohn nie wiedersehen. Und der Mann, den sie liebte, würde den Rest seines Lebens hinter Gittern verbringen … es sei denn, er wurde zum Tod durch den Strang verurteilt.

»Kann ich Sam jetzt sehen, Sheriff?«

»Nur zu, Lacey. Sie wissen, wo Sie ihn finden.«

Lacey schritt auf weichen Beinen über den Gang. Was würde sie Sam erzählen? Wie konnte sie ihm gegenübertreten? Er musste sich hilflos fühlen – unfähig, seine Unschuld zu beweisen, und davon abgehalten, nach Andy zu suchen.

Sam saß auf seiner Pritsche und wirkte so niedergeschlagen, wie sie ihn noch niemals erlebt hatte. Als er sie sah, hellte sich sein Gesicht auf.

»Lacey! Irgendwelche Neuigkeiten über Andy?«

»Nein«, sagte Lacey traurig. »Ich habe Taylors Schreibtisch und den Safe durchsucht und nichts gefunden, was ihn mit Andys Verschwinden in Zusammenhang bringt. Für eine Durchsuchung seines Schlafzimmers habe ich noch keine Zeit gehabt, aber ich bezweifle, dass ich dort irgendetwas finden werde. Taylor war sehr gerissen. Oh, Sam … ich habe solche Angst. Was ist, wenn ich Andy niemals wiedersehe?«

Sam umklammerte die Gitterstäbe so hart, dass seine Knöchel weiß hervortraten. »Sprich nicht so. Es passt nicht zu dir, aufzugeben. Andy wird gefunden werden.«

»Und was ist mit dir, Sam? Wird Taylors Killer gefunden werden? Oder wirst du für ein Verbrechen verurteilt, das du nicht begangen hast?«

Ihre Worte bewegten ihn tief. »Du glaubst also, dass ich

Cramer nicht getötet habe. Ich habe schon befürchtest, du traust mir die Tat zu.«

Lacey schüttelte heftig den Kopf. »Du könntest keinen Mord begehen, Sam. Ich meinte ernst, was ich in der Nacht sagte, in der wir uns liebten, in der Nacht, bevor Taylor erschossen wurde. Gott, es scheint so lange her zu sein.«

»Ich bin gemein zu dir gewesen, nicht wahr, Liebling? Verzeih mir. Ein Gefängnis ist kein Ort für solche Erklärungen, aber es muss gesagt werden. Ich liebe dich, Lacey. Sechs Jahre lang habe ich dagegen angekämpft, aber ich habe dich niemals vergessen können. Ich war stolz darauf, dich aus meiner Erinnerung verbannt zu haben, doch ich habe mir nur etwas vorgemacht. Wenn ich nie nach Texas geflüchtet wäre, dann hätte ich dich bis an mein Lebensende immer noch geliebt. Als uns das Schicksal zusammenführte, konnte ich die Liebe nicht mehr verleugnen, die ich in den Jahren unserer Trennung nicht wahrhaben wollte. Ich liebe dich, Lacey. Ich werde dich immer lieben.«

Sam sah die Gefühle auf Laceys schönem Gesicht widergespiegelt und wünschte, er könnte die Gitterstäbe wegzaubern und sie in die Arme nehmen.

»Es ist dir ernst, Sam? Wirklich?«

»Wirklich, Liebling. Nun trockne deine Augen und erzähl mir, was du in Cramers Safe gefunden hast.«

Lacey lächelte ihn mit feuchten Augen an. »Goldmünzen, viele davon. Briefe von verschiedenen Leuten, und Kaufurkunden von Grundstücken in Texas, Arizona und New Mexico.«

Sam runzelte die Stirn, als er über Laceys Worte nachdachte. »Warum wollte er all dieses Land?«

»Ich weiß es nicht. Es ist alles so verwirrend.«

»Hast du Cramers Anwalt besucht?«

Sam sah Lacey am Gesicht an, dass etwas geschehen war.

»Was ist? Was hat dir Cramers Anwalt gesagt? Hat Cramer in einem Testament einen anderen Erben bestimmt?«

»Nein, ich bin Taylors einzige Erbin. Es ist nur … nun, ich traue dem Anwalt nicht. Er und Taylor sind aus dem gleichen Holz geschnitzt.«

Zorn wallte in Sam auf. »Was hat er dir getan?«

»Nichts. Ich habe es nicht zugelassen. Ich habe ihn nach Andy gefragt, aber er schien nichts über sein Verschwinden zu wissen. Er sagte, er hätte seit mehreren Wochen nicht mehr mit Taylor gesprochen.«

»Verdammt! Jemand muss etwas wissen.«

»Das habe ich Sheriff Hale auch gesagt.«

Sam fühlte sich so verdammt hilflos. Sein Sohn war vermisst, und die Frau, die er liebte, litt Seelenqualen.

»Wenn ich nur frei wäre …«

Würde er jemals freikommen? Wenn nichts Entlastendes gefunden wurde, würde er wahrscheinlich am Galgen enden. Die Justiz im amerikanischen Westen war schnell und tödlich.

»Du wirst freikommen«, sagte Lacey heftig. »Ich weiß einfach, dass etwas oder jemand kommen wird, um deinen Namen reinzuwaschen.«

Sam wünschte, so zuversichtlich zu sein wie Lacey. Dies war sicherlich der Tiefpunkt in seinem Leben. Es war in seinem Leben des Öfteren bergab gegangen, doch dies war bei weitem das schlimmste Tief.

»Mach dir keine Sorgen um mich, Liebling. Ich werde es irgendwie überstehen.« Seine Worte klangen nicht überzeugend. »Konzentrier dich auf die Suche nach Andy.«

»Wir werden unseren Sohn wiederbekommen«, sagte sie mit einer Bestimmtheit, die sie für Sam noch liebenswerter machte. »Und wir werden eine Familie sein. Ich liebe dich, Sam.«

»Das war alles, was ich brauchte, um dieses Martyrium ertragen zu können«, sagte Sam.

Lacey hob ihr Gesicht zwischen die Gitterstäbe, und Sam neigte sich vor, bis sich ihre Lippen berührten. Er schob die Arme zwischen die Gitterstäbe und versuchte, Lacey an sich zu ziehen, doch kaltes Metall verhinderte die Nähe, nach der er sich sehnte. Er vertiefte den Kuss, befürchtete, es könnte der letzte sein, den sie teilten. Sie fuhren auseinander, als sich hinter ihnen jemand räusperte.

»Verzeihen Sie die Störung«, sagte Sheriff Hale. »Es hat sich soeben etwas Interessantes ergeben.«

Laceys Gesicht hellte sich auf. »Sie haben Andy gefunden!«

»Nein, aber ich nehme an, Sie werden auch diese Neuigkeit begrüßen. Treten Sie zur Seite, Lacey, damit ich die Zelle aufschließen kann.«

Sam sah Hale misstrauisch an. Was war los? Wollte man ihn lynchen? Hatte er keine Chance, seine Unschuld zu beweisen? War es wieder wie damals in Dodge City, wo man kurzen Prozess hatte machen wollen? Lacey trat von den Gitterstäben zurück, und Sheriff Hale schloss die Zellentür auf.

»Folgen Sie mir«, sagte Hale.

»Wohin bringen Sie ihn?«, fragte Lacey besorgt.

»Da ist jemand im Büro, bei dem er sich bestimmt bedanken will.«

Sams Gedanken jagten sich. Hatte jemand Taylors Ermordung gestanden? Er hielt Laceys Hand fest und folgte den Sheriff über den Gang. Er blinzelte überrascht, als er Dr. Larsen sah. Was für ein Trick war das? Was konnte der Doktor über Taylors Killer wissen? Er war erst am Tatort eingetroffen, nachdem der Mörder bereits entkommen war.

»Ich nehme an, Sie beide kennen Dr. Larsen«, sagte Hale. »Ich möchte, dass Sie sich anhören, was der gute Doc zu sagen hat.«

Sams Herz hämmerte. Er blickte zu Lacey und sah, dass ihre Augen groß und ihr Blick hoffnungsvoll waren. Er betete, das sie nicht enttäuscht sein würde, welche Information auch immer der Doktor haben mochte. Er selbst wollte seine Hoffnungen nicht zu hoch schrauben, denn bis jetzt war er vom Pech verfolgt worden.

»Nur zu, Doc, sagen Sie uns, was Sie gefunden haben«, forderte Hale den Arzt auf.

Dr. Larsen hob seine Hand, zeigte die Handfläche. Sam neigte sich vor und runzelte die Stirn, das er die Kugel auf der Hand sah.

»Dies ist die Kugel, die ich Mr. Cramer herausoperiert habe«, erklärte Dr. Larsen. »Ich dachte mir, Sie sollten sie sehen. Sie stammt aus einem Gewehr.«

»Ich habe die Kugel bereits untersucht«, sagte der Sheriff zu Sam, »und den Büchsenmacher holen lassen, damit er meine Erkenntnisse bestätigt. Wenn er mir zustimmt, werden Sie freigelassen.«

Lacey schnappte nach Luft. »Sam! Hast du das gehört?«

Natürlich hatte er es gehört, aber er war zu benommen, um etwas zu sagen. Er nahm die Kugel von Dr. Larsens Handfläche und betrachtete sie genauer. Er wusste genug über Kugeln, um bestimmen zu können, dass diese zweifellos aus einem Gewehr abgefeuert worden war. Er schuldete dem Doktor mehr, als er jemals zahlen konnte, weil er den Sheriff informiert hatte.

»Ich hörte, dass Taylor mit einer Revolverkugel Kaliber .45 erschossen wurde, und fand es komisch, dass die Kugel, die ich aus Mr. Cramer entfernte, aus einem Gewehr stammt«, fuhr Dr. Larsen fort. »Ich wollte nicht zulassen, dass ein unschuldiger Mann für ein Verbrechen aufgehängt wird, das er nicht begangen hat, und entschloss mich, den Sheriff zu informieren.«

»Ich weiß als Tatsache, dass Gentry kein Gewehr hatte«, sagte Hale. »Die Waffe in seiner Hand war ein .45er Revolver, und es steckte auch kein Gewehr in seiner Sattelhalfter. Da wurde mir klar, dass ein Killer in den Büschen versteckt gewesen sein konnte, genau wie es Gentry behauptet.«

Sam ergriff die Hand des Arztes und schüttelte sie heftig. »Ich weiß nicht, wie ich Ihnen danken soll, Doktor.«

»Es freut mich, dass ich helfen konnte.«

»Ah, da ist der Büchsenmacher«, sagte Sheriff Hale. »Kommen Sie herein, Mr. Stevens.« Er nahm die Kugel und gab sie Stevens. »Können Sie sagen, aus welcher Waffe diese Kugel abgefeuert worden ist?«

Stevens hielt die Kugel ans Licht und musterte sie sorgfältig von allen Seiten. »Die Kugel stammt aus einem Gewehr, Sheriff.«

»Sind Sie sicher? Könnte sie aus einem .45 Revolver stammen?«

»Dies ist keine .45er Kugel, Sheriff, darauf würde ich meinen Kopf wetten.«

Lacey stieß einen unartikulierten Laut aus und klammerte sich an Sam, als wäre er ein Rettungsanker.

»Danke, Stevens. Sie waren eine große Hilfe.«

»War das alles, Sheriff?«, fragte Stevens.

»Ja, Sie können jetzt gehen.«

»Und was ist mit mir, Sheriff?«, wollte Sam wissen. »Bin ich jetzt frei?«

»In einer Minute. Was können Sie mir über den Mann sagen, der auf Mr. Cramer geschossen hat? Können Sie ihn beschreiben? Da ist ein Killer auf freiem Fuß in meiner Stadt, und ich will ihn hinter Gittern haben.«

»Ich habe den Täter nicht gesehen«, sagte Sam. »Ich sah einen Gewehrlauf zwischen den Büschen hervorragen, erkannte, dass er auf Cramer und Lacey zielte, und handelte aus dem Gefühl heraus, indem ich in die Büsche schoss, bevor er feuerte. Ich weiß nicht, ob ich ihn getroffen habe. Als ich nachschaute, war er fort. Seine Identität ist ein Geheimnis. Ich hoffe, Sie finden ihn.«

»Ich auch«, sagte Hale trocken. »Sie können jetzt gehen.«

Sam atmete auf. Jetzt konnten er und Lacey ihr Leben weiterführen. »Ich bin Ihnen ewig dankbar, Dr. Larsen. Wenn ich irgendetwas für Sie tun kann, zögern Sie nicht, es mir zu sagen.«

»Nichts zu danken, aber ich werde mir Ihr Angebot merken.«

Der Sheriff händigte Sam seinen Revolvergurt aus. »Ich hoffe, dass ich Sie zum letzten Mal als Gast in meiner Zelle gesehen habe.«

»Darauf können Sie sich verlassen, Sheriff«, erwiderte Sam und schnallte den Gurt um seine Hüften. »Ich muss jetzt meinen Sohn suchen.«

»Ich kann Ihnen versichern, das ich alles in meiner Macht Stehende tun werde, um Ihren Sohn zu finden.«

Trotz seiner Sorge um Andy war es Sam zum Jubeln zumute, als er als freier Mann das Gefängnis verließ. Er hatte genug Scherereien mit dem Gesetz gehabt, dass es ihm bis an sein Lebensende reichte. Von jetzt an würde sein Leben in ruhigen Bahnen verlaufen.

Er blickte zu Lacey. Sie wirkte benommen. »Ist alles in Ordnung mit dir, Liebling? Du siehst mitgenommen aus.«

»Du bist frei, Sam, wirklich frei. Wenn wir Andy finden, wird alles gut. Wir werden eine richtige Familie sein.«

Ihre Unterlippe zitterte, und Sam wollte sie in die Arme nehmen, um sie zu beruhigen. Doch das würde später kommen. Zuerst mussten sie etwas Wichtigeres erledigen. »Wir bekommen Andy wieder, das schwöre ich dir. Aber zuerst brauchen wir etwas anderes.«

»Nichts ist wichtiger als Andy«, wandte Lacey ein.

Sam sagte nichts, als er Lacey an der Hand die Straße hinunterführte.

»Wohin willst du?«

Sam lächelte sie geheimnisvoll an. »Zum Prediger.«

»Wegen der Vorbereitungen für Taylors Beerdigung? Warum ist das wichtig für dich?«

»Cramer ist mit piepegal. Wir besuchen den Prediger aus einem anderen Grund.«

Er sah Laceys verwirrte Miene und lachte leise. Aber er gab keine Erklärung. Sie erreichten das Pfarrhaus. Sam öffnete die Pforte des Vorgartens, nahm Lacey am Arm und führte sie zum Haus. Eine rundliche, kleine Frau öffnete die Tür.

»Wir möchten Reverend Garland sprechen«, sagte Sam.

»Ich bin Mrs. Garland. Bitte warten Sie drinnen, während ich meinen Mann hole.«

»Was hast du denn vor?«, flüsterte Lacey, nachdem Mrs. Garland sie ins Wohnzimmer geführt und allein gelassen hatte.

»Hab Geduld«, sagte Sam nur.

Ein paar Minuten später tauchte Reverend Garland auf. Er verharrte abrupt, als er Sam sah.

»Sie! Was tun Sie hier? Sie sollten im Gefängnis sein!«

»Der Sheriff hat mich freigelassen, als Beweise meiner Unschuld auftauchten.«

Der skeptische Blick des Predigers glitt zu Lacey. »Stimmt das, Mrs. Cramer?«

»Es stimmt, Reverend. Der Sheriff hat den eindeutigen Beweis, dass Sam nicht auf Taylor geschossen hat.«

Der Prediger wirkte enorm erleichtert. »Ich habe Sie erwartet, Mrs. Cramer. Ich nehme an, Sie möchten, dass ich die Grabrede für Ihren Mann halte.«

»Ich ... ich ... ja. Es tut mir Leid, dass die Vorbereitungen so lange gedauert haben. Ich werde Sie über den Termin informieren.«

»Das ist nicht der einzige Grund, weshalb wir hier sind, Reverend«, sagte Sam. »Lacey und ich wollen heiraten. Gleich hier. Sofort.«

»Wollen wir das?« Lacey schnappte nach Luft.

»Wollen Sie das?«, echote Reverend Garland.

»Das wollen wir«, bestätigte Sam.

»Aber ... aber ...«, stotterte der Prediger. »Mrs. Cramer hat erst gestern geheiratet.«

»Das war gestern. Heute ist Lacey Witwe. Gibt es einen juristischen Grund, weshalb wir nicht heiraten können?«

»Nein. Natürlich nicht ... es sei denn, nun, es ist nicht schicklich. Es gab keine Trauerzeit. Der Mann ist ja noch nicht einmal unter der Erde.«

Lacey zupfte an Sams Ärmel. »Bist du sicher, dass du dies willst, Sam?«

Seine Stimme klang tief und leidenschaftlich. »Ich habe nie etwas mehr gewünscht. Ich liebe dich, Lacey. Du bist die Mutter meines Sohnes. Und du könntest mit einem weiteren Kind von mir schwanger sein.«

Reverend Garland schnappte hörbar nach Luft. »Ist das wahr, Mrs. Cramer?«

Lacey errötete und hob stolz den Kopf. Sam hatte sie nie mehr bewundert. »Sam sagt die Wahrheit, Reverend. Ich habe Taylor Cramer geheiratet, weil er meinen Sohn als Geisel gehalten hat. Er hat sich geweigert, Andy freizulassen, wenn ich nicht seine Frau werde. Ich habe Sam immer geliebt und liebe ihn weiterhin.«

»Nun, das wirft ein anderes Licht auf die Dinge. Ich will keiner wahren Liebe im Weg sein. Ich werde meine Frau als Trauzeugin holen.«

»Danke, Reverend«, sagte Sam aus ganzem Herzen.

»Du hättest mich wenigstens erst fragen sollen!«, zischte Lacey, nachdem der Prediger das Zimmer verlassen hatte.

»Ich hatte Angst, du könntest dich weigern«, gab Sam zurück. »Ich wollte, dass wir als Mann und Frau auf die Ranch zurückkehren.«

Reverend Garland kehrte mit seiner strahlenden Frau zurück. Sam und Lacey traten Hand in Hand vor ihn und lächelten einander an, als er die Trauung vollzog. Die Zeremonie war äußerst kurz. Mit tief empfundener Erleichterung wandte sich Sam seiner Braut zu, um sie zu küssen. Lacey hob ihren Mund, und Sam hatte das Gefühl, den süßesten Kuss seines Lebens zu bekommen.

Als die Dokumente unterschrieben und übergeben waren, fiel Sam ein, dass er kein Geld hatte, um den Prediger zu bezahlen. Lacey erkannte sein Dilemma, zog einen Zehndollarschein aus der Tasche und bot ihn dem Reverend an. Garlands Augen leuchteten auf, als er die Banknote sah, und bedankte sich überschwänglich.

Sie verließen das Pfarrhaus. Als die Tür hinter ihnen geschlossen war, zog Sam Lacey in seine Arme und küsste sie richtig. Diesmal waren beide nach den Kuss atemlos.

»Das ist nur das Vorspiel zu dem, was ich tun werde, wenn wir allein sind«, versprach Sam. »Lass uns heimkehren, Liebling.«

»Erst muss ich noch etwas erledigen«, sagte Lacey. »Ich tue es nicht gern, aber er hat niemanden sonst gehabt.«

»Für Cramers Beerdigung sorgen«, riet Sam.

»Ich sollte alles beim Leichenbestatter veranlassen und

für die Beisetzung bezahlen. Du brauchst nicht mitzukommen, wenn du nicht möchtest.«

»Du bist nicht mehr allein, Lacey. Ich bin dein Ehemann. Du hast meine Unterstützung bei allem, was du tust.«

Der Leichenbestatter wirkte erleichtert, als er sie sah. »Ich habe mir schon Sorgen gemacht, weil ich nichts von Ihnen gehört habe, Mrs. Cramer. Der Leichnam ist zur Besichtigung aufgebahrt. Ich habe Ihrem Mann den schönsten Sarg gegeben, den ich auf Lager hatte. Ich schlage vor, dass die Trauerfeier so bald wie möglich stattfindet. Morgen früh, wenn das Ihre Billigung findet.«

»Es wird keine Besichtigung und keine Trauerfeier geben, aber morgen kann die Beerdigung stattfinden«, sagte Lacey. »Reverend Garland hat versprochen, die Grabrede zu halten. Informieren Sie ihn bitte rechtzeitig?«

Der Leichenbestatter blickte sie verwirrt an. »Welche Zeit würde Ihnen passen?«

»Ich werde nicht teilnehmen.«

»Sie nehmen nicht an der Beerdigung Ihres eigenen Mannes teil?«

»Stimmt.« Sie zog die verbliebenen Banknoten aus der Tasche und gab sie dem Leichenbestatter. »Reicht das für alles?«

Der Leichenbestatter starrte auf das Geld. »Das ist mehr als genug. Sehr großzügig von Ihnen, Mrs. Cramer.«

»Sie ist jetzt Mrs. Gentry«, informierte ihn Sam. »Wir haben heute geheiratet.«

Der Leichenbestatter wirkte erschüttert. Sam grinste. Er und Lacey würden in der Stadt das Gesprächsthema Nummer eins sein. Sie holten ihre Pferde aus dem Mietstall und ritten zurück zur Ranch. Zu ihrem vollständigen Glück fehlte nur noch Andy. Sam wollte am Morgen zur Cramer-Ranch reiten und persönlich jeden Cowboy befragen, der zur Zeit von Andys Verschwinden für Cramer gearbeitet hatte.

Sam wurde von einem Glücksgefühl durchströmt, als die B&G in Sicht kam. Die Farm in Kansas war das einzige Zuhause gewesen, das er jemals gekannt hatte, bis er und seine Brüder sie verloren hatten. Er war vom Wesen her kein Herumtreiber und hatte sich wie ein Fisch auf dem Trockenen gefühlt, ohne ein richtiges Zuhause zu haben. Er kannte nicht viel vom Betrieb einer Ranch, doch er wollte für Lacey und Andy, dass diese Ranch blühte und gedieh.

»Woran denkst du, Sam?«, fragte Lacey und riss in aus seinen Gedanken.

»An dich und Andy. Ich werde die B&G zu einer Ranch machen, auf die du stolz sein kannst.«

Laceys Schluchzen versetzte ihm einen Stich. Er zügelte das Pferd neben ihr und hob sie von der Stute, um sie vor sich auf den Sattel zu setzen. »Mach dir keine Sorgen, Liebling, wir werden unseren Sohn finden.«

»Ich möchte dir glauben, Sam, aber Taylor war so geheimnistuerisch, dass ich befürchte, wir werden ihn niemals finden.«

»Cramer muss einen Komplizen gehabt haben«, meinte er überzeugt. »Wir werden Andy aufspüren.«

Ihre Rückkehr zur B&G wurde mit überschwänglicher Freude begrüßt. Fragen prasselten auf sie ein, sodass Sam die Hand hob, um Einhalt zu gebieten.

»Eines nach dem anderen, Jungs«, sagte er, saß ab und hob Lacey vom Pferd. »Fangen wir mit Rusty an.«

Rusty trat vor, ergriff Sams Hand und schüttelte sie kräftig. »Das ist das Größte, Sam. Ich dachte, du wärst im Gefängnis. Miss Lacey hat dir doch nicht geholfen, auszubrechen, oder?«

Sam lachte bei dem Gedanken, dass Lacey das Gefängnis stürmte. »Der Sheriff erhielt den Beweis meiner Unschuld und ließ mich frei. Ich verdanke das alles Doc Larsen. Er holte die Kugel aus Cramer raus und erkannte, dass sie aus einem Gewehr stammt, nicht aus einem Revolver. Ich war nur mit dem .45er bewaffnet, also konnte ich nicht der Killer sein.«

Plötzlich wurde Rusty ernst. »Was ist mit Andy? Irgendwelche Hinweise, wo Cramer den Jungen versteckt hat?«

Sam legte beschützend einen Arm um Lacey. »Nein, aber wir geben nicht auf. Ich werde suchen, bis ich ihn finde.«

»Du wirst ihn finden«, pflichtete Rusty ihm bei.

»Wo werden Sie wohnen, Miss Lacey?«, rief Amos. »Sie besitzen jetzt zwei Ranches.«

»Das ist leicht zu beantworten, Amos. Ich gebe die B&G nicht auf. Mein Zuhause ist hier.«

»Da ist noch etwas, das ihr wissen solltet«, verkündete Sam und strahlte Lacey an. »Lacey und ich haben heute von neuem geheiratet.«

»Das wird ja ein Irrer noch irrer!« Rusty brach in schallendes Gelächter aus. »Es ist nahezu unmöglich, bei euch beiden auf dem Laufenden zu bleiben. Verheiratet, geschieden, verheiratet. Nach alldem würde ich sagen, ihr beide gehört einfach zusammen. Meinen Glückwunsch! Andy wird ganz weg vor Freude sein, wieder beide Elternteile zu haben.«

Die Erwähnung von Andy schien die Begeisterung zu dämpfen. Laceys Lächeln verschwand. »Andy wird entzückt sein.« Sie drückte Sams Hand. »Sollen wir Rita die guten Nachrichten erzählen?«

Hand in Hand gingen sie ins Haus und überraschten Rita in der Küche.

»Señor! Dios!« Sie bekreuzigte sich. »Ich dachte – wir alle dachten –, Sie sind im Gefängnis!«

»Es war alles ein Missverständnis, Rita«, sagte Sam und umarmte die rundliche Frau herzlich. »Ich bin jetzt daheim und gehe nirgendwo mehr hin, abgesehen davon, dass ich Andy suche und nach Hause bringe.« Er zwinkerte Lacey zu. »Willst du es ihr sagen oder soll ich …?«

»Ich sage es ihr.« Lacey ergriff Ritas Hand. »Sam und ich haben heute ein zweites Mal geheiratet.«

Ein erfreutes Lächeln breitete sich auf Ritas Gesicht aus. »Dios. Das ist eine gute Neuigkeit. Jetzt kann sich Señor Sam um Sie und Andy kümmern. Señor Sam ist stark. Er wird Andy finden. Ich werde heute zur Feier eurer Heirat ein Festessen kochen.«

Sam hatte andere Pläne. »Danke, Rita, aber wir ziehen etwas Einfaches auf einem Tablett vor. Lacey ist erschöpft und muss sich unbedingt ausruhen. All die Ereignisse haben ihren Tribut gefordert. Machen Sie kein großes Abendessen. Stellen Sie das Tablett vor die Tür, bevor sie Feierabend machen und gehen.«

Rita zwinkerte verschmitzt. »Ich verstehe. Gute Nacht, Señor, Señora.«

Lacey hatte nichts dagegen, als Sam sie auf die Arme nahm und die Treppe hinauftrug. In Sams Armen fiel es ihr nicht schwer, zu glauben, dass er Andy finden und sie danach glücklich zusammenleben würden. Er war so stark, so energiegeladen, so unverwüstlich, und sie liebte ihn so sehr. Weder die Jahre der Trennung noch die Entfernung hatten diese Liebe zerstören können, und sie wusste, dass Sam das Gleiche empfand, obwohl er dagegen angekämpft hatte, als sie vom Schicksal wieder zusammengeführt worden waren.

Dies war der Mann, mit dem sie den Rest ihres Lebens verbringen wollte. Andy würde Geschwister bekommen.

Sie lächelte verträumt. Vielleicht trug sie bereits Sams Kind unter dem Herzen.

Sam trug Lacey in ihr Zimmer und schloss die Tür. Er stellte sie auf den Boden. Lacey blieb kaum Zeit, Luft zu holen, als er sie schon tief und sinnlich küsste.

»Ich will es, Lacey, aber wenn du es heute Abend nicht möchtest, werde ich das verstehen.«

Sein verführerischer Tonfall brachte etwas in ihr zum Klingen, machte ihr bewusst, wie groß ihr eigenes Verlangen war. »Dies ist unsere Hochzeitsnacht.«

Sam nickte langsam. »Ich möchte, dass sie dir unvergesslich bleiben wird.«

»Bisher habe ich kein einziges Mal mit dir vergessen, mein Liebster. Es war immer unvergesslich. Selbst als wir zu jung waren, um die Leidenschaft zu schätzen, die wir geteilt haben.«

Sam stöhnte auf, als er sie zum Bett trug und sich mit ihr darauf niederließ. Er küsste sie mit so viel Gefühl, dass sich Lacey von seiner Liebe eingehüllt und beschützt fühlte. Sie brach den Kuss ab, sehnte sich nach mehr.

»Liebe mich, Sam. Ich habe dich niemals mehr gebraucht als jetzt.«

19

Sams Augen spiegelten sein wachsendes Verlangen wider. »Für mich wird es stets das Wichtigste sein, dich glücklich zu machen«, flüsterte er. »Ich brauche dich so sehr wie du mich.«

Lacey schlang die Arme um seinen Nacken und zog ihn auf sich. Sein Kuss war tief und leidenschaftlich.

Sie rang um Atem, als Sam den Kuss beendete, den Revolvergurt abschnallte und sich langsam auszog. Dann stand er vor ihr, prächtig in seiner Nacktheit. Ihr stockte der Atem, als ihr Blick über seinen muskulösen Körper hinabglitt und sie ihn dann auf sich spürte. Er küsste sie von neuem, umfasste ihre Brüste und nahm eine der harten Knospen nach der anderen in den Mund.

Ihre Haut schien zu entflammen, als er ihren Körper streichelte. Eine scheinbare Ewigkeit später drückte er sie auf die Matratze und spreizte ihre Beine. Sie spürte ihn hart und heiß und pulsierend an sich, doch statt in sie einzudringen, küsste er sie von neuem, bis ihre Sehnsucht schier unerträglich wurde.

Sie beobachtete in wachsender Erregung, wie sich sein Kopf auf ihr auf und ab bewegte, während er sie küsste und an ihren Brustspitzen saugte, um dann mit der Zunge eine feurige Spur bis zu ihren Bauchnabel zu ziehen. Dort verharrte er einen Augenblick, um dann tiefer zu gleiten. Ein tastender Finger teilte die blonden Härchen zwischen ihren Schenkeln und glitt in sie.

Lacey stöhnte auf. »Jetzt, Sam, lass mich nicht mehr warten.«

Mit einem Aufstöhnen nahm er sie. Ihre Hüften bäumten sich ihm entgegen, als sie ihn tief in sich spürte. Sie klammerte sich an das Laken und keuchte immer wieder seinen Namen. Er stieß die Zunge in ihren Mund, und grub die Finger in ihre üppige Haarfülle, um sie für das erregende Spiel seiner Zunge ruhig zu halten.

Lacey konnte sich nicht mehr zurückhalten, als sie von Wogen der Lust erfasst und von Ekstase davongetragen wurde.

Sam warf den Kopf zurück, hatte die Augen geschlossen. »Nicht einmal im Himmel kann es so schön sein.«

Er war wie ein Vulkan vor dem Ausbruch. Als er spürte, wie Lacey die Erfüllung fand, konnte er nicht länger warten. Er hob den Kopf und schrie seine Lust hinaus. Dann sank er auf sie und blieb einen Moment reglos liegen, bis die Erregung abklang und er sich zur Seite rollte. Seine Augen waren noch immer geschlossen, und er atmete schwer und stoßweise. Wie aus weiter Ferne hörte er Laceys Stimme.

»Sam.«

Er blickte zu ihr. »Hm?«

»Das war ...«

»Ich weiß, ich empfinde es genauso. Worte können meine Gefühle nicht beschreiben. Ich verdiene dich nicht, Lacey. Ich habe dich sehr gekränkt, dir von Anfang an Unrecht getan. Wie kannst du einen Mann mit meinen Mängeln nur lieben?«

»Weißt du das nicht, Sam? Manchmal sind die Dinge, die wir am meisten schätzen, mit Mängeln behaftet. Das macht sie uns liebenswert. So wie du, Sam. Du bist nicht perfekt, aber du bist genau, was ich brauche, was ich will.«

Sam lachte leise. Er betete, dass Lacey nie ihre Meinung

über ihn ändern würde. Ohne ihre Liebe würde er nicht leben können. Während er und seine Brüder zusammengelebt hatten, war er ein Teil des Familienclans gewesen, doch er hatte stets gewusst, dass seine Brüder eines Tages Frauen finden, ihre eigenen Familien gründen und ihn als Einzelgänger zurücklassen würden.

Seine Brüder hatten über seine leichtsinnige, verwegene Art und über seine unheimliche Fähigkeit, sich in Schwierigkeiten zu bringen, hinweggesehen und nur gelacht. Jetzt wurde ihm klar, dass er mit seinem Draufgängertum nur eine Entschädigung für das gesucht hatte, was er in Pennsylvania zurückgelassen hatte. Gott, er war so ein Narr gewesen.

»Sagen wir, wir sind perfekt füreinander geschaffen«, sagte Sam.

Er schloss die Augen, völlig erschöpft. Er wäre eingeschlafen, wenn Lacey nicht mit den Fingerspitzen über seine Brust gestreichelt und ihn mit der Verheißung auf weiteren erotischen Genuss gequält hätte. Sie begann seinen Hals bis zu den Schultern und weiter hinab zu küssen.

Er fluchte lautlos, als er ihre Lippen an seinen Brustwarzen und die Zunge zwischen den dunklen Haaren auf seiner Brust spürte. Ihre tastende Zungenspitze verweilte, um seinen Nabel zu erkunden, und ein Prickeln der Lust erfüllte ihn.

Plötzlich erhob sie sich auf die Knie und neigte sich über ihn. Ihr Blick heftete sich auf ihn. Er war schon wieder erregt. Ihm stockte der Atem, als er ihren heißen Mund und ihre Zungenspitze spürte.

Er rang verzweifelt um Selbstbeherrschung, während seine Frau ihn bis ins Unerträgliche reizte.

»Genug!«, stieß er hervor, packte sie an den Hüften, zog

sie über sich und nahm sie, getrieben von hemmungsloser Leidenschaft. Momente, nachdem sie sich versteifte und aufschrie, kam auch für ihn die Erlösung.

Er schlief ein, Lacey lag auf ihm, und er war immer noch in ihr. Er murmelte einen Protest, rührte sich jedoch nicht, als Lacey sich von ihm erhob und sich an seinen Körper schmiegte.

Irgendwann in der Nacht erwachte er mit Hunger. Er tappte zur Tür, öffnete sie und fand das Tablett, das Rita dorthin gestellt hatte. Er trug es zum Nett und hob die Haube ab. Ein köstlicher Duft stieg Lacey in die Nase und weckte sie. Sie öffnete die Augen, streckte sich und setzte sich dann ruckartig auf, als sie Sam mit dem Tablett mit Essen sah.

»Hm! Das riecht nach Hähnchen!«, rief sie. »Ich hoffe, du magst es kalt.«

»Ich könnte es jetzt glatt roh essen«, meinte Sam. Außer den Hähnchen fand Sam noch Tortillas, Bohnen und Apfelkuchen.

»Rita hat nichts vergessen«, meinte Lacey. »Möchtest du dich als Erster waschen?«

»Die Dame zuerst«, sagte Sam.

Er beobachtete begeistert, wie Lacey nackt zum Waschständer ging, Wasser in eine Schüssel schüttete und sich wusch. Als sie fertig war, öffnete sie das Fenster, schüttete das Wasser hinaus und füllte die Schüssel von neuem.

»Du bist dran.«

Sam brauchte keine weitere Ermunterung. Je eher er sich gewaschen hatte, desto schneller konnte er sich dem Essen widmen. Lacey langte bereits zu, als er zum Bett zurückkehrte.

»Hm, das Hähnchen schmeckt lecker«, sagte sie genüsslich.

Sam schielte auf ihren nackten Körper. »Ich bin mir nicht sicher, ob ich mit vollem Bauch schlafen kann.«

Lacey lächelte ihn verschmitzt an. »Was kannst du denn mit vollem Bauch?«

»Das zeige ich dir gern nach dem Essen.«

Sie verzehrten ihr Mahl und liebten sich von neuem.

»Unsere Hochzeitsnacht werde ich niemals vergessen, Sam«, sagte Lacey später kurz vor dem Einschlafen. »Nur eines fehlt zum glücklichsten Tag meines Lebens.«

Sam wusste genau, was sie meinte, denn er fühlte sich ebenso. Er und Lacey würden nie wirklich glücklich sein, bis sie Andy wiederbekommen hatten.

Am nächsten Morgen stand Sam auf, bevor Lacey erwachte. Er wollte mit Rusty und den Cowboys sprechen, ehe er seine Suche nach Andy begann. Er hatte Lacey versprochen, ihren Sohn zu finden, und er wollte sein Versprechen halten.

Kalter Wind schlug ihm entgegen, als er zum Küchenbau ging, wo sich die Cowboys zum Frühstück versammelt haben. Der Gedanke, dass Andy an Kälte und Hunger litt, während er es warm hatte und satt war, machte ihn fast krank. Was war, wenn Cramer den Jungen in der Wildnis ausgesetzt hatte und er sich ganz allein durchs Leben schlagen musste?

»Was machst du so früh auf?«, fragte Rusty, als Sam den Küchenbau betrat.

»Ich kann keine Ruhe finden, solange Andy vermisst ist«, antwortete Sam und ging zum Herd, um seine Hände zu wärmen. »Ich brauche jeden verfügbaren Mann für die Suche.«

»Hier ist alle Arbeit so gut wie erledigt«, sagte Rusty.

»Wir haben die Zäune ausbessert und waren dabei, einige der Nebengebäude in Schuss zu bringen. Die Arbeiten sind noch nicht ganz fertig, aber sie können warten. Wir müssen erst unseren Andy zurückhaben.«

Sam setzte sich. Er hatte sich bei Lacey seine Angst nicht anmerken lassen, aber sie ließ sich nicht leugnen. Andy war nur ein kleiner Junge mit wenig oder keinen Fähigkeiten, um in der Wildnis zu überleben. Der Junge war nicht reif genug, um Cramers teuflischen Machenschaften gewachsen zu sein. Was war, wenn Andy bereits tot war? Sam stemmte die Ellenbogen auf den Tisch, schlug die Hände vors Gesicht und gab sich seiner Verzweiflung hin.

Rusty räusperte sich. »Wir werden ihn finden, Sam. Du darfst du Hoffnung nicht aufgeben, schon um Miss Laceys willen.«

Sam nahm die Hände vom Gesicht und blickte auf. »Es tut mir Leid, Rusty. Es hilft nichts, den Kopf hängen zu lassen, davon kommt Andy nicht zurück. Ich reite heute zur Cramer-Ranch und nehme mir die Arbeiter persönlich vor. Vielleicht erinnern sie sich an etwas, das sie vergessen haben, als sie von Lacey und dem Sheriff befragt worden sind.«

»Da ist noch allerhand vom Frühstück übrig«, sagte Luke. »Möchtest du was?«

»Nein, aber eine Tasse Kaffee wüsste ich zu schätzen.«

Luke schenkte Sam dampfenden Kaffee ein und stellte den Becher vor ihn hin. »Heiß und stark, Sam, genau wie du ihn magst.«

»Jungs, wir wollen keine Zeit verlieren«, sagte Rusty und erhob sich.

»Bleib noch einen Moment, Rusty«, sagte Sam, als die Cowboys aus dem Küchenbau strömten. »Ich möchte deine Meinung hören, wie wir ...«

Plötzlich stürzte Lefty zur Tür herein und schob die anderen beiseite.

Sam sprang am Tisch auf. »Lefty, was ist los? Ich dachte, du wärst auf der Cramer-Ranch.«

»Das war ich. Sam, aber da ist etwas, das du wissen solltest. Soeben ist der Vormann zurückgekehrt.«

»Macht er dir Probleme?«, fragte Rusty.

»Eigentlich nicht. Als er erfuhr, dass Cramer tot ist, wurde er unruhig und besorgt. Er packte seine Sachen, und als ich am Mannschaftsquartier vorbeikam, hörte ich, wie er leise mit einem der Cowboys sprach. Er weiß etwas über Andy, Sam. Darauf wette ich.«

Sam war bereits auf dem Weg zur Tür. »Sag Lacey, dass ich zur Cramer-Ranch reite!«, rief er über die Schulter zu Rusty. »Sag ihr nichts sonst. Ich will nicht, dass sie sich falsche Hoffnungen macht.«

Sam und Lefty erreichten die Cramer-Ranch in Rekordzeit. Sam zügelte sein Pferd vor dem Mannschaftsquartier, sprang aus dem Sattel und schritt entschlossen auf die Tür zu. Er war gerade rechtzeitig eingetroffen. Harper hatte sich soeben von seiner Pritsche abgewandt, die prall gefüllten Satteltaschen über die Schultern geworfen und befand sich auf dem Weg zur Tür. Er blieb abrupt stehen, als Sam in den Raum stürzte.

»Sind Sie Cramers Vormann?«, fuhr Sam ihn an.

»Ja, ich bin Sid Harper. Und was geht das Sie an?«

»Ich hörte, dass Sie geschäftlich unterwegs waren.«

»Na und? Ich habe nichts Falsches getan.«

»Darüber kann man streiten. Sagen Sie mir, Harper, sind Sie bereit, für einen toten Mann zu sterben?«

Sam hätte schwören können, dass Harper der Schweiß ausbrach. Der Mann wusste etwas, dessen war er sich jetzt sicher.

»Ich kenne Sie. Sie sind Sam Gentry. Sie haben Cramer gekillt.«

»Irrtum, Harper. Ich habe niemanden gekillt, und der Sheriff hatte ausreichende Beweise, um mich freizulassen.« Er ging näher, bis sich ihre Nasen fast berührten. Seine Augen verengten sich zu Schlitzen, und seine Stimme klang drohend: »Was hast du mit meinem Sohn gemacht?«

Harper schluckte. »Ich weiß nicht, wovon Sie reden.«

Sams Hände schossen vor und legten sich um Harpers Hals. »Ich meine es ernst, Harper. Andy ist ein kleiner Junge. Er kann sich nicht verteidigen, selbst wenn er es wollte. Hast du ihn umgebracht?«

Harpers Augen quollen hervor, als Sam fester zudrückte. »Ich könnte nicht ... ich würde so etwas nicht tun. Ich schwöre ... ich ...«

»Die Wahrheit, Harper, oder du kommst nicht lebend hier raus!«

Harpers Stimme verriet beginnende Panik. »Ehrlich, Mr. Gentry. Ich habe Andy nichts getan. Ich bin kein Killer, und ich würde niemals einem Kind etwas antun. Als ich mich weigerte, den Jungen umzubringen, bezahlte mich Mr. Cramer, um ihn wo hinzubringen, wo niemand ihn finden würde.«

Der Druck um Harpers Hals lockerte sich. »Was genau hast du mit meinem Sohn gemacht?«, schnarrte Sam. »Hast du ihn in der Wildnis ausgesetzt? Andy hat weder Erfahrung noch die Fähigkeit im Überlebenskampf; es wäre das Gleiche, als wenn du ihn getötet hättest.«

»Nein, ich schwöre, dass ich ihn nicht ausgesetzt habe!«

»Wenn du mir nicht in den nächsten fünf Sekunden sagst, wo Andy ist, bist du ein toter Mann. Eins ... zwei ...«

»Ich ... ich habe ihn nach Fort Worth gebracht.«

Sam übte weiterhin gnadenlos Druck auf Harpers Hals aus. »Wohin dort?«

»Ich ... brauche Luft!«, würgte Harper hervor.

Sam lockerte den Würgegriff ein wenig. »Ich warte.«

»Ich habe Andy in ein Waisenhaus gebracht und in der Obhut der Nonnen gelassen.«

»Ein Waisenhaus!«, stieß Sam hervor. »Welches Waisenhaus?«

»Eines von der Mission. Saint Leo's.«

Sam stieß Harper so hart von sich, dass er stolperte und fiel. Es kostete ihn alle Beherrschung, den Mann nicht umzubringen, und wer weiß, was geschehen wäre, wenn Lefty nicht hinzugetreten und ihm mahnend ins Ohr geflüstert hätte: »Er ist es nicht wert, Sam.«

Sam kam zur Vernunft und stieß Harper zu Lefty. »Bring den Bastard zum Sheriff. Für sein Verbrechen wird er in den Knast kommen.«

»Ich habe dem Jungen nichts getan«, beteuerte Harper krächzend und rieb sich den Hals. »Fragen Sie ihn selbst.«

»Glaub mir, das werde ich. Bring ihn fort, Lefty.«

Harper rappelte sich vom Boden auf, klopfte sich den Staub ab und sah plötzlich, dass Lefty seinen Sechsschüsser auf ihn richtete. »Ich gehe, ich gehe.«

Nie hatte sich Sam so emotional leer gefühlt. Andy lebte, wenn man Harper glauben konnte. Bald würde er zu Hause sein, bei Eltern, die ihn liebten. Sam nahm sich zusammen, stieg auf Galahad und ritt heim. Er wollte Lacey als Erste wissen lassen, dass Andy lebte, und so ritt er am Mannschaftsquartier und Stall vorbei und bis vor die Tür des Haupthauses. Mit beschwingten Schritten stieg er die Stufen zur Veranda herauf und rief laut nach Lacey.

»Sam, was ist?« Lacey riss die Haustür auf und lief ihm entgegen. »Was ist mit Andy. Bitte, Gott, lass ihn leben.«

Sam breitete die Arme aus, und Lacey warf sich hinein. Er hob sie an und schwang sie im Kreis.

»Sam, bitte, spann mich nicht auf die Folter! Ist Andy wohlauf?«

»Pack deine Reisetasche, Liebling, wir nehmen die nächste Kutsche nach Fort Worth.«

Lacey runzelte die Stirn. »Hast du den Verstand verloren? Warum willst du nach Fort Worth?«

»Weil dort Andy ist.«

»Sam Gentry! Wenn du mir nicht sofort sagst, wovon du redest, dann ...«

Er packte die Hand, mit der sie ausholen wollte, zog sie ins Wohnzimmer und schob sie aufs Sofa. Dann kniete er sich vor sie und nahm ihre Hände in seine.

»Unser Sohn ist sicher, Liebling. Jemand wusste, wo er war. Cramers Vormann brachte ihn nach Fort Worth. Andy wird sehr bald bei uns sein.«

»Warum Fort Worth?«

»Cramer ließ Andy von Harper in ein Waisenhaus namens Saint Leo's bringen. Wir müssen dorthin und unseren Sohn für uns beanspruchen.«

Als Lacey zu zittern begann, zog Sam sie in seine Arme. »Ich weiß, ich weiß. Ich habe genauso reagiert, als ich es erfahren habe. Aber ein Waisenhaus ist sicher, Liebling. Andy hätte Schlimmeres passieren können.«

»Können wir gleich aufbrechen?«

»Sobald du ein paar Sachen gepackt hast. Wir werden vielleicht in der Stadt übernachten müssen, wenn die Abendkutsche schon weg ist, aber wir wissen wenigstens, dass Andy in Sicherheit ist. Ich werde selbst ein paar Sachen in eine Tasche werfen, während du packst.«

Eine Viertelstunde später waren sie auf dem Weg zur Stadt.

Wie es das Pech wollte, war die Kutsche bereits abgefahren, und sie mussten bis zum nächsten Morgen warten. Sie stellten ihre Pferde im Mietstall unter und gingen zum Hotel. Sam nahm ein Zimmer für die Nacht und bestellte ein Bad. Dann ließ er das Abendessen aufs Zimmer schicken. Sie badeten zusammen in der Wanne, liebten sich danach und aßen vor einem behaglichen Feuer zu Abend. Der Gedanke an Andys fast sichere Rückkehr erlaubte ihnen den ersten friedlichen Schlaf seit Tagen.

Die Postkutsche hatte nur eine Stunde Verspätung, was Gutes für Sams und Laceys bevorstehende Reise versprach. Nach zwei ereignislosen Tagen und einer Nacht in einer überfüllten Station traf die Kutsche in Fort Worth ein. Die Reise war äußerst monoton gewesen, Meile um Meile durch öde Wildnis, kahle Hügel, verdorrtes Gras und Mesquite. Die kalten, scharfen Winde fegten Staubteufel empor, die dicht genug waren, um einen Stier zu ersticken.

Sam lud ihre Reisetaschen von der Kutsche, während Lacey ihren Blick über die Stadt gleiten ließ. Die zahlreichen Saloons auf beiden Seiten der Straße kämpften um Platz mit einem Barbierladen, Textilläden, Lebensmittelläden und verschiedenen anderen Geschäften.

»Was nun, Sam?«, fragte Lacey, als Sam sich mit den Reisetaschen zu ihr auf den Gehsteig gesellte.

»Wir suchen das Sheriff's Office. Der Sheriff kann uns bestimmt den Weg zum Waisenhaus beschreiben.«

Sie gingen die Straße hinab und überquerten die zerfurchte Fahrbahn, als Sam das Sheriffs' Office entdeckte. Der Sheriff war nicht in seinem Büro, doch sein Deputy beantwortete ihre Fragen. Das Waisenhaus Saint Leo's befand sich zwei Meilen nördlich der Stadt. Sam mietete einen Buggy, und sie fuhren sofort los.

Saint Leo's ruhte verloren und vernachlässigt auf einem öden Grundstück mit keinem einzigen Baum, der Schatten gespendet hätte. Hühner scharrten träge im Dreck bei der vorderen Veranda, an deren Geländer einige Stäbe fehlen. Lacey wurde das Herz schwer, als sie an die armen Kinder dachte, die in dieser öden, tristen Umgebung leben mussten.

Sam hielt den Buggy vor der Veranda an. Er sprang hinab und hob Lacey aus dem Wagen hinab. »Sollen wir?«, sagte er, nahm Lacey am Arm und führte sie die Verandastufen hinauf.

Plötzlich sträubte sich Lacey. »Was ist, wenn Andy nicht hier ist? Ich habe solche Angst, Sam.«

»Es gibt nur eine Möglichkeit, das herauszufinden, Liebling«, sagte Sam und klopfte fest an die Tür.

Lange, spannungsgeladene Sekunden vergingen, bis die Tür knarrend aufging, und eine Frau in Nonnentracht durch den Spalt herausspähte.

»Ich bin Schwester Michaela. Wie kann ich Ihnen helfen?«

»Ich möchte mit Ihrer Oberin über eines Ihrer Kinder sprechen,«, sagte Sam.

Die Tür wurde ganz geöffnet und gab den Blick auf eine kleine, vogelartig wirkende Nonne frei. »Bitte kommen Sie herein. Sie können in Schwester Adeles Büro warten, während ich sie rufe. Sie wickelt die Adoptionen ab.«

»Oh, aber wir wollen nicht...«

»Danke«, sagte Sam hastig und unterbrach Lacey mitten im Satz. Als sich die Nonne abgewandt hatte, zischte er in Laceys Ohr: »Darüber reden wir, wenn es so weit ist.«

Die grau gestrichenen Wände sind deprimierend, dachte

Lacey, als sie Schwester Michaela folgte. Es waren keine Kinder zu sehen, und es gab noch weniger Anzeichen auf ihre Existenz. Lacey erschauerte. Wurden sie irgendwo versteckt gehalten?

Sie wurden in ein kleines, spärlich eingerichtetes Zimmer geführt, um zu warten. Bald darauf rauschte eine rundliche Frau mit rötlichen Wagen und funkelnden blauen Augen in das Zimmer. Sie begrüßte Sam und Lacey freundlich und herzlich. »Ich bin Schwester Adele. Wie Schwester Michaela sagte, sind Sie an einem unserer Kinder interessiert.«

»Ja«, antwortete Sam. »Wir sind an kürzlichen Neuzugängen Ihrer Einrichtung interessiert.«

»In den vergangenen Wochen sind nur zwei Kinder neu zu uns gekommen. Der kleine Andy und das Baby John. Wie haben Sie davon erfahren?«

»Gott sei Dank, er ist hier«, hauchte Lacey und sank auf einen nahen Stuhl. »Wo ist er?«

»Ist alles in Ordnung, meine Liebe?«, fragte Schwester Adele freundlich. »Möchten Sie ein Glas Wasser?«

»Nein, nichts. Bitte, ich möchte Andy sehen. Ich will meinen Sohn haben.«

Schwester Adele wirkte verwirrt. »Wir haben nur Waisen in unserem Heim.«

»Lassen Sie mich erklären«, begann Sam, nachdem er seine Emotionen unter Kontrolle gebracht hatte. »Andy wurde uns gewaltsam fortgenommen und in Ihr Waisenhaus gebracht. Wir sind seine Eltern.«

»Aber Mr. Harper sagte, Andys Eltern seien tot, er habe keine Verwandten und keiner kümmere sich um ihn.«

»Hat Ihnen Andy nichts anderes gesagt? Er ist normalerweise nicht auf den Mund gefallen.«

»Der arme kleine Kerl hat seit seiner Ankunft kaum ein

Wort gesagt. Er hat einen oder zwei Freunde gefunden, aber er reagiert nicht auf irgendeine der Schwestern. Wir haben uns schon Sorgen um ihn gemacht.«

»Wo ist er?«, fragte Lacey flehend.

»Die Kinder sind um diese Zeit im Unterricht. Und diejenigen, die dafür zu jung sind, schlafen für gewöhnlich am Nachmittag.«

»Könnten Sie bitte Andy holen lassen?«, bat Sam.

Schwester Adele betrachtete sie eingehend. »Sind Sie wirklich Andys Eltern? Wir beschützen unsere Kinder. Sie können sehen, dass wir nicht viel Besitz haben, aber wir tun mit dem, was Gott uns gegeben hat, unser Bestes.«

»Wir sind wirklich Andys Eltern«, versicherte ihr Sam. »Andy kann Ihnen die Identifikation geben, die Sie brauchen.«

»Nun gut. Ich werde ihn persönlich holen.«

Schwester Adele verließ mit einem Rascheln ihrer Nonnentracht das Zimmer.

»Und wenn Andy sich nicht an uns erinnert?«, fragte Lacey besorgt.

»So lange war er nicht von uns fort, Liebling.«

»Schwester Adele hat gesagt, er ist seit seiner Ankunft nicht ansprechbar gewesen. Was ist, wenn ... wenn dieses schreckliche Erlebnis irgendeinen bleibenden Schaden hinterlassen hat?«

»Hör auf, Lacey!«, sagte Sam scharf. »Du machst dich grundlos krank. Andy mag jung sein, aber er ist ein kluger kleiner Bursche. Er hatte vermutlich nichts zu reden, keine Gemeinsamkeiten mit den armen Waisenkindern hier.«

Lacey wurde einer Antwort enthoben, als Schwester Adele zurückkehrte, gefolgt von Andy. Er hielt den Kopf gesenkt und ließ die Schultern hängen. Lacey entfuhr ein leiser bestürzter Aufschrei. Bei dem Geräusch ruckte

Andys Kopf hoch. Sam war schockiert, als er den leeren Ausdruck in Andys Augen sah. Dies war nicht der gleiche Andy, den er kannte und liebte. Dies war ein Junge mit leeren Augen – ein Junge ohne Hoffnung.

Weder Sam noch Lacey waren zu einer Bewegung fähig. Sie standen wie festgefroren bei dem verlorenen kleinen Jungen, der sie anstarrte, als kenne er sie nicht.

»Andy«, sagte Schwester Adele sanft. »Deine Mama und dein Papa sind gekommen, um dich nach Hause zu holen.«

Andys Gesicht blieb ernst. Er blinzelte. »Nach Hause?«

Lacey kniete sich auf den abgetretenen Teppich und breitete die Arme aus. »Ja, Schatz. Wir haben dich endlich gefunden. Wir kehren heim. Wir werden wieder eine Familie sein.«

Sam fluchte lautlos. Das schlimme Erlebnis hatte Andy so verstört, dass er nicht begreifen konnte, was ihm widerfahren war.

Einen bangen Moment befürchtete Sam, dass Andy sie gar nicht wiedererkennen würde. Er blickte erst Lacey an, die mit ausgebreiteten Armen vor ihm kniete, dann Sam. Er zeigte keine Reaktion, und das versetzte Sam einen Stich ins Herz.

»Andy, erinnerst du dich an mich? Ich liebe dich, mein Sohn. Ich werde nicht zulassen, dass dir noch einmal etwas Böses widerfährt, das schwöre ich.«

Eine Ewigkeit schien zu vergehen, bis Sam eine Veränderung in Andy bemerkte. Freude vertrieb Andys Hoffnungslosigkeit und erhellte sein Gesicht. Ein erstickter Schrei stieg aus einer Kehle, und er warf sich in Laceys Arme.

»Mama!« Er umarmte Lacey heftig. Ein Laut, der einem Schluchzen sehr ähnlich war, entfuhr Sam, als er auf die Knie fiel und beide mit den Armen umschloss.

»Mr. Harper sagte mir, ihr wärt beide tot«, sagte Andy unter Tränen. »Ich wusste, dass es nicht stimmen kann, aber als ihr mich nicht holen kamt, dachte ich, ihr wollt mich nicht mehr, weil ich böse war und weggelaufen bin. Ich wusste, dass das falsch von mir war, aber ich wollte nicht, dass der fiese alte Cramer mein neuer Papa wird.«

Laceys Stimme zitterte vor Emotion. »Oh, Andy. Du hast mir keine Gelegenheit zu einer Erklärung gegeben. Ich hatte niemals vor, Mr. Cramer zu heiraten. Es ist vorüber, Schatz. Dein Papa und ich werden für immer zusammenbleiben, und du wirst bei uns sein.«

Andy lächelte Sam durch Tränen an. »Ist das wahr, Papa? Werden wir zusammen sein?«

»Du hast mein Wort drauf, Sohn. Bist du bereit, jetzt heimzukehren?«

Andy blickte zu Schwester Adele, die das Trio mit unverhohlener Freude betrachtete.

»Ich gebe zu, dass ich bei Ihrem Eintreffen zuerst Zweifel hatte«, sagte die Nonne, »aber Andys Reaktion auf Sie war echt. Sie sind tatsächlich seine Eltern. Ich weiß nicht, wie dies alles geschehen konnte, und ich will es auch gar nicht wissen, aber es freut mich, dass Ihre Familie vereinigt ist. Andy ist ein lieber kleiner Junge. Wir haben versucht, ihn glücklich zu machen, aber sein Herz wusste, dass er nicht hierher gehört.«

Andy lächelte Schwester Adele an. »Ich wollte nicht böse sein, Schwester, aber mir fehlten meine Mama und mein Papa so sehr. Sie waren alle sehr gut zu mir.«

Plötzlich waren die Flure mit dem Gelächter von Kindern erfüllt, und das weitläufige Gebäude wurde von einem traurigen Obdach zu einem des verarmten Glücks.

Schwester Adeles Gesicht hellte sich auf. »Ah, die Kinder haben den Unterricht für heute beendet. Möchten Sie in den Hof herauskommen und sie beim Spielen sehen? Wir haben nicht viel, aber wir versuchen, sie zu beschäftigen und gut zu ernähren, obwohl Letzteres manchmal schwierig ist, wenn die Bürger der Stadt knauserig mit ihren Spenden sind.«

»Ja, ich möchte sie gern sehen«, sagte Lacey und hielt Andy an der Hand. »Sind jemals irgendwelche der Kinder adoptiert worden?«

»Wir sind sehr vorsichtig bei Adoptionen«, erklärte Schwester Adele. »Wir wollen nicht, dass die Kinder als billige Arbeitskräfte ausgenutzt werden, und wir überprüfen zukünftige Eltern sehr sorgfältig. Einige sind ehrlich daran interessiert, ein Kind aufzunehmen, um es zu lieben, während andere eine billige Möglichkeit darin sehen, Hilfsarbeiter zu bekommen.«

Sams Herz flog den Kindern zu, die niemals Elternliebe erfahren würden. Er und Lacey tauschten einen Blick, als verliefen ihre Gedanken in die gleiche Richtung.

»Da ist Betsy!«, rief Andy. »Darf ich mich von ihr und meinen anderen Freunden verabschieden?«

»Selbstverständlich«, sagte Lacey und blickte Andy nach, als er davonflitzte.

»Sam und ich sind ewig dankbar für die Fürsorge, die Sie Andy gewährt haben«, sagte Lacey, »und wir möchten Ihrer Institution eine kleine Spende geben.«

»Das ist nicht nötig«, wehrte Schwester Adele ab. »Gott versorgt uns für gewöhnlich, manchmal auf eine Art und Weise, die wir nicht verstehen, aber wir haben es immer geschafft, Essen auf den Tisch zu bringen.«

»Vielleicht können wir Gott ein klein wenig helfen«, sagte Sam nachdenklich. »Wir denken an eine Spende von ...«

»Fünftausend Dollar«, platzte Lacey heraus.

Schwester Adele schwankte. Sam griff bereits nach ihr, weil er befürchtete, sie würde ihn Ohnmacht fallen. Das tat sie natürlich nicht. »Fü-fünftausend … Dollar? Meine Güte, ich weiß gar nicht, was ich sagen soll. Wir können das Gebäude renovieren, einen Schlafsaal anbauen, Spielzeug kaufen und mehr Kinder aufnehmen. Der Herr hat Sie wahrhaftig zu uns geschickt!«

Andy kehrte ein paar Minuten später zurück, nachdem er sich von den Kindern verabschiedet hatte. »Ich bin jetzt so weit, um nach Hause zu fahren.«

20

Auf der Rückfahrt zur Stadt saß Andy zwischen Sam und Lacey im Buggy und plapperte munter drauflos. Er berichtete alles, was sich ereignet hatte, seit er ausgerissen war, und stellte Fragen über all seine Freunde auf der Ranch. Über Taylor Cramer sagte er kein einziges Wort, und weder Sam noch Lacey erzählten ihm von seiner Ermordung.

Am nächsten Tag stiegen sie in die Postkutsche und trafen zwei Tage später in Denison ein. Andy konnte es kaum erwarten, zur Ranch heimzukehren, und hüpfte neben ihnen, als sie zum Mietstall gingen, um ihre Pferde zu holen. Plötzlich blieb Andy abrupt stehen und wurde starr.

»Was ist, Sohn?«, fragte Sam, sofort alarmiert.

»Dieser Mann«, sagte Andy und wies auf einen Cowboy, der an der Wand des Saloons lümmelte und sich eine Zigarette drehte.

»Was ist mit ihm? Hast du ihn schon gesehen?«

Andy nickte langsam. »An dem Tag, an dem jemand auf den fiesen alten Cramer geschossen hat. Ich sollte schlafen, habe aber stattdessen aus dem Fenster gesehen. Er versteckte sich hinter dem Stall. Ich sah sein Gesicht, als er um die Ecke spähte und mit seiner Waffe auf den fiesen alten Cramer zielte. Jeder sagte, du hättest versucht, den fiesen alten Cramer zu erschießen, Papa, aber ich wusste es besser.«

»Warum hast du davon nichts gesagt?«, wollte Lacey wissen.

»Niemand hat mich gefragt. Ich dachte, es wäre ein Geheimnis. Aber ich habe dir gesagt, dass Papa nicht auf den fiesen Cramer geschossen hat.«

»Hol die Pferde, Lacey«, sagte Sam. »Ich gehe zum Sheriff.«

»Warum geht Papa zum Sheriff, Mama?«, fragte Andy.

»Jemand hat Mr. Cramer erschossen, Schatz. Er hat einmal auf Mr. Cramer geschossen, also muss er Grund gehabt haben, es noch einmal zu tun. Und diesmal hat er getroffen. Beeil dich. Es könnte eine Schießerei geben, wenn der Sheriff eintrifft, um ihn zu befragen, und wir sollten nicht auf der Straße sein.«

Lacey zog Andy hastig mit in den Mietstall, wandte sich dann um und spähte durch den Torspalt.

»Was siehst du, Mama?«

»Papa und der Sheriff überqueren die Straße, um mit dem Cowboy zu reden. Er wirkt nicht ängstlich, so wird er vielleicht friedlich bleiben.«

Diese Vermutung erwies sich als voreilig. Als der Cowboy erkannte, dass Sam und der Sheriff es auf ihn abgesehen hatten, wollte er sich aus dem Staub machen. Der Sheriff zog seine Waffe.

»Halt, stehen bleiben, oder ich schieße!«

Der Cowboy rannte weiter. Der Sheriff gab einen Warnschuss über seinen Kopf hinweg ab. Der Cowboy riss seinen Revolver aus dem Halfter, fuhr herum und feuerte. Der Schuss ging daneben. Sam reagierte blitzschnell. Er zog seinen Sechsschüsser und schoss dem Cowboy die Waffe aus der Hand. Der Cowboy presste die Hand gegen die Brust und fluchte wild. Während er noch fluchte, legte ihm der Sheriff Handschellen an und stieß ihn vor sich her zum Gefängnis. Sam folgte dichtauf.

Erleichtert, weil dies ohne Blutvergießen ausgegangen

war, bezahlte Lacey beim Stallmann, setzte Andy auf Galahad und führte die Pferde aus dem Mietstall.

»Reiten wir ohne Papa heim, Mama?«

»Wir gehen zum Gefängnis, Schatz. Sobald Papa dort fertig ist, reiten wir zusammen nach Hause.«

Sam folgte dem Sheriff und dem protestierenden Cowboy.

»Was soll das alles, Sheriff?«, fragte der Cowboy. »Ich habe nichts getan. Sie können keinen Mann einsperren, der nur harmlos beim Saloon steht.«

»Warum sind Sie weggelaufen?«, fragte Sam.

»Das geht Sie nichts an, Gentry.«

»Sie kennen mich?«

»Ja, ich kenne Sie. Ihr Vormann hat sich geweigert, mich anzustellen, nachdem dieser Bastard Cramer mich gefeuert hat.«

»So kommen wir nicht weiter«, meinte Sheriff Hale. »Wie ist Ihr Name, Cowboy?«

»Die meisten nennen mich Monk.«

»Sehr gut, Monk. Hast du Taylor Cramer umgelegt?«

»Ich habe niemanden umgelegt.«

»Sie sind gesehen worden, als Sie auf Mr.Cramer geschossen haben.«

»Das ist eine verdammte Lüge! Niemand hat mich gesehen!« Plötzlich wurde ihm klar, was er gesagt hatte, und er fügte hastig hinzu: »Ich habe nie auf jemanden geschossen.«

»Vielleicht werden ein paar Tage im Gefängnis deine Zunge lockern«, sagte Hale. »Vorwärts, Monk. Da wartet eine schöne gemütliche Zelle auf dich.«

Sam folgte dem Sheriff und seinem Gefangenen ins Gefängnis und durch den Gang. Er würde nicht gehen, bis der Killer ein Geständnis ablegte. Als sie an der Zelle mit Sid Harper vorbeikam, war Sam überrascht, als Harper Monks Namen rief.

»Wenn das nicht Monk ist! Es überrascht mich nicht, dich zu sehen. Es war nur eine Frage der Zeit, wann dich das Gesetz schnappt.«

»Sie kennen diesen Mann?«, wollte Hale von Harper wissen.

»Klar. Er hat für Mr. Cramer gearbeitet. Er wurde vor ein paar Wochen gefeuert, weil er die Jungs beklaut hatte.«

»Er hätte mich nicht feuern sollen«, murmelte Monk. »Ich habe es ihm zurückgezahlt. Ich hatte schwer beim Poker verloren und musste meine Schuldscheine einlösen.«

»Kein Wunder, dass Rusty Sie nicht angeheuert hat«, sagte Sam. »Er hat eine gute Menschenkenntnis.«

»Cramer hätte mich nicht feuern sollen«, wiederholte Monk.

Sheriff Hale stieß Monk in die Zelle neben Harper und verschloss die Tür. »Klingt, als hätten Sie ein gutes Motiv gehabt, Cramer zu töten, Monk.«

»Cramer hatte Feinde«, murmelte Monk. »Jeder hätte ihn abknallen können. Warum soll gerade ich es gewesen sein?«

»Wie schon gesagt, es gibt einen Zeugen.«

»Das ist nur ein Bluff!«

»So?« Hale wandte sich an Sam und sagte leise: »Hätten Sie etwas dagegen, Andy herzubringen und den Gefangenen zu identifizieren?«

Sam zögerte. »Hören Sie, der Junge hat die Hölle durchgemacht. Ist das nötig?«

»Das ist es, wenn wir Monk vor Gericht bringen wollen.«

Sam entschied sich, mit dem Sheriff zusammenzuarbeiten. Er fand Lacey und Andy wartend vor dem Gefängnis.

»Hat er gestanden, Sam?«, fragte Lacey gespannt.

»Noch nicht. Bist du sicher, dass dies der Mann ist, den du gesehen hast, Andy?«

»Ja, Papa.«

»Würde es dir etwas ausmachen, ihn dir noch einmal anzusehen und dem Sheriff zu sagen, was du soeben mir gesagt hast?«

Andys Augen wurden groß. »Kann der böse Mann mir was tun?«

»Nein, Sohn, er ist hinter Gittern. Erinnerst du dich an meine Worte? Ich werde nie wieder zulassen, dass jemand dir etwas antut. Das glaubst du mir, nicht wahr?«

»Sam«, begann Lacey. »Ich finde nicht, dass Andy …«

»Es ist seine Wahl, Liebling. Ich zwinge ihn nicht zu etwas, das er nicht tun will.«

»Ich werde es tun, Papa. Ich möchte, dass du stolz auf mich bist.«

»Ich bin stolz auf dich, ganz gleich, wie du dich entscheidest. Bist du sicher?«

Andy nickte ernst.

»Ganz mein Junge«, sagte Sam und hob Andy von Galahads Rücken. »Lass es uns hinter uns bringen.«

Er brachte Andy direkt zu Monks Zelle. Lacey folgte ihnen. Sheriff Hale erwartete sie.

»Kennst du diesen Mann, Andy?«, fragte Sheriff Hale und trat zur Seite, damit Andy den Gefangenen betrachten konnte.

Andy klammerte sich an Sams Hand, während er Monk anstarrte. »Das ist der Mann, der auf den fiesen alten Cramer geschossen hat«, sagte er mit unerschütterlicher

Überzeugung. »Ich habe ihn von meinem Schlafzimmerfenster aus gesehen.«

»Er lügt!«, brüllte Monk.

»Ich lüge nicht!«, entgegnete Andy. »Nicht wahr, Mama?«

»Nein, Schatz, du lügst nicht«, pflichtete Lacey ihm bei.

Plötzlich entdeckte Andy Harper in der Nachbarzelle. Der Junge zeigte keine Furcht, als er zu der Zelle ging und wütend zu Harper aufschaute. »Du bist der böse Mann, der mich ins Waisenhaus gebracht hat. Ich kann dich nicht ausstehen.«

»Ich habe dir nichts getan, Kind. Sag Ihnen, dass ich dir nichts getan habe!«

»Du hast mich weit weggebracht. Das ist genauso, als wenn du mir etwas getan hättest.«

»Können wir jetzt gehen, Sheriff?«, fragte Sam. »Ich möchte Andy heimbringen. Er hat heute genug durchgemacht.«

»Ich nehme an, das geht in Ordnung. Andy war seiner Sache sehr sicher. Überlassen Sie Monk mir. Bevor dieser Tag vorüber ist, werde ich ein Geständnis von ihm haben.«

Andy ritt im Sattel vor Sam nach Hause. Erschöpft von der langen Reise von Fort Worth, schief er bald ein und kuschelte sich vertrauensvoll an seinen Vater. Er rührte sich nicht, bis sie auf den Hof ritten und die Rufe und Freudenschreie ihn weckten.

»Wir sind zu Hause, Sohn«, sagte Sam.

»Willkommen daheim, mein kleiner Spitzbube«, sagte Rusty, hob Andy aus dem Sattel und drehte sich mit ihm im Kreis. »Wir haben dich vermisst.«

Rita eilte aus dem Haus, weinte vor Freude und herzte Andy. Die Begrüßung der Cowboys war genauso überschwänglich. Zuerst wirkte Andy überwältigt, doch danach schien er es zu genießen, im Mittelpunkt der Aufmerksamkeit zu stehen.

»Kann ich in den Stall gehen und die Kätzchen sehen, Mama?«, fragte er, als er es leid wurde, von allen bemuttert zu werden. »Die sind bestimmt groß geworden.«

»Bist du nicht müde?«, fragte Lacey.

»Überhaupt nicht mehr. Ich habe auf dem Ritt geschlafen.«

»Dann lauf.«

»Ich werde etwas Besonderes zum Essen machen«, versprach Rita.

»Etwas mit Schokolade?«

Rita lachte. »Lass dich überraschen.«

Andy lief zum Stall, gefolgt von mehreren Cowboys, von denen ihm jeder etwas Neues zu zeigen hatte.

»Es ist schön, ihn daheim zu haben«, sagte Rusty und wischte sich gerührt über die Augen. »Er wirkt so verändert. Die meisten Jungs in seinem Alter wären von dem Geschehenen erschüttert, aber nicht unser Andy. Wie ist es in Fort Worth gelaufen?«

Lacey und Sam erzählten abwechselnd, was sich seit ihrer Abreise ereignet hatte – wie sie Andy im Waisenhaus gefunden hatten, wie teilnahmslos er zuerst und wie glücklich er dann über das Wiedersehen gewesen war.

»Aber das ist noch nicht alles«, erklärte Sam. »Das Geheimnis, wer Cramer erschossen hat, ist gelöst.«

»Das ist ein Hammer! Hast du den Killer in der Stadt wiedererkannt? Ich dachte, du hättest sein Gesicht nicht gesehen.«

»Ich war es nicht, der den Killer identifiziert hat. Wir waren soeben aus der Kutsche gestiegen und wollten im Mietstall unsere Pferde holen, als Andy einen Cowboy entdeckte, der beim Saloon herumlungerte. Er erinnerte sich plötzlich daran, diesen Cowboy am Tag, an dem jemand auf Cramer schoss, auf der B&G gesehen zu haben. Er hat die ganze Sache von seinem Schlafzimmerfenster aus beobachtet. Ich holte den Sheriff, und Andy identifizierte den Cowboy als den Mann, der auf Cramer geschossen hat. Da niemand Andy danach gefragt hat, hat er bis dahin bei niemandem darüber gesprochen.«

»Verdammt! Wer ist es? Hat er gestanden?«

»Ich glaube, du wirst dich an den Namen erinnern. Er heißt Monk.«

»Monk? Ein großer, gemein aussehender Typ? Ja, den kenne ich. Er kam her und suchte Arbeit, aber ich wies ihn ab. Etwas an ihm ging mir auf die Nerven. Er ist nicht von der Art, die wir auf der B&G wünschen.«

»Anscheinend hat er Groll gegen Cramer gehegt, weil der ihn gefeuert hat. Der Sheriff brachte ihn ins Gefängnis, und Andy identifizierte in zweifelsfrei als den Schützen.« Sams Stimme verriet seinen Stolz. »Er ist der klügste Fünfjährige, den ich jemals erlebt habe. Ich kann es kaum erwarten, ihn meinen Brüdern vorzustellen.«

»Meinst du, eine Jury wird Monk verurteilen?«, fragte Rusty.

»Es würde mich nicht überraschen. Er hatte ein Motiv, so schwach es auch ist, Cramers Tod zu wünschen. Ich vermute, er wird beim Verhör zusammenbrechen, bevor es zum Prozess kommt.«

Sam legte einen Arm um Laceys Schulter. »Wir reden morgen weiter, Rusty. Lacey und ich wollen jetzt allein sein.«

Bei Sams offenen Worten wurde Rusty ein wenig verlegen.

»Macht euch keine Sorgen, dass Andy euch stört«, sagte

er grinsend. »Ich werde mich mit ihm beschäftigen, bis Rita ihn zum Abendessen ruft.«

»Vielen Dank«, sagte Sam und erwiderte Rustys Grinsen.

»Sam Gentry!«, schalt Lacey, nachdem Rusty gegangen war. »Du brauchtest nicht so unverblümt zu sein.«

»Wir haben soeben ein paar ungestörte Stunden geschenkt bekommen«, murmelte er und zog sie an sich. Dann, zur Freude aller, die zufällig hinschauten, nahm er sie auf die Arme und trug sie ins Haus. Er setzte sie erst in ihrem Schlafzimmer ab.

»Was genau hast du im Sinn?«, fragte Lacey, als er sie auf die Füße stellte.

»Wir haben uns seit Tagen nicht geliebt. Seit der Nacht, bevor wir in die Kutsche stiegen, genauer gesagt. Wir sind noch frisch verheiratet, falls du das vergessen hast.«

»So kann man es kaum bezeichnen. Wir sind seit sechs Jahren verheiratet. Was mich anbetrifft, so zählt weder die Annullierung der Ehe noch meine kurze Zeit als Taylors Ehefrau.«

»Es war falsch von mir, dich in dem Glauben zu lassen, ich sei tot«, sagte Sam und begann ihr Mieder aufzuknöpfen. »Meine Brüder werden schockiert sein, wenn ich in Denver mit einer Frau und einem fünfjährigen Sohn auftauche.«

»Andy wird bald sechs.«

Ihr Mieder fiel. Lacey versuchte, sich auf die Unterhaltung zu konzentrieren, doch Sams Hände auf ihren Brüsten machten zusammenhängende Gedanken schwierig. »Du willst Andy und mich mit nach Denver nehmen?«

»Ich würde euch um nichts auf der Welt zurücklassen. Ich will dich und meinen Sohn meinen Brüdern zeigen.«

Er streifte ihre Bluse und ihre Unterröcke über die Hüften hinab und hob sie heraus. »Genug geredet. Ich kann nicht warten, Liebling. Ich will dich jetzt.«

Anstatt sie abzusetzen, trug er sie zum Bett und zog ihr schnell die restliche Kleidung aus. Mit zitternden Händen schnallte er seinen Revolvergurt ab und streifte seine Hosen über die Hüften hinab. Lacey starrte auf seine Erektion. Es überraschte sie stets, wie schnell er erregt war. Seine Hosen hingen noch um seine Knöchel, als er sich aufstöhnend auf sie senkte, ihre Beine spreizte und in ihre wartende Wärme eindrang.

Ihr Sex war wild und leidenschaftlich. Keiner von beiden schien es sanft und gemächlich zu wollen. Beide waren erregt und bereit für den atemberaubenden Höhepunkt, der viel schneller kam, als sie wollten. Es schien eine Ewigkeit zu vergehen, bis Sam die Energie fand, sich von ihr zu erheben.

»Gib mir ein paar Minuten, und wir tun es noch einmal, doch diesmal lassen wir uns Zeit.«

»Wir haben ein Leben vor uns, um uns zu lieben«, sagte Lacey und kuschelte sich an ihn.

»Angesichts der Häufigkeit könnte es zu einem Bruder oder einer Schwester für Andy führen«, warnte Sam. »Möchtest du weitere Kinder, Liebling?«

»Hmmm?«, murmelte sie schläfrig.

»Kinder, Lacey. Sollen wir noch mehr Kinder haben?«

Lacey gähnte übertrieben. »Ich befürchte, wir haben keine große Wahl in dieser Hinsicht. Ich habe es seit langem angenommen, aber jetzt bin ich sicher, dass Andy einen Bruder oder eine Schwester haben wird, ob er es will oder nicht.«

Sam stutzte. »Du meinst, du bist ... Mein Gott, ich werde wieder Vater! Warum sagst du mir das erst jetzt?«

»Ich war mir nicht sicher, bis meine zweite Periode ausblieb.«

»Du wirst dies nicht allein durchmachen müssen, Liebling. Diesmal werde ich bei jedem Schritt auf dem Weg bei dir sein. Kein Reiten mehr, keine weitere schwere Arbeit, keine ...«

Lacey sah ihn gespielt ärgerlich an. »Um Himmels willen, Sam, ich bin keine Porzellanpuppe. Ich habe dir einen gesunden Sohn geboren; es ist nicht nötig, mich zu verhätscheln. Vertrau mir, dass ich dir ein anderes gesundes Kind schenke. Kann ich jetzt schlafen gehen?«

»Nur, wenn du versprichst, mich in einer Stunde zu wecken. So werden wir genügend Zeit haben, um uns noch einmal zu lieben, bevor Andy kommt und sich auf uns stürzt.«

Lacey lachte schläfrig. »Du bist ein gieriger Mann, Sam Gentry.«

»Ich bin nur gierig auf dich, Liebste. Immer und ewig.«

21

Das Familientreffen

Rafe Gentry stand unter dem Kristalllüster in der Halle des Antlers-Hotels und blickte immer wieder besorgt zur Tür. Er war seit zwei Tagen in Denver und wartete auf seine Brüder. Die Spannung in ihm stieg. Er wusste nicht, ob seine Brüder noch am Leben waren. Nach allem, was er wusste, konnte einer oder konnten beide gefangen genommen und ins Gefängnis gesteckt worden sein, bevor die Anschuldigungen gegen sie fallen gelassen worden waren.

Ein Lächeln spielte um seine Lippen, als er sich in Erinnerung rief, wie seine Angel dem Bankier Wingate mutig die Stirn geboten und gekämpft hatte, um den guten Namen der Gentry-Brüder wiederherzustellen. Es gab niemanden auf der Welt wie seine Angel. Er wünschte, er hätte sie mitgebracht, auch wenn sie sehr bald entbinden würde.

Rafe warf nervös einen Blick auf seine Taschenuhr. Fast vierzehn Uhr, und er stand seit zwölf Uhr in der Hotelhalle herum. Es herrschte reger Betrieb, doch er entdeckte einen unbesetzten Stuhl, von dem aus er die Eingangstür im Auge behalten konnte. Aber zuerst machte er einen Abstecher zum Anmeldepult.

»Sind Sie sicher, dass weder Jess noch Sam Gentry sich eingetragen haben?«, fragte er den Angestellten.

»Wie ich Ihnen heute Morgen bereits erklärt habe, Sir,

sind Sie der einzige Gentry, der sich ins Hotelregister eingetragen hat«, erwiderte der Mann.

»Danke.«

Rafe begann, sich ernsthaft Sorgen zu machen. Einer oder beide seiner Brüder hätten inzwischen da sein sollen. Er ging zu dem freien Stuhl, entschlossen, den ganzen Tag lang zu beobachten, wenn es ein musste. Und notfalls morgen und übermorgen.

»Rafe, du ist da!«

Rafe fuhr herum, und ein Lächeln vertrieb seine düsteren Gedanken, als er Jess auf sich zueilen sah. »Jess! Gott sei Dank, ich habe mir schon Sorgen gemacht.«

Die Brüder fielen sich in die Arme, und dann traten sie zurück, um einander zu betrachten.

»Du siehst gar nicht mal so schlecht aus«, sagte Jess grinsend. »Ich nehme an, dir habe ich zu verdanken, dass es keinen Steckbrief mehr von uns gibt.«

»Nicht mir. Meine Angel hat alles ermöglicht. Sie ist hartnäckig geblieben, bis Mr. Wingate zugegeben hat, dass er den Bankraub nur erfunden hat.«

»Ich habe gehört, dass du geheiratet hast. Wo ist diese Wunderfrau?«

»Ich musste Angel daheim lassen, und ich bin nicht glücklich darüber. Sie wird bald unser erstes Kind bekommen. Du solltest meine Angel sehen, Jess. Sie singt nicht nur wie ein Engel, sondern sie sieht auch wie einer aus. Sie hat mir das Leben gerettet. Wie ist es dir ergangen? Praktizierst du irgendwo als Arzt?«

Jess strahlte. »Ich habe eine erfolgreiche Praxis in Cheyenne in Wyoming. Wo bist du gelandet?«

»Gleich hier in Colorado. Angel besitzt eine Goldmine bei Canon City. Wir wohnten dort eine Zeit lang, bis wir unsere Ranch kauften. Wie hast du erfahren, dass die Anschuldigungen gegen uns fallen gelassen worden sind?«

»Ich war es leid, vor dem Gesetz zu flüchten, und kehrte nach Dodge zurück, um unseren Namen reinzuwaschen. So habe ich es herausgefunden. Meinst du, dass Sam Bescheid weiß? Ist er schon hier?«

»Sam ist noch nicht eingetroffen, aber das überrascht mich nicht«, sagte Rafe. »Wie du dich erinnerst, wussten wir bei Sam nie, was ihm gerade in den Sinn kam. Nach seiner Rückkehr aus dem Krieg war so etwas wie ein Geheimnis um ihn. Ich hatte stets das Gefühl, dass er uns etwas verheimlicht.«

»Er wird kommen«, prophezeite Jess.

Plötzlich bemerkte Rafe, dass Jess nicht allein war. Sein Blick richtete sich auf eine hübsche, grünäugige, dunkelhaarige Frau, die hinter Jess stand. Sie lächelte und streckte ihm die Hand hin.

»Ich bin Meg«, sagte sie, »Jess' Frau.«

»Verzeih mir meine Unhöflichkeit«, entschuldigte sich Jess. »Ich war so aufgeregt, Rafe wiederzusehen, dass ich ganz vergaß, dich meinem Bruder vorzustellen. Rafe, dies ist Meg.«

Rafe reichte ihr die Hand. »Willkommen in der Familie, Meg. Das vergangene Jahr war sehr ereignisreich für uns beide, Bruder«, scherzte Rafe mit einem Blick auf Megs stark gewölbten Bauch.

»Meg und meine Angel haben viele Gemeinsamkeiten. Es überrascht mich, dass du Meg in diesem Zustand reisen lässt.«

»Hast du vergessen, dass ich Arzt bin?«

Rafe blickte in Megs blasses Gesicht. »Meg sieht erschöpft aus. Warum quartierst du sie nicht ein? Wir können später reden. Wir sollten uns alle zum Abendessen im Speiseraum treffen.«

»Ich bin müde«, gab Meg zu. »Ein Bad und ein langes Schläfchen vor dem Abendessen wären wundervoll.«

»Was ist mit Sam?«, fragte Jess. »Bleibst du hier und wartest auf ihn?«

»Ich werde noch eine Weile hier bleiben«, sagte Rafe. »Hoffentlich ist unserem kleinen Bruder nichts passiert.«

»Sam hatte jede Menge Praxis, sich aus Schwierigkeiten herauszumanövrieren. Keine Sorge, er wird schon noch kommen.«

Die Brüder umarmten sich noch einmal und trennten sich dann. Rafe blickte sich in der Hotelhalle um und setzte sich dann auf den Stuhl, den er zuvor entdeckt hatte. Als Jess sich eine Stunde später zu ihm gesellte, saß er immer noch dort.

»Wie geht's Meg?«, erkundigte sich Rafe.

»Sie ist müde, aber sonst geht's ihr prima. Ich habe sie schlafen lassen.«

»Setz dich.« Rafe wies auf einen vor kurzem frei gewordenen Stuhl neben seinem. »Wir haben uns eine Menge zu erzählen. Fangen wir damit an. Wie hast du Meg kennen gelernt?«

Jess lachte. »Ob du es glaubst oder nicht, Meg war die beste Kopfgeldjägerin im Wyoming-Territorium. Wir lernten uns kennen, während sie drei Banditenbrüder jagte, die eine Bank in Cheyenne ausgeraubt und den Wachmann getötet hatten. Ich kampierte außerhalb von Cheyenne, als zwei der Banditen an meinem Lagerfeuer auftauchten. Meg fand uns und hielt mich fälschlich für einen der Brüder. Es war ein verständlicher Fehler, aber Meg unterschätzte die Galgenvögel. Einer von ihnen schoss auf sie. Ich habe ihr das Leben gerettet.«

»Das muss Megs Glückstag gewesen sein, weil du Arzt bist und so. Ich nehme an, man weiß nie, wo man die Liebe findet.«

»Das kannst du laut sagen, Bruder. Ich habe nicht nur Meg, sondern auch die florierende Praxis, die ich mir immer gewünscht habe.«

»Arzt ist ein lukrativer Beruf«, meinte Rafe nachdenklich. »Kommst du finanziell gut zurecht? Angel und ich können dir aushelfen, wenn du Geld brauchst. Die Golden Angel Mine bringt guten Ertrag. Wir haben mehr Geld, als wir brauchen.«

»Danke Bruder, aber Meg und ich kommen prima zurecht. Ihr Pflegevater erbte einiges Geld und vermachte Meg einen Anteil. Wir haben mehr, als wir brauchen und sponsern ein Waisenheim in Cheyenne. Geld hat nie wirklich eine Rolle für mich gespielt. Mein Beruf als Arzt und meine Familie sind mein Leben.«

»Was meinst du, wie es Sam ergangen ist?«, spekulierte Rafe.

»Wie ich Sam kenne, hat er in jeder Stadt, die an seinem Weg lag, herumgehurt und sich geprügelt.«

Jess lachte und wurde dann ernst. »Hast du Probleme gehabt, nachdem wir aus Dodge geflüchtet sind?«

»Wenn du es ein Problem nennst, mit einem Strick unter einem Baum zu hocken und darauf zu warten, aufgehängt zu werden, lautet die Antwort Ja. Ich bin als Mörder gesucht worden, bevor die Anschuldigungen aus Dodge City fallen gelassen worden sind.«

»Mein Gott! Wen solltest du ermordet haben?«

»Die Passagiere einer Postkutsche, die ich angeblich ausgeraubt hatte. Und danach den Mann, mit dem Angel einen Tag verheiratet war.«

Jess stieß einen leisen Pfiff aus. »Meine Probleme waren nichts im Vergleich mit deinen. Zum Glück sind wir beide als Gewinner daraus hervorgegangen. Du scheinst deine Angel genauso zu lieben wie ich meine Meg.«

»Hältst du es für möglich, dass Sam hier mit einer Frau auftaucht?«, fragte Rafe nachdenklich.

Jess lachte laut. »Du bist ein Witzbold! Nie und nimmer. Nachdem Sam aus dem Krieg zurückkehrte, schwor er, niemals zu heiraten. Ich frage mich, was damals diese Einstellung hervorgerufen hat.«

»Das werden wir vielleicht niemals erfahren.«

»Es passt gar nicht zu Sam, heute hier aufzutauchen«, meinte Rafe. »Ich gehe auf mein Zimmer und bereite mich auf das Abendessen vor. Wir sehen uns dann später im Speiseraum. Was hältst du von achtzehn Uhr?«

Während sie sprachen, ging ein Mann mit einem Jungen an der Hand und einer schwangeren Frau an der Seite an ihnen vorbei zur Rezeption. Die Brüder schenkten der kleinen Familie kaum Beachtung.

Plötzlich fuhr der Mann herum und starrte sie an. »Rafe! Jess!«

Die Brüder blickten in seine Richtung. Rafe entdeckte ihn als Erster.

»Da ist Sam!«

»Wie konnten wir ihn übersehen?«, wunderte sich Jess laut.

»Vermutlich weil er eine Frau und ein Kind bei sich hat.« Rafe grinste. »Ich kann es kaum erwarten, Sams Erklärung zu hören. Das verspricht, interessanter zu werden als unsere Geschichten.«

Die Brüder begrüßten sich überschwänglich, umarmten sich und klopften sich auf den Rücken. »Ich wusste, dass ihr beide kommen würdet«, behauptete Sam. »Lacey meinte, ich soll mir keine Sorgen machen. Sie sagte, wenn meine beiden Brüder so einfallsreich sind wie ich, brauche ich mich nicht zu sorgen.«

Andy zupfte an Sams Ärmel. »Papa, sind dies meine Onkel?«

Sam strahlt auf Andy hinab. »Klar sind sie das, Sohn. Rafe, Jess, ich möchte euch meinen Sohn Andy vorstellen.« Er zog Lacey vorwärts. »Und dies ist Lacey, meine Frau.«

Alle begrüßten sich. »Ich nehme an, die Gentry-Brüder fackeln nicht lange«, sagte Rafe. »Unsere Frauen sind schwanger, genau wie deine.«

Sam reckte stolz die Brust. »Lacey erwartet unser zweites Kind. Andy ist ebenfalls mein Sohn. Er wird bald sechs.«

»Du meinst wohl Stiefsohn?«, sagte Rafe, ohne zu denken. Er hoffte, dass seine harmlose Frage nicht missverstanden wurde. Aber es war einfach unmöglich, dass Sam einen fünfjährigen Sohn hatte, denn er war damals im Krieg gewesen.

»Ich weiß, es wird für euch ein Schock sein, aber Lacey und ich sind seit sechs Jahren verheiratet. Wir haben während des Krieges in Pennsylvania geheiratet und uns danach entfremdet. Um es kurz zu machen, Lacey und ich trafen uns durch Zufall in Texas, nachdem ich aus Dodge geflüchtet war. Ich erfuhr, dass ich einen Sohn habe und ... nun, Lacey und ich legten unsere Differenzen bei und entdeckten, dass wir uns immer noch lieben.«

»Du hast während des Kriegs geheiratet, und wir haben nie davon erfahren?« Rafe starrte ihn entgeistert an. »Verdammt, Sam, wie konntest du uns so etwas verheimlichen? Warum hast du deine Frau und dein Kind verlassen?«

»Es ist eine lange Geschichte, Rafe, und wir sind weit gereist. Lass mich zuerst Lacey und Andy auf unser Zimmer bringen.«

»Wir treffen uns alle im Speiseraum zum Abendessen«, sagte Jess. »Weil wir so viele sind, werde ich arrangieren, dass man uns einen separaten Raum gibt. Unsere Frauen können dann einander kennen lernen und wir können uns nach Herzenslust unterhalten.«

»Wir sind alle hier, nur Angel fehlt«, wandte Rafe ein. »Ich habe eine Idee, wie ihr alle sie kennen lernen könnt. Davon werde ich euch beim Abendessen erzählen.«

»Kann ich von meinen Abenteuern erzählen?«, krähte Andy. »Ein böser Mann hat mich von Mama und Papa weggebracht. Weit, weit fort.«

Rafe blickte Sam schief an. »Stimmt das?«

Sam presste die Lippen aufeinander. »Es ist leider nur zu wahr. Aber es ist gut ausgegangen.«

»Der böse Mann ist erschossen worden«, erklärte Andy gewichtig.

Jess' Augenbrauen ruckten hoch, und Sam beruhigte ihn schnell. »Ich habe es nicht getan, Jess. Jemand anders war schneller.«

»Du kannst uns heute Abend davon erzählen, Andy«, sagte Rafe. »Deine Mama sieht müde aus. Warum bringst du sie nicht mit deinem Papa zu ihrem Zimmer?«

Die Brüder trennten sich, und jeder freute sich auf das Treffen an diesem Abend und die Erzählungen über ihre Abenteuer.

»Ich mag deine Brüder«, sagte Lacey, als sie in ihrem Zimmer waren. »Sie müssen wie du nach ihrer Flucht aus Dodge City viele heikle Situationen überstanden haben. Es scheint ihnen finanziell gut zu gehen. Und beide sind glücklich verheiratet.«

»Das ist eine Überraschung«, gab Sam zu. »Ich dachte, Sam interessiert sich nur für seinen Beruf als Arzt. Und auch Rafe schien nie daran interessiert zu sein, zu heiraten. Sie wirken beide so glücklich, wie ich es bin.«

»Ihr seid eben alle besondere Männer, Sam.«

Meg war wach, als Jess in ihr Zimmer zurückkehrte. »Sam ist eingetroffen«, sagte er. »Er hat uns beide überrascht. Er hat nicht nur eine Frau, sondern auch einen fünfjährigen Sohn.«

»Du meinst Stiefsohn?«

Jess lachte. »Nein, ich meine Sohn. Anscheinend hat Sam all die Jahre seit dem Krieg ein Geheimnis bewahrt. Er hat früh im Krieg geheiratet und ein Kind gezeugt.«

»Und er hat dir nie davon erzählt? Warum hat er nach dem Krieg seine Frau und sein Kind nicht mit nach Texas gebracht?«

»Offenbar hat er seine Familie wegen eines Missverständnisses verlassen. Er fand sie in Texas. Ich kenne noch nicht die ganze Geschichte, aber ich wette, sie ist ein Hammer. Wenn Rafe oder ich davon gewusst hätten, dann hätten wir ihn auf seine Verantwortung hingewiesen. Sam war stets ein draufgängerischer Einzelgänger. Wir erfahren alles heute Abend beim Essen. Ich habe auf dem Weg nach hier Halt gemacht und für einen privaten kleinen Speiseraum gesorgt.«

»Ich kann es kaum erwarten«, sagte Meg begeistert.

»Wie fühlst du dich, Liebste? Die Reise von Cheyenne aus muss grausam für dich gewesen sein.«

»Mir geht's prima, Jess. Nur ein paar stechende Schmerzen. Aber ich bezweifle, dass wir es zurück bis nach Hause schaffen werden, bevor ich entbinde. Womöglich hängen wir hier länger fest, als wir erwartet haben.«

»Das habe ich in Erwägung gezogen, bevor wir aufgebrochen sind«, sagte Jess. »Der neue Arzt in der Stadt übernimmt meine Patienten bis zu meiner Rückkehr. Die Stadt ist so stark gewachsen, da ist genügend Platz für einen zweiten Doc.«

Er legte eine Hand auf ihren Bauch. »Unser Baby ist heute sehr aktiv.«

»Kommt auf seinen Vater«, sagte Meg mit einem Zwinkern. »Ich kann es kaum erwarten, bis wir es wieder tun können.«

»Ich auch, Liebste. Habe ich dir erzählt, dass Sams Frau ebenfalls schwanger ist?«

»Alle Gentry-Frauen sind schwanger? Guter Gott, welch eine große Gesellschaft werden wir bei unseren Familientreffen sein!«

»Ich hoffe, es wird viele Familientreffen geben«, sagte Jess versonnen. »Wir scheinen alle in verschiedenen Teilen des Landes zu wohnen. Sam in Texas, Rafe in Colorado.«

»Ich bezweifle, dass irgendetwas die Gentry-Brüder für lange Zeit trennen kann«, sagte Meg voraus.

Jess und Meg waren die Letzten, die zum Essen eintrafen. Meg wurde Sam und seiner Familie vorgestellt, und dann begannen alle gleichzeitig zu reden. Da Rafe der Älteste war, übernahm er die Rolle des Moderators, während jeder Bruder seine Abenteuer oder Missgeschicke erzählte. Die Erzählungen wurden vorübergehend unterbrochen, als das Essen serviert wurde, jedoch nach der Mahlzeit lange fortgesetzt.

Nachdem jedem die Fragen und Erklärungen ausgegangen waren, bat Rafe sie alle um Aufmerksamkeit und nachte eine unerwartete Ankündigung.

»Ich möchte euch alle einladen, mit mir nach Canon City zu kommen und meine Frau kennen zu lernen. Das bedeutet drei Nächte unterwegs, aber Angel wird begeistert sein, euch bei sich zu haben. Ein Treffen in einem Hotel lässt viel zu wünschen übrig. Was haltet ihr davon? Ich möchte Angel nicht allein lassen, so kurz vor ihrer Niederkunft.«

Sam und Lacey waren sofort einverstanden. Jess und

Meg sprachen leise miteinander, bevor auch sie dem Besuch zustimmten.

»Wird morgen zu früh für euch sein? Wir könnten die Mittagskutsche nehmen.«

»Das klingt gut für mich », meinte Sam. Er wandte sich an Lacey. »Kannst du drei weitere Tage in der Postkutsche vertragen?«

»Wenn Meg das schafft, kann ich das auch«, behauptete Lacey.

Meg legte eine Hand auf den Bauch und stöhnte. »Ich glaube, dieses Baby kann nur eine Fahrt aushalten. Aber ich warne euch, es ist wild drauf, das Tageslicht zu sehen.«

»Dann ist es abgemacht«, sagte Rafe begeistert. »Wir treffen uns um elf Uhr in der Hotelhalle.«

Die Postkutsche hatte nur eine Dreiviertelstunde Verspätung. Die Gentrys teilten sich mit zwei anderen Passagieren die Sitzplätze. Lacey, die das Bergland nicht kannte, fiel während der meisten Zeit der Reise von einem staunenden »Ah« und »Oh« ins andere, während Meg der atemberaubenden Landschaft keine Beachtung zu schenken schien. Ein kleines Lächeln umspielte ihre Lippen, während sie ihre Hand auf ihren gewölbten Leib legte, und ihre Gedanken waren anscheinend nach innen gerichtet.

Jess wurde besorgt. Er hatte zu viele Babys entbunden, um nicht zu wissen, dass Megs Körper sich auf eine baldige Geburt vorbereitete. Und das machte ihm Sorgen. Es war noch einen Monat vor dem fälligen Geburtstermin. Er wünschte, er könnte sie untersuchen, doch das war unter den gegebenen Umständen nicht möglich. Aber das minderte nicht seine Besorgnis.

Sie trafen an einem wunderbar sonnigen Tag in Canon City ein. Rafe mietete zwei Buggys und einen zusätzlichen Wagen, um seine Gäste und ihr Gepäck zur Ranch zu transportieren. Während der ganzen Reise von Denver aus war seine Besorgnis geblieben. Außer Bessie und den Cowboys war Angel allein auf der Ranch. Er wusste, dass sie nicht weit von der Stadt entfernt war und der Arzt versprochen hatte, ein Auge auf Angel zu halten, doch er hatte ein besseres Gefühl, als er endlich zu Hause war.

Die Familie drängte sich in den Buggys, während Rafe mit dem Gepäckwagen folgte. Als die Ranch in Sicht kam, verstärkte sich seine Besorgnis. Etwas war nicht in Ordnung, das spürte er in dem Moment, in dem er durch das Tor ritt, über dem ein Schild verkündete, dass hier Angels Grundstück begann. Die beiden Buggys waren vor ihm eingetroffen, und ihre Passagiere hatten sich vor der Haustür versammelt und warteten auf ihn.

»Dies ist ein tolles Anwesen«, meinte Sam begeistert. »Stell dir vor, wir beide sind Rancher. Der einzige Unterschied besteht darin, dass du Pferde züchtest und ich Rinder.«

Rafe nahm gar nichts wahr außer dem Hämmern seines Herzens. Er riss die Haustür auf.

»Angel! Bessie!«

Bessie erschien am oberen Treppenabsatz, die Hände ringend. »Gott sei Dank sind Sie daheim, Mr. Gentry!«

Rafe wurde blass. »Was ist los, Bessie? Ist was mit Angel? Ist sie wohlauf?«

»Sie hat Probleme, und ich weiß nicht, wie ich ihr helfen kann«, jammerte Bessie. »Sie bekommt das Baby, aber es will nicht rauskommen.«

»Haben Sie nach dem Doktor geschickt?«

»Vor zwei Tagen, aber er hatte einen Unfall und kann

nicht kommen. Ich dachte, ich könnte es selbst schaffen, aber es geht nicht.«

Rafe nahm zwei Treppenstufen auf einmal. Jess folgte ihm dichtauf.

»Hat Mrs. Gentry die ganzen zwei Tage in den Wehen gelegen?«, fragte er die Haushälterin.

Die Frau war zu aufgeregt, um zu sprechen, und konnte nur nicken.

»Wenn Angel etwas passiert, weiß ich nicht, was ich tun werde«, stieß Rafe hervor.

Jess holte ihn ein. »Ich bin Arzt, Rafe. Lass mich das handhaben. Zeig mir nur den Weg.«

Rafe stürzte ins Schlafzimmer, voller Angst davor, was er vorfinden würde. Als er Angel blass und vor Schmerzen gekrümmt auf einem Berg von Kissen liegen sah, eilte er an ihr Bett.

»Verzeih mir, Angel. Ich hätte dich nicht verlassen sollen.« Er hob ihre Hand an seine Lippen.

»Ich … werde es schaffen, Rafe. Es dauert nur länger als erwartet. Hast du deine Brüder getroffen? Sind sie wohlauf?«

»Besser noch, ich habe sie und ihre Frauen mitgebracht. Sam hat einen fünfjährigen Sohn, und sowohl Jess' als auch Sams Frau sind schwanger.«

Angel schrie auf, als eine Wehe ihren Körper peinigte. Rafe spürte eine Hand auf der Schulter und wich zur Seite, um Jess Platz zu machen.

»Dies ist mein Bruder Jess, Schatz. Er ist Arzt. Vertraust du ihm, dass er dir hilft?«

»Ich muss Sie untersuchen, Angel, aber ich werde sehr behutsam sein.«

Angel hatte zu große Schmerzen, um zu antworten, aber sie nickte.

»Geh nach unten und sag den anderen, was los ist«, riet

Jess seinem Bruder. »Ich werde mehr wissen, wenn ich deine Frau untersucht habe. Du weißt, dass ich mein Bestes tun werde, Rafe.«

»Ich weiß, Jess, es ist nur so … Gott, warum kann nicht alles einfach sein?«

Angel unterdrückte einen erneuten Aufschrei, und Jess wandte sich zu seiner Patientin um. »Gib mir ein paar Minuten allein mit Angel, bevor du zurückkehrst, Rafe, und ich wüsste es zu schätzen, wenn du dafür sorgst, dass Meg es sich bequem macht. Es würde mich nicht überraschen, wenn sie eine Frühgeburt hat.«

Rafe schien es zu widerstreben, Angel zu verlassen. »Geh nur, Rafe«, sagte sie und lächelte ihn schwach an. »Kümmere dich um unsere Gäste. Ich bin in guten Händen. Du hast oft stolz von den ärztlichen Fähigkeiten deines Bruders erzählt, also vertrau ihn, dass er unser Baby zur Welt bringt.«

Rafe küsste ihre Stirn. »Ich bin gleich wieder da.«

»Schick Bessie mit viel heißem Wasser, Seife und sauberen Tüchern!«, rief Jess Rafe hinterher.

Widerstrebend ließ Rafe seine Frau in Jess' fähigen Händen und ging nach unten. Sam, Meg und Lacey saßen im Wohnzimmer und warteten auf einen Bericht über Angels Zustand. Bessie servierte Erfrischungen.

»Wie geht es ihr?«, fragte Lacey besorgt.

»Jess untersucht sie jetzt. Das Baby sollte längst geboren sein.« Rafe entdeckte Bessie und sagte: »Jess möchte viel heißes Wasser, Seife und saubere Tücher, Bessie.«

»Kommt sofort, Mr. Gentry«, sagte Bessie und eilte davon.

»Ich helfe dir«, bot Lacey an. »Ich habe bereits ein Kind zur Welt gebracht und weiß, was zu tun ist.«

»Ich leiste dir Gesellschaft«, sagte Meg.

»Nein, bleib hier, Meg, es sei denn, du willst, dass Jess zwischen den Zimmern hin und her rennt und Babys entbindet«, sagte Lacey. »Ich weiß, du hast nichts gesagt, aber ich sehe dir an, dass du kurz vor der Niederkunft bist.«

Rafe blickte Meg überrascht an. »Stimmt das, Meg?«

Meg errötete. »Ich weiß es nicht. Gestern Nacht hatte ich hin und wieder Schmerzen, aber ich bin mir nicht sicher, was das bedeutet.«

»Es bedeutet, dass du dich ins Bett legst ... sofort! Ich zeige dir das Zimmer, das du mit Jess teilen wirst.«

»Ich bringe Andy in die Küche und gebe ihm etwas zu essen, und dann gehe ich Bessie zur Hand«, sagte Lacey, nahm Andy an die Hand und eilte mit ihm zur Küche, während Rafe und Sam Meg die Treppe hinaufhalfen.«

»Ah, da ist das heiße Wasser«, sagte Jess, als Bessie und Lacey das Zimmer betraten und die Dinge brachten, um die Jess gebeten hatte.

Er schüttete heißes Wasser in die Schüssel und schrubbte seine Hände. »Würdet ihr Ladys freundlicherweise einen Moment nach draußen gehen, während ich meine Patientin untersuche? Ich rufe euch, wenn ihr mir bei der Geburt assistieren könnt.«

Lacey und Bessie gingen auf den Gang hinaus und schlossen die Tür hinter sich. Ein paar Minuten später gesellte sich Rafe zu ihnen.

»Was ist da drinnen los?«

»Jess untersucht Angel. Wie geht es Meg?«

»Ich glaube, du hast Recht. Sie könnten in den ersten Stadien der Wehen sein.«

»Sag Jess nichts«, riet Lacey. »Meg hat noch Stunden, und im Augenblick braucht Angel seine Aufmerksamkeit.«

Plötzlich ertönte ein gequälter Aufschrei hinter der

geschlossenen Tür. Rafe zuckte heftig zusammen, und sein Geicht verzerrte sich gequält. »Was ist das?«

»Ich bin überzeugt, dass alles prima ist«, sagte Lacey in einem Tonfall, der genau das Gegenteil vermuten ließ. Es hatte keine Komplikationen gegeben, als sie Andy zur Welt gebracht hatte.

»Hölle und Verdammnis! Ich gehe rein!«, rief Rafe und stürzte in das Zimmer.

Jess blickte auf und sah ihn ärgerlich an. »Nur die Ruhe, Rafe. Du siehst aus wie jemand, der am Ende seiner Kräfte ist.«

»Was geht hier vor? Ich hörte Angel schreien.«

»Das Baby lag falsch. In der Position, in der es war, hätte es nicht geboren werden können. Ich habe es herumgedreht. Jetzt sollte alles normal verlaufen.«

Rafe kniete sich neben Angel und sah sie besorgt an. Sie war zu bleich; ihre schönen Augen spiegelten Schmerz wider. »Alles in Ordnung, Liebste? Jess sagt, es wird jetzt nicht mehr lange dauern.« Er blickte zu Jess auf. »Was kann ich tun?«

»Genau das, was du jetzt tust. Halte ihre Hand und unterstütze sie, wenn sie presst.«

»Wir kann ich helfen?«, fragte Lacey.

»Bereite eine Schüssel mit warmem Wasser vor und halte Decken bereit.«

Lacey machte sich eifrig an die Arbeit, während sich Jess wieder Angel zuwandte. »Bist du bereit zum Pressen, Angel?«

»Müde, so müde«, murmelte Angel. Dann versteifte sie sich unter einer heftigen Kontraktion, die ihren ganzen Körper erfasste.

»Pressen, Angel!«, drängte Jess. »Du willst dieses Baby, oder nicht?«

»Bitte, Angel, hilf Jess«, sagte Rafe flehend. »Es ist fast vorüber.«

»Ich ... werde ... es versuchen ...«

Jess legte eine Hand auf Angels Bauch. Eine weitere Kontraktion. »Komm, Angel, du kannst es schaffen.«

Rafe schaute hilflos zu, während sich Angels Gesicht vor Anstrengung verzerrte, und er stützte ihren Rücken, wie Jess es ihm sagte. Plötzlich stieß Jess einen Freudenschrei aus.

»Es ist fantastisch! Das Baby hat blonden Flaum auf dem Kopf. Noch einmal pressen, Angel, und du kannst dein Baby in den Armen halten.«

Rafe war erstaunt über die Anstrengung, die Angel aufwandte, und den Schmerz, den sie erlitt, und er schwor, das dies ihr letztes Kind sein würde.

»Da kommt es!«, rief Jess, als das Baby in seine wartenden Hände glitt. »Es ist ein Junge, Rafe, und obendrein ein ziemlich großer.«

Ein Sohn. Er hatte einen Sohn.

Jess entfernte den Schleim vom Mund des Babys, hielt es an den Füßen und gab ihm einen leichten Klaps auf den winzigen Popo. Jeder im Zimmer hielt den Atem an, bis sich die Lunge des Babys mit Luft füllte und es einen kräftigen Schrei ausstieß. Jess überreichte den Säugling Lacey und widmete seine Aufmerksamkeit wieder seiner Patientin. Nach kurzer Zeit entband er sie von der Nachgeburt, die Bessie dann in einer Schüssel forttrug.

»Kann ich das Baby sehen?«, fragte Angel schwach. »Ist alles mit ihm in Ordnung?«

Rafe nahm das Baby von Lacey entgegen, öffnete die Decke und zählte die Finger und Zehen. Dann legte er das Baby in Angels Arme. »Da ist er, Liebste. Jeder rosafarbene und runzlige Zoll von ihm. Alle Finger und Zehen sind vorhanden.«

Angel drückte das Baby an ihre Brust, zu erschöpft, um mehr zu tun, als es in den Armen zu halten. Sie schlief ein, während Lacey sie wusch. Rafe nahm das Baby aus ihren Armen und legte es in die Wiege, die er selbst gezimmert und mit Schnitzereien verziert hatte.

»Sie werden beide eine Weile schlafen«, sagte Jess und sammelte seine Dinge zusammen.

»Ich bleibe bei ihr sitzen«, sagte Rafe. »Geht ihr anderen und ruht euch ein bisschen aus. Lacey sieht aus, als würde sie jeden Augenblick zusammenklappen. Ich weiß nicht, was ich ohne dich getan hätte, Jess. Du hast Angel und meinem Sohn das Leben gerettet.«

»Wofür sind Brüder da, wenn sie einander nicht helfen können?«, erwiderte Jess. »Ich kümmere mich jetzt am besten um Meg.«

Jess hörte Meg stöhnen, bevor er die Tür zu dem Zimmer öffnete, das ihm und Meg zugewiesen worden war. Er begann zu zittern, als er sich dem Bett näherte. Es war die eine Sache, seine Schwägerin zu entbinden, aber hier ging es um seine Frau, sein Baby.

Meg saß auf der Bettkante, das Gesicht aschfahl, die Augen weit aufgerissen. Jess wusste sofort, dass sie starke Schmerzen hatte. »Wie lang geht es schon so?«

»Die Schmerzen haben gestern Nacht angefangen«, flüsterte Meg. »Ich wollte nichts sagen, bis ich sicher war. Sie lächelte ihn schwach an. »Jess ... ich bin ... mir sicher.«

Jess stieß einen Fluch aus und rannte zur Tür. »Bessie! Mehr heißes Wasser, Seife und Tücher. Schnell!«

Lacey öffnete die Tür ihres Zimmers und spähte heraus. »Jess, ist es Meg?«

»Sie hat die Wehen«, sagte Jess. »Ich weiß erst, wenn ich sie untersucht habe, wie lange es noch dauert.«

»Ich bin sofort da.«

»Ich weiß nicht, ob Bessie mich gehört hat. Ich brauche mehr heißes Wasser, Seife und Tücher.«

»Ich kümmere mich darum«, sagte Lacey.

Sam erschien auf der Türschwelle. »Was kann ich tun?«

»Kümmere dich um Andy«, sagte Lacey. »Er fühlt sich im Augenblick ein wenig verlassen. Zeig ihm die Pferde.«

Jess wartete ungeduldig auf das heiße Wasser, begierig darauf, sich die Hände zu schrubben und Meg zu untersuchen. Als das Wasser gebracht wurde, seifte er sich die Hände ein, schrubbte sie und begann dann mit der Untersuchung, während Lacey an der Tür stand.

»Mein Gott, Meg, du bist fast so weit!«

»Ich wusste, dass es schnell gehen würde«, keuchte Meg.

»Lass mich helfen, dich auszukleiden«, bot Lacey an und ging zu ihr, um Jess zu assistieren.

Lacey hatte gerade Meg ausgezogen und ihr ein Nachthemd übergestreift, als Meg mit erstickter Stimme ankündigte: »Das Baby kommt!«

»Pressen, Schatz«, drängte Jess. »Du hältst dich hervorragend. Ich wünschte, alle Frauen wären so leicht zu entbinden wie du.«

»Es ... ist ... nicht ... so leicht«, keuchte Meg, während sie sich anstrengte.

»Ich habe es!«, rief Jess triumphierend. »Es ist ein Junge, Liebste! Wir haben einen Sohn!«

Zum zweiten Mal an diesem Tag erfüllte der klagende Schrei eines Neugeborenen die Luft. Es war wie Musik in Jess' Ohren. Zwei neue Gentrys am selben Tag! Er warf einen Blick auf Lacey, und ein Lächeln spielte um seine Lippen, als er auf ihren dicken Bauch schaute.

»Ich hoffe, du spielst nicht mit dem Gedanken, es zu drei Gentrys an einem Tag zu machen.«

»Nie im Leben«, entgegnete Lacey und lachte.

Alle Gentrys außer Angel und Meg versammelten sich an diesem Abend nach dem Essen im Wohnzimmer. Erschöpft, aber überglücklich stießen sie auf die neuen Mütter und ihre Babys an.

»Ich nehme an, du wirst mich und Meg länger auf dem Hals haben, als du erwartetst hast, Rafe«, sagte Jess. »Meg und unser Sohn werden einen Monat oder zwei nicht reisen können.«

»Nichts freut mich mehr, als euch bei uns zu haben«, erwiderte Rafe. »Wie habt ihr euren Sohn benannt?«

»Wir werden ihn Justin nennen. Wie ist es mit deinem Jungen? Hast du dir mit Angel schon einen Namen überlegt?«

»Angel hat sich für Gabriel entschieden, und das passt mir prima. Ich hätte ihn vielleicht Gabe genannt.«

»Ich werde ein Mädchen bekommen«, kündigte Lacey völlig überzeugt an. »Und sie wird Emily Ann heißen.«

»Ich habe ja noch zwei Monate, um sie umzustimmen«, meinte Sam lachend. »Aber Scherz beiseite, wenn wir ein Mädchen bekommen, finde ich Emily Ann prima als Name. Wir hatten vor, zur Entbindung wieder in Texas zu sein, aber wir können noch ein paar Wochen hier bleiben, wenn du nichts dagegen hast, Rafe.«

»Ihr seid willkommen, so lange ihr hier sein möchtet«, erwiderte Rafe strahlend. »Dies wird ein Familientreffen, das keiner von uns jemals vergessen wird.«

Epilog

Sechs Wochen später

»Ich wusste, dass wir vor zwei Wochen hätten heimkehren sollen«, lamentierte Sam, als er sah, wie sich seine Frau durch die letzten Stadien der Wehen kämpfte.

»Tut mir Leid, Sam. Emily Ann wollte einfach nicht warten«, keuchte Lacey.

»Es wird jetzt nicht mehr lange dauern«, sprach Jess ihr Mut zu. »Stütze ihren Rücken, Sam.«

Meg und Angel standen neben dem Bett und ermunterten sie, doch Lacey konzentrierte sich zu sehr bei jeder aufeinander folgenden Kontraktion, um mitzubekommen, was im Zimmer vorging.

»Jetzt, Lacey!«, rief Jess. »Beim nächsten Pressen kommt es.«

Lacey empfand einen gewaltigen Druck und dann Erleichterung, als das Baby in Jess' fähige Hände glitt.

»Es ist klein«, sagte Jess, als er die Luftwege des Babys säuberte. Plötzlich stieß der winzige Säugling einen empörten Schrei aus. Sam lächelte breit. »Ihre Lunge ist gewiss gesund.«

»Emily Ann«, sagte Sam, vom Wunder der Geburt in Ehrfurcht versetzt. »Unsere Tochter ist schön, Lacey. Fast so schön wie ihre Mutter.«

Meg nahm das Baby und hüllte es in eine Decke. »Draußen vor der Tür steht ein kleiner Junge, der es kaum erwarten kann, sein neues Schwesterchen zu sehen.«

»Lass Andy seine Schwester sehen, Sam«, sagte Jess. »Ich bin noch mit Lacey beschäftigt, so kann er noch nicht hereinkommen.« Meg reichte Sam das Baby.

Sam hielt Emily Ann vorsichtig auf dem Arm, öffnete die Tür und trat auf den Gang hinaus. Andy und Rafe warteten vor der Tür.

»Habe ich eine Schwester oder einen Bruder?«, fragte Andy und sprang auf und ab.

»Eine Schwester«, antwortete Sam und hielt Andy das Baby zur Begutachtung hin. »Sag guten Tag zu Emily Ann.«

Andy stieß einen Freudenschrei aus. »Sie hat dunkles Haar. Aber sie ist ganz runzlig. Na, das macht nichts, Papa, ich werde sie trotzdem lieb haben. Kann ich jetzt zu Mama?«

»Noch nicht, Sohn, aber bald. Ich lege Emily Ann jetzt in ihr Bettchen. Wir rufen dich zu Mama, sobald sie für Besucher bereit ist.«

Sam kehrte in das Schlafzimmer zurück. Angel nahm ihm das Baby aus den Armen und trug es zur Wiege. Dann verließen sie und Meg auf Zehenspitzen das Zimmer.

»Sie ist schön«, sagte Angel, als sie sich auf dem Gang zu Rafe und Andy gesellte. »Ich hoffe, wir bekommen beim nächsten Mal eine Tochter.«

»Es wir kein nächstes Mal geben«, versicherte Rafe ihr. »Ich könnte es nicht ertragen, dich wieder so leiden zu sehen.«

»Berühmte letzte Worte«, sagte Meg und grinste spitzbübisch. »Außerdem solltest du nicht vergessen, dass Lacey und ich auch eine leichte Zeit hatten. Jedes Mal ist anders, und Angel hat wahrscheinlich beim nächsten Mal keine Schwierigkeiten.«

»Ich habe gesagt ...«, begann Rafe.

»Ich weiß, was du gesagt hast, Liebling«, erwiderte Angel schelmisch. »Aber lass uns abwarten und sehen, was in ein, zwei Jahren geschieht.«

Die Schlafzimmertür wurde geöffnet, und Sam und Jess traten auf den Gang heraus. »Sie schlafen beide«, sagte Sam. »Wie wäre es mit einem Toast auf die jüngste Gentry?«

Alle gingen ins Wohnzimmer. Rafe hatte eine Flasche alten Wein aufbewahrt, und sie tranken und ließen Emily Ann und Lacey hochleben.

Einen Monat später versammelte sich die gesamte Familie im Speisezimmer zu einem Festessen, bevor Sam, Lacey, Andy, Jess, Meg und die Babys zu ihrem jeweiligen Zuhause aufbrachen.

Sam hob sein Glas zu einem Trinkspruch. »Lacey und ich erwarten euch alle in einem Jahr von heute an auf der B&G-Ranch.«

»Und im Jahr danach seid ihr alle nach Cheyenne eingeladen«, sagte Jess. »Aber bitte«, fügte er mit einem lang gezogenen Seufzen hinzu, »wenn weitere Babys erwartet werden, plant sie so, dass ich nicht zwei an einem Tag entbinden muss.«

Schallendes Gelächter folgte, und dann stießen sie auf das nächste Familientreffen an.